일러두기

1. 번역에 쓰인 원전은 2013년 중국 장강문예출판사에서 출간한 '얼웨허 문집' 제1판을 사용했다.
2. 맞춤법과 띄어쓰기는 한글 맞춤법과 외래어 표기법에 따랐다.
3. 한자는 우리말로 표기하고, 꼭 필요한 경우에만 괄호 속에 원음을 병기해 이해하기 쉽도록 했다.
   예 : 다이곤多爾滾(도르곤)
4. 인명과 지명은 우리말로 표기했다. 단, 이미 굳어진 표현은 원지음을 존중했다.
   예 : 나찰국羅刹國(러시아). 이후에는 '러시아'로 표기
5. 본문 중의 괄호 안에 뜻을 풀이한 것은 모두 옮긴이의 설명이다.

인류 역사상 최대의 제국을 지배한 위대한 황제

건륭황제

2

얼웨허 역사소설

홍순도 옮김

더봄

건륭황제 2권

개정판 1판 1쇄 인쇄 2016년 5월 13일
개정판 1판 1쇄 발행 2016년 5월 18일

지은이 얼웨허(二月河)
옮긴이 홍순도
펴낸이 김덕문

펴낸곳 더봄
등록번호 제399-2016-000012호
주소 경기도 남양주시 별내면 청학로중앙길 71, 502호(상록수오피스텔)
대표전화 031-848-8007   **팩스** 031-848-8006
전자우편 thebom21@naver.com
블로그 blog.naver.com/thebom21

ISBN 979-11-86589-54-0 04820
ISBN 979-11-86589-52-6 04820(전18권)

책값은 뒤표지에 있습니다.

大學士一等
忠勇公傅恒
世曹元臣興國
戚早年金川
休建殊績定策
西師惟汝子同
亦功不戰宜居
都侯
首功
乾隆庚辰春
御題

부항傅恒

건륭제 시기의 대신이자, 무장이다. 추정하는 생몰 연대는
1720년~1770년이다. 만주양황기滿洲鑲黃旗 사람으로, 성은
부찰富察씨이다. 건륭의 첫 번째 황후인 효현순황후孝賢純皇后의
아우로, 내무부 총관대신內務府總管大臣, 호부상서戶部尚書,
군기대신軍機大臣, 태자태보太子太保, 보화전대학사保和殿大學士
등을 두루 역임했다. 1748년 대금천大金川과의 전투에서 승전을
이끌었고, 1769년에는 만주족과 몽골족 병사 1만 3천 명을
이끌고 미얀마 전투에도 참여했다. 시호는 문충文忠이다. 가경제
원년(1796) 아들인 복강안福康安이 묘족을 평정한 공로로 사후에
군왕郡王으로 추봉되어 태묘太廟에 배향되었다.

이시요李侍堯

?~1788. 호부상서를 지낸 이원량李元亮의 아들로, 건륭제 초기 장경章京에 임명되어
관직에 나아간 후 한군정람기漢軍正藍旗 부도통副都统, 공부시랑, 호부시랑을 지냈다.
그후 양광총독兩廣總督, 태자태보太子太保를 거쳐 대만臺灣을 평정한 공로로
자광공신紫光功臣으로 책봉되어 민절총독閩浙總督이 되었다. 시호는 공의恭毅이다.

악이태鄂爾泰

1677~1745. 만주양람기滿洲鑲藍旗 출신으로, 성은 서림각라라西林覺羅씨다.
자는 의암毅庵, 시호는 문단文端이다. 강희 38년(1699) 거인擧人이 되어
벼슬길에 나선 후 광서순무廣西巡撫와 운남총독雲南總督을 지냈다.
옹정제가 "악이태만큼 모든 것을 믿을 수 있는 신하는 없다"고 했을 정도로
두터운 신임을 받았다. 옹정제 임종 시 대학사로 고명顧命에 참여해 장정옥과
함께 건륭제를 보좌하며 옹정제 시대의 폐단을 쇄신하는 데 앞장섰다.

1부 풍화초로風華初露

17장

세월이 야속한 노신老臣들

　장반두는 부항의 위엄에 바로 기가 꺾였다. 곧이어 부하들에게 뜰을 봉쇄하라고 명령을 내린 다음 머쓱한 표정을 한 채 물러갔다. 한참 후 느릿느릿 걷는 팔자걸음이 특징인 관리 한 명이 들어섰다.

　"나를 보자고 했소? 어디서 온 뉘시오?"

　관리가 문어귀에서 부항을 향해 물었다.

　"안에 들어가서 얘기하지."

　부항이 담담하게 손짓으로 안내했다. 이어 표고도인 일행에게 말했다.

　"아직 사건의 전말을 잘 모르니 그대들은 잠시 방으로 돌아가 있으시오. 내가 먼저 이곳 현령에게서 자초지종을 들어봐야겠소."

　표고도인은 말없이 연연과 요진을 데리고 방으로 들어갔다. 그리고는 따라 들어오는 사람이 없다는 것을 확인한 후 등잔 심지에 불을 붙였다. 이어 요진을 뚫어지게 바라봤다. 그 눈빛의 의미를 알아차린 요진이 창밖을 내다보고 주위를 확인하고는 입을 열었다.

"처음부터 죽이려고 했던 것은 아니에요. 누나가 검술 실력을 보여줄 때 거리에 놀러 나갔는데 그 영감이 소작농들을 개 패듯 패는 장면을 목격했지 뭐예요. 장정들을 시켜 소작농들을 진흙탕에 때려눕히고 발로 짓밟는데 차마 눈뜨고 볼 수가 없었어요. 그런 자를 그냥 둘 수는 없잖아요. 그래서 한번 혼이나 내줄 생각으로 표창을 꺼내 던졌죠. 그런데 하필이면 방향이 빗나가 숨통에 명중할 줄이야……."

그러자 연연이 말허리를 툭 자르면서 나무랐다.

"사부님께서 절대 관가는 건드리지 말랬잖아? 감히 사부님의 명령을 어겼단 말이야? 방향이 빗나갔다고? 그 말을 어떻게 믿어?"

"진짜 빗나가서 그렇게 돼버렸어요."

요진이 다시 헤헤 웃으면서 장난기가 다분한 말투로 말을 이었다.

"누나는 오늘 따라 관가 편을 드는 것 같네요? 착각하지 마세요. 관부에서는 지금 누나가 표창을 실은 반세걸潘世傑의 배를 빼앗은 일로 누나에게 체포령을 내렸다고요! 누나 혹시……."

요진이 뭔가를 더 말하려다 입을 닫았다. 표고도인의 굳어진 얼굴을 보고는 더 이상 말을 잇지 못한 것이다.

사실 표고도인은 부항이 북경을 떠나자마자 그의 뒤를 밟으라는 윗선의 명령을 받았다. 부항의 신분을 처음부터 알고 있었던 것이다. 표고도인 일행의 목적은 분명했다. 젊고 유능한 임금의 인척을 자신들의 편으로 끌어들여 신생 교파의 이권을 보호받는 것이었다. 그래서 무슨 수를 써서라도 부항의 환심을 사려고 했다. 그런데 그 와중에 막내 제자가 예기치 않게 일을 저지르고 말았다. 이렇게 되고 보니 당장 눈앞의 안전부터 걱정하지 않을 수 없게 됐다. 표고도인은 한참 동안 깊은 생각에 빠져있더니 거칠고 무거운 한숨을 토해냈다.

"네가 저지른 일 때문에 우리의 계획에 큰 차질이 생겼어. 위에서 명령을 어겼다는 이유로 처벌을 내리면 어떻게 할 거냐? 석 영감은 소작농을 괴롭히기는 했어도 죽이지는 않았잖아. 그런데 너는 그 사람을 죽여 버렸어. 그건 우리 정양교의 교리에도 위배되는 행위라고. 어찌 그렇게 조심성이 없단 말이냐?"

그때 윗방에서는 부항이 이미 유 현령에게 자신의 신분을 밝힌 뒤였다. 그가 다시 준엄한 어조로 말했다.

"자네 말로는 지주와 소작농들이 설전을 벌이던 와중에 누군가가 석응례石應禮를 죽였다고 하지 않았는가. 소작농들이 때려죽인 것도 아니라면서 어찌해서 애꿎은 소작농들을 고문하는 건가? 소작농들이 무슨 죄인가? 그리고 자네는 명색이 한 지역의 부모관이라는 사람이 체통 없이 소작농들과 지주의 술자리에 끼다니! 이는 은연중에 석아무개의 기를 살려준 격이 됐다네. 내 얘기를 이해하겠는가?"

"잘 알겠습니다. 사실은 석응례와 소작농들이 소인을 데리러 함께 현아문까지 왔었습니다. 직예성을 통틀어 이곳 정정부正定府처럼 지주와 소작농 간의 분쟁이 심한 곳도 없습니다. 석응례는 이곳의 으뜸가는 지주이다 보니 소작농의 수도 제일 많습니다. 소인은 그런 연유로 술자리에 참석했을 뿐입니다. 쌍방을 잘 다독거려 유혈 충돌을 피하게 하려는 생각만 했지 지주를 비호하려는 생각은 추호도 하지 않았습니다."

유 현령이 연신 굽실거리면서 변명을 입에 올렸다. 그러자 부항이 말했다.

"그게 과연 사실이라면 자네는 억울한 누명을 뒤집어 쓸 뻔했네. 그러나 진실은 언젠가는 밝혀지겠지. 어쨌거나 석씨가 탐욕을 부리다가 추석에 유명을 달리한 것은 참으로 안타까운 일이야."

유 현령이 부항의 말에 조심스럽게 맞장구를 쳤다.

"사실 소작료도 센 편입니다. 더구나 부세를 감면시키라는 성지도 있지 않았습니까. 그럼에도 더 올리려고 했으니 석응례가 지나치게 탐욕스러웠던 것은 사실입니다. 흠차 대인의 말씀이 천만번 지당하십니다."

부항은 유 현령의 말이 끝나자 천천히 일어나 창가로 다가갔다. 이어 휘영청 밝은 만월을 한참 동안 바라봤다. 웃음기가 싹 가신 얼굴에는 우울한 기색이 감돌았다. 그가 깊은 한숨을 토해냈다.

"만월이 좋다고 해도 천하의 구석구석을 다 비추지는 못하는구나!"

"흠차 대인, 어인 말씀이십니까……?"

"황은이 아무리 호탕하다고 해도 백성들에게는 골고루 미치지 못한다는 뜻이네. 세월이 태평할수록 토지 집중 현상은 더욱 심각해지니 정말 문제일세. 또한 단위 수확량이 좋아질수록 땅값이 천정부지로 치솟으니 도대체 백성들은 어떻게 살아야 한단 말인가? 북경에 들어 앉아 책을 백 수레나 읽으면 뭘 하나. 나와 보니 현실은 이토록 참혹한데!"

부항은 달빛에 비친 긴 그림자를 천천히 끌고 다니면서 감개에 젖었다. 그러더니 갑자기 고개를 돌려 가볍게 흔들리는 촛불을 응시했다. 이어 유 현령에게 하는 훈시 같기도 하고 자기 성찰의 말 같기도 한 어조로 말했다.

"삼 할의 부자가 육 할의 땅을 독점하고 있으니 가난한 사람들은 그 가난이 대물림 될 수밖에! 내가 반드시 폐하께 상주해 대책을 마련해 볼 것이네. 진정한 관리가 되기란 결코 쉽지 않다네. 특히 자네 같은 지방관은 더 어려울 것이야. 명심하게, 어떻게든 토지가 몇몇 사람에게 집중되는 현상은 막아야 하네. 땅만 바라보고 사는 백성들은 토지를 소유하지 못하면 탐욕스럽고 몰인정한 지주들에게 계속 이용당할 수밖에 없어. 그렇게 되면 아무리 황은이 호탕하다고 해도 가난한 백성들은 영원히 그 혜택을 받지 못하지."

부항이 말을 멈추고 생각에 잠기는가 싶더니 슬쩍 화제를 돌렸다.

"자네 혹시 이곳 백련교의 움직임에 대해 알고 있나?"

"직예성의 각 주현들에 이루 헤아릴 수 없이 많은 교파들이 활동하고 있습니다. 천일교, 정양교, 홍양교, 백양교……."

부항은 '정양교'라는 말을 듣는 순간 속으로 흠칫 놀랐다.

"내 말은 백련교가 있느냐는 거지!"

그러자 현령이 실소를 머금었다.

"방금 말씀 올린 교파들은 전부 백련교라는 사교의 별칭입니다. 감히 대놓고 백련교라고 하는 사람은 없습니다. 이자들은 민간에서 돌팔이 의사 행세를 하면서 괴이한 약들을 팝니다. 또 점을 봐 준다면서 혹세무민하기도 합니다. 아무튼 가지가지 이유를 내세우고 다니면서 백성들을 현혹시키고 있습니다."

부항은 현령의 말이 끝나자 바로 음침한 눈빛으로 표고도인 일행이 머물러 있는 방을 노려봤다. 그들이 백련교의 한 갈래라는 사실을 확신하는 눈빛이었다. 그는 순간 가느다란 무명실 위에서 갖은 묘기를 보이던 연연의 모습을 떠올렸다. 그러자 곧바로 등골이 서늘해지는 듯한 느낌이 들었다. 그가 아랫입술을 깨물면서 잠시 뭔가를 생각하더니 현령에게 말했다.

"유 현령, 서쪽 별채에 머물러 있는 세 사람은……, 사교의 선교사들이네."

"어느 교라고 했습니까?"

"정양교."

"……."

부항은 당초 사람을 죽이지 않았다는 요진의 말을 곧이곧대로 믿었다. 그러나 이제는 그 믿음이 흔들리기 시작했다. 잠시 후 그가 말했다.

"이자들이 석웅례를 살해했다고 단언하기는 어렵네. 그러나 사교를 전파하는 것 자체가 불법이니 당장 잡아들이게."

유 현령이 황급히 대답하고 물러가려고 했다. 그러자 부항이 갑자기 고개를 가로저었다.

"워낙 재주가 뛰어난 자들이네. 자네가 데려온 사람들 가지고는 어림도 없네."

"하오면……?"

"소리 소문 없이 친병대를 동원시키게."

"알겠습니다!"

"쉿! 저것들이 요술을 부릴 것에 미리 대비해야 해. 사기邪氣를 제압할 수 있는 법물法物을 준비해 놓게. 반드시 생포해야 하네."

"예, 흠차 대인!"

유 현령은 곧 아역들을 데리고 객잔을 떠났다. 부항은 행여 늦을세라 오할자를 불렀다. 이어 방금 전 두 사람의 대화 내용을 들려줬다. 그리고는 물었다.

"자네는 저자들을 사로잡을 자신이 있는가? 자신이 없다면 지금이라도 객잔을 떠나는 것이 나아."

오할자가 대답했다.

"저자들이 비상한 재주를 지닌 것은 사실입니다. 그러나 그렇게 겁먹을 정도는 아닙니다. 한번 붙어보겠습니다."

부항은 긴장과 흥분으로 들떠 있던 가슴이 조금 안정되자 방을 나섰다. 이어 복도에서 큰 소리로 표고도인 일행을 불렀다.

"이보시오, 표고 도장! 관가의 나부랭이들은 다 물러갔소. 이리 건너와서 술이나 한잔 하시게."

그러나 표고도인 쪽에서는 아무런 대답도 없었다. 부항이 고개를 갸웃거리고는 다시 불렀다. 역시 묵묵부답이었다. 오할자는 순간적으로 뭔가 이상하다고 느낀 모양이었다. 곧바로 앞쪽으로 다가가더니 두 손을 뻗어 장풍을 보내 문을 밀었다. 문이 열리고 몰아치는 바람 때문에 책상 위에 있던 촛불이 꺼질 듯 휘청거리다가 다시 되살아났다. 부항은 재빨리 방 안을 살폈다. 그러나 방 안에서는 그을음만 사방에 날릴 뿐 아무도 보이지 않았다.

"벌써 낌새를 채고 도망가 버렸군. 해칠 생각은 없었는데 말이야. 정양교의 근본과 목적이 궁금해서 물어보려고 했는데 기회를 놓쳤군. 교화할 수만 있다면 그 뛰어난 재주를 좋은 일에 쓸 수도 있었을 텐데……. 정말 아쉽군."

부항이 씁쓸하게 웃었다. 어찌 된 일인지 분노보다는 실망이 더 큰 모습이었다. 그는 순간 연연의 얼굴을 떠올렸다. 다시는 만날 수 없을지 모른다는 생각도 들었다. 그러자 갑자기 가슴이 약간 아리기 시작했다. 그래서였을까, 그는 달빛에 비친 자신의 그림자가 한없이 초라해 보였다.

부항은 연이어 건륭에게 상주문을 보냈다. 모두 만 글자가 넘는 장편 상주문들이었다. 건륭은 부항의 주장奏章(황제에게 올리는 문서)을 받고도 서둘러 주비朱批(상주문에 대한 답)를 달지 않았다. 그것은 상주문의 내용을 가볍게 생각해서가 아니었다. 아니, 오히려 너무나 중요한 사안이라 판단했기 때문에 생각할 시간이 필요했던 것이다. 건륭은 부항이 북경을 떠난 이후 각 지역에서 올려보낸 재해보고서를 살피느라 잠잘 시간도 부족했다. 게다가 9월 15일에는 예부의 주관으로 박학홍유과博學鴻儒科 시험도 치러야 했기에 더욱 경황이 없었다. 이 바쁜 때에 공교롭게도 대학사 주식朱軾이 병으로 드러누웠다. 이어 얼마 뒤에는 또 다른 대학사 진원룡陳元龍이 병으로 죽고 말았다. 이위는 병세가 악화돼 오늘 내일 하는 형편이었다. 악이태 역시 병가를 낸 상태였다. 이렇게 되다 보니 바빠진 것은 건륭이었다. 그는 정무가 번잡한 와중에도 짬을 내 태의太醫들을 만났다. 신하들의 병세에 대해 자세히 묻고 싶었던 것이다. 게다가 그저 상태만 알고 가만히 있지도 않았다. 공물로 들어온 먹을거리 중에서 신선한 과일이나 영양가 있는 음식들을 골라서 병을 앓고 있는 노신들에게 하사하며 신경을 썼다.

건륭은 이처럼 불과 한 달 사이에 네댓 명의 노신들이 연이어 몸져눕자 당황하지 않을 수 없었다. 자꾸만 불길한 생각이 밀려오는 것을 떨치지 못했다. 더구나 눌친은 중임을 떠맡은 지 얼마 되지 않은 탓에 정무나 군무 경험이 모두 부족했다. 건륭이 대들보처럼 믿고 있는 장정옥 역시 일흔 살 고령에 접어들어 기력이 딸리는 것이 눈에 보일 지경이었다. 급기야 건륭은 두 대신들마저 덜컥 드러누울까봐 적이 걱정을 하게 됐다. 10월이 지나자 서화문 밖에 있는 집 두 채를 둘에게 하사한 것은 그 때문이었다. 더 나아가 장정옥은 집에서 주장을 처리할 수 있도록 했다. 덕분에 장정옥은 상서방까지 오지 않아도 됐다. 그리고 급한 일이 있을 때는 언제든지 건륭을 알현할 수 있게 했다. 건륭은 그 방법이 얼마나 효과가 있을지는 몰랐다. 그러나 일단 그렇게라도 조치를 해놓고 나자 마음이 훨씬 가벼워졌다.

그러나 건륭이 잠시 숨을 돌리기도 전에 다시 일이 터졌다. 예부와 국자감에서 동시에 급보가 날아든 것이다. 양명시가 중풍으로 쓰러졌다는 비보였다. 건륭은 즉각 고무용을 보내 눌친을 불러오도록 했다.

"폐하……."

건륭은 눌친이 들어온 지 한참 됐으나 고개를 숙인 채 깊은 생각에서 빠져나오지 못했다. 감히 인기척도 못 내고 건륭의 눈치를 보고 있던 눌친은 뒤늦게 자신을 발견한 건륭을 향해 머리를 조아렸다.

"오늘 노작盧焯의 보고를 받았사옵니다. 절강 첨산尖山의 제방을 견고하게 수리해 홍수의 위기를 무사히 넘겼다고 하옵니다. 허나 노작은 물속에 너무 오래 있어 몸져누웠다고 하옵니다."

"병세가 위중하다던가?"

"풍한이 들어 머리가 어지럽고 아플 뿐 큰 문제는 없다고 하옵니다. 폐하께서 염려하실 것을 우려해 다른 사람에게 상주문을 대필시켰다 하옵니다."

건륭이 안도의 숨을 내쉬었다.

"요즘 들어 몸져눕는 신하들이 너무 많아서 누가 아프다는 말만 들어도 가슴이 철렁 내려앉는 것 같네. 다들 왜 그렇게 비실대는지 모르겠네. 상서방에서는 아랫사람들의 일상에 조금 더 관심을 가져주도록 하게!"

상서방은 예전부터 주장을 전달하고 군정軍政 요무를 옆에서 돕는 역할만 하던 곳이었다. 게다가 옹정 연간에는 군기처까지 설치되면서 권력의 중심이 완전히 그쪽으로 옮겨졌다. 그뿐만이 아니었다. 건륭이 건청문에서 정무를 보기 시작하면서부터는 상서방은 이제 몇몇 한림들만 남아 건륭의 필묵을 시중드는 기구로 전락하고 말았다. 1품 및 2품 대신들이 병가를 내는 것도 상서방과는 관계가 없었다. 태의원에서 직접 황제에게 상주하면 그만이었다. 그러나 눌친은 건륭의 심경을 헤아려 감히 이견을 말하지 못했다. 그가 한참 후에야 대답과 함께 소매 속에서 주장으로 보이는 문서를 꺼냈다. 이어 입술을 움찔거리면서 무겁게 입을 열었다.

"이건…… 이건 주식의 유서이옵니다. 주식은 오늘 아침 인시寅時에 이미 유명을 달리했사옵니다……."

건륭이 유서를 받아들고 눈을 지그시 감았다. 그러면서 깊은 한숨을 토해냈다.

"짐의 훌륭한 스승이었네! 드물게 좋은 사람이었지.《역경》을 가르칠 때는 홍효가 말귀를 못 알아들으니 열 번도 넘게 같은 내용을 반복하셨어. 옆에서 지켜보는 내가 다 짜증이 나던데 주식 선생은 홍효가 이해할 때까지 언성 한 번 높이지 않으셨지. 주식 선생은 이품 대신이었어. 함께 상서방을 지킨 방포方苞는 포의布衣였고. 그럼에도 주식 선생은 방포를 항상 깍듯하게 예우하셨어. 그것을 보고 짐이 언젠가 물어본 적이 있어. 그렇게 하는 것이 예법에 어긋나지 않느냐고 말이야. 그랬더니 그가 하는 말이 '세인들은 모두 귀천을 따져 예를 행합니다. 그러나 소인은 인품과 학식을 중히 여깁니다. 소인보다 뛰어난 사람이면 무조건 예를 갖춥니다'라고 하더군. 그 말이 아직 귓전에 생생한데 사람은 벌써 떠나고 없다니!"

담담해 보이던 건륭의 얼굴에 슬픔과 비통함이 번졌다. 주식의 유서 앞부분에는 몇 번씩이나 친히 병상까지 걸음을 해준 군주의 성은에 감사한다는 내용이 구구절절 적혀 있었다. 또 뒷부분에는 자신의 마지막 소망을 간단하게 적었다.

국가의 만사萬事는 군심君心이 근본이옵니다. 정무에서 으뜸으로 꼽아야 하는 일은 재력을 튼튼히 하고 사람을 잘 다스리는 것이옵니다. 신이 조사한 바에 의하면 현재의 국고만으로도 충분히 유사시를 대비할 수 있을 것 같사옵니다. 그러니 추후에라도 일부 신하들이 세수 증대를 주장할 경우 성명하신 폐하께서는 이를 엄히 질책하셔야 하옵니다. 사람을 쓸 때 바른 것과 그른 것, 공적인 것과 사적인 것의 미세한 차이를 간과하셔서는 아니 되옵니다. 군자와 소인배를 가릴 때도 신중에 신중을 기하셨으면 하옵니다. 신은 눈을 감기 전에 이 두 가지를 꼭 말씀 올리고 싶었사옵니다.

건륭은 그리 길지도 않은 유서를 한참 동안이나 들여다봤다. 그러더니 무거운 한숨을 토해냈다. 이어 주장을 책상 위에 올려놓으면서 입을 열었다.

"그만 물러가게. 내무부에 어지를 전해서 장정옥에게 인삼 한 근을 하사하도록 하게. 그리고 예부에다가는 주식 선생의 시호를 만들어 어람을 청하라고 하게."

"예, 폐하!"

눌친이 대답하고 물러갔다. 건륭은 책상 위에 한 척도 넘게 쌓여 있는 주장을 보면서 한숨을 지었다. 이어 태감을 불렀다. 태감의 도움으로 옷을 갈아입으면서 그제야 자신이 아직 아침 수라를 들지 않았다는 것을 깨달았다. 그는 다과를 두어 접시 내오게 하여 대충 요기를 하고 나서 말했다.

"짐은 주식 선생 댁에 다녀올 것이네."

하늘에는 어느새 먹구름이 시커멓게 깔려 있었다. 당장이라도 진눈깨비가 내릴 것 같은 날씨였다. 고무용이 그 광경을 보더니 황급히 들어가서 스라소니 가죽으로 만든 외투를 꺼내들고는 총총히 건륭을 따라나섰다.

주식의 집은 북옥황가北玉皇街에 있었다. 주식은 평소에 쓸데없이 사람들과 어울리는 성격이 아니었다. 오로지 학문에만 정진했다. 따라서 친분이 두터운 사람이 거의 없었다. 그 사실을 증명하듯 건륭의 수레가 북옥황가에 들어서는 동안 길에는 오가는 관교들이 하나도 보이지 않았다.

얼마 후 건륭을 태운 수레가 주식의 집에 이르렀다. 건륭이 하얀 천 조각들이 스산한 북풍에 이리저리 휘날리는 뜰 안에 들어서자 주식의 부인 주은朱殷씨와 아들들이 상복 차림으로 문상객을 맞이하는 모습이 보였다. 악대가 먼저 건륭을 발견하고는 구슬픈 연주를 멈췄다. 이어 주은씨와 세 아들들이 황급히 달려 나왔다. 그리고는 황제의 발 아래 납작 엎드려 절을 올렸다.

"폐하께서 친히 보잘것없는 망부의 영전을 찾아주시다니 황공하기 그지없사옵니다……."

"보잘것없다니? 주식 선생만 한 사람이 어디 그리 흔하다고 그런 말을 하는가?"

건륭이 말을 마치고는 주은씨를 일으켜주려는 시늉을 했다. 그러자 그녀가 흐느끼면서 몸을 일으켰다. 건륭은 천천히 영당으로 들어갔다. 먼저 온 손가감과 사이직이 엎드려 있는 모습이 보였다. 그는 두 사람을 향해 고개를 끄덕이고는 영전 앞으로 다가갔다. 친히 향을 피우고 허리도 굽혔다. 마지막에는 심심한 애도의 뜻도 마음속으로 전했다. 그리고는 책상 위에 있는 지필을 들고 잠시 생각을 하더니 뭔가를 적어 내려가기 시작했다.

아, 삼조三朝의 충신이여, 충정으로 나라에 몸 바친 사십 년 세월이여.
가을 물처럼 맑고 깨끗한 올바른 행동, 충직하고 근면한 일처리.
강과 바다의 옛길을 다시 돌아오게 해, 농사를 짓게 하니 군주를 위함이라.
그러나 지금 홀연히 떠나니, 그 음용音容은 짐의 마음에 오래 간직되리.

건륭이 붓을 내려놓고 주은씨에게 다가가서 부드럽게 물었다.

"가계에는 어려움이 없는가? 애들은 몇인가?"

주은씨가 연신 눈물을 훔치면서 대답했다.

"슬하에 아들이 셋이옵니다. 큰아이 주필계朱必堦는 공부의 주사主事로 있사옵니다. 또 둘째 주기朱基는 올해 성은에 힘입어 이갑 진사에 합격했사옵니다. 지금 대리시大理寺에서 당평사堂評事로 일하고 있사옵니다. 이제 스무 살이 된 막내 주필탄朱必坦은 작년에 진학進學했사옵니다. 지아비는 평생 남의 돈 한 푼 탐내지 않고 살아왔사오나 그 동안 폐하께서 부족한 것 없이 챙겨주신 덕분에 가계에는 별 어려움이 없사옵니다."

건륭은 주은씨의 말을 듣고는 주위를 둘러봤다. 집은 첫눈에 봐도 널찍했다. 그러나 너무 오래되어 낡고 볼품이 없었다. 또 벽에는 손가락 하나가 들어가고도 남을 정도로 큰 틈이 벌어져 있었다. 건륭이 말했다.

"이 집은 성조께서 하사하신 집이네. 오랫동안 수리를 하지 않아 볼품없이 됐군. 짐이 새 집을 한 채 하사하겠네. 주식 선생의 기도위騎都尉 작위는 막내 주필탄이 세습하도록 하게. 해마다 광록시光祿寺에서 얼마간의 보조금도 나올 것이네. 둘째 주기는 대리시에서 나오게. 짐이 이부에 얘기해서 경기京畿 지역에 빈자리 하나 알아보라고 할 테니 그리로 가게. 일상에서 어려움이 있으면 주저하지 말고 예부에 호소를 하게. 그들이 잘 보살펴줄 것이네."

주은씨는 건륭의 세심한 배려에 다시 눈물을 왈칵 쏟고 말았다. 이어 터져 나오는 오열을 애써 참으면서 아뢰었다.

"망극하옵니다, 폐하. 이 아이들을 잘 키워 폐하께 충정을 다하도록 하겠사옵니다."

건륭의 눈가에도 어느새 눈물이 맺혔다.

"자제들은 아직 관품이 낮으니 탈정奪情(부모 상중에도 근무함)하는 일은 없을 것이네. 짐이 나중에 부의금을 챙겨 보낼 테니 그걸로 장례를 치르도록 하게."

건륭의 말이 막 끝날 즈음이었다. 윤록과 홍효가 수십 명의 관리들을 데리고 우르르 마당으로 들어서는 모습이 보였다. 건륭이 이리로 온 것을 알고 뒤따라온 것이 틀림없었다. 건륭은 그들의 한심한 작태를 보자 한숨밖에 나오지 않았다. 그러나 애써 화를 참고 손가감과 사이직을 향해 말했다.

"양명시가 병들어 누워 있다고 하니 짐은 그리로 가봐야겠네. 자네들도 따라나서게."

건륭은 말을 마치자마자 바로 밖으로 나왔다. 수십 명의 관리들이 일제히 무릎을 꿇었다.

"사십 년 넘게 관직 생활을 한 사람이 이 정도로 빈한貧寒하다니 자네들은 눈으로 보고도 믿어지는가? 그 동안 얼마나 많은 유혹이 있었겠나! 굶주린 사람이 입안에 넣어주는 고깃덩이를 마다한다는 것이 웬만한 수양으로 가능한 일인가? 자네들 중에 이런 집에서 사는 사람이 있으면 나와 보게!"

건륭이 관리들을 향해 쓴소리를 내뱉었다. 그리고는 손사래를 치면서 걸음을 옮겼다.

양명시의 집 대문 앞도 쓸쓸하고 한산하기는 마찬가지였다. 얼마 전 새로 하사받은 사저私邸였음에도 그랬다. 건륭은 수레에서 내려서자마자 주위를 둘러보면서 말했다.

"설마 잘못 찾아온 것은 아니겠지? 어째서 문지기도 보이지 않느냐?"

손가감이 즉각 대답했다.

"지극히 양명시다운 발상이옵니다. 여기 문 위에 붙어 있는 안내문을 보시옵소서, 폐하!"

손가감이 가리키는 곳에는 목판이 붙어 있었다. 목판 위에는 짧은 글이 적혀 있었다.

동궁東宮에서 강학講學을 하는 것도 나라의 중대사라고 할 수 있다. 학문 상의 가르침을 주시고자 걸음하신 내방객에게는 쾌히 문을 열어줄 것이 나 사적인 청탁이 있어서 온 사람이라면 미안하지만 발걸음을 돌리시라!

"양명시의 축객령逐客令이옵니다. 신들 역시 명시와 친분이 두터우나 예외가 아니옵니다."

사이직이 보충설명까지 하자 건륭은 가만히 한숨을 내쉬었다.

"자고로 사대부는 명예와 절의로 스스로를 독려하지. 다른 사람들이 모두들 주식이나 양명시와 같다면 얼마나 좋겠나. 태평시대가 이어질수 록 무관들은 죽음을 겁내고, 문관들은 돈을 좋아하니 구제불능일세."

건륭은 말을 마치고는 성큼 뜰 안으로 들어섰다. 스산한 바깥 풍경과 는 달리 뜰 안은 매우 분주했다. 또 복도에서는 열 몇 명의 태감들이 집 안을 쓸고 닦고 청소하느라 땀을 흘리고 있었다. 동쪽 별채에서는 탕약 달이는 냄새도 솔솔 새어나오고 있었다. 그 와중에도 몇몇 어의들은 서 쪽 별채에서 목소리를 낮춰 진맥 결과를 놓고 논의를 하고 있었다. 그들 은 건륭이 두 대신을 데리고 들어서자 모두 그 자리에 못 박힌 듯 굳어 졌다. 건륭이 미간을 찌푸린 채 물었다.

"여기 책임을 맡은 사람이 누구인가?"

태감 한 명이 건륭의 말이 떨어지기 무섭게 엎어질듯 달려와서는 무 릎을 꿇었다.

"소인 풍은馮恩이 폐하께 문후 올리옵니다!"

"누가 자네들을 이리로 보냈나? 지금 이게 환자를 시중드는 건가, 잔 치 준비를 하는 건가? 시끄러워서 없던 병도 생기겠군."

건륭이 버럭 화를 냈다. 그러자 풍은이 조심스럽게 아뢰었다.

"일곱째 홍승弘昇마마가 보냈사옵니다. 소인은 원래 육경궁 소속이옵니다. 양 태부太傅께서 몸져누우셔서 일손이 필요할 거라고 하셔서……."

건륭은 풍은의 말에 더 이상 뭐라고 할 수가 없었다. 양명시의 제자들이 스승을 위해 시중들 태감을 파견했다는 데야 그로서도 어쩔 수 없었던 것이다. 그는 곧 윗방으로 들어갔다. 양명시의 부인이 온돌에 걸터앉은 채 양명시에게 물을 떠먹이는 모습이 보였다. 또 열댓 살 되어 보이는 두 하녀가 수건을 빗쳐 들고 서 있는 모습 역시 눈에 들어왔다. 그러나 세 사람은 건륭을 알아보지 못했다. 그저 뒤따라 들어온 사이직과 손가감의 2품 복색으로 미뤄 볼 때 건륭이 보통 인물이 아닐 것이라는 것만 짐작할 뿐이었다. 세 사람이 황공해 몸 둘 바를 몰라 할 때였다. 밖에서 양명시의 조카 양풍이 황급히 달려 들어오면서 말했다.

"숙모님, 폐하께서 납시셨습니다."

양명시의 부인은 기절초풍할 듯 놀랐다. 동시에 두 하녀와 함께 털썩 무릎을 꿇었다.

"폐하!"

이어 눈물이 그렁그렁한 두 눈으로 건륭을 바라보면서 뭐라고 말을 하려고 했다. 그러나 입술만 심하게 떨 뿐 아무 말도 내뱉지 못했다. 건륭이 가까이 다가가 땀이 흥건한 양명시의 이마를 만져보았다.

"온돌이 너무 더운 것 같네. 양공, 그래 좀 어떤가?"

정신이 혼미한 채로 눈을 감고 누워 있던 양명시가 자신을 부르는 소리에 천천히 눈을 떴다. 그리고는 건륭이 자기를 내려다보고 있음을 알아차렸다. 순간 흐리멍덩하던 그의 눈빛에 광채가 돌았다. 금세 두 줄기의 흐릿한 눈물이 볼을 타고 주르르 흘러내려 베갯잇을 적셨다. 무슨 할 말이 있는지 입술을 실룩거렸으나 말이 되어 나오지 않았다. 그러자 그의 가슴이 세차게 뛰었다. 하고 싶은 말을 못하는 것이 답답한 모양이었다. 건륭은 황급히 허리를 굽혀 양명시의 입가에 귀를 가져다 댔다. 그러나 '황자皇子'라는 흐리멍덩한 말만 알아들었을 뿐 다른 말은 알아들을 수가 없었다. 건륭이 양명시의 뜻을 대충 짐작한다는 듯 그를 다독였다.

"황자들은 너무 걱정하지 말게. 그 동안 잘 가르쳐 놓았는데 하루아침에 빗나갈 리 있겠는가? 병이라는 것은 덮칠 때는 태산 같으나 사라질 때는 명주실 빠지듯 한다고 했네. 조급해하면 병세만 더 위중해지니 여유를 가지고 천천히 치료하게."

양명시는 건륭의 말에 하염없이 눈물만 쏟았다. 계속해서 입을 우물거렸으나 여전히 한마디 말도 내뱉지 못했다. 그가 급한 김에 오른팔을 쳐들려고 했다. 그러나 그 팔 역시 반쯤 치켜 올라가다 말고 이내 맥없이 툭 떨어지고 말았다. 그가 간절한 눈빛으로 손가감을 바라봤다.

"폐하! 할 말이 있는 모양입니다. 지필을 챙겨줬으면 하옵니다."

비통한 감정에 사로잡혀 있던 손가감이 양명시의 뜻을 알아차리고 급히 말했다. 양명시는 손가감의 말에 안도의 한숨을 내쉬면서 눈을 깜빡거렸다. 건륭이 허우적대는 양명시의 손을 잡으며 말했다.

"자네의 병은 반드시 호전될 것이니 마음 편히 먹게. 윤계선尹繼善의 아비 윤태尹泰 역시 중풍에 걸렸으나 이십오 년도 넘게 살지 않았는가."

양명시는 뚫어져라 건륭을 바라봤다. 그러다 그나마 성한 오른팔로 몸을 일으켜 세워 앉으려 안간힘을 다했다. 양부인은 남편의 그런 모습을 보고 황제에게 뭔가 긴히 아뢸 말이 있다고 생각한 듯 황급히 글씨 쓰기에 편리할 것 같은 딱딱한 부채를 내밀었다. 그러자 손가감과 사이직의 부축을 받아 반쯤 일어나 앉은 양명시가 그나마 감각이 남아 있는 오른쪽 반신에 기댄 채 붓을 들었다. 그러나 손이 심하게 떨렸다. 도무지 글씨를 쓸 수 있을 것 같지 않았다. 그는 떨림이 진정되기를 잠시 기다리다 다시 붓을 들었다. 이어 형체를 겨우 알아볼 수 있을 정도로 글씨를 비뚤비뚤 적기 시작했다. 여전히 '황자'라는 두 글자였다. 그리고 이를 악문 채 '그려낸' 세 번째 글자는 갈 '지'之자와 흡사했다. 양명시는 그렇게 힘겹게 글을 쓴 다음 절망에 찬 표정으로 붓을 내던지고는 털썩 자리에 쓰러지고 말았다. 눈물만 비 오듯 쏟을 뿐 여전히 말은 하지 못했다.

"양공, 아무리 큰 걱정이 있어도 당분간은 아무 생각 말고 몸조리에 전념하게."

건륭은 양명시가 힘겹게 쓴 글씨가 역시 '황자'라는 두 글자임을 알고 내심 놀랐다. 그러나 아무런 내색도 하지 않고 다시 부드럽게 말했다.

"짐은 자네를 믿네. 그러니 자네도 짐을 믿어야 하네. 자네 병이 호전됐다는 소식이 들리면 다시 찾아올 것이니 그리 알게."

건륭은 말을 마치고는 두 신하를 데리고 양명시의 집을 나섰다. 눈에서는 눈물이 조금 비치고 있었다.

18장

황은皇恩을 입는 전도

세 사람은 천천히 양명시의 집을 나섰다. 밖에서는 어느새 함박눈이 내리고 있었다. 건륭이 곧 엎드려 있는 고무용의 등을 딛고 수레에 올라타려다 말고 손가감과 사이직에게 물었다.

"자네 둘은 평소에 양명시와 왕래가 잦은 편이 아닌가? 혹시나 해서 묻는데, 양명시가 방금 쓰다가 만 세 번째 글자가 무엇인지 알겠는가?"

손가감과 사이직 두 사람은 거의 동시에 고개를 돌려 서로를 바라봤다. 거스를 '역'逆자가 번개처럼 둘의 뇌리를 스치고 지나갔던 것이다. 그러나 그런 말은 추측만 할 수 있을 뿐 감히 세 치 혀끝에 올릴 수는 없는 것이었다. 손가감이 고개를 숙이고 한참 고민하더니 천천히 입을 열었다.

"폐하, 글자가 너무 흐트러져 알아볼 수 없었사옵니다. 하오나 양명시가 폐하께 긴히 상주할 말이 있는 것은 분명한 것 같사옵니다. 신들이 자주 드나드는 편이니 양명시가 호전돼 붓을 잡을 수 있을 때 반드시 폐하께 상주해 올리겠사옵니다."

"그렇게 하게."

건륭이 고개를 끄덕이면서 수레에 올라탔다. 이어 창밖을 향해 분부했다.

"짐은 이위에게 들렀다 갈 것이니 자네들은 더 이상 따라올 필요 없네. 날씨도 추운데 건강 잘 지키도록 하게. 돌아가서 자네들에게 어지를 내릴 것이니 그리 알게."

건륭은 말을 마치고 휘장을 내려 창을 가렸다. 그리고는 눈을 감고 생각에 잠겼다.

건륭은 이위를 만나고 양심전으로 돌아오자 다소 시장기를 느꼈다. 그는 수라를 내오도록 하여 자리에 앉아 젓가락을 들었다. 그런데 이상하게도 도무지 식욕이 없었다. 급기야 젓가락을 내려놓고 눈꽃이 날리는 창밖을 바라보면서 멍하니 앉아 있었다. 도대체 자신이 무슨 생각을 하는지, 왜 이러고 앉아 있는지 스스로도 알 수가 없었다. 그때 태감 진미미가 머리와 어깨에 눈을 잔뜩 인 채 들어섰다. 건륭이 물었다.

"황후에게 무슨 일이 있는가?"

진미미가 빠른 동작으로 건륭에게 문후를 올리고 나서 아뢰었다.

"황후마마께서는 지금 태후마마의 처소에 계시옵니다. 태후마마께서 아침부터 밖으로 행차하신 폐하께서 돌아오셨는지 알아보라고 하셨사옵니다. 시위들이 잡아온 꿩으로 한 솥 가득 탕을 끓여 놓으셨다면서 폐하께 태후마마 전으로 걸음하시라 하셨사옵니다."

건륭이 웃는 얼굴로 대답했다.

"태후마마와 황후에게 전하게. 짐은 아직 처리해야 할 일이 남았으니 날이 어두워서야 건너갈 수 있을 것이라고 말이네. 눈이 탐스럽게 내리는 것을 보니 내일은 설경이 그만일 텐데 태후마마를 모시고 설경을 감상하려면 오늘 일을 다 마쳐야 마음이 편안하지 않겠나. 짐의 말을 그대로 전하게."

진미미가 대답과 함께 뒷걸음쳐 물러갔다.

건륭은 수랏상에 오른 야채를 젓가락으로 집어 입안에 넣었다. 그러나 아무 맛도 느껴지지 않았다. 마치 나무껍질을 씹는 것 같은 느낌이었다. 그는 안 되겠다고 생각했는지 아예 수라상을 물리고 자리에서 일어났다. 이어 느릿느릿 몇 발자국을 떼어 놓더니 태감을 불러 하명을 했다.

"장친왕이 상서방에 있는지 알아보고, 있으면 양심전으로 들라 하라."

"아뢰옵니다, 폐하! 장친왕마마께서는 방금 다녀갔사옵니다. 주식 사부댁에 다녀오시는 길이라면서 폐하께서 계시는지 물으셨사옵니다. 폐하께서 부재중이시라는 말을 듣고 아직 식전이시라면서 식사하러 가셨사옵니다. 소인이 지금 달려가 모셔오겠사옵니다."

태감이 굽실거리면서 아뢰었다. 그러자 건륭이 두 팔을 높이 뻗어 기지개를 켜면서 지시했다.

"두 시간 후에 들라 하라. 짐은 산책 좀 하고 올 것이네. 고무용만 있으면 되니 시위들은 따라 나설 것 없네."

그러나 고무용은 건륭의 말을 듣지 않고 시위 새릉격塞楞格에게 먼발치에서 미행하도록 지시했다. 그런 다음 안심하고 건륭의 외투와 사슴가죽 장화를 들고 뒤를 따라 나섰다.

흰 눈으로 뒤 덮인 바깥 경치는 그야말로 절경이었다. 건륭은 먼저 어화원御花園 화방花房으로 가서 매화꽃을 감상했다. 이어 눈 속에 우아하게 만개한 매화꽃 앞에서 걸음을 멈추고는 한참 동안 명상에 잠겼다. 매화꽃 구경을 마치고는 천천히 승건궁承乾宮을 돌아 월화문月華門으로 걸어 나왔다. 건륭은 삼대전 주위를 코끝이 빨개지도록 배회하고 나서야 비로소 마음이 약간 편해졌다. 이따금씩은 쭈그리고 앉아 눈을 한 움큼 쥐어 멀리 내던지기도 하면서 어린 시절의 동심을 느껴보기도 했다……. 그렇게 족히 한 시간을 돌아다니고 시계를 보니 어느새 유시酉時 정각을 가리키고 있었다. 군기처와 상서방은 퇴청 시간이 지나서 접견을 기다리던 외관들은 모두 물러가고 없었다. 건청문 앞을 지키는 36명의 시위들만이 제자리에 못 박힌 듯 서서 눈사람이 돼 있었다. 건륭은 군기처 장경章京들의 방문이 열려 있는 것을 보고는 호기심에 그쪽으로 발걸음을 옮겼다. 이어 문 안을 들여다보자 난롯불이 빨갛게 타오르는 모습이 보였다. 서리書吏로 보이는 사람이 문서를 정리하는 모습이 눈에 들어왔다. 서류를 꼼꼼히 분류해 알아보기 쉽게 풀로 딱지를 붙이는 그의 모습은 사뭇 진지해 보였다. 난로 옆의 자그마한 탁자에 놓여 있는 술 주전자, 땅콩 한 접시와는 전혀 어울리지 않았다. 건륭은 성큼 방 안으로 들어가서는 서리의 등 뒤에서 물었다.

"여기는 아직 퇴청 시간이 멀었나 보군."

서리가 갑작스런 인기척에 흠칫 놀라면서 뒤를 돌아봤다. 그러나 건륭을 직접 만난 적이 없었기에 자기 눈앞에서 웃고 있는 사람이 누구인지 알아보지 못했다.

"어디서 많이 뵌 듯한 분이시군요. 어서 오십시오. 별것 아닌 것 같은데 시간을 꽤 잡아먹습니다. 난로 위에 술이 있으니 추운데 한 잔 따라 드십시오."

건륭은 자신을 몰라보는 서리의 모습에 이름 모를 친근감을 느꼈다. 그래서 아무런 부담 없이 외투를 벗어 벽에 걸고는 난롯가에 자리 잡고 앉아 손을 쪼였다. 내친김에 따끈한 황주 한 잔도 따라 마셨다. 얼었던 가슴속에 한줄기 난류가 흘러들면서 단전까지 뜨거워지는 것 같았다. 추위에 잔뜩 움츠러들어 동면상태에 있던 오장육부들이 기지개를 켜면서 꿈틀대는 것 같았다.

"술맛이 끝내주는구먼!"

건륭이 자신도 모르게 감탄사를 토했다. 서류 속에 머리를 파묻고 문서 정리에 여념이 없던 서리가 말했다.

"추위에 오들오들 떨다 한잔 얻어 마신 황주 맛은 평생 못 잊죠. 이제 퇴청도 하셨으니 실컷 드십시오. 눈 오는 날 술 한잔하고 집에 들어간다고 누가 뭐라고 하겠습니까? 땅콩을 안주해서 드시면 더 좋을 텐데!"

건륭은 손가락으로 땅콩 한 알을 집어 입안에 넣었다. 난롯불에 구운 땅콩은 입안에서 탁 터지면서 고소한 냄새를 풍겼다. 우적우적 씹으니 식감과 맛이 모두 일품이었다. 씹을수록 구미도 동했다. 건륭은 눈을 지그시 감은 채 땅콩 맛을 음미했다. 그리고는 자신도 모르게 다시 주전자에 손을 가져갔다. 이어 주전자의 술을 또 한 잔 가득 부어 쭉 들이켰다. 저절로 "캬아!" 하는 소리가 터져 나왔다. 건륭이 술기운이 올라 벌겋게 상기된 얼굴을 들고 서리에게 물었다.

"헌데 일하면 다 같이 해야지 다들 어디 가고 혼자만 이렇게 늦게까지 남아있는 거요? 열심히 일하는 사람 성함이라도 알고 싶은데, 알려 줄 수 있겠소?"

서리는 마침 문서 정리가 다 끝난 듯 손을 씻고 다가왔다. 그리고는 건륭을 마주 하고 걸상에 앉으면서 대답했다.

"전도라는 사람입니다. 이위 총독께서 천거해 주신 덕분에 장상 밑에서 서판書辦(서기를 의미함)으로 일하고 있습니다. 헌데 그쪽은 혹시 내무부 사무관 아니십니까? 어디서 많이 뵌 분 같은데……."

그러자 건륭이 화답했다.

"안목이 뛰어나시군. 나는 성이 경曆('건륭' 두 글자의 음을 합치면 '경'이 됨)씨요. 그저 경씨라고만 불러주오."

"흔한 성씨가 아니군요. 궁窮('경'과 발음이 같아 전도가 착각했다고 볼 수 있음)씨 성을 가졌다 해서 꼭 궁하다는 법은 없어요. 전씨인 내가 부자와는 거리가 멀 듯이 말입니다."

전도가 말을 마치고는 창밖을 내다봤다. 바깥은 온통 포근한 흰 솜으로 덮여있는 듯했다. 건륭이 술을 한 잔 따라 전도에게 건네줬다. 전도는 그 술을 냉큼 받아 쭉 들이켜고 나서 다시 술잔을 채워 건륭에게 건네주었다.

"자, 자, 둘 다 같은 서판끼리 오늘 같은 날 참 잘 만났소. 한 잔 쭉 비우시오. 몇몇 중당들이 퇴청하시자 다른 사람들은 어디로 새버렸는지 뿔뿔이 사라지고 말았지 뭐요. 아무튼 핑계 대고 도망가는 데는 선수라니까. 하기야 이 좋은 설경에 매캐한 난로연기나 맡으면서 방 안에 처박혀 있고 싶은 사람이 어디 있겠소?"

전도는 땅콩을 한 움큼 집어 들고 손끝으로 살살 문질렀다. 이어 껍질을 털어내면서 연신 입에 넣고 씹어댔다. 흥이 오른 건륭도 전도가 하는 대로 땅콩을 입 안에 던져 넣으면서 물었다.

"헌데 그쪽은 어찌 남아 있었소?"

그 사이 또 한 잔을 비운 전도가 "끄윽!" 술 트림을 하면서 손사래를 쳤다.

"보다시피 우리 여기는 하루만 방치해도 서류가 산더미라오. 서판이 열 몇 명씩이나 있어도 다들 입만 살았지 일하는 것을 보면 하품이 난다니까요. 이런 일은 나 같은 막료 출신을 따를 사람이 없지."

전도가 말을 마치고는 어느새 비어 있는 건륭의 술잔을 채워주면서 다시 덧붙였다.

"……문서도 한 번 보고는 다시는 필요 없는 것처럼 아무데나 쑤셔 박아 놓지 뭐요. 그래놓고 위에서 급히 찾으면 뭐 마려운 강아지처럼 쩔쩔

맨다니까. 그래서 내가 한번 시범을 보여주려고 날짜별, 내용별로 분류해서 한눈에 알아볼 수 있도록 쫙 정리했다는 것 아니오! 지난번 폐하께서 소현蕭縣 지방의 수재보고서를 찾으실 때도 눌친 중당을 여기 세워놓고 여럿이 한참 진땀을 빼서야 겨우 책궤 밑에서 찾아냈지 뭐요. 일하는 것을 보면 소경 코끼리 만지기가 따로 없다오."

건륭은 원래는 윤록을 혹시 만날 수 있을까 해서 들어왔던 터였다. 그러다 우연히 만난 전도와 마주 앉아 따끈한 황주를 마시면서 시간가는 줄을 모르게 됐다. 얘기는 계속 이어졌다.

"그쪽은 막료 출신이었소? 그래 여기 일이 전보다 어떤 것 같소?"

건륭의 질문에 전도가 대답했다.

"막료 노릇 할 때가 열배는 더 나았지. 여기 오래 있을 생각은 없소. 과거시험 한 번 더 보고 그래도 용문龍門을 넘지 못한다면 고향으로 돌아가서 '열여덟 가지 금수禽獸들의 진풍경'이나 구경해야지 별 수 있겠소? 나이도 서른이 넘었으니 주제를 알아야지."

건륭은 하층민들과 얼굴을 맞대고 수다를 떨어본 적이 한 번도 없었다. 그렇게 매일 틀에 짜인 듯 조심스럽고 계산적인 말만 듣다 보니 꾸밈과 가식 없이 인간의 본성을 그대로 보여주는 말이 그렇게 공감이 갈 수가 없었다. 그가 비어 있는 전도의 술잔을 채워주면서 물었다.

"헌데 '열여덟 가지 금수의 진풍경'이 도대체 뭐요?"

"주현州縣의 관리들이 상급 관리의 접견을 받는 모습을 내가 열여덟 가지 동물에 비유해봤는데 제법 재미있더라고."

전도가 꿀꺽 소리를 내면서 술을 반쯤 비웠다. 이어 실눈을 뜨고 다시 입을 열었다.

"막 아문에 도착한 주현 관리들이 사방에서 우르르 몰려드는 모습을 '오합'烏合이라고 한다면, 접견을 기다리면서 자기네들끼리 머리를 맞대고 속닥대는 것은 '승취'蠅聚(파리떼)라고 할 수 있지. 나머지는 내가 쭉 말할 테니 굳이 설명하지 않아도 알아들을 수 있을 거요. 세 번째는 '작조'鵲噪(참새의 재잘거림)라 할 수 있겠고, 네 번째는 불려 들어가 한쪽에 서 있는 모습이오. '곡립'鵠立이 따로 없지. 장관이 공당에 좌정할 때 흠칫 놀라는 모습들은 '학경'鶴驚이라고 할 수 있소. 그 다음은 '부추'鳧趨, '어관'魚貫, '노복'鷺伏이라고 할 수 있지 않겠소? 이밖에 장관이 자리를 내줘 앉는 모습은 '와좌'蛙坐, 차를 받고 감사를 표하는 것은 '원헌'猿獻, 공손히 귀 기울이는 모습은 '압청'鴨廳, 고개를 갸웃하는 것은 '호의'狐疑, 접견이 끝나 두 줄로 서서 물러가는 것은 '해행'蟹行, 수레에 오르는 모습은 '호위'虎威요. 주린 배를 안고 집에 돌아와서는 '낭찬'狼餐과 '우음'牛飮을 하고 마지막으로 잠자리에 들어 '의몽'蟻夢을 꾸지. 아문을 드나드는 주현 관리들을 자세히 관찰했더니 이렇게 열여덟 가지 동물의 모습이 줄줄이 떠올랐소."

건륭이 전도의 말을 다 듣고 나서는 목을 뒤로 젖힌 채 크게 웃었다. 손에 든 술잔이 흔들리면서 술이 여기저기 쏟아졌다.

"참 기묘한 발상이오. 중인中人(한족을 의미함)이 아니라면 어찌 이렇듯 적절한 비유를 할 수 있겠소!"

전도가 술이 이미 식은 것을 보고는 술 주전자를 난로 위에 올려놓았다. 동시에 난롯불도 뒤적거렸다. 곧 시뻘건 불기둥이 치솟아 오르면서 방 안이 더워지기 시작했다. 전도가 말했다.

"그래도 그쪽은 기인旗人이기에 나처럼 관운이 사납지는 않았을 거요. 나는 어찌된 영문인지 관운이 영 신통치 않소. 순풍에 돛단 듯 승승장구 한번 해봤으면 소원이 없겠소. 그렇게만 되면 전문경이 다 뭐요? 전중승은 유능한 관리로 알려져 있지만 내가 곁에서 지켜 본 바로는 그렇지 않소. 그저 무식하게 용감한 사람일 따름이오. 아랫것들의 아부에 눈이 멀어 괜찮은 관리들은 다 쫓아내고 어디서 몹쓸 자식들만 데려다 여기저기 꽂아 놓더군. 사람 보는 안목이 영 틀렸소!"

건륭은 전도와의 대화에 점점 더 흥미를 느꼈다. 자신도 모르게 말에 웃음기가 가득했다.

"오늘 우연치 않게 들렀다가 명 강의를 듣네. 사람을 제대로 보는 법도 한 수 가르쳐주시오."

전도가 대답했다.

"나는 한 번도 사람을 잘못 본 적이 없소. 자고로 말은 마음의 거울이라 했소. 관직이 낮은 관리들 중에는 당장 불호령이 떨어지더라도 단도직입적으로 할 말을 끝까지 다하는 소신파가 있소. 또 우유부단해 자기주장을 제대로 펴지 못하고 돌아서서 가슴만 쥐어뜯는 소심파도 있소. 그런가 하면 알면서도 말을 아끼고 대세에 따라 남들의 뒤를 따르는 기회주의자가 있소. 줏대 없이 이리저리 휘둘리고 주먹 한 방에 나가떨어지는 갈대형도 있다오. 이밖에도 많은 유형이 있지만 그 사람의 언사만 보면 됨됨이를 오륙 할은 짐작할 수 있소. 이게 첫 번째이고……."

그 순간 건륭이 끼어들었다.

"오, 그럼 두 번째도 있다는 말이오?"

"무슨 소리요? 세 번째, 네 번째…… 할 말이 무진장 많은 사람보고!"

전도가 득의양양해 하면서 혼자서 술을 따라 마시고는 다시 말을 이었다.

"두 번째, 조정의 관리라면 아무리 관직이 낮은 사람이라도 낯선 곳에 갈 때는 항상 미복 차림으로 돌아다니는 것이 필요하오. 공무를 보고 남는 여가 시간을 이용해 다양한 계층, 다양한 직업군의 사람들과 가까이 접근해야 하오. 농사는 어찌 됐는지, 부세는 감당할 만한지, 억울한 소송 같은 것은 없는지 여부를 묻다 보면 그들과 함께 한숨짓고 눈물 훔치는 순간이 얼마나 소중한지 알게 될 거요."

건륭이 크게 흡족했는지 연신 고개를 끄덕였다. 군기처의 말단 관리의 입에서 이런 고담준론이 나올 줄은 꿈에도 몰랐던 것이다. 그는 내심 감탄을 금치 못했다.

"오늘 우연치 않게 만나 좋은 술, 좋은 얘기에 배불렀소. 더 마시면 실수할 것 같으니 나중에 날 잡아 한번 초대하겠소."

건륭은 외투를 걸치고 밖으로 나왔다. 그러다 잠시 주춤하고 고개를 돌리면서 말했다.

"관운이 신통치 않다고 툴툴대지만 내가 볼 때는 대기만성형인 것 같소. 곧 대운이 형통할지도 모르니 그리 낙심하지 마시오!"

건륭은 밖으로 나왔다. 그러자 거센 눈보라가 기다렸다는 듯 얼굴을 얼얼하게 때리고 지나갔다. 건륭은 찬바람을 들이마시고 나자 정신이 번쩍 들었다. 그때 건륭이 들어간 후부터 밖에서 발을 동동 구르면서 기다리고 있던 고무용이 황급히 다가와서는 아뢰었다.

"방금 장친왕께서 들어왔사옵니다. 폐하께서 이곳에 계시니 양심전으로 가서서 대기하라 했사옵니다. 일각은 더 지난 것 같사옵니다"

건륭이 말없이 외투 깃을 여미면서 발걸음을 재촉했다. 양심전 계단을 오르면서 보니 과연 장친왕 윤록이 처마 밑에 엎드려 있는 모습이 보였다. 건륭이 다소 안 된 마음에 자상한 말투로 인사를 건넸다.

"오래 기다리셨습니다, 열여섯째숙부. 추운데 어서 일어나 안으로 드십시오."

건륭이 동난각으로 들어간 지 한참 지나서야 입을 열었다.

"주식 선생 영전에 다녀왔다고 들었는데, 부의금을 좀 전달했는지요?"

윤록이 황급히 상체를 굽힌 채 대답했다.

"신은 급작스레 다녀오다 보니 미처 챙기지 못했사옵니다. 왕부로 돌아온 뒤 사람을 시켜 사백 냥짜리 은표를 보냈사옵니다. 심려 놓으십시오, 폐하! 절대 유가족들을 굶기거나 추위에 떨게 하는 일은 없을 것이옵니다."

"알겠어요."

건륭이 말을 마치고는 갑자기 어투를 달리 하면서 물었다.

"육경궁에는 현재 몇 사람이 공부하고 있나요?"

"예……? 예, 폐하!"

윤록이 느닷없는 건륭의 질문에 잠깐 어리둥절해 하다 곧 정신을 차리고 아뢰었다.

"전부 모이면 사오십 명 정도 되옵니다."

건륭이 잠시 침묵하더니 다시 물었다.

"영련永璉의 자리는 어디쯤입니까?"

영련은 건륭의 둘째아들로, 황후 부찰씨가 낳은 적출嫡出이었다. 윤록은 건륭이 갑자기 동궁학당에서 영련이 앉는 위치를 묻자 가슴이 철렁 내려앉았다. 그러나 정신을 가다듬고 얼른 대답했다.

"아직 일곱 살도 채 안된 어린아이라 번번이 유모가 데리고 들어오고는 하옵니다. 황장자皇長子 영황永璜과 자리를 같이 하면 도움이 될까 해서 한자리에 모셨사옵니다. 두 분 황자의 신분이 다르다는 것은 알고 있사옵니다. 그러나 폐하의 특지가 안 계신 데다 입궁해 공부하는 데 지나지 않는 터라 자리 위치에는 그리 신경을 쓰지 않았사옵니다."

"그래도 그렇지, 열여섯째숙부."

건륭의 미간에 갑자기 깊은 내 천川자가 그려졌다.

"물론 성조께서 정하신 규정에 따라 전위傳位 금책金册은 따로 비밀리에 보관하겠으나 '아들은 어미 덕분에 고귀해진다'는 통례를 무시해서는 안 되죠. 태자太子의 예禮를 행하지 않았을 뿐 영련의 신분은 다른 왕들 위에 있다는 말입니다. 만에 하나 짐이 전위 유조도 남기지 못하고 급작스레 붕어한다면 어찌할 겁니까? 의정왕議政王 열여섯째숙부의 생각대로라면 보위 계승자는 누가 될 것인지 궁금하네요. 영황 아니면 영련? 그도 아니면 제삼자?"

건륭의 말투는 조용하고 부드러웠다. 그러나 보위까지 언급한 만큼 매우 무거운 화제가 아닐 수 없었다. 윤록은 심장에 화살이 날아와 박히는 것 같았다. 더 이상 자리에 가만히 앉아 있을 수가 없었다. 급기야 굵은 식은땀을 뿌리면서 황급히 일어나서 아뢰었다.

"신의 생각이 짧았사옵니다. 폐하께서 아직 나이가 한창이시니 감히 그 방면으로는 생각할 엄두도 못 냈사옵니다. 폐하의 뜻이 그러하오니 내일부터 영련 황자를 맨 앞줄의 첫자리에 모셔 다른 형제, 황숙들과 신분 차이를 분명히 하겠사옵니다."

건륭이 손짓으로 윤록에게 앉으라고 명하고는 덧붙였다.

"하기야 신하로서 엄두를 못 냈을 법도 하죠. 또 그래야 마땅하고. 짐이 열여섯째숙부를 부른 것은 이 일 때문만이 아니에요. 짐이 궁금한 것은 육경궁 동궁학당에서 요즘 무슨 일이 없었느냐는 것이죠. 양명시는 평소에 건강상태가 양호했던 걸로 알고 있어요. 그런데 갑자기 중풍으로 쓰러졌어요. 혹시 어느 황자가 속을 썩여 그리 되지 않았나 싶어서 그래요."

윤록은 그제야 어렴풋이 건륭의 속마음을 알 것 같았다. 순간 옹정이 아들 홍시에게 죽음을 내린 사실이 자연스럽게 떠올랐다. 그는 등골이 오싹해지면서 안색도 하얗게 질렸다. 곧 그가 잔뜩 겁에 질린 목소리로 입을 열었다.

"그런 일은 없사옵니다, 폐하! 몇몇 황자들이 산만한 것은 사실이오나 폐하께서 존사중도尊師重道(스승을 존경하고 도리를 중시한다)의 엄명을 내리신 이래 감히 양명시 앞에서 불경을 저지른 경우는 없었사옵니다. 홍효는 친왕의 신분임에도 양명시를 만나면 항상 제자의 예를 깍듯이 갖추고는 하옵니다. 어제까지만 해도 신은 먼발치에서 황자들에게 《예기》를 가르치는 양명시의 모습을 봤사옵니다. 오후에 양명시가 쓰러졌다는 비보를 받고 홍석弘晳을 따로 불러 물어보니 '서재에서 물을 마시면서 책을 읽던 중 갑자기 쓰러지셨다'고 했사옵니다."

건륭은 미간을 잔뜩 찌푸리고 윤록의 말에 귀를 기울였다. 그러나 그의 말 속에서 달리 이상한 점을 발견하지는 못했다. 건륭이 다시 입을 열어 물으려 할 때였다. 온몸 가득 눈을 뒤집어 쓴 눌친이 양심전 앞 돌계단 위에 모습을 드러냈다. 건륭은 그만 입을 다물 수밖에 없었다. 눌친이 예를 갖추기를 기다렸다가 건륭이 물었다.

"날도 저물었는데 무슨 급한 일이라도 있는 것인가?"

그러자 눌친이 가슴 속에서 문서 한 장을 꺼내 공손히 받쳐 올렸다.

"손국새가 육백리 긴급서찰로 보내온 상주문이옵니다."

건륭이 겉봉을 뜯으면서 툭 쏘아붙였다.

"자네들의 그 군기처는 아예 없애버리는 편이 낫겠더군! 서화문 밖에 자네와 장정옥의 거처를 마련해준 것은 일할 때 편리를 도모해 주기 위한 것이었네. 그런데 되레 의존성이 생겨 나태해지는 것 같다는 말일세. 당직 서는 장경조차 없이 군기처를 비우다니 너무 심하지 않나?"

들어오자마자 훈계를 들은 눌친은 연신 머리를 조아려 잘못을 인정했다.

"천만번 지당하신 지적이옵니다. 방금 지나오면서 보니 장경 하나가 남아 술을 마시고 있었사옵니다. 홧김에 내쫓아버렸사옵니다. 조속한 시일 내에 군기처를 정돈하겠사옵니다."

그러자 건륭이 냉소를 흘렸다.

"그러면 이 상주문은 그 술 취한 장경으로부터 전해 받은 것이 아니라는 말인가? 술에 취해 있어도 멀쩡한 사람보다 일만 잘하는데 웬 트집인가? 알고 보니 자네는 헛똑똑이로군. 고무용!"

"예, 폐하!"

"이부에 어지를 전하게. 전도에게 직예 주州의 주판州判 직을 내리고 형부 유통훈 수하에서 일하게 한다고."

"알겠사옵니다, 폐하!"

고무용이 물러가자 눌친이 영문을 모르겠다는 표정으로 조심스럽게 여쭈었다.

"폐하, 전도가 누구이옵니까?"

건륭이 잠시 눌친을 뚫어지게 쳐다보더니 대답했다.

"방금 자네가 엉덩이를 차서 내쫓았다던 그 친구네."

건륭이 말을 마치고는 바로 손국새의 긴급 상주문을 펼쳐들었다. 그러나 반쯤 읽고 나서는 안색이 확 변했다. 이어 평소의 그와는 달리 불같이 화를 냈다. 그리고는 눈썹을 치켜뜨면서 "탁!" 하는 소리와 함께 주장을 책상 위에 내팽개쳤다.

"말도 안 돼, 어찌 이런 일이 있을 수가 있나!"

건륭이 흥분을 감추지 못한 채 두어 걸음을 떼어 놓았다. 이어 다시 거친 숨을 몰아쉬었다. 윤록이 걱정스레 물었다.

"눌친, 도대체 무슨 일인가?"

"섬주陝州에서 죄수들이 탈옥을 했다고 합니다. 뿐만 아니라 감옥을 시찰 중이던 지부를 붙잡아 인질극을 벌이고 있다고 합니다. 오백여 명의 죄수들은 지금 자기들을 내보내주지 않으면 지부를 감옥 안에서 굶겨 죽이겠다고 아우성을 치고 있다고 합니다."

눌친의 대답에 윤록이 흠칫 놀라면서 황급히 건륭이 내던진 주장을 집어 들었다. 그러나 대충 훑어본 뒤 상주문을 도로 제자리에 갖다놓고 아무 말도 하지 않았다. 원래 윤록은 크고 작은 정무에 임하면서 자신의 소관이 아닌 일에는 언제나 가타부타 말없이 멀찌감치 비켜서 있고는 했다. 이번에도 그런 그답게 입을 다물었던 것이다. 모두가 건륭의 뚜벅거리는 발소리를 들으면서 침묵을 지키고 있을 때였다. 갑자기 건륭이 홱 고개를 돌리면서 물었다.

"열여섯째숙부, 이 일을 어찌 처리하면 좋을지 한번 고견을 말씀해 보시죠."

19장
죄수들의 반란

윤록은 건륭이 자신을 지목해 해결책을 물을 줄은 전혀 생각도 못하고 있었다. 그래서 고개를 숙이고 한참이나 생각을 한 끝에 결국 결심을 한 듯 대답했다.

"두 말이 필요 없사옵니다. 병부에서 군사를 파견해 진압해야 하옵니다. 주모자를 붙잡아 능지처참해야 마땅하옵니다. 태평성세에 이 같은 일이 발생하다니 실로 믿어지지 않사옵니다."

건륭의 시선이 이번에는 눌친에게 향했다. 눌친이 황급히 대답했다.

"신은 장친왕의 말대로 해서는 절대 안 된다고 생각하옵니다."

"뭣 때문에?"

건륭이 차갑게 물었다. 눌친이 미리 준비라도 한 듯 대답했다.

"닭 잡는 데 청룡도를 쓸 수는 없지 않사옵니까? 이만한 일에 조정의 군사를 동원시킨다면 조정의 체통이 손상될 우려가 있사옵니다. 또

탈옥까지 할 정도로 목숨을 내건 자들이 그 무엇인들 두려워하겠사옵
니까?"

그러자 건륭이 고개를 끄덕였다.

"일리 있는 말이네. 그렇다면 자네 생각에는 어찌하는 것이 좋겠는
가?"

눌친이 역시 시원스럽게 대답했다.

"신의 어리석은 생각으로는 노주盧州 사건을 처리했을 때 썼던 방법을
사용하는 것이 어떨까 하옵니다."

노주 사건은 10여 년 전 노주의 어느 고을에서 발생한 사건이었다. 당
시 장씨 성을 가진 집에서 혼례를 치르고 며느리를 맞아들였다. 그런데
첫날 밤 신부가 배짱도 좋게 어린 신랑을 침대 다리에 묶어놓은 채 인
질로 삼아 시댁에 재물을 요구했다. 사실 신부가 그런 말도 안 되는 짓
을 한 데는 다 이유가 있었다. 평생을 약속하고 정을 통한 남자가 있었
던 신부는 신랑 집의 재물을 탐내고 혼인을 했던 것이다. 말하자면 사기
결혼을 했다고 해도 좋았다. 그 일은 워낙 충격적이고 흔치 않은 사건이
라 주현에서 지부로, 지부에서 성으로 올라가 결국 옹정제까지 알게 됐
다. 옹정은 천하가 떠들썩한 가운데 무슨 일이 있어도 어린 신랑의 안전
만은 보장하라는 어지를 내렸다.

그러나 일을 꾸민 남녀는 워낙 총명한 지능범들이었다. 범인이 요구한
액수 역시 천문학적이라 열 살밖에 되지 않은 어린 신랑을 구출하고 범
인을 잡는 일은 말처럼 쉽지 않았다. 조정에서는 궁여지책 끝에 그 동
안의 전담 관리들을 제쳐놓고 이위를 투입시켰다. 이위는 명을 받자마자
바로 달려갔다. 그리고는 다짜고짜 오래 맡으면 정신이 몽롱해진다는 선
향線香(가늘고 긴 선 모양의 향)을 지피도록 했다. 얼마 후 향이 구멍을 통
해 방 안으로 들어가자 범인들은 싱겁게 무너지고 말았다. 도무지 해결

할 수 없을 것 같았던 사건은 이위 덕분에 3개월 만에 종지부를 찍었다.

눌친은 이처럼 노주 사건 때와 똑같은 방법으로 섬주의 탈옥 사건을 해결하고자 했다. 그러나 윤록은 고개를 절레절레 저으면서 자신의 고집을 꺾지 않았다.

"그때는 범인이 두 명뿐이었습니다. 때문에 그렇게 하는 것이 가능했습니다. 그러나 오백 명도 넘는 범인들을 모두 선향으로 제압한다는 것이 말이 됩니까? 그때와는 상황이 다른데 똑같은 방법을 써서는 안 되죠."

건륭이 윤록의 말도 일리가 있다고 생각한 듯 고개를 끄덕였다.

"열여섯째숙부의 견해도 그럴듯하군요. 그렇다면 과연 묘책이 없다는 말인가요?"

"폐하께서 무력으로 해결하는 것을 원치 않으시니……"

윤록이 뭔가 생각한 것이 있는 듯 입을 열었다. 그리고는 다시 말을 이었다.

"형식적으로 포위망을 치는 것이 어떨까 하옵니다. 아무리 강심장이라도 오랜 기간 위압감에 시달리면 버티기 힘들 테니 말이옵니다."

건륭이 즉각 고개를 저었다.

"그자들을 포위해서 주살하지 않는 것은 조정의 체통에 손상이 갈까 우려해서입니다. 결코 그자들을 불쌍히 여겨서가 아닙니다."

눌친이 미간을 모으고 한참이나 심사숙고하더니 천천히 입을 열었다.

"폐하, 섬주는 일명 '일지화'一枝花라는 사교가 본거지로 삼고 해악을 끼치는 곳이옵니다. 현령 한 명을 희생시키는 한이 있더라도 비적들의 음모가 이뤄지게 해서는 절대 아니 되옵니다. 그리고 하남, 산서, 섬서 세 성의 총독과 순무들에게 삼엄한 계엄령을 발동하도록 지시해야 하옵니다. 만 명의 억울한 희생자를 내는 한이 있어도 단 한 놈의 범인도 그물을 빠져나가지 못하게 해야 하옵니다. 또 손국새에게 엄명을 내려 이 소식을 봉쇄하도록 해야 하옵니다. 조정에서 흠차를 파견해 처리할 때까지 절대 소문이 퍼지지 않도록 단속해야 할 것이옵니다. 우리는 필경 지리적으로 멀리 떨어져 있사오니 세부적인 사항을 논할 수 없사옵니다. 낙양에 있는 아계는 무능한 사람이 아니니 믿고 지켜보는 것이 어떻겠습니까.”

건륭이 눌친의 침착하고 세밀한 분석에 적이 만족하는 표정이었다.

“당장 뾰족한 방안이 떠오르지 않으니 눌친 자네의 말대로 해보세. 그러면 이 일은 자네가 맡아 처리하게. 아계라면 내무부의 사무관 말인가? 회시에서 진사에 합격한 사람 말이지?”

눌친이 황급히 대답했다.

“그렇사옵니다, 폐하. 폐하께오서 번저藩邸(황제가 제위에 오르기 전에 거처하던 집)에 계실 때 그 사람이 비단을 비롯한 공품 상납을 독촉하러 남방을 다녀온 적이 있사옵니다. 확실하고 똑똑한 인간성만큼이나 일처리도 깔끔한 사람이옵니다.”

“흠차 파견은 서두르지 말게. 허나 정유廷諭에는 언제든지 흠차를 파견할 수 있다고 가능성을 명시해두게.”

건륭은 그제야 평소의 침착함을 되찾았는지 눈 덮인 창밖을 내다보면서 느릿느릿 말했다.

“가능하면 조정을 놀라게 하지 않으면서 손국새와 아계 두 사람이 현지에서 처리하는 것이 최선인데……. 오늘은 그만 물러가게. 급한 용무가 있으면 양심전으로 기별을 넣게.”

건륭이 섬주 탈옥 사건의 해결책을 강구하고 있을 때 낙양에 있던 아계는 손국새의 긴급 헌명憲命을 받았다. 그리고는 예정일보다 하루 앞당겨 섬주에 도착했다.

감옥은 섬주성 서북쪽에 있었다. 드물게 지하에 있는 감옥이었다. 두툼한 황토층에 축조한 것으로 구조가 두부처럼 네모반듯했다. 뜰로 통하는 통로는 하나뿐이었다. 멀리서 보면 뜰의 네 방향에 구멍이 숭숭 뚫려있는 것처럼 보이는데 바로 그 곳이 감방이었다. 지상에는 사방에 높은 담벼락이 둘러쳐져 있었다. 네 모퉁이에는 당연히 망루가 있었다. 이곳이 바로 하남성은 말할 것도 없고 전국에서도 철통같은 경계로 소문난 섬주 감옥이었다. 때문에 그동안 중범과 사형을 기다리는 중죄인들을 수없이 많이 수감시켰어도 한 번도 문제가 생긴 적이 없었다. 그런데 문제는 바로 거기에 있었다. 수년 동안 무사, 무탈하게 지내온 탓에 옥졸들의 기강이 해이해질 대로 해이해졌던 것이다. 심지어는 달이 차도록 한 번도 감방에 내려가 순찰을 돌지 않는 경우도 있었다.

새로 부임한 섬주의 주령州令 미효조米孝祖는 그처럼 구조가 특이한 감방은 처음이었다. 신기한 생각이 들 수밖에 없었다. 결국 구경삼아 내려가서 둘러보다가 봉변을 당하고 말았다. 일찍부터 폭동을 일으키려는 음모를 가지고 있었던 죄수들은 제 발로 걸어 들어온 '먹잇감'을 놓칠 턱이 없었고, 미효조를 인질로 잡았던 것이다. 물론 수행하던 관리와 옥졸들도 모두 끌려 들어갔다.

아계의 행서行署는 악왕묘岳王廟 서북쪽에 있었다. 누각에 올라 아래를 굽어보면 감옥의 전경이 한눈에 안겨오는 곳이었다. 아계가 도착하기 전 미리 낙양에서 투입한 2000여 명의 녹영병들은 이미 그곳에서 나흘 밤 나흘 낮 동안 감옥을 겹겹이 둘러싸고 포위하고 있었다. 그러나 여전히 이번 인질 납치 사건의 두목이 누구인지 파악하지 못했다. 아계가 오늘 그들의 두목과 대화를 나누기로 결정한 것도 바로 그 때문이었다. 그는 곧 검은 양가죽 외투를 걸치고 감옥의 망루에 올랐다.

"여봐라! 아래에 있는 사람들은 귀를 기울여 들어라. 우리 지부 아 태존太尊께서 너희들과 대화를 나누고 싶다 하신다!"

천총千總 한 명이 손을 나팔모양으로 만들면서 큰 소리로 외쳤다. 갑자기 시끌벅적하던 소리가 뚝 멈췄다. 아래에서는 잠시 침묵이 흘렀다. 한참 후 누군가 빈정대는 소리가 들렸다.

"태존은 무슨 빌어먹을! 우리는 할 말이 없으니 혼자서 실컷 지껄이라고 해!"

그러자 아계가 한발 앞으로 나서면서 큰 소리로 물었다.

"너희들 두목이 누구냐? 나와 얘기 좀 하자."

아래는 다시 조용해졌다. 그러더니 한참 후에 답변이 들려왔다.

"우리에게 두목 따위는 없어."

아계가 큰 소리로 빈정대면서 앙천대소했다.

"사람이 대가리 없이 어찌 사는가? 나는 만주 대장부 아계라는 사람이다. 너희들 중 영웅임을 자처하는 사람이 있다면 나서거라."

"얕은 수작 부리지 마. 우리는 그런 얕은 속임수에 넘어가지 않을 거야. 우리 두목을 가르쳐주면 나중에 목을 따려고 그러는 줄 누가 모를 줄 알아?"

아계의 얼굴에 노기가 스쳐 지나갔다. 그는 입꼬리를 끌어올리면서 냉소를 터트렸다.

"나도 너희들과 괜히 입씨름할 생각은 없다. 딱 한마디만 하겠다. 살아남고 싶은 사람은 일찌감치 투항하라! 하루 동안의 여유를 줄 테니 인질을 풀어 놓아라. 그렇지 않으면 갑문을 열어 간하澗河의 물을 방출할 것이다. 보아하니 물만 대면 양식장으로는 그저 그만일 것 같은데!"

"우리 손에 잡혀 있는 인질들을 죽일 생각이라면 마음대로 해. 어차피 우리는 모두들 죽을 각오가 된 사람들이니까! 칠품관 하나에, 팔품

전옥, 아역 여남은 명까지 이 많은 사람들을 다 죽일 셈인가?"

"그들이 아직 살아 있다고 보지 않는다."

"믿지 못하겠으면 물을 쏟아부어봐. 그러면 알 것 아니냐."

"그래 좋아, 누가 이기나 한번 해보자. 여봐라!"

아계가 화가 날대로 난 듯 고함을 질렀다.

"예!"

"성 동쪽의 간하 상류를 막아 물을 끌어 오너라. 개자식들 물이나 실컷 처먹고 뒈지라지. 잘 들어라, 너희들이 원하는 대로 해줄 테니 기대해라. 육 척 깊이면 충분하겠지?"

그들은 아계가 그런 식으로 나올 줄은 미처 예상치 못한 듯 조용하던 지하 감방에서 갑자기 수군거리는 소리들이 들려오기 시작했다. 뭔가 다급히 의논하는 것 같기도 했다. 그러기를 얼마나 했을까, 시커먼 천으로 얼굴을 가린 사내들이 봉두난발의 초췌한 관리 두 명을 앞세운 채 모습을 드러냈다. 이어 아계를 향해 냉소를 퍼부으면서 뇌까렸다.

"너희 관리들끼리 얘기해봐!"

아계는 금방이라도 폭발할 것 같은 분노를 애써 누르고는 숨을 고르면서 물었다.

"미효조 대인, 정말 가슴이 아픕니다만 마지막으로 당부 말씀이 있으면 해보시오. 내가 다 들어드리겠소."

오랜만에 햇빛을 마주한 미효조가 눈을 찌푸렸다. 동시에 완전무장을 한 채 서 있는 지상의 병사들과 아계를 바라봤다. 몰골이 엉망인 데다 얼굴도 백지장 같았다. 미효조가 천천히 입을 열었다.

"흠차 대인, 나는 상관하지 말고 방금 결정한 대로 하시오. 주저하지 말고 물을 대시오!"

"찰싹!"

말이 끝나기도 전에 미효조는 옆에서 지키고 섰던 죄수에게 따귀를 얻어맞고 말았다. 그러자 입가에서 순식간에 피가 터져 흘렀다. 그때 얼굴을 가린 키다리 사내가 씩씩거리면서 욕설을 퍼부었다.

"제기랄, 방금 약속한 것과 다르잖아!"

그러자 미효조도 더 이상 두려울 것이 없다는 듯 큰 소리로 외쳤다.

"이것들은 예사 죄수가 아니에요. 사교 일지화의 일당들이에요. 두목은 왕로오王老五라는 자와……."

사내들은 미효조의 말에 다급해진 듯 그에게 마구 발길질을 했다. 이어 즉시 안으로 끌고 들어갔다.

그 모습을 지켜보는 아계는 분노가 들끓어 견딜 수가 없었다. 어떻게든 미효조를 구해야 한다는 생각에 마음은 더욱 초조해졌다. 그는 잠시 생각한 끝에 소리를 질렀다.

"왕로오, 잘 들어라. 인질로 삼으려면 값어치를 따져봐야지 미효조 같은 무지렁이는 백년 껴안고 있어봐야 허사야! 조정에서는 너희들이 그를 구워먹든 삶아먹든 전혀 개의치 않아. 대가리는 멋으로 달고 다니냐? 생각을 좀 해 보거라. 미효조를 풀어주고 너희들 오백 명이 목숨을 부지하는 것이 나은지 아니면 다 함께 죽는 것이 나은지 말이야!"

잠시 후 밑에서 응답이 들려왔다.

"이봐, 아계! 너의 검은 속셈을 누가 모를 줄 아나? 네가 어미 배 속에서 꼼지락거릴 때 나는 이미 이 바닥에서 유명한 '염라대왕'이었어."

아계는 사내들의 말에 논리적으로 따져봤자 아무 소용없다는 판단을 내렸다. 으름장도 통하지 않을 거라는 판단을 내렸다. 그는 전략을 바꿔 사내들을 구슬려 보기로 했다.

"그래! 내가 오늘 임자 만났다 치지. 너희들의 의견을 수렴할 테니 뭐든 말해 보거라."

"진작 그렇게 고분고분하게 나올 것이지, 하하하!"

아래에서 징그러운 웃음소리가 터져 나왔다. 그들은 즉시 자기들이 원하는 조건을 내세웠다.

"여기에서 황하만 건너면 산서성 경내에 들어서게 된다. 배 열 척을 가져와라. 우리를 백 리 밖까지 데려다 달라. 물론 이 사람도 함께 말이야."

"잔머리 굴리지 마! 내가 너희들을 풀어준다고 너희들도 인질들을 풀어줄 거라고 어떻게 믿는단 말인가?"

아계가 반문했다. 그러자 지하에서 다시 고함소리가 들려왔다.

"나는 삼십 년 동안 강호를 누비면서 아무에게도 신용 잃을 짓을 하지 않았다. 황하를 건넌 뒤 오십 리 밖에서 인질을 돌려줄 것이다."

아계는 아랫입술을 지그시 깨물고는 긴박하게 머리를 굴렸다.

'황하를 건너 오십 리를 더 가면 동으로 가나 서로 가나 모두 인구가 밀집한 곳이야. 게다가 산도 많아 이자들이 몸을 숨기기에는 더없이 적합할 거야. 일단 황하를 건너버리면 인질을 돌려받고 이자들을 일망타진하는 일은 힘들 수밖에 없지.'

아계는 그렇게 오래도록 고민을 하고는 고함치듯 말했다.

"그쪽은 산서 경내이니 우리는 그렇게 멀리까지 따라갈 수 없다. 황하 한가운데에서 인질을 돌려받아야겠어. 사내끼리의 약속이니 우리도 너희들을 순순히 보내줄 것이다."

이번에는 밑에서 침묵을 했다. 한참 후 역시 같은 목소리가 응답을 보내왔다.

"그건 안 돼. 반드시 황하를 건넌 뒤 인질을 돌려보낸다!"

아계가 그러자 더욱 강하게 밀어 붙였다.

"내가 너희들을 그 먼 곳까지 '호송'했다는 사실이 조정에 알려지면 내 목은 달아날지도 모른다. 그래도 내 뜻을 받아주지 못하겠다면 마음대로 하라. 나도 골치가 아프니 일을 어렵게 만들고 싶지 않다. 서로 협의가 이루어지지 않는다면 그냥 물을 대버리고 말겠다!"

아계는 일부러 더 이상의 협상은 하지 않겠다는 듯 단호하게 말하고는 지하의 동정에 귀를 기울였다. 내부에서 의견이 갈리는 듯 다투는 소리가 들려왔다. 그러기를 얼마나 지났을까, 드디어 죄수들은 울며 겨자 먹기로 아계의 요구를 수용하기로 했다.

"좋아, 우리가 한 발자국 물러서지. 하지만 내 아우들이 먼저 언덕에 올라가 복병이 있나 없나를 확인한 후 인질을 내 줄 것이다. 그래 언제 떠날 건가?"

"지금!"

"말도 안 되는 소리! 시퍼런 대낮에 몇 백 명이 목표를 훤히 드러내면서 움직이라고? 오늘밤 초경쯤은 돼야 떠난다. 알았어? 초경!"

사내 한 명이 험상궂은 표정을 한 채 소리쳤다. 아계가 대답했다.

"그래, 초경에 떠나는 것이 더 안전할 것 같으면 그렇게 해라! 미리 경고하는데 여기를 떠난 뒤 나중에라도 감히 우리 하남을 기웃거리면서 혼란을 조성할 생각은 하지도 마라. 그렇게 했다가는 일문이 멸족당할 각오를 하도록 해라!"

아계는 내뱉듯 말하고는 곧바로 망루에서 내려와 악왕묘로 돌아왔다. 이어 신시申時가 다 되도록 휘하의 장령들과 밀의를 했다. 그리고는 각 영의 군사들을 몇 갈래로 나눠 비밀리에 움직이도록 명령을 내렸다.

드디어 초경이 되었다. 감옥 문은 예정대로 활짝 열렸다. 선봉을 맡은 죄수 몇 명이 밖으로 나와 관병이 있나 없나 동정을 살폈다. 그들은 수상한 점이 없다는 것을 확인하자 지하에 신호를 보냈다. 곧이어 요란한 발자국 소리와 함께 죄수들이 우르르 계단을 올라오기 시작했다. 다시 호각소리가 울리자 미리 준비를 한 듯 죄수들이 일사불란하게 몇 줄로 나뉘었다. 옥졸 한 명이 유지등油紙燈 두 개를 들고 죄수들에게 다가갔다.

"왕로오가 누구냐?"

"여기 있다. 무슨 일인가?"

죄수들 틈을 비집고 나온 사내가 못내 흥분이 되는 듯 떨리는 목소리로 대답했다. 옥졸은 등불을 왕로오에게 건네주면서 또박또박 힘을 주며 말했다.

"동, 서, 남 세 곳은 우리 태존께서 이미 보초병을 세워두고 있으니 어설프게 경거망동하지 말도록 하라. 북쪽에 여섯 척의 배가 대기하고 있다. 그중 한 척은 우리가 인질을 돌려받기 위해 둔 것이니 나머지 다섯 척으로 강을 건너도록 하라. 이 두 개의 등으로는 미효조 나리를 비춰라. 등불이 꺼지는 순간 우리도 화살을 날리고 총을 발사할 것이니 명심하도록 하라. 이는 우리 태존 나리의 군령이시다!"

그러자 왕로오라고 나섰던 사내가 대뜸 목에 핏대를 올리면서 떠들어댔다.

"우리가 요구한 대로 열 척을 보내주겠다고 약속해 놓고 왜 고작 다섯 척이야? 태존인지 뭔지 당장 불러와. 그렇지 않으면 우리는 그냥 옥으로 돌아가고 말테다."

옥졸이 대답했다.

"여기는 배가 다섯 척밖에 없어. 아우성쳐도 어쩔 수 없다고. 있으면서 안 내주는 것이 아니야. 우리 태존께서는 지금 군사를 동원시키느라 건너올 수 없어. 그렇지 않아도 태존께서 미리 말씀이 계셨어. 천명을 거스르고 마음대로 하고 싶으면 그리 하라고! 어차피 조정으로서는 크게 비중이 있는 관리도 아니니 우리로서는 별로 아쉬울 것도 없다고 하셨어."

왕로오가 그 말을 듣고는 악을 바락바락 쓰면서 두 팔을 마구 흔들었다.

"다들 원래 위치로 돌아가! 제기랄, 너 죽고 나 죽자. 어디 끝까지 해보자!"

하지만 간만에 바깥바람을 쐬게 된 죄수들은 왕로오의 말에 뜨악한 표정을 지었다. 그리고는 서로를 번갈아 볼 뿐 아무도 움직이지 않았다. 두목의 말 따위에는 신경조차 쓰지 않는 것 같았다. 겨우 빠져 나온 '지옥'으로 다시 돌아가려 하지 않는 죄수들이 왕로오와 실랑이를 벌이고 있을 때였다. 동, 서, 남 세 곳에서 일제히 불기둥이 치솟아 올랐다. 멀리서는 북소리와 징소리, 함성소리가 들려왔다. 그리고는 점점 더 가까워지기 시작했다. 뭔가 이상한 낌새를 챈 왕로오가 성큼 옥졸에게 다가갔다. 이어 그의 멱살을 틀어쥐면서 외쳤다.

"이게 도대체 무슨 짓이야?"

"내가 말했지."

사실 그 옥졸은 진짜 관리가 아니라 아계가 거금을 들여 초빙한 무뢰한이었다. 방자하고 간교하기 이를 데 없는 자였다. 그는 아계의 기대에 어긋나지 않게 전혀 두려운 기색 없이 눈을 빤히 치켜뜨고 말했다.

"유지등으로 미효조 나리를 비추고 있으랬잖아. 조금만 더 지체하면 화살을 쏠 테다!"

왕로오는 그제야 당황하는 듯했다. 화들짝 놀라면서 미효조를 곧장 유지등 옆으로 끌어당겼다. 과연 북소리와 징소리는 거짓말처럼 뚝 그쳤다. 자유를 눈앞에 둔 범인들은 다시 소란스럽게 떠들기 시작했다. 일부는 도망가자고 고함을 질렀다. 또 다른 일부는 부하들 목숨을 담보로 객기를 부리는 두목 왕로오에게 마구 욕설을 퍼부었다. 질서정연하던 행렬은 삽시간에 아수라장이 되고 말았다. 그 사이 죄수복을 입은 정예 관병 20여 명이 아무도 눈치 못 채게 슬며시 죄수들 속으로 섞여 들어갔다. 그리고는 자연스럽게 왕로오에게 접근했다.

왕로오는 부하들이 이미 통제불능 상태가 된 것을 알고는 비지땀을 철철 흘렸다. 더 이상 머뭇거릴 시간이 없었다. 결국 그는 하는 수 없다고 생각했는지 팔을 휘두르면서 고함을 질렀다.

"기왕 나왔으니 다섯 척이든 세 척이든 강부터 건너고 보자!"

지하에서 유일하게 강가로 통한 길은 갈 '지之'자 형태의 꼬불꼬불한 오솔길이었다. 그 길을 따라 내려가 보니 과연 저 멀리 게딱지만 한 시커먼 선박이 보였다. 죄수들은 환호성을 지르면서 서로 먼저 올라타겠다고 우르르 달려갔다. 왕로오는 측근들과 함께 미효조를 비롯한 인질들을 끌고 가장 먼저 배에 올라탔다. 그러자 미처 배에 타지 못한 죄수들이 언덕에서 욕설과 악에 받친 고함소리를 질러댔다. 완전히 아수라장이 따로 없었다. 그러자 처음의 여유 있던 모습이 다 사라진 왕로오는 빨리 떠나자면서 연신 고함을 질러댔다. 사공들은 힘껏 노를 저었다. 그렇게 배가 막 강가를 떠났을 때였다. 갑자기 왕로오가 들고 있던 유지등의 불이 꺼지고 말았다. 다급해진 그가 고개를 뒤로 돌리면서 괴성을 질렀다.

"어떤 놈이야? 뒈지고 싶어? 불이 꺼지면 화살이 날아온다고 했잖아!"

"관군은 화살을 쏘지 않을 거야. 꽃병에 든 쥐를 잡으려고 꽃병을 깨지는 않을 테니까!"

아계가 죄수들 틈에서 냉소를 터트렸다.

"누…… 누구야?"

"네가 보고 싶어 하는 아계라는 사람이다, 왜? 여봐라! 어서 덮치지 않고 뭐하는 거냐?"

아계가 대갈했다.

"예, 태존 나리!"

아계의 말에 20여 명도 더 되는 친병들이 우렁찬 고함소리를 질렀다. 그 소리는 어둠을 뚫고 왕로오의 바로 옆에서 들려왔다. 친병들이 일제히 꺼내든 비수가 어둠 속에서도 섬뜩한 빛을 내쏘았다. 왕로오는 흠칫 놀라 주춤하지 않을 수 없었다. 그 사이 미효조는 어느새 그의 손아귀를 빠져 나와 어둠 속에서 사람들 틈으로 숨어들었다. 죄수들은 곧이어 전혀 무방비 상태에서 칼을 맞기 시작했다. 날카로운 비명이 허공을 갈랐다. 죄수들은 마치 부나방처럼 한데 뒤엉켜 도망치다가 칼을 맞고 강에 떨어지거나 칼을 피하기 위해 물속에 뛰어들기도 했다. 당연히 악에 받쳐 친병들과 한판 대결을 벌이려는 자들도 있었다. 그러나 아무리 발악을 해도 오랜 동안의 훈련을 거친 정예 관군들을 대적하기에는 무리였다. 왕로오는 대세가 이미 기울었다고 판단했다. 그러나 우왕좌왕하면서도 주위를 맴도는 나머지 네 척의 배를 향해 고함을 지르는 것은 잊지 않았다.

"아우들, 청산이 그대로면 땔감 걱정이 없다고 했네. 필사적으로 도망가게. 하나라도 살아나가야 해!"

왕로오는 말을 마치자마자 스스로 물속으로 뛰어들려고 했다. 그러나 순식간에 그를 둘러싼 친병들에 의해 꽁꽁 묶이는 신세가 되고 말았다.

"한 놈도 도망가게 해서는 안 된다."

아계의 눈빛이 어둠 속에서 섬광처럼 번뜩이고 있었다.

조정을 떠들썩하게 만든 인질 납치극은 그렇게 관군의 완승으로 끝났다. 왕로오를 비롯해 서소산徐嘯山, 유본劉本 등 세 명의 두목과 죄수 삼사백 명은 생포했다. 나머지 백여 명은 마구 날아드는 화살에 맞고는 물속에 빠져 죽었다. 나머지는 행방불명이 됐다.

곧이어 큰 손실 없이 압도적인 완승을 거둔 것을 기념하기 위한 잔치가 열렸다. 막료들은 당연히 경쟁하듯 찾아와 아계에게 축하인사를 올렸다. 또 아계가 난동을 평정한 전체 과정을 상세하게 적어 황제에게 첩보주장을 올릴 것이라고 했다. 그러자 아계는 고개를 내저으며 사양했다.

"물론 대승을 거둔 것은 사실이오. 그러나 그리 호들갑을 떨 것까지는 없지. 또 나 혼자만의 공로를 지나치게 부각시키는 것은 옳지 않아. 이번 일은 총독과 순무가 묵묵히 뒷받침해주고 친병들이 열심히 싸워줬기에 가능했던 일이니까. 내가 말한 대로 주장을 올려줬으면 좋겠어. 무엇보다 중요한 것은 폐하의 홍복에 힘입었기에 두목들을 전부 생포할 수 있었어. 이 점도 명시해줘. 그밖에 미효조가 부임한 지 얼마 지나지 않아 경내에 이런 불미스러운 일이 발생했으니 본인은 억울할지 모르지만 그의 책임을 물어야 마땅한 것 같아. 미효조의 불찰로 수많은 인력과 재력이 낭비됐으니 그 죄를 물어야 마땅하다고 가능한 한 공손하게 상주하도록 하게."

막료들은 연신 알겠노라고 고개를 끄덕였다. 사실 이번 승리는 관군들이 전방에서 잘 싸웠기 때문에 승전을 거뒀다고 할 수 있었다. 그러나 아계의 말처럼 황제의 홍복이라는 주장을 올리면 황제의 용안에도 빛이 나고 크게 무리 없이 일을 마무리 지을 수 있을 것이 분명했다. 막료들은 고작 스무 살을 갓 넘긴 젊은 진사의 지혜로운 처사에 내심 감탄하는 눈치였다.

그로부터 20일이 지난 뒤 아계는 조정의 비밀문서를 받았다. 손국새에게 보내는 주비도 함께 동봉돼 있었다.

이번에 조정을 위해 실로 큰일을 해냈네. 손국새, 자네는 짐의 기대를 저버리지 않고 잘하고 있네. 실로 대견스럽고 믿음직하네.

기타 유공자들의 명단을 작성해 올려 보내도록 하게!

아래 공백 부분의 주비는 아계에게 보낸 것이었다.

첩보 주장을 읽고 벅차오르는 환희를 금할 길이 없었네. 짐이 축배를 들어 경하할 일이네!

아군은 한 사람도 다치지 않고 완승을 거뒀다니 실로 대단한 지혜와 모략이 아닐 수 없네. 평소에 손가감으로부터 경의 유능함과 청렴함에 대해서 들은 바 있네. 이번 일을 통해 자네가 과연 조정의 믿음직한 신하라는 사실이 분명히 입증됐네. 이번 탈옥 사건의 두목들은 자네가 직접 북경으로 압송해 엄벌에 처하도록 하게. 미효조는 부임 초에 현지 사정에 어두워 이런 사고를 초래했으니 죄를 묻기보다는 조심성이 부족한 책임을 묻기로 했네. 반년 녹봉을 압류하고 유임시키도록 할 것이네. 죄를 묻자면 전임 주령州令도 책임을 피할 수 없네. 손가감에게 어지를 내려 처리하도록 했으니 그리 알게.

보잘것없는 지부의 신분으로 장장 100여 자에 달하는 성지를 받는 것은 그리 흔한 경우가 아니었다. 그것도 천자의 흡족한 심정이 글자 하나하나마다 그대로 드러나는 성지였다. 아계는 그날 밤 지나친 흥분으로 한숨도 자지 못했다.

아계는 곧장 죄수들을 압송해 하남에서 북경으로 향했다. 그러나 풍설이 휘몰아치는 데다 길까지 질척거려 행군이 매우 어려웠다. 게다가

혹시 발생할지도 모르는 각종 불상사를 대비하느라 바짝 신경을 곤두 세우고 경계를 늦출 수 없는 여정이었다. 그러다 보니 족히 한 달이 걸려서야 겨우 북경에 도착할 수 있었다. 아계는 형부 대당大堂에서 업무 인수인계를 마친 뒤 비로소 안도의 숨을 길게 내쉴 수 있었다. 무거운 등짐을 지고 대장정을 마친 것 같은 홀가분한 심정이 그럴까 싶었다.

그는 집에 돌아오자마자 깊은 잠에 곯아떨어졌다. 그래서 다음날에는 한결 가벼워진 눈꺼풀을 번쩍 올리면서 눈을 뜰 수 있었다. 해는 이미 중천에 떠올라 있었다. 그는 몰락한 기인旗人(만주 팔기군) 가문에서 자랐기 때문에 북경에는 친구들도 많지 않았다. 멀리 하남까지 다녀왔음에도 그가 북경에 돌아왔다는 사실을 아는 사람도 별로 없었다. 집을 방문하는 이는 더욱 없었다.

아계는 쓸쓸하고 서글픈 마음에 반나절 동안 침대에서 뒹굴다가 관제묘로 바람을 쐬러 나가기로 했다. 눈을 밟으면서 정양문을 나서자 관제묘로 향하는 길에 삼삼오오 행인들이 가득했다. 관제묘 앞의 눈길은 덕분에 단단하게 다져져 있었다. 가게에서는 눈으로 여러 가지 모형을 만들어놓고 손님을 끌어들이느라 정신이 없었다. 그는 여기저기 두리번거리면서 절 안으로 들어가 향을 사르고 나왔다. 그때 그의 등 뒤에서 누군가 부르는 소리가 들려왔다.

"아계가 아닌가? 여기는 어쩐 일이야?"

"뉘시오? ……아!"

아계는 잠깐 동안 자신을 부른 사람을 유심히 뜯어보다가 누군지 알아보고는 손뼉을 치면서 반색을 했다. 수개월 전 은과 시험을 앞두고 잠시 붙어 다녔던 문우文友 하지였던 것이다.

"북경으로 돌아온 후 처음 만난 친구가 자네라네. 여태 북경에 있었는가? 다음 시험을 기다리는구먼. 자, 전에 우리 거점이었던 고씨 술집에 가서 한잔 하자고!"

아계가 못내 반가워하면서 잡아끌자 하지가 말했다.

"전에는 흉허물 없는 친구였어도 이제는 귀천이 달라졌잖은가. 그래도 이 벗을 잊지 않았다니 고맙구먼!"

아계가 다시 어린아이처럼 순진한 미소를 지은 채 말했다.

"조강지처糟糠之妻와 빈천지교貧賤之交를 버리면 벌 받는다고 했네. 밖에서는 위풍이 당당하나 북경에 돌아오니 문전이 한산한 것이 서글프기 그지없네."

"나는 지금 늑민을 불러 조설근의 집으로 가려던 참인데 그럼 자네도 같이 갈 텐가? 조설근이 우익右翼 종학宗學 일을 박차고 나온 것을 알고 있는가? 멀건 국물이나 거르지 않고 먹고 사는지 모르겠네."

하지가 한숨을 지으면서 말했다. 아계가 적이 놀라는 표정으로 물었다.

"여섯째어르신이 설근 그 친구를 무척 잘 돌봐주시는 것 같던데, 어찌 끼니를 걱정할 정도로 영락했다는 말인가? 듣자니 설근이 마누라도 여섯째어르신이 보내주신 여자라던데?"

"여섯째어르신은 크게 될 인물이야. 지금 지방 순찰을 떠나고 북경에 안 계시네. 휴! 설근이 요즘은 어떻게 지내는지 하도 궁금해서 찾아 가 보려던 참이네."

하지가 담담하게 말했다.

20장
낙방거사와 백정의 딸

아계는 하지를 따라 눈길을 한참이나 걸었다. 도착한 곳은 늑민이 머물고 있는 장씨의 정육점이었다. 그러나 가게 문은 굳게 닫혀 있었다. 방 안에서 늑민이 글을 읽는 목소리만 높았다 낮았다 하며 들려왔다.

"공자가 태산 기슭을 지날 때 한 부인이 무덤에서 슬피 울고 있었다. 공자가 자로에게 '부인께서 곡을 하시는 것을 들어보니 매우 비통한 듯합니다'라고 연유를 물어보라고 했다……."

늑민의 글 읽는 소리가 끝나기 무섭게 갑자기 여자의 애교 섞인 나무람 소리가 들려왔다.

"틀렸어요! 이 글자는 당신이 가르친 거잖아요. 경중輕重할 때 '중'重자가 분명한데 '종'從으로 읽다니요? 내가 뭘 모른다고 얼렁뚱땅 넘어가려는 거죠?"

아계와 하지는 방 안의 동정에 귀를 기울이다 말고 서로 마주 보면서 웃었다. 그때 늑민의 실소 섞인 말소리가 들려왔다.

"그 '중'자는 두 가지로 발음할 수 있네. 남들은 하나를 가르치면 열을 안다는데, 이 여자는 둘도 모르는군."

그러자 여자가 토라진 듯 대꾸했다.

"알았어요. 내가 언제 말로 싸워서 본전을 찾아본 적이 있나요? 계속해서 외우기나 해요!"

다시 목청을 가다듬는 늑민의 목소리가 들려왔다.

"석자오구사우호昔者吾舅死于虎, 오부우사언吾夫又死焉, 금오자우사언今吾子又死焉. 몇 년 전에는 시아버님이 호랑이한테 잡아 먹혔는데, 작년에는 지아비, 이번에는 아들마저 잡아먹혔습니다."

늑민이 감정을 넣은 채 글을 읽는데 여자가 깔깔대면서 끼어들었다.

"문장 내용 자체에 문제가 있네요. 게다가 당신은 또 잘못 읽기까지 했어요. 외삼촌이 호랑이한테 잡아먹히고 지아비가 말에 치어죽고 아들도 말에 치어 죽었다, 이런 뜻인 것 같은데 도대체 말도 안 되죠. 어떻게 한 집에서 둘씩이나 말에 치어 죽는단 말이에요? 그리고 말 '마'馬자가 분명한데 당신은 왜 '언'焉이라고 읽어요?"

늑민이 참다못해 풋! 하고 웃음을 터트렸다. 이어 기가 막힌다는 듯 한숨을 지었다.

"그게 어찌 '마'자인가? 눈 부릅뜨고 똑바로 보라고! 그리고 '구'舅자는 무조건 외삼촌을 뜻하는 것이 아니야. 옛날에는 시아버지를 뜻했다고. 알겠나이까, 마님?"

아계와 하지와 밖에서 입을 틀어막은 채 킥킥거렸다. 두 남녀가 토닥토닥 사랑싸움을 하는 소리가 참으로 정겹다고 생각했다. 곧이어 하지가 문을 두드리면서 일부러 목소리를 굵게 한 채 고함을 질렀다.

"장씨 있는가? 세금 받으러 왔네."

"무슨 세금을 매일 받아? 사람 잡겠네, 정말."

갑자기 거적문이 벌컥 열렸다. 곧이어 세모눈을 앙칼지게 부릅뜬 여자가 두 손을 허리춤에 지른 채 삿대질을 하는 모습이 아계와 하지의 눈에 들어왔다.

"우리는 더 이상 세금 낼 일 없어! 다 받아갔잖아, 파렴치한 것들 같으니라고!"

여자는 흥분한 나머지 거친 숨을 몰아쉬다가 뚝! 하고 입을 다물었다. 그제야 상대를 알아본 여자는 미안해서 어찌할 바를 몰라 했다. 귓불까지 빨개져서는 쥐구멍이라도 찾고 싶은 것 같았다. 여자가 손으로 입을 가리면서 고개를 숙였다.

"저는 또 하 선생이신 줄도 모르고……."

"늑민, 자네 침대머리에는 분칠한 호랑이가 앉았군."

그 사이 하지와 함께 온 아계를 알아보고는 반갑게 웃는 늑민을 향해 하지가 농담을 건넸다.

"숙제검사는 다 마쳤나? 이렇게 다그치는 사람이 있으면 다음에는 저절로 철썩 붙겠는데?"

옥아는 하지의 말이 끝나기도 전에 슬그머니 자리를 떴다. 세 사람은 격의 없이 인사말을 나눴다. 얼마 후 아들과 함께 안뜰에서 돼지를 잡고 있던 장명괴 내외가 손님이 왔다는 말에 급히 달려 나와 하지 등을 반겨 맞았다.

"어찌 이리 오랜만에 걸음 하셨습니까, 하 선생. 이제 막 돼지머리를 솥에 안쳤으니 기다렸다가 드시고 가시죠. 따끈한 황주도 데워 놓겠습니다."

"이분은 하남성의 지부로 있는 아계라는 사람이에요. 술직차 북경에 왔는데 늑민 형하고 같이 설근이를 만나러 가려는 참이에요."

하지가 장명괴에게 아계를 소개했다. 늑민은 두 사람이 자신을 찾아온 이유를 듣고는 황급히 입을 열었다.

"잘 왔네, 그렇지 않아도 설근이가 어찌 지내고 있는지 걱정하던 중이었는데!"

그러자 어느새 다시 돌아온 옥아가 한마디 끼어들었다.

"조설근이라는 사람은 내가 보기에는 별 볼 일 없어 보이던데요? 그런데 어째서 다들 그리 그 사람 걱정을 하시는 거예요? 사내가 일하기를 그렇게 싫어해서야 어디다 쓰겠어요? 《홍루몽》인가 뭔가 하는 그 따위 책을 쓰면 밥이 나오나요, 떡이 나오나요?"

옥아가 혼잣말로 중얼거리면서 안뜰로 들어갔다. 이어 남동생에게 막 삶아서 김이 펄펄 나는 팔뚝만 한 고깃덩어리와 간, 심장 등을 건네줬다. 그리고는 신신당부를 했다.

"늑민 형님한테 들게 하지 말고 네가 들고 가. 길이 미끄러우니 조심하고!"

그러자 하지가 황급히 사양을 했다.

"이번에는 내가 술을 사기로 했으니 그만 두시오. 보아하니 양이 그리 넉넉하지도 않은 것 같은데 우리한테 다 주고 나면 식구들은 뭘 먹고 살겠소."

옥아는 그래도 막무가내로 동생의 등을 떠밀었다. 하지는 즉각 주머니에서 반냥짜리 은자를 꺼내 탁자 위에 내려놓았다. 아계 역시 다섯 냥짜리 은덩이를 꺼내놓았다. 마음씨 착한 장명괴 일가가 아무리 열심히 일해도 가난에서 벗어나지 못하는 현실이 마음 아픈 모양이었다. 그러자 장명괴는 그들의 호의에 당황해 몸 둘 바를 몰라 하면서 황급히 사양했다.

"이러시면 안 됩니다, 절대 안 됩니다. 두 분 선생 모두 늑 상공相公(젊은 선비에 대한 존칭)의 벗인데 이러시면 소인들의 성의를 무시하는 것이 옵니다. 그러니······."

그러나 세 사람은 장명괴의 말이 끝나기도 전에 이미 대문을 나서고 있었다. 잠시 후 등 뒤에서 옥아의 고함소리가 들려왔다.

"이봐요, 주량도 약한 사람이 적당히 하세요!"

"누구는 좋겠다, 저렇게 걱정해 주는 사람도 있고! 겉보기에는 성격이 엄청날 것 같은데 참 착하고 고운 처녀인 것 같네."

아계가 늑민을 향해 말했다. 하지가 고개를 끄덕이더니 한숨을 지었다.

"그렇고말고. 비록 남 앞에 버젓이 나설 수 있는 직업을 가진 것은 아니지만 일가족 모두 착한 사람들이지! 늑민 자네는 변변한 가족조차 없어. 그러니 마음이 통하면 이제 그만 식 올리고 정식으로 살림을 차리는 것이 좋지 않을까?"

늑민은 시무룩하게 웃을 뿐 대답이 없었다. 옥아 때문에 고민이 꽤 많은 듯했다. 그래도 일행은 웃고 떠들면서 길을 재촉했다. 그러다 보니 어느새 조설근의 집이 저 앞에 보였다.

아계가 조설근의 집을 방문한 것은 이번이 처음이었다. 그로서는 궁금한 점이 많을 수밖에 없었다. 그는 목을 빼들고 이곳저곳을 살폈다. 가장 먼저 담벼락을 따라 자그마한 냇물이 졸졸 흐르는 모습이 눈에 띄었다. 그 냇가에는 커다란 홰나무가 버티고 서 있었다. 또 나무 밑에는 돌로 만든 탁자와 의자가 놓여있었다. 여름에는 시원한 나무그늘 아래에서 유용하게 사용됐을 것이나 지금은 두터운 눈 이불을 뒤집어쓰고 있었다. 그리 크지 않은 뜰도 토담에 에워싸여 있었다. 고드름이 길게 드리운 삼간 초가집은 거북이처럼 낮게 엎드려 있었다. 토담 안에는 석류나무가 한 그루 서 있었다. 일부러 남겨놓은 듯 빨간 석류 하나가 눈을 뒤집어 쓴 나뭇가지 사이로 살며시 고개를 내민 채 설경에 새로운 운치를 더해주고 있었다. 다들 조설근은 역시 다르다면서 감탄을 금치 못했다. 그들이 막 사립문을 두드리려고 할 때였다. 갑자기 뒤에서 덩치 큰 말을 타고 달려오는 사람이 있었다. 일행이 놀라서 뒤를 돌아보니 그는 다름 아닌 전도였다. 그들은 서로 이렇게 만날 줄 몰랐던 터라 반갑게 인사를 나누었다. 하지가 먼저 물었다.

"오늘 어쩐 일이야? 설근이가 청첩장이라도 돌렸나?"

"아, 아계 어른이 개선하셨군!"

전도가 반색을 하면서 읍을 했다. 이어 일행이 문을 두드리고 잠깐 기다리자 거적문이 삐걱 하고 열리면서 조설근이 모습을 드러냈다. 조설근은 늑민 일행을 알아보고는 무척이나 반가워했다.

"다들 어쩐 일이야? 어서 들어오시게. 아계 나리는 언제 귀경하셨나?"

조설근은 서둘러 사람들을 방으로 안내했다.

집안은 대단히 비좁았다. 몇 사람이 들어서서 앉으니 무릎이 맞닿을 지경이었다. 아계는 주위를 둘러봤다. 정방과 서쪽 방은 통해 있었다. 그러나 천장에는 햇볕을 가리기 위한 천막조차 보이지 않았다. 동쪽에 무명천으로 반쯤 가려져 있는 곳은 부엌인 것 같았다. 남향 창가 아래에는 허름한 책상이 있었다. 그 위로 벼루와 붓이 어지러이 널려 있었다. 구들 위에는 만들다 만 듯한 연과 종잇조각, 가위, 풀대접이 있었다.

방경은 갑자기 손님들이 우르르 몰려드는 것을 보고는 서둘러 방을 치웠다. 그리고는 대충 앉을 자리를 마련해 놓았다. 이어 사람들에게 몸을 낮춰 인사하고는 나지막이 조설근에게 말했다.

"제가 물을 끓여 차를 내올 테니 잠깐만 기다리세요. 술도 없고 반찬도 내놓기 쑥스러운데 어떡하죠?"

조설근이 난감해 하는 방경의 얼굴을 잠시 바라봤다. 그리고는 어쩔 수 없다는 듯 말했다.

"별수 없지. 차로 술을 대신하는 수밖에. 담수지교淡水之交에는 술이 필요 없고 깊은 도리를 깨우치는 데는 차가 제격이라 했는데 뭐가 어떤가!"

그러자 늑민이 말을 받았다.

"그래서 우리가 준비해 왔다네. 여기 삶은 돼지간도 있고 안주도 여러 가지 있어. 내가 모모를 시켜 술을 받아오게 할 테니 형수는 이걸 데워 주시기만 하면 돼요."

옥아의 동생 모모가 늑민의 말이 끝나기 무섭게 들고 있던 보퉁이를 방경에게 건네줬다. 방경은 웬일인지 유난히 조심스럽게 움직이고 있었다. 하지가 그 모습을 보고는 조설근을 향해 말했다.

"이제 곧 아이 아버지가 된다지? 부럽다, 부러워! 흙먼지 떨어지는 집에서 살면 어떤가, 갖출 것은 다 갖췄는데!"

하지의 말에 사람들이 한바탕 웃음을 터트렸다. 그때 모모가 갑자기 창밖을 손가락으로 가리키면서 말했다.

"형, 저기 멜대 메고 오는 사람은 육육六六 아닌가요?"

늑민이 모모의 말에 창밖을 내다봤다. 과연 한 사내가 걸어오고 있었다. 자세히 보니 그는 늑민이 은과에 떨어져서 거리를 떠돌 때 술과 옥수수떡을 내주면서 용기를 북돋아 주던 육육이라는 사내였다. 그의 어깨에 걸린 멜대 한쪽에는 무게가 네댓 근은 실히 될 것 같은 잉어가 매달려 펄떡거리고 있었다. 그가 조설근의 문 앞에 멈춰 서서 멜대를 내려놓은 다음 큰 소리로 안에 대고 외쳤다.

"늑 상공! 조 선생! 안에 계십니까? 옥아 처녀가 황주를 보냈습니다!"

방 안 가득 들어앉은 사람들은 육육의 말에 기뻐서 펄쩍 뛰면서 뛰쳐나왔다. 조설근이 술통과 잉어를 방 안에 들여놓으면서 희색이 만면한 얼굴로 말했다.

"자네는 나의 왕륜汪倫(당나라 때 이태백에게 술을 끊이지 않게 대줬던 사람)이네. 술이 고파 미치기 직전이었는데 말이야. 자네도 가지 말고 같이 실컷 마셔 보자고!"

"조 선생, 황송하옵니다. 소인이 어찌 낄 자리 안 낄 자리 모르고 아무데나 들어앉겠습니까. 지난번에도 술 마시고 늦게 들어갔다가 주인에게 뒈지게 혼났습니다. 빌어먹을 영감탱이가 얼마나 사나운지 모릅니다."

육육이 말했다. 이어 빈 통을 들고 일어서면서 덧붙였다.

"옥아 처녀가 그러는데 술과 잉어 모두 아계 나리의 돈으로 샀으니 부담 갖지 마시라고 했습니다. 양껏 드시되 늑 상공은 술을 좀 적게 드시라고 신신당부했습니다."

육육의 말에 좌중의 사람들이 일제히 늑민을 바라보면서 웃었다. 문어귀로 몇 걸음 떼던 육육이 다시 고개를 돌려 조설근에게 말했다.

"조 선생, 혹시 마님께서 산달이 돼 여러 가지로 도움이 필요하시면 소인의 마누라를 보내드리겠습니다. 가까이 있으니 주저하지 말고 불러주십시오."

말을 마친 육육이 콧노래를 흥얼거리면서 대문을 나섰다.

술도 있고 안주도 풍성해지자 좌중의 사람들은 기분이 한껏 들떴다. 조설근은 주인답게 주전자에 술을 가득 따라 난로 위에 올려놓았다. 부엌에서 고기를 끓이는 구수한 냄새가 방에 가득 퍼졌다.

아계는 사람들이 담소를 즐기는 틈을 타 슬그머니 자리에서 일어났다. 이어 방경이 생선을 손질하느라 여념이 없는 틈을 타 부엌으로 들어갔다. 그리고는 몰래 50냥짜리 은표를 소금단지 밑에 눌러놓고 나왔다. 사실 그는 조설근의 집에 들어서는 순간부터 명문망족名門望族의 후예가 이다지도 빈한한 생활을 한다는 사실에 놀라기도 하고 안타까운 마음을 금치 못했다. 그가 자리로 돌아와 한숨을 지으면서 말했다.

"설근 형이 이렇듯 청빈하게 살고 있을 줄은 정말 몰랐네."

그러자 전도가 말을 받았다.

"설근 형은 해 뜰 날이 얼마 남지 않은 사람이야. '하늘이 나에게 재주를 줬으니 언젠가 반드시 그 재주를 쓸 곳이 있을 것이다'天生我才必有用라는 말이 있잖아. 게다가 황은이 호탕하고 관대한 정치가 봄 햇살 같은데 뭐가 걱정이야? 설근 형의 조부이신 조인 어르신은 온 천하가 우러러 모시는 영웅이시고, 지금 폐하께서도 대단히 존경하시는 분이라고! 설근 형이 예기銳氣를 조금만 거두고 조정의 부름에 쾌히 응한다면 입신출세는 시간문제라니까!"

조설근이 시무룩하게 웃을 뿐 아무 반응이 없자 늑민이 나섰다.

"공자는 진陳나라에 있을 때 너무 가난해서 등겨도 못 먹었어. 또 회음후淮陰侯(한신韓信을 일컬음)도 빨래하는 아낙에게서 밥을 빌어먹었고. 설근 형이 지금 조금 빈한하게 사는 것도 하늘이 큰 중임을 맡기려고 그러는 것 같아. 어쩌면 좋은 일일지도 모르지."

아계도 뭔가 할 말이 있는 듯 입술을 움찔거렸다. 그러나 조설근이 먼저 입을 열었다.

"여러분의 진심을 내가 어찌 모르겠는가. 하지만 늑민이 나를 성현과 나란히 비교한 것은 너무 과분한 것 같아. 하늘이 나를 인간 세상에 내려 보낸 것은 고생시키려 함이니 나는 벼슬과는 인연이 없을 것이야. 나역시 벼슬자리에 나가고 싶은 마음이 없어. 하늘이 나를 가엾이 여기시어 내가 인간세상에서 허덕이고 돌아갈 때 기서奇書 한 권이라도 남기게 해줬으면 더 바랄 게 없네."

그러자 하지가 크게 고개를 끄덕이며 말을 받았다.

"나는 여태껏 설근 형을 쫓아다니면서 원고를 쓰는 대로 읽어보고 베끼고 하다 보니 설근 형 못지않게 《홍루몽》에 애착이 가. 《홍루몽》이

천추만대에 회자되지 못한다면 내 눈을 도려내 여러분들의 술안주로 내놓겠네! 이 책은 탈고하는 즉시 기서奇書가 될 것이라고 믿어. 그리고 이 얘기는 언젠가 다 모인 자리에서 하려고 했는데 오늘 이렇게 모였으니 지금 하지. 지난번 내가 은과에서 낙방했을 때야. 어느 날 이상한 꿈을 꾼 적이 있어. 꿈에 어떤 곳에 가니 거기에 방이 나붙어 있더군. 그런데 지나가던 행인들이 퉤퉤 침을 뱉으면서 그 위에 이름이 오른 자들은 모두 공명만 좇는 똥파리라면서 매도하는 것이 아니겠어? 내가 다가가 보니 방은 행인의 말을 입증하듯 '수'獸, '조'鳥, '충'蟲 세 부분으로 나눠져 있더군."

전도가 그 말에 "푸!" 하고 웃음을 터트렸다.

"자네가 질투를 해서 일부러 꾸며낸 것은 아니겠지?"

하지가 대답했다.

"전혀 아니라고는 말할 수 없지. '수'부部에 이름이 오른 이들은 관직에 오르면 인혈을 빨아먹고 인육을 먹는다고 한다더군. 포식하고 나서 불룩한 배를 쓸어내리면서 산으로 돌아간다고 하지. 듣기 좋게 말하면 '공명을 이루고 퇴장한다'고 할까? 그 다음으로 과거시험에 합격했으나 벼슬길에 오르지 못한 사람은 '조'부에 속한다고 했네. 이 부류의 사람들은 오직 벼슬살이를 인생의 전부라고 생각하기 때문에 수단과 방법을 가리지 않는다고 해. 권력에 편승해 앵무새 노릇을 충실히 한다고 해서 그렇게 분류한 것 같아. '충'부에는 말 그대로 늦가을의 처량한 벌레 같은 처지의 사람들만 있어. 흰 수염이 석 자가 되도록 책만 읽지만 시험에 합격하지 못하고 가슴속에 한을 품고 쓸쓸히 생을 마감한다네. 하기야 이런 벌레들이 인간세상의 태반은 될 것이니 인생이라는 것이 참 가여운 거지."

하지의 장탄식이 끝나기도 전에 아계와 늑민, 전도 등은 크게 웃음을 터트렸다. 이어 아계가 술잔마다 술이 가득 차 있는 것을 보고는 먼저 한잔을 꿀꺽 마셨다. 그리고는 입을 쓰윽 문지르면서 말했다.

"욕 한번 질펀하게 잘했네! 그에 비춰보면 나와 전도는 이미 '수'부에 발을 들여놓았군! 내가 이번에 섬주에서 탈옥 죄수들을 백 명도 넘게 죽였으니 인육을 먹었다는 말도 틀리지 않고!"

그러자 전도가 물었다.

"그래, 배가 불렀는가?"

"아직."

아계가 우스꽝스런 몸짓을 하면서 선뜻 농담을 받았다. 얼마 후 방경이 접시에 곱게 담은 요리를 가져왔다. 조설근이 즉각 그것을 받아 식탁에 올려놓았다. 그리고는 말했다.

"자네들에게만 하는 말이 아닌 것 같아. 온종일 책과 씨름하는 나도 고기를 먹고 쌀도 먹고 하지 않나. 고기를 먹을 때는 들짐승 같고 쌀을 먹을 때는 새 같은 느낌이 들곤 해. 기름이 다 타고 등잔불이 꺼져 더 이상 글을 쓰지 못할 경우 가끔 내 모습을 돌이켜볼 때가 있지. 고개를 들어 장탄식 하고 고개를 숙이면서 눈물짓는 내 모습을 생각해보면 가을벌레 그 이상 그 이하도 아닌 것 같더군. 인생은 색색공공色色空空이라고 했거늘 잘난 사람, 못난 사람 할 것 없이 어느 누구도 이 범주에서 벗어날 수 없을 것이야."

조설근이 말을 마치자마자 바로 젓가락을 들었다. 그리고는 접시를 두드리면서 소리 높여 노래를 부르기 시작했다.

관직에 오른 이도 가업이 영락할 때가 있고, 부귀한 이도 금은보화가 사라질 때가 있다네. 베풀면서 사는 사람 죽음을 피하듯 무정한 사람 분명 인과응보가 있다네. 목숨 빚은 목숨으로 갚고 눈물 빚은 눈물로 갚게 되니 원망과 미움은 속절없는 것이요, 헤어짐과 만남은 미리 정해진 인연이라네. 삼생三生의 인연 간파한 이는 공문空門으로 은둔하나 어리석은 자는 섣부른 망동妄動으로 성명性命을 잃을 것이네.

시처럼 잔잔한 노랫소리에 좌중의 사람들은 잠시 숙연한 기분에 사로잡혔다. 풍성한 주안상 앞에서였으나 분위기는 한껏 가라앉았다. 그러자 조설근이 분위기를 돌리려고 나섰다.

"모처럼 만났는데 본의 아니게 여러분의 흥을 깨뜨린 것 같군! 평소에 보고 느낀 것을 벗들에게 털어놓았다 생각하고 가볍게 넘겨주게. 지난번 은과 시험을 앞두고 만났을 때가 엊그제 같은데 세월이 흘러 오늘 다시 만났구먼. 그 사이 각자의 신변에 꽤 많은 변화가 생긴 것을 보니 감회가 새로워. 나중에 다시 만날 때는 또 얼마나 달라져 있을지 궁금하군."

아계가 감개에 젖어 술잔을 비우고서 입을 열었다.

"틀림없이《홍루몽》에 나오는 곡曲일 테지. 참 좋은 내용인데 너무 소극적인 것 같아. 우리는 누가 뭐래도 신선이 아니야. 오욕칠정이 있고 오곡을 먹고사는 사람이라는 말이지. 글쟁이들은 세속적인 것을 추구하지 않는다고는 하나 일단 수수밥이라도 배불리 먹어야 책도 더 잘 읽고 글을 계속 쓸 수 있지 않겠는가! 나는 이번에 폐하를 알현하고 나면 외성으로 파견될 수도 있어. 물론 안 돼도 상관은 없지만. 만약 외임外任으로 나가게 된다면 나하고 같이 가서 바깥구경을 하고픈 생각은 없는가?"

조설근이 아계의 말에 사람 좋게 요리를 집어주고 술잔을 들라는 시늉을 했다. 이어 입을 열었다.

"나도 사실은 거인 시험을 본 적이 있는 사람이야. 신선이 아닌 인간이라는 말이지. 보시다시피 지금 연을 만드느라 한 구들 널어놓고 있지 않나. 연을 만드는 것도 내다 팔아 쌀을 사오기 위한 것이지. 북경에 괜찮게 사는 벗들이 적지 않게 있기 때문에 가끔 들여다보고 도와주고는 해. 먼젓번에는 윤계선尹繼善이 북경에 술직차 왔다면서 나에게 식객으로 따라갈 생각이 없느냐고 묻더군. 마침 집사람이 임신 중이라 흔쾌히 응하지 못했어. 사실 식객이 되는 것도 그리 창피한 일은 아니라고 생각해. 집사람이 해산하고 나면 금릉金陵에 한번 다녀올까 해!"

조설근이 실소를 하면서 말을 이었다.

"식객에 대해 나보다 더 많이 아는 사람이 있으면 나와 보라고 해. 내가 어렸을 적에는 우리 집에도 난다 긴다 하는 명사들이 식객으로 많이 들어와 있었거든. 그런데 이제 내가 식객으로 남의 집에 가게 됐으니……."

조설근이 말을 멈추더니 다시 한 번 한숨을 내쉬었다. 이어 식객에 대한 나름대로의 견해를 재미있게 엮어 읊조리기 시작했다.

한 줄一筆의 글은 멋지고,
두 가지二等 재능은 드러내지 않네.
세 근三斤 술은 토할 정도는 아니고,
사계절四季 의복은 볼 때마다 똑같네.
오목五子棋은 아무리 놀아도 물리지 않고,
여섯 단락六出의 곤곡昆曲(중국 전통극 곡조 중 하나)은 사양하지 않는다네.
칠자七字(칠언) 시는 끝내주고,
여덟 장八張의 마조패馬弔牌(중국의 오락놀이패)는 볼 필요도 없다네.
구품九品 직함은 선택할 여지가 없고,
십분十分(충분히) 온화하니 속되지 않다네.

좌중의 사람들은 누구나 할 것 없이 크게 웃었다. 이후 그들은 밤이 새는 줄도 모르고 주령을 하면서 술잔을 기울였다.

이튿날 아계는 상서방으로부터 즉각 입궐해 황제를 알현하라는 통지를 받았다. 잠시라도 지체할세라 바로 말을 달려 서화문에 도착했다. 그러나 그는 북경의 관리가 아닌 탓에 패찰이 없었다. 그래서 이름만 말해놓고 문 밖에서 기다렸다. 잎담배를 한 대 태울 정도의 시간이 흐르자 태감 한 명이 나오더니 큰 소리로 물었다.

"어느 분이 아계 나리십니까? 군기처로 들라 하십니다!"

말을 마친 태감은 곧 돌아섰다. 아계는 뒤따라온 하인에게 말고삐를 건네주고 부랴부랴 태감을 따라 나섰다. 융종문을 지나 군기처 앞에 도착해 직명을 말하자 안에서 장정옥의 목소리가 들려왔다.

"들어오게."

"예!"

아계는 응답과 함께 성큼 방 안으로 들어갔다. 두툼한 솜 거적이 출입문 안쪽에 드리워져 있는 탓에 방 안은 훈훈했다. 장정옥은 양반다리 자세로 구들 위에 앉아 있었다. 창가의 의자에는 1품 관리 복장을 한 사람이 앉아 있었다. 산호 정자 뒤에 쌍안雙眼공작 화령을 꽂은 그 사람은 두 손을 무릎에 올려놓은 채 유심히 아계를 훑어보고 있었다. 아계가 예를 갖춰 인사하기를 기다렸다가 장정옥이 웃음 띤 얼굴로 말했다.

"두 사람 서로 알고 지내게. 여기 이분은 운귀 총독 장광사 장군이네. 호는 거산居山이지. 그리고 이쪽은 방금 얘기했던 하남성의 지부 아계라는 사람이야. 앞으로는 그대의 부장副將이 될 것이니 유심히 봐두게. 그리고 아계, 장광사 장군은 당대의 명장이고 영웅호걸이시니 대명을 들었을 거라 믿네. 자네는 이제부터 무관으로 장 장군의 휘하에서 일하게 됐네. 게으름 피우지 말고 열심히 배우고 노력하면 좋은 일이 있을 것이네."

아계는 자신이 종4품인 지부 직에서 네 등급 높은 종2품 부장副將으로 진급했다는 말을 듣고 흠칫 놀랐다. 당연히 승진 자체는 싫을 까닭이 없었다. 그러나 무관으로 신분이 바뀌리라고는 꿈에도 생각하지 못했던 터라 다소 부담스러웠다. 짧은 순간 그의 머릿속으로 여러 가지 생각이 거쳐 갔다. 그리고는 자신이 아직 찬 밥 더운 밥 가릴 상황이 못된다는 결론을 내렸다. 그기 에서 웃음을 지은 채 장광사에게 격식을 갖춰 인사하고 나서 말했다.

"묘강 대첩에서 위망을 사방에 떨치신 장군의 위용을 흠모해온 지 오래되었습니다. 그런데 오늘 그 풍채를 가까이에서 뵙게 돼 실로 영광입니다. 후학後學은 장군을 따라 전력을 다해 일할 것을 언약합니다. 아직 대단히 부족한 사람이기는 하나 많이 이끌어주시고 가르침을 내려 주셨으면 합니다."

장광사의 얼굴에 희미한 미소가 스쳤다. 곧 그가 고개를 끄덕였다.

"내가 자네 나이 때는 한낱 천총千總에 불과했었지. 후생後生이 무섭다더니 옛말 그른 데 하나 없군. 자네는 이 나라 옛 신하의 후예이기도 하니 앞길이 창창할 것이네. 자네가 섬주 탈옥 사건을 어떻게 처리했는지에 대해 올린 주장을 나도 읽어봤네. 글 솜씨가 정말 뛰어나더군. 자네의 전략 역시 나무랄 데 없었으나 내 생각은 조금 다르네. 죄수들이 탈옥할 때 그 혼란을 틈타 제압했더라면 싸움을 더 빨리 끝내지 않았을까 하는 아쉬움이 있었네. 그런 의미에서 뒤에 벌어진 아슬아슬한 장면들은 사족蛇足이 아니었나 싶네. 이에 대해 자네는 어떻게 생각하나?"

첫마디부터 따지고 책망하는 느낌이 다분했다. 뿐만 아니라 은근히 아계의 공로를 무시하는 느낌도 있었다. 별로 뛰어난 것도 없는 사람이

오로지 만주족이라는 사실 하나 때문에 낙하산을 탔다고 비아냥거리는 것 같았다. 장정옥도 그런 점을 느낀 듯 미간을 찌푸렸다. 그리고는 그가 나서서 얼른 화제를 돌려 버렸다.

"이런 저런 군무에 대해서는 두 사람이 앞으로 지긋지긋할 정도로 논의할 시간이 있을 테니 사람 숨통은 좀 틔워주게. 조금 있다가 폐하께서 부르시면 아계 자네는 들어가서 폐하를 알현하게."

장광사가 먼저 자리에서 일어났다. 이어 장정옥을 향해 읍을 했다. 그러나 아계에게는 그저 머리만 끄덕여 보이고는 돌아서 나갔다. 아계는 일순 천만 근이나 되는 바위에 짓눌리는 듯한 압박감에 사로잡히고 말았다. 갑자기 몸도 심하게 떨려왔다. 그러나 그는 애써 그런 감정을 감춘 채 장광사의 뒷모습이 멀리 사라질 때까지 바라보다가 고개를 돌려 장정옥에게 말했다.

"장상께서 훈계를 하실 것이 있다면 주저 마시고 말씀해주십시오."

장정옥이 빙긋 웃어보였다.

"훈계라니? 내가 자네에게 무슨 훈계를 할 게 있겠나! 자네가 모시게 될 장 장군은 용병술이 뛰어난 사람일세. 그에 비하면 자네는 아무래도 이제 막 세상 밖으로 나온 햇병아리지. '병흉전위'兵凶戰危(병사兵事는 흉악하고 전쟁은 위험하다)라는 네 글자를 항시 명심해야 하네. 목숨이 오락가락하고 총칼이 번뜩이는 전쟁이 무서운 것인 줄 알아야 한다는 말일세. 자네는 아직 군권을 가지지 못했기에 윗선의 군령과 병영의 규칙을 충실하게 따르고 장군과 호흡을 잘 맞춰야 하네. 내가 알기로 자네는 다른 만주족들과 달리 겸허하고 책 읽는 욕심이 대단한 젊은이더군. 앞날이 유망하네. 큰 전쟁이 없는 동안 병서를 많이 읽어두게. 미리 칼을 갈아놓지 않고 급하다고 부처님 다리를 껴안고 진땀 흘려봤자 아무 소용없다네. 지금은 내 말이 실감이 안 날지 모르나 언젠가 큰 깨우침을 얻게 될 때가 있을 것이네. 지금 조정에는 무장으로 평생을 바치고 공로를 세운 노老 장군이 얼마 안 남았네. 악종기, 장광사 등이 전부이네. 때문에 자네 세대 사람들은 속된 말로 싹수가 보인다 싶으면 예전처럼 차근차근 진급하지 않고 껑충 높은 자리에 오르는 경우도 비일비재할 것이네. 부항 어르신도 문관이기는 하나 이번에 흠차로 지방에 내려갔어. 폐하께서는 그에게 절강과 강소 두 성의 열병식을 지휘하라 하명하셨네. 그래서 요즘은 병서를 읽고 정무보다 군무에 더 힘을 쏟는다고 들었네. 문관을 무관으로 바꿔 기용하는 것은 앞으로 크게 중용하려고 그러는 것이니 자네는 그 점을 잘 알고 있게."

장정옥의 덕담이 이어질 때였다. 태감 고무용이 들어와 아뢰었다.

"장상, 폐하께서 장상과 아계 나리를 들라 하십니다!"

"예, 폐하."

두 사람은 튕기듯 일어나 황급히 대답하고는 고무용을 따라 양심전으로 향했다.

두 사람이 양심전 뜰에 들어섰을 때였다. 안에서 와장창 하고 뭔가 깨지는 소리가 들려왔다. 둘은 깜짝 놀라며 잠시 발걸음을 멈추고 안에서 나는 소리에 귀를 기울였다. 건륭이 누군가를 크게 꾸짖으면서 화를 내고 있었다.

"이 일은 이미 그 누구에게 도움을 청해도 소용없는 일이야. 남에게 구걸하느니 스스로의 잘못부터 반성하라고 전해! 가는 길에 자녕궁에 들러 태후마마께 여쭤게. 이 일은 짐이 이미 결정을 내렸으니 더 이상 논할 여지가 없어. 짐이 저녁에 문후 올리러 가서 자세히 말씀 올릴 것이라고 전해!"

안에서 누군가 기어들어가는 목소리로 사정하는 소리가 들렸다. 그러자 다시 건륭의 짜증 섞인 고함이 들려왔다.

"알았어, 알았다고! 알았다고 하지 않았느냐. 어찌 그리 귀찮게 구는 것인가? 물러가게!"

잠시 후 육궁 도총관태감^{都總管太監} 대영^{戴英}이 사색이 돼 물러나왔다. 이어 두 사람 곁을 지나면서 장정옥을 향해 경황없이 절을 하고는 허겁지겁 걸음을 옮겼다. 장정옥이 아계를 데리고 들어가자 건륭은 뒷짐을 진 채 동난각 병풍 앞을 왔다 갔다 배회하고 있었다. 얼굴에는 화가 난 기색이 역력했다. 그 옆에서는 잔뜩 기가죽은 궁녀들이 엎드려 박살난 자기조각을 줍고 있었다. 장정옥이 예를 갖추고 나서 조심스레 여쭈었다.

"무엇 때문에 심기를 다치셨사옵니까, 폐하!"

건륭이 숨을 길게 내쉬면서 온돌로 돌아가 앉았다. 그리고는 천천히 입을 열었다.

"공적인 일 때문은 아니네. 돈비^{惇妃}가 오늘 사소한 일로 궁녀 하나를 때려 죽였다네. 후궁으로서 못할 짓을 해놓고 죄가 두려워 나랍씨와 태후마마를 찾아 갔다지 뭔가. 태후마마 앞에서 울고불고 하소연하면서 짐을 설득해줄 것을 부탁했다네. 대영은 태후마마의 부탁을 받고 온 것이네. 요즘은 궐 안이나 궐 밖이나 똑같이 법도라고는 눈곱만큼도 없이 난장판이야. 짐이 효를 중히 여겨 웬만하면 태후마마의 뜻을 거스르지 않는다는 점을 악용해 툭하면 태후마마를 찾아가지 않는가."

건륭이 화가 치밀어 오르는 듯 다시 물 잔을 집어 들었다. 그러나 잔은 비어 있었다. 그가 곧 명령을 내렸다.

"우유를 한 잔 가져오너라. 장정옥에게는 인삼탕, 아계에게는 차를 내리도록 하라."

두 사람은 연신 사은을 표했다. 이어 장정옥이 천천히 진언을 올렸다.

"폐하께서 이처럼 사소한 일로 심기를 다치셔서는 아니 되옵니다. 우리 대청의 황후나 비빈들은 자고로 인덕하시어 노비를 죽이는 일이 그리 흔치 않사옵니다. 명나라 때 같았으면 하루에도 노비들이 대여섯씩은 죽어나갔을 것이옵니다."

건륭이 말을 받았다.

"짐은 벌써 돈비를 폐위시켰네. 아무리 주종主從 관계가 분명하다지만 인명이 가장 우선시 돼야 하지 않겠나. 선제께서는 생전에 천하의 일인자임에도 불구하고 그 누구의 그림자조차도 밟기 저어하셨네. 전에도 몇몇 궁인들이 대들보에 목을 매고 우물에 뛰어들어 죽은 일이 있었지만 그건 어디까지나 자살이었네. 이번처럼 찻잔을 잘못 내려놓아 손을 좀 데었다고 몽둥이로 때려죽인 경우는 없었어. 밖으로 소문이 퍼지면 사람들이 후궁들에 대해 뭐라고 하겠는가. 또 자손들은 뭘 보고 배우겠는가?"

건륭은 애써 노기를 진정시키는 듯했다. 이어 한참의 침묵 끝에 아계를 향해 입을 열었다.

"형신한테서 좋은 얘기 들었으리라 믿네. 자네 직속상관 장광사는 만나봤는가?"

아계가 황급히 절을 올리면서 아뢰었다.

"예, 폐하. 폐하의 황은은 하늘보다 높사옵니다. 소인은 이렇게 갑자기 무관으로 임명될 줄은 꿈에도 몰랐을 뿐만 아니라 하루아침에 낙하산을 타게 될 줄도 몰랐사옵니다. 항상 가장 낮은 곳에서 출발해 어디에서든 조정과 백성을 위해 진력을 다하는 관리가 되고자 하는 소박한 꿈만 꾸어왔사옵니다. 하오나 이제 무관이 됐사오니 모든 것을 처음부터 시작하는 자세로 임하겠사옵니다."

건륭이 고개를 끄덕였다. 그리고는 깊이를 알 수 없는 검은 눈동자로 아계를 바라보다가 한참 후에야 다시 입을 뗐다.

"형신은 짐의 고굉지신股肱之臣이야. 그래서 짐은 형신에게 어떤 얘기든 감추지 않고 하는 편이라네. 솔직히 짐이 자네를 기용한 것은 자네가 만주족이기 때문이 아니야. 장유공과 전도는 모두 한족이지 않은가! 강희황제 때부터 국사에 몸담은 노신老臣들은 짐의 세대에 이르러 기력이 많이 쇠잔해 있네. 짐은 아직 젊으니 이제부터라도 젊은 인재들을 발굴해 이들 노신의 빈자리를 채워야겠네. 형신이나 악이태 모두 수십 년 동안 그 진가를 유감없이 발휘한 짐의 고굉들이네. 강희황제 때부터 앞만 보고 달려오느라 자신들의 삶은 챙길 여유가 전혀 없었지. 낙향하고 싶어 하는 속마음을 훤히 알고 있으면서도 마땅한 계승자가 없어 짐짓 모른 척하고 있는 실정이라네. 그렇지 않은가, 형신?"

장정옥이 황급히 대답했다.

"폐하께서는 실로 사려가 깊사옵니다. 인재는 대대로 많았사오나 흙 속에서 진주를 발견해 다듬어 놓지 못한 재상의 책임이 크옵니다. 신은 이를 대단히 송구스럽게 생각하옵니다."

그러자 건륭이 싱긋 웃음을 머금었다.

"그냥 자네 뜻을 들어보고자 한 것이네. 자네를 책망하려고 한 것은 아니네. 짐은 문관과 무관에 대해 칼로 자르듯 구분 짓는 것을 싫어하네. 짐은 문무를 겸비한 다재다능한 인재를 원하네. 무관이 됐다고 해서 손에서 책을 놓는 일은 없었으면 하네. 짐은 성조와 같은 일대 명군으로 천추에 남고자 하니 자네들 같은 현신들이 잘 보필해야 할 게 아닌가. 그게 짐의 바람이고 소망이네. 그리 알고 물러가게."

21장
귤 때문에 종학에서 싸운 황자들

장정옥은 멀어져 가는 아계의 뒷모습을 바라보면서 감개무량함을 느꼈다. 오늘 건륭이 아계를 대하는 태도가 지극히 파격적이었던 탓이었다. 더구나 아계에게는 별다른 말을 물어보지도 않고 흉금을 터놓은 채 자신의 의중을 남김없이 드러내 보이기까지 했다. 건륭은 보통 직분이 낮은 관리들 같은 경우에는 한꺼번에 여럿을 접견했다. 또 간단히 한두 마디 물어본 뒤 물리치기 일쑤였다. 장정옥은 오늘에서야 비로소 지금껏 건륭이 노신들의 낙향을 절대 윤허하지 않은 이유를 알 것 같았다. 건륭은 절대 인간적인 배려가 부족한 사람이 아니었다. 그저 마땅한 후임이 없어서 장정옥을 비롯한 옛 신하들을 곁에 붙들어두고 있는 것이었다. 장정옥이 잠시 생각하고 나서 천천히 입을 열었다.

"폐하께서는 나라를 다스리고 인재를 중용하는 방식이 담대하면서도 신중하시옵니다. 신은 그저 탄복할 따름이옵니다. 한 사람에 대해 확

고한 믿음이 생겼다면 그 사람을 과감히 중용해야 할 것이옵니다. 성조께서는 고사기가 서른 살밖에 안 된 풋내기일 때 그의 직급을 하루에도 일곱 번씩 바꿔주시고 그를 중용하셨사옵니다. 신 역시 스무 살의 나이에 상서방에 들어갔사옵니다. 부족한 경력과 연륜은 폐하를 조석으로 모시면서 가까이에서 느끼고 배우는 것으로 충분히 메울 수 있을 것이옵니다."

건륭이 깊은 생각에 잠긴 표정으로 말했다.

"짐도 그리 생각하네. 성조 초기에는 남명南明의 소조정小朝廷이 최후의 발악을 할 때였어. 또 삼번三藩의 할거로 인해 정세가 안팎으로 대단히 복잡할 때이기도 했지. 난세가 따로 없었네. 그러나 지금은 태평성세가 오래 지속되고 있어. 그러다 보니 인재가 넘쳐나기는 해도 옥석을 가리기 힘들다네. 더구나 요령이나 피우면서 관직을 넘보는 파렴치한 쓰레기들이 어지럽게 섞여 있어 난세 때처럼 진가를 알아보기가 쉽지 않다네. 다행히 지금은 성조 때처럼 인재에 목마른 때가 아니니 여유를 갖고 선택, 기용할 수 있지. 이것이 성조 때와는 다른 점이네. 삼 년 전인가, 과친왕의 집에서 연극 구경을 하던 중 희자 하나가 실수로 휘두른 칼에 다른 희자의 목이 떨어져나간 사고가 있었지. 그때 무대가 시뻘겋게 피바다가 됐어. 당시 윤당의 아들……, 이름이 홍정弘晸이라고 했나? 그 애는 그 자리에서 기절해 버리지 않았는가. 또, 열넷째숙부의 둘째 아들 홍명弘明은 지금도 부엌에서 닭 모가지만 비틀어도 두 손으로 얼굴을 가리고 감히 쳐다보지도 못한다고 하네. 성조 때 같았으면 생각도 할 수 없는 웃음거리가 아닌가? 부항이 무호無湖에서 열병식에 지각한 두 천총의 목을 쳤다네. 그러자 무호 장군이 주장을 올렸더군. '부항의 행실에 삼군이 두려움에 떤다'면서 지나치게 가혹하다는 뜻을 비쳤기에 짐이 주비를 내려 엄하게 꾸짖었네. 하늘과 같은 군법을 어겼으니 목을 치는 것이 당연한데 뭐가 문제가 되느냐고 말이네. 장군으로서 그렇게 물러터져서 선행만 베풀고 싶으면 삭발하고 절로 들어가라고 했네."

장정옥은 건륭의 길고도 긴 설명을 들으면서 내심 감복해마지 않았다.

"신은 세 분의 주군을 모셔왔사옵니다. 그러나 이제는 흙 속에 반쯤 묻힌 산송장이나 다름없사옵니다. 우리 대청의 극성極盛 시대를 못 보고 눈을 감을 것 같아 안타깝사옵니다."

건륭이 그러자 형형한 눈빛으로 먼 곳을 바라보면서 말했다.

"보고 갈 수도 있고 못 보고 갈 수도 있겠지. 허나 짐은 자네가 꼭 보고 가기를 바라네. 자네는 세 조대의 파란을 모두 경험한 역사의 산 증인이니 말일세. 사실 성조와 세종의 노력이 없었다면 오늘날 짐의 이 자리도 없었겠지. 선대에서 이룩한 성과가 없었다면 짐의 웅심도 한낱 헛것에 불과할 것이네."

건륭이 천천히 발걸음을 떼어 놓았다. 이어 그 옛날의 추억을 끄집어내는 듯 묵묵히 생각에 잠겼다. 그리고는 온화한 미소를 지은 채 말을 이었다.

"묘족들의 반란은 평정했으나 대소금천大小金川 지역이 문제야. 준갈이準葛爾 부족의 책릉 책망포탄策凌策妄布坦이 항복과 반란을 반복하니 시름을 놓을 수 없군. 짐은 이자들이 다시는 반란을 획책하지 못하도록 아예 싹을 잘라버릴 것이네. 지금의 문제는 내지內地의 정치가 아직 어수선한 것이네. 이것을 해결하지 못하면 기울인 노력에 비해 절반의 성과도 거두지 못할 가능성이 크네."

장정옥이 물었다.

"폐하께서는 내지 백련교의 움직임에 심려를 표하시는 것이옵니까?"

그러자 건륭이 고개를 저었다.

"백련교 같은 사교의 온상이 뭔 줄 아는가? 토지 집중, 부역賦役의 불균형, 지주와 소작농간의 불화…… 이런 것들이네. 빈익빈 부익부의 현상이 가중되고 있으니 사교가 생겨나고 창궐하는 것이 아닌가. 사람이 굶주리고 헐벗으면 무슨 짓인들 못하겠는가! 사교가 중원과 남방에 쉽게 발붙일 수 있었던 것은 이처럼 마음 둘 곳을 모르는 사람들을 종교의 이름으로 움직였기 때문이네. 정치가 제 궤도에 들어서서 사회 부조리가 하나둘씩 해결되고 부자들이 가난한 자들에게 베푸는 그런 세상이 오면 백련교는 근간을 잃게 될 것이네. 자네, 부항의 상주문을 읽어봤는가?"

장정옥이 황급히 대답했다.

"예, 폐하. 읽어봤사옵니다. 감숙성에서 지주들이 소작료를 올려 받기 위해 소작농들로부터 땅을 거둬들인다고 하니 이는 예삿일이 아니옵니다. 큰 충돌까지 빚어지고 있다니 더욱 걱정스럽사옵니다. 나라에서 부세를 감면시킨 것은 백성들에게 혜택을 주기 위한 것이 아니옵니까? 그런데 소수의 세력들만 배를 불리게 되었으니 큰 문제이옵니다. 그 결과 오히려 백성들은 땅을 잃는 결과가 되었으니 이는 결단코 용납할 수 없는 일이옵니다."

"그러면 자네 생각에는 어찌 하는 것이 좋을 것 같은가?"

장정옥이 기다렸다는 듯 즉각 대답했다.

"토지 겸병 현상은 진시황 때부터 어느 조대나 피해 갈 수 없었던 뿌리 깊은 고질병이옵니다. 태평성세가 길어질수록 이런 현상은 불가피하옵니다. 따라서 조정은 적절한 대처가 필요할 것 같사옵니다. 신의 어리석은 생각으로는 폐하께서 조서를 내리시어 부세 감면 정책의 진정한 의미를 온 천하에 가르쳐주시는 것이 어떨까 하옵니다. 지주들이 조정으로부터 받은 혜택의 반을 소작농들에게 나눠주라고 명하시는 것이

어떨까 하옵니다."

건륭이 오랫동안 침묵하다 다시 입을 뗐다.

"가진 자와 없는 자의 인간성을 그렇게 획일적으로 단정할 수는 없네. 부자들 중에도 베풀기 좋아하는 사람이 있고 불의한 자가 있듯 소작농들 중에도 부지런하고 정직해 남의 동정심을 유발하는 사람이 있는가 하면 게으르고 비열한 자도 있는 법이라네. 군이 따지자면 소작농들 중에 법도를 지키지 않는 사람이 더 많다네. 그렇지 않아도 지주들에게 무차별 공격을 일삼는 자들이 있는데 그런 조서까지 내리면 붙는 불에 키질하는 격이 되겠지. 일부 소작농들은 더 기고만장해져 소작료 납부를 거부할 것이네. 그렇게 되면 질서가 무너질 것이고……."

장정옥이 바로 건륭의 말에 공감했다.

"폐하의 말씀은 천만번 지당하옵니다. 하오면 쌍방의 입장을 절충해 소작료 인하를 권유하는 조서를 내려 그 반응을 시험해보는 것이 어떻겠사옵니까?"

"그렇게 시도해 보지."

건륭은 지주와 소작농 간의 문제가 역대 제왕들 모두가 풀지 못한 미완성의 숙제라는 것을 너무나 잘 알고 있었다. 부항의 주장을 받고는 심각하게 여러 가지 대책을 고민해보기도 했다. 그러나 뾰족한 수를 찾아내지 못했다. 장정옥의 말처럼 '소작료 인하를 권유'하는 식의 조치를 취해 보는 수밖에는 별다른 방법도 없는 듯했다.

장정옥은 조서 초안을 작성하라는 건륭의 명을 받고 자리에서 일어서려고 했다. 순간 그가 갑자기 가슴을 움켜잡고 휘청거렸다. 건륭이 그 모습을 보고는 다그쳐 물었다.

"형신 왜 그러나? 어디 안 좋은가? 안색이 창백하네."

장정옥이 애써 웃음을 지으면서 대답했다.

"이제는 노환이 들 나이옵니다. 일어나는 순간 머리가 좀 어지러웠을 뿐이옵니다."

장정옥은 황급히 강희로부터 하사받은 소합향환蘇合香丸을 꺼내 입안에 넣고 씹어 삼켰다. 그러자 차츰 안색이 정상으로 돌아왔다. 그는 건륭이 미처 말리기도 전에 바로 붓을 잡았다. 이어 건륭이 말한 내용을 하나하나 생각하면서 적어 내려가기 시작했다

천하를 다스리면서 애민愛民을 으뜸으로 삼는 것은 당연한 일이다. 애민지도愛民之道는 조세 감면으로부터 시작된다. 전량錢糧을 수납하는 쪽은 지주들이기에 조정의 조세감면 정책의 직접적인 수혜자는 지주들이다. 지주들은 조정으로부터 엄청난 혜택을 받으면서도 소작농들에게는 여전히 가렴주구를 그대로 적용시키고 있다. 이는 도의적으로 문제가 되지 않을 수 없다. 조정으로부터 열 개를 받았다면 그중 다섯 개를 소작농들에게 돌려주는 것이 바람직할 것이다. 강남에서 의로운 지주들이 소작료를 면제해줘 소작농들 사이에서 회자되고 있다 하니 짐은 실로 감명 받지 않을 수 없다. 온 천하의 지주와 소작농들은 모두 짐이 사랑하는 백성들이다. 지주들은 짐의 뜻을 깊이 헤아려 소작농들의 고충을 덜어주고, 소작농들은 그 고마움을 가슴 깊이 아로새겨야 할 것이다. 부디 인화人和로 천시天時를 감화시켜 더 큰 풍작을 거두기를 기원하는 바이다!

조서를 다 쓰고 난 장정옥은 떨리는 손으로 종잇장을 받쳐 들었다. 이어 조심스럽게 입김을 불어 먹물을 말린 다음 건륭에게 공손하게 건넸다. 건륭은 조서를 자세히 읽어보고 난 다음 고무용을 불러 건네주었다.

"눌친에게 즉각 인장을 찍어 전국 각지로 내려 보내라 하게."

건륭은 이어 장정옥에게 고개를 돌렸다. 그리고는 안타까움이 짙게

묻어나는 어조로 말했다.

"형신, 자네 많이 피곤해 보이네. 수라를 같이 해도 맛있게 먹지 못할 것 같으니 오늘은 그만 물러가게. 짐이 보기에 장유공이라는 사람이 문필이 괜찮아 보이니 내일 군기처로 들일까 하네. 일상적인 조서는 장유공에게 맡기고 자네는 잘못된 부분이나 바로 잡아주면 되겠네. 장유공에게는 좋은 경험이 될 것이고 자네는 덕분에 과중한 업무를 덜 수 있으니 일석이조가 아니겠는가?"

선릉은 장징옥이 물러가자 시계를 꺼내봤다. 신시가 막 지나가고 있는 시각이었다. 그는 서둘러 승여에 앉아 태후가 있는 자녕궁으로 향했다. 눈은 어느새 그친 뒤였다.

자녕궁 처마 밑에는 눈으로 만든 크고 작은 조각품이 가지런히 늘어서 있어 시선을 끌었다. 궁원을 청소하는 태감들은 눈으로 볼거리를 만드는 데 일가견이 있는 것 같았다. 가장 간단한 것은 산봉우리 모양으로 쌓은 것이었다. 또 운치 있는 정자와 생동감 넘치는 곰, 표범, 사슴, 학 등 동물 모양도 제법 그럴 듯했다. 태감들은 그처럼 건륭이 들어선 줄도 모르고 연신 삽으로 눈을 모아 조각품을 만드느라 여념이 없었다. 그러다 뒤늦게 건륭을 발견하고는 황급히 연장을 내던지고 그 자리에 굳어진 듯 시립했다. 건륭은 가타부타 말없이 궁전 안으로 들어갔다. 태후는 온돌에 앉아 있었다. 나랍씨와 돈비는 양 옆에서 그녀의 등을 두드리고 다리를 주무르면서 얘기를 나누고 있었다. 한 걸음 앞으로 성큼 다가선 건륭이 격식을 갖춰 문후를 올렸다.

"소자 태후마마께 문후 올립니다!"

"일어나시오, 폐하. 저쪽에 앉으시오. 수라는 드셨는지?"

태후가 말했다. 자리에 앉은 건륭은 돈비 쪽을 힐끔 바라봤다. 때마침 돈비 역시 건륭을 훔쳐봤다. 둘의 눈길이 허공에서 딱 부딪쳤다. 순간 돈비가 흠칫 놀라며 건륭의 눈길을 피해 고개를 숙였다. 건륭이 웃음 띤 어조로 태후에게 말했다.

"소자는 이제 막 관리들을 접견하고 내려오는 길입니다. 그래서 아직수라 전입니다. 어선방 얼간이들의 손맛이 엉터리여서 그자들이 만든 음식은 생각만 해도 입맛이 싹 가십니다. 그래서 태후마마께 한술 얻어 먹으려던 참이었습니다!"

태후가 웃는 얼굴로 돈비에게 말했다.

"뭘 하나, 어서 가서 폐하께서 즐겨 드시는 음식을 만들어 오지 않고!"

"예, 태후마마!"

돈비가 조심스레 온돌에서 내려섰다. 이어 건륭과 태후를 향해 몸을 낮춰 인사를 올리고는 잔뜩 주눅이 든 채 물었다.

"폐하께서는 어떤 음식을 드시고 싶으신지 분부를 내려주시옵소서."

겁에 질렸는지 돈비의 목소리는 가늘게 떨렸다. 건륭은 고양이 앞의 쥐처럼 떨며 옹송그린 돈비의 모습을 보자 불쌍하다는 생각이 들었다. 한편 사랑스럽기도 했다. 그러자 자기가 뭔가 잘못한 것 같은 느낌도 들었다. 그가 얼굴을 붉히면서 대답했다.

"담백한 음식 위주로 하게. 자네가 만든 돼지 간 요리가 먹을 만하던데, 그거 하나 볶아 올리게."

돈비는 건륭이 자기를 본체만체하지는 않을까 전전긍긍하던 차였다. 그런데 건륭은 의외로 다정다감했다. 그녀는 건륭의 말투에 적이 안도했다. 태후가 황공해하면서 물러가는 돈비의 뒷모습을 응시한 채 말했다.

"돈비는 성격이 좀 불같은 것이 흠입니다. 이번에 아주 혼쭐이 났을 겁니다. 대영에게서 황제의 뜻을 전해 듣고 나도 눈물이 쏙 빠지게 혼냈습니다. 처벌을 내리고 안 내리고는 황제의 권한입니다만 평소에 성격이 불같던 애가 하루아침에 된서리 맞은 뱀처럼 저리 주눅이 들어 있는 것도 보기에 참 딱하군요. 여인네들은 자존심을 목숨처럼 중히 여긴답니다. 안 그렇습니까, 폐하?"

건륭은 태후가 돈비의 편을 들 거라고 미리 짐작하고 있던 터였다. 그러나 처음의 결정을 번복할 수는 없는 일이었다. 그가 차를 홀짝이면서 짐짓 시무룩하게 말했다.

"어머니 말씀은 천만번 지당합니다. 태후마마, 황후, 비빈들 모두 소자를 아끼고 소자가 현명한 천자로 우뚝 서도록 도와주는 존재라는 것을 소자는 잘 알고 있습니다. 태후마마께서는 자비로움을 근본으로 여기시는 독실한 불교신자이니 잘 아실 것입니다. 설령 궁녀가 백 번 잘못했다 쳐도 하나의 소중한 생명이 아닙니까. 어떻게 화가 난다고 해서 몽둥이로 때려죽일 수가 있겠습니까? 그런 사람에게 아무런 처벌도 내리지 않는다면 아마 신령께서도 용서하지 않을 것입니다. 소자는 방금 전에 어마마마의 뜻에 따라 어지를 내렸습니다. 아시다시피 양홍기鑲紅旗 소속 삼등 시위가 유부녀를 겁탈하고 그 남편을 죽여 없앤 일이 있지 않습니까? 그때 육부가 의논해 면직 처벌을 내린 적이 있습니다. 당시 어마마마께서는 살인범에게 너무 관대한 처벌이라 하셨습니다. 동시에 그 죄를 엄히 물을 것을 하명하셨습니다. 그래서 소자는 그자의 일가를 멀리 흑룡강으로 유배 보냈습니다. 천자의 가족이라도 사람 목숨 앞에서는 평등합니다. 이미 소문은 파다하게 퍼졌을 것입니다. 그런 일을 은근 슬쩍 덮어 감췄다가는 곤란해집니다. 훗날 조정의 체통에 손상도 갈 것입니다. 소자 생각에는 돈비를 '빈'嬪으로 격하시키는 것이 좋겠습니다. 또 부리는 몸종 수를 줄이는 정도의 처벌도 내릴 생각입니다. 지은 죄에 비하면 처벌이 상당히 미약합니다. 그러나 앞사람이 던지고 간 한 움큼의 모래에 뒷사람이 눈을 다치는 불상사를 미리 막자는 생각을 한다면 적당하지 않나 싶습니다. 어마마마께서 처벌이 너무 무겁다고 생각되시면 의지懿旨(황태후나 황후의 명령)를 내리시어 면죄부를 주셔도 무방하겠습니다."

건륭은 태후의 감정을 다치지 않게 배려하는 것을 잊지 않았다. 그러면서도 자신의 주장을 충분히 설명하려 노력했다. 태후가 건륭의 말을 다 듣고 나서 부드러운 미소를 띠운 채 고개를 끄덕였다.

"폐하의 말씀이 지당하십니다."

태후의 말이 끝나기 무섭게 때마침 돈비가 자신이 준비한 요리를 받쳐 들고 들어섰다. 표정으로 볼 때 밖에서 두 사람의 대화를 대충 엿들은 것이 분명했다. 태후가 돈비를 향해 입을 열었다.

"돈비, 좀 서운하겠으나 폐하의 고충도 헤아려주게. 폐하는 조정의 체통도 생각해야 하는 분이시잖은가. 폐하의 어지에 따르도록 하게. 알겠는가?"

돈비가 "예!" 하고 대답했다. 이어 식탁 위에 요리를 내려놓고 돌아섰다. 얼굴에서는 눈물이 주르륵 흘러내리고 있었다. 건륭이 그 모습에 마음이 아파 막 돈비에게 위로의 말을 건네려고 할 때였다. 태감이 영련과 영황 두 황자를 데리고 들어섰다. 건륭이 접시로 향하던 젓가락을 멈추면서 물었다.

"지금 공부가 끝나고 돌아온 길이냐? 어마마마께 문후는 드렸느냐?"

영련과 영황 두 아들이 엎드려 머리를 조아렸다. 이어 먼저 몸을 일으킨 영련이 공손히 아뢰었다.

"예, 아바마마! 소자들은 막 어마마마의 처소에 다녀오는 길이옵니다. 어마마마께서는 감기 기운이 있다고 하셨사옵니다. 전염될까 걱정이 돼 문후 올리러 올 수 없어서 소자들에게 대신 태후마마와 아바마마께 문후를 올리라고 했사옵니다."

영련과 영황은 아직 어린아이였다. 둘 다 옥으로 다듬어 놓은 듯 용모가 수려했다. 붉은 명주실을 드리운 전모氈帽를 쓴 모습이나 옥색 장포와 금단을 수놓은 진갈색 마고자를 껴입은 것이 누가 봐도 호감을 가질 만한 외모였다. 아직 어린 탓에 젖 냄새가 덜 가신 목소리로 어른처럼 의젓하게 건륭의 질문에 답하는 모습 역시 무척이나 귀여웠다. 온종일 일에 지친 건륭은 둘 다 한꺼번에 품에 껴안고 부자지간의 정을 나누고 싶었다. 그러나 그럴 수는 없었다. 손자를 안을 수는 있어도 아들은 안아주면 안 된다는 조정의 '부도체존'父道體尊 기법이 너무나 지엄했기 때문이었다. 곧이어 건륭이 근엄한 표정을 유지하면서 물었다.

"오늘은 누가 강서講書를 했느냐? 《사서》는 어느 부분까지 읽었느냐?"

영련이 황급히 아뢰었다.

"오늘은 손 사부께서 모시毛詩의 〈석서〉碩鼠 부분을 가르쳤사옵니다. 장조 사부도 오늘 처음 들어와 서화를 가르쳤사옵니다. 오후에는 수업이 없어서 사부께서 저희 둘을 데리고 양 사부의 병문안을 다녀왔사옵니다. 거기서 돌아와 어마마마께 문후 올리고 오는 길이옵니다."

건륭은 별생각 없이 물은 말에 영련이 양명시에게 다녀왔다는 대답을 하자 곧바로 기분이 우울해지고 말았다. 오전에 태의원으로부터 양명시의 목숨이 경각에 이르렀다는 말도 들었던 터였다. 순간 그는 자신의 마음이 주체할 수 없이 가라앉는 것을 느꼈다. 그가 굳은 얼굴을 한 채 말했다.

"손가감과 사이직은 모두 학문이 깊고 뛰어나다. 그런 사람들의 가르침은 열심히 배우고 익혀야 하느니라. 그리고 숙부님들의 말씀도 잘 듣고. 알겠느냐?"

"예, 아바마마."

영련과 영황이 대답과 함께 머리를 조아렸다. 이어 태후에게 다가가 문후를 올렸다. 태후는 내내 부드러운 미소를 띤 채 두 손자의 귀여운 모습을 지켜보다 주위의 시선도 의식하지 않고 둘을 품에 끌어안았다. 그리고는 여염집 할머니들처럼 볼에 입을 맞추고 머리를 쓰다듬어주면서 귀여워 어쩔 줄 몰라 했다. 그리고는 나랍씨와 돈비에게 바로 분부를 내렸다.

"애들이 진종일 책과 씨름하느라 얼굴이 핼쑥해졌네. 저 멀리 산지에서 보내온 합밀과哈密瓜(참외의 일종)와 여지荔枝(대륙 남방의 열대 과일)를 좀 가져오게!"

영련과 영황 두 손자는 할머니의 품에 안기자 긴장이 풀어지면서 어린아이 본래의 모습으로 돌아가 천진난만하게 웃었다. 그 모습을 바라보는 태후가 느끼는 천륜의 즐거움은 무엇과도 바꿀 수 없을 만큼 컸다. 손자들의 작은 손을 들어 자신의 손바닥에 맞춰보기도 하는 등, 눈 안에 넣어도 아프지 않을 것 같았다. 그녀가 다시 입을 열었다.

"어느 사부님이 제일 좋아? 학당에 무슨 일이 있는 것은 아니지?"

영황이 바로 대답했다.

"평소와 별 다름이 없었어요. 그런데 오늘은 홍상弘晌(장황자 직친왕直親王 윤제允禔의 12번째 아들)숙부와 홍환弘晥(이친왕理親王 윤잉允礽의 12번째 아들)숙부께서 다투신 것 같았사옵니다. 서로 쳐다보지도 않고 말도 하지 않았사옵니다. 제가 홍승弘昇 칠숙에게 무슨 영문인지 여쭸다가 별 참견 다한다는 꾸중만 들었사옵니다. 장조 사부가 소자의 손을 잡고 매화꽃을 같이 그렸사온데, 내일 태후마마께 받쳐 올리겠사옵니다."

"누구하고 누가 싸웠다고 했느냐?"

건륭은 어느 정도 허기를 면하자 자리를 털고 일어났다. 황후의 처소로 가려는 듯했다. 그때 마침 고무용이 후궁들의 녹두패綠頭牌(후궁들의 이름이 적혀 있는 패쪽. 황제가 침수를 같이 할 사람을 선택함)를 가져왔다.

건륭은 생각 없이 돈비의 패를 꺼내들었다. 이어 물었다.

"무슨 말을 어떻게 하면서 다퉜느냐?"

할머니의 품에 안겨 과일을 먹고 있던 영황이 건륭의 질문을 듣자마자 황급히 태후의 품에서 벗어났다. 그리고는 공손히 아뢰었다.

"홍상숙부와 홍환숙부께서 다투신 것 같았사옵니다. 소자가 보니 홍환숙부께서 따라준 차를 홍상숙부께서 거칠게 밀어 내치면서 고개를 돌린 채 아무 말도 하지 않았사옵니다. 아무튼 평소의 모습들이 아니었사옵니다."

건륭이 다시 물으려 하자 태후가 끼어들었다.

"폐하, 그 사람들도 인간인데 젊은 기운에 가끔 토닥거리고 싸울 때도 있지 않겠습니까. 모른 체하시고 황후의 처소에 다녀오십시오. 폐하께서 자리해 있으니 우리가 조손 사이에 더 진한 애정을 나눌 수가 없지 않습니까!"

건륭이 태후의 말에 피식 웃으면서 대답했다.

"그러면 소자는 이만 물러가겠습니다."

건륭이 태후를 향해 깊숙이 허리를 굽히자 나랍씨가 나섰다.

"소첩도 아직 황후마마께 문후를 여쭙지 않았사오니 폐하를 따라 다녀오도록 하겠사옵니다."

나랍씨는 말을 마치자마자 바로 돈비를 향해 몰래 눈을 찡긋했다. 돈비의 얼굴은 어느 때보다 발갛게 상기돼 있었다. 건륭이 자신의 패를 뽑은 것을 보고 그에게 크게 밉보이지 않았다는 사실에 안도한 것 같았다.

겨울이라 그런지 토끼꼬리만 한 해는 빨리도 저물었다. 건륭과 나랍씨 둘은 자녕궁을 나섰다. 밖에는 어둠이 짙게 깔려 있었다. 구름 한 점 없이 맑은 하늘에는 이미 별들도 하나둘씩 모습을 드러내기 시작했다. 건륭과 나랍씨가 높은 담벼락이 바람막이 역할을 하는 좁다란 영항을 벗어나자 스산한 북풍이 덮쳐왔다. 건륭이 뼛속까지 스며드는 추위에 흠칫 떨면서 말했다.

"날씨가 이리 변덕을 부리니 황후가 감기에 걸리지. 오늘 자네 녹패를 뽑지 않았다 해서 서운해 하지 말게! 오늘밤은 돈비를 위로해 줘야 해. 내일 자네에게 갈 것이네."

"황후마마께서는 감기에 걸리신 것이 아니옵니다. 월경통을 앓고 계시옵니다. 많은 사람들 앞이라 소첩이 사실대로 말씀 올릴 수가 없었을 뿐이옵니다."

나랍씨가 가벼운 한숨과 함께 다시 말을 이었다.

"……두 달째 생리가 없다 하옵니다. 또 애기씨가 들어서신 것이 아닌지 모를 일이옵니다."

건륭이 그러자 씩 웃어보였다.

"그래서 자네도 조급해하는군? 짐의 아들을 생산하고 싶어서 말이야. 아들을 낳아 자신의 입지를 굳히고 싶은 게지. 안 그런가? 무슨 일이든 억지로 되는 법은 없으니 자연의 순리에 따르세. 짐은 아직 정력이 여전한데 뭘 그리 조급해 하나?"

그러자 나랍씨가 허리를 꼬면서 아양을 부렸다.

"정력이 여전하시면 뭘 하옵니까? 폐하께서는 사발의 음식을 드시면서 솥을 넘겨다보시는 분이 아니십니까. 호숫가에 앉아 강을 그리워하는 분이시온데……. 하늘을 봐야 별을 딴다고 했습니다. 그런데 신첩이 하늘을 볼 기회는 날로 줄어드는 것 같사옵니다."

건륭이 나랍씨의 애교 넘치는 속사포 같은 공세에 고개를 뒤로 젖힌 채 크게 웃었다. 이어 일부러 책망하듯 핀잔을 주었다.

"아녀자들의 질투가 무섭다더니 틀린 말이 아니군. 그래도 짐이 자네의 패를 뽑을 때가 황후보다는 더 많지 않았나! 황후는 이쪽으로는 담담하다 못해 무슨 병이 있지 않나 의심까지 받을 지경이네. 황후가 이러니 망정이니 같이 극성을 부렸더라면 짐은 제 명도 채우지 못하고 저세상에 갔을 거야!"

나랍씨가 다시 수줍게 입을 가리면서 말했다.

"폐하께서는 여자를 너무 좋아하시옵니다. 그걸 보면 유난히 정에 약하신 분 같사옵니다. 지난번 부항이 올려온 주장을 신첩도 읽어봤사옵니다. 폐하께서 마음에 두셨던 신양의 왕씨의 딸은 혼약을 치렀다 했지 않사옵니까. 그 일로 폐히께서 조금 우울해하시는 것 같았사옵니다. 사실은 신첩도 그리 밝히는 편은 아니옵니다. 비빈들은 아들을 못 낳으면 늘그막에 신세가 처량해진다기에……."

나랍씨가 갑자기 말을 멈췄다. 어느새 두 눈에 눈물이 그렁그렁 맺혔다.

"됐네, 눈물을 거두게. 자네 마음은 짐이 잘 알고 있으니 걱정하지 말게. 종수궁鐘粹宮이 가까워오니 행동거지를 조심하게. 눈물짓는 모습을 아무 데서나 보여서는 안 되네."

건륭이 천천히 위로의 말을 건넸다. 그러자 나랍씨도 몸가짐을 바로 하며 눈물을 거뒀다.

큰 황자 영황의 말은 틀리지 않았다. 그의 몇몇 숙부들 사이에 분쟁이 있었던 것은 사실이었다.

건륭이 황제 자리에 오른 이후 황자들은 규칙에 따라 매일 육경궁에 들어가 공부를 해야 했다. 오경五更에 입궐해 내무부에서 준비한 간식을 간단히 먹고 우선《사서》와《역경》을 공부를 시작했다. 이어 사시巳時 무렵에 아침 공부를 마치고 각자의 집으로 돌아갔다가 오후 미시未時 말에 다시 입궁해 신시申時에 저녁상을 받고 공부를 한 시간 더 해야 했다.

오후에는 오전과 달리 글공부 대신 금기서화琴棋書畵 중에서 임의로 하나를 선택해 배울 수 있었다. 필수과목으로 건청궁 시위들로부터 말 타기, 활쏘기와 무예인 포고도 배웠다. 이 역시 오후에 배우는 것이었다.

장친왕 윤록은 양명시가 위독하다는 소식을 접하고 오후 무렵에 홍효를 데리고 병문안에 나섰다. 덕분에 홍弘자 항렬의 황숙과 황자들은 오래간만에 자유를 만끽할 수 있었다. 그런데 일이 잘못되려고 그랬는지 손가감과 사이직도 업무 때문에 육경궁에 나오지 못했다. 이렇게 해서 사부와 집안 어른이 동시에 안 계시는 형국이 마련됐다. 처음에는 아무 일도 일어나지 않았다. 우선 홍첨弘曕(과친왕 윤례의 아들) 등 나이가 조금 있는 황숙들은 그저 한쪽에서 한가롭게 바둑을 두거나 가야금을 뜯었다. 또 나이가 어린 10여 명의 황자들은 간편한 옷차림을 하고 공자궁工字宮 밖에서 무예를 연마했다. 평온한 오후가 그렇게 지나가나 싶었다. 그런데 갑자기 폐태자 이친왕理親王 윤잉의 12번째 아들 홍환弘晥이 헐레벌떡 달려 들어왔다. 그리고는 묘한 말을 꺼냈다.

"다들 복귤福橘(복건성에서 나는 귤)이 먹고 싶지 않아? 주먹만큼 크고 씨도 없어. 오늘 새로 들어온 걸 내가 하나 슬쩍 훔쳐서 먹어봤거든? 한 입 베어 물면 사르르 녹아내리는 것이 꿀맛이 따로 없어. 둘이 먹다 하나가 죽어도 모를 맛이라니까. 오늘 열두 상자나 들어왔대."

홍환은 입맛까지 다시면서 너무나도 맛있게 설명을 했다. 당연히 몇몇 어린 황자들은 손가락을 입안에 넣고 침을 줄줄 흘렸다. 급기야 아직 어려서 철이 없는 홍진弘晉, 홍경弘曝 등 꼬마 황숙들은 그 유혹을 이기지 못하고는 머리를 맞댄 채 복귤을 훔쳐올 '음모'를 꾸몄다. 그들이 그렇게 한데 뭉쳐 킥킥대면서 나름대로 작전을 짜고 있을 때였다. 이친왕理親王 홍석弘晳(이친왕理親王 윤잉의 둘째아들)이 방 안에서 걸어 나오더니 힘껏 기지개를 켜면서 물었다.

"요 장난꾸러기들, 또 무슨 음모를 꾸미는 거야? 하라는 무예 연습은 안 하고 말이야. 열여섯째숙부한테 일러 혼 좀 내줄까?"

"친왕마마!"

홍경이 한발 앞으로 나서서 예를 갖춰 인사를 올렸다. 이어 사정하듯 말했다.

"어디선가 주먹만 한 복귤이 들어왔다고 합니다. 먹고 싶어서 도무지 공부가 되지 않습니다. 내무부 관리들은 친왕마마께서 큰기침만 한번 해도 빌빌 떠는 사람들이니 한 상자만 언어주시면 안 되겠습니까?"

홍석이 말했다.

"그까짓 복귤 한 상자 가져오는 것이 뭐가 그리 어렵겠나. 다만 갓 도착한 공물은 양심전과 종수궁에 먼저 올려야지 자네들이 먼저 먹는 것은 누가 봐도 예의에 어긋나는 행동이야. 그러니 조금만 참아. 이런 일 때문에 열여섯째숙부에게 혼나면 곤란하지 않겠어? 지난번에도 비슷한 일로 양 사부께 혼쭐이 나고도 그래? 다들 금지옥엽의 귀한 몸인데 사소한 일로 자꾸 훈계를 들어서야 되겠나?"

그러자 홍환이 뾰로통해서 대꾸했다.

"됐거든요, 셋째형님! 공물로 들어온 것은 입고하기 전에 정확한 숫자를 장부에 올리지 않는 걸요. 태감들도 먹고 있었어요. 한 상자 들고 오는 것이 부담스러우면 한 사람 앞에 하나씩만 가져다줘요. 폐하께서 아시더라도 애교로 봐주실 수 있게. 이친왕이 그 정도 배짱도 없어요?"

홍석이 홍환의 말에 고개를 갸웃거렸다. 타협책을 제시하려는 듯했다. 급기야는 홍상弘晌을 불러 말했다.

"봉신원奉宸苑으로 가서 조백당趙伯堂에게 말해. 어린 황자들이 복귤을 먹고 싶어 하니 밀봉이 허술한 상자에서 몇 개만 꺼내서 보내라고 말이야. 나 이친왕이 그러더라고 전해."

홍상은 세상을 떠난 직친왕直親王 윤제允禔(강희제의 큰아들)의 막내아들이었다. 그러나 오랜 수감생활을 하다 3년 전 세상을 떠난 아버지 때문에 다른 황숙들과 잘 어울리지 못했다. 심지어 따돌림을 당하기 일쑤였다. 그는 그런 나날이 이어지자 점점 더 기가 죽었다. 나중에는 착하다 못해 멍청해 보일 정도가 됐다. 평소에는 거의 집에만 있고 남들이 묻지 않는 말은 한마디도 하는 법이 없었다.

홍상 역시 복귤 얘기가 나왔을 때 여느 황숙들처럼 군침이 돌기는 했다. 그러나 아무 말도 하지 않고 그저 잠자코 있었다. 그러던 차에 홍석이 자신에게 심부름을 시키자 좋아서 어쩔 줄 몰라 했다. 급기야 방 안과 뜰 안 여기저기에 널려 있는 사람 수를 세기 시작했다. 모두 서른여섯 명이었다. 그는 모처럼 신이 났는지 곧바로 봉신원으로 달려가 공물 관리를 전담하는 조백당에게 이친왕의 뜻을 전했다. 조백당은 육경궁의 황자들이 원한다는 말에 두말없이 딱 서른여섯 개의 복귤을 정확하게 골라냈다. 이어 장부를 책임진 부하에게 운송 도중 이상이 생겨 처분한 걸로 하라고 지시한 뒤 서른여섯 개의 복귤을 상자에 담아 자신이 직접 육경궁까지 가져다줬다.

목을 길게 빼고 초조하게 복귤을 기다리던 황숙과 황자들은 일제히 함성을 질렀다. 그리고는 약속이나 한 듯 우르르 달려갔다. 이어 저마다 하나씩 들고 껍질을 벗겨 허겁지겁 먹기 시작했다. 결국 귤은 하나밖에 남지 않게 됐다. 홍상은 그게 자신의 몫이라 생각하고는 집으려고 했다. 그때 갑자기 등 뒤에서 홍환이 거칠게 손을 내밀면서 냉큼 귤을 집어갔다. 동시에 일부러 약 올리듯 홍상의 눈앞에서 귤껍질을 벗겨 발밑에 내던졌다. 그리고는 통통하게 잘 영근 귤 한 쪽을 떼어 입안에 홀랑 집어넣었다. 더불어 눈을 희번덕거리면서 너무 맛있어 기절할 것 같다는 표정까지 지었다.

"그까짓 거 안 먹어도 돼."

홍상은 화가 난 나머지 자신도 모르게 한 마디를 툭 내뱉었다. 이어 뭔가 이상하다는 느낌이 들었던지 주위 사람들의 머릿수를 다시 세기 시작했다. 결국 정작 본인은 빠트리고 셈에 넣지 않았다는 사실을 깨닫게 됐다. 그는 순간 복귤 하나를 얻어먹겠다고 힘들게 달려갔다 와놓고도 정작 냄새조차 제대로 못 맡은 것이 억울했다. 울컥 설움이 치밀어 올랐다. 나중에는 실망을 넘어 좌절감마저 들었다.

좌중의 황숙과 황자들은 얼굴 가득 억울한 표정을 짓고 있는 홍상 앞에서 일부러 쩝쩝 소리를 크게 내면서 복귤을 먹었다. 또 혀로 입술을 날름날름 핥으면서 과장되게 환상적인 맛이라는 것을 표현했다. 일부러 홍상에게 가까이 다가서는 소금 녹이듯 조금씩 야금야금 먹어대는 황숙들 역시 있었다. 홍상은 도무지 참을 수가 없었는지 버럭 화를 냈다.

"혀가 더럽게도 기네. 형제간이라는 것들이 남보다도 못해."

그러자 황숙들은 홍상의 반응이 재미있다고 느꼈다. 그를 골려주기 위해 더욱 열을 올렸다.

그처럼 홍상이 인내의 한계를 느끼고 있을 때 홍환이 마침내 붙는 불에 키질을 하고 나섰다. 홍상의 눈치를 힐끗 살피면서 옆에 있는 홍조에게 해서는 안 될 말을 건넨 것이다.

"봐, 보라고. 멍청이들은 이마에 멍청이라고 적혀 있지? 스스로도 쓸모없는 인간이라는 것을 인정했으니 그나마 좀 똑똑한 멍청이라고 해야 하나?"

홍환의 한마디에 주위 황숙들과 황자들은 손뼉까지 치면서 웃음을 터뜨렸다. 홍환이 으쓱해하면서 다시 입을 열려고 할 때였다. 갑자기 씨근덕대던 홍상이 단숨에 달려가 홍환을 확 밀어버렸다. 느닷없이 한방 얻어맞은 홍환은 비틀거리면서 그만 엉덩방아를 찧고 말았다. 아끼던 귤도 저만치 떨어져 먼지투성이가 됐다. 이어 홍상이 성난 사자처럼 달려들어 뒷걸음치는 홍환의 배를 냅다 걷어차면서 분노를 터트렸다.

"한 번만 더 까불어봐! 한 번만 더 골려 보라고! 내가 당하고 가만히 있을 줄 알아?"

그러자 좌중의 황숙과 황자들이 몰려들어 아우성을 쳤다. 조백당은 깜짝 놀라 자신에게 불똥이 튈세라 혼란스러운 틈을 타 슬며시 줄행랑을 치고 말았다. 이때 홍석은 동각에서 홍염과 바둑을 두다 바깥의 소란스러운 소리를 들었다. 급기야 벌떡 일어나 문을 열고 나왔다. 곧 그의 눈에 복귤 껍질이 어지럽게 널려 있는 광경이 들어왔다. 채 먹지 못한 복귤이 땅에 흉물스럽게 나뒹굴고 있는 모습도 보였다. 한편에서 한 무리의 아이들이 홍상과 홍환을 둘러싸고 있는 모습은 더 말할 필요가 없었다. 그러나 홍석은 누가 누구를 때리는지는 알 수가 없었다. 크게 화가 난 그는 일단 고함부터 질렀다.

"이게 지금 뭐하는 짓거리야? 체통 없이! 그만 두지 못해? 당사자들은 이리 와 봐!"

홍환은 홍상의 기세에 눌려 잠시 어쩔 줄을 모르다가 홍석이 모습을 드러내자 다시금 기고만장해졌다. 홍석의 호통소리에 잠시 머뭇거리고 있던 홍상의 뺨을 힘껏 때린 것이다. 홍상은 눈앞에서 불이 번쩍 하는 고통을 느끼고 볼을 감싸 쥐고 멍하니 있었다. 그러나 그것도 잠시였다. 참을 수 없을 만큼 화가 치밀어 오른 그는 심한 욕설을 퍼부으면서 홍환에게 달려들었다. 그러나 어느새 달려온 태감들에 의해 저지당하고 말았다. 그는 태감들에게 두 팔을 잡힌 채 버둥거리다가 급기야 광기에 가까운 소리를 질렀다.

"홍석 형! 싸움을 이런 식으로 말려도 되는 거야? 왜 나만 잡고 있는 거야? 다 같이 나를 우롱하는 거야?"

홍석은 사실 굳이 홍환을 편들려는 생각은 없었다. 그런데 같은 황숙이기는 해도 아직 작위조차 없는 홍상이 친왕인 자신에게 무례하게 덤벼들자 버럭 화가 치밀었다. 곧바로 눈을 부릅뜨고는 코를 벌름거리면서 무섭게 고함을 내질렀다.

"억지로라도 꿇려! 보고 배운 게 없는 자식이 그렇지 뭐. 지 애비 빼다 박았군!"

"우리 아버지가 너에게 물을 떠다 바치라고 했어? 아니면 밥을 달라고 했어?"

홍상은 태감들에 의해 강제로 무릎을 꿇렸으나 쉽게 굴복하지는 않았다. 눈물범벅이 된 채 계속 홍석에게 대들었다.

"내가 보고 배운 게 없다고? 그러면, 보고 배운 게 많은 형은 그래서 이렇게 처사해? 양 사부……, 어찌 그리 비참하게 되셨습니까? 사부라도 계셨더라면 제가 이렇게 처량해지지는 않았을 텐데……. 하늘도 어찌 그리 무심합니까! 우리 사부님을 해코지하도록 내버려두시다니요! 지켜드리지 못해 죄송합니다, 사부님……."

좌중의 황자들과 황숙들은 갑자기 벌어진 사태 때문에 놀라서 홍상이 하는 말에 귀를 기울일 여유가 없었다. 당연히 홍상이 울면서 하소연하는 내용에 대해서도 관심이 없었다. 그러나 홍석은 달랐다. 홍상의 말을 듣고 가슴이 철렁 내려앉은 것이다. 곧이어 얼굴까지 창백하게 질린 채 경황없이 고함을 질러댔다.

"다들 들어가서 책이나 읽어! 무슨 구경거리가 생겼다고 이 난리들이야! 태감들은 어서 청소하지 않고 뭘 해? 조금 있다 열여섯째숙부와 영련, 영황이 오면 얼마나 혼쭐이 나려고 그래? 도대체 이게 무슨 꼴이야?"

홍석은 말을 마치고는 한결 부드러워진 태도로 홍상에게 다가갔다. 그리고는 손을 내밀어 그를 일으켜 세우면서 위로를 했다.

"오해하지 마. 맹세코 내가 누굴 편애하는 것은 아니야. 홍환 이 자식이 두 번 다시는 너를 괴롭히지 못하도록 내가 단단히 혼내주마. 가엾은 것, 네가 이렇게 성깔이 있는 줄 몰랐다. 그래 집안 식구들은 다 무사하시지? 그만 눈물을 거두고 형을 따라와 봐!"

누구도 예상 못했던 갑작스런 소동은 그렇게 끝이 났다. 그래서 영련과 영황이 돌아왔을 때는 겉으로는 아무 일도 없었던 듯 평범하고 조용한 오후가 계속될 수 있었다.

22장
음모의 희생양 양명시

사태가 수습되고 나서도 홍석은 계속해서 좌불안석의 상황에서 벗어나지 못했다. 겨우 학당이 끝나는 신시 말까지 기다린 다음 애써 담담한 척하면서 동화문을 나섰다. 이어 손짓으로 수행 태감인 왕영王英을 불러 나지막이 명령을 내렸다.

"지금 항친왕부恒親王府와 이친왕부怡親王府로 가서 홍승弘昇과 홍창弘昌을 불러오게. 만사 제쳐놓고 달려오라고 전하게. 귀한 책을 몇 권 구해놓았는데 늦게 오면 모조리 남에게 줘버릴 거라고 하게."

홍석은 말을 마치자마자 바로 수레에 올랐다. 집으로 향하는 내내 같은 생각이 맴돌았다.

'양명시의 찻물에 약을 탄 사실은 아무도 모르게 극비에 부쳤는데……, 그 자식이 어떻게 알고 그런 소리를 했을까? 홧김에 그냥 떠들어본 것일까?'

홍석은 생각하면 할수록 머리가 지끈지끈 아팠다. 동시에 양명시가 '중풍'으로 쓰러지기 하루 전의 정경이 뇌리에 뚜렷하게 떠올랐다.

그날은 동지 다음날 오후였다. 홍석은 이번원理藩院과 광록시光祿寺로 가려고 조용히 집을 나섰다. 기인들의 녹봉 지급 상황과 유공자 자녀들 중 작위를 지닌 이들에게 하사하는 은자의 지급 여부를 알아볼 목적에 서였다. 옷을 얇게 입어서 그런지 날씨는 무척이나 춥게 느껴졌다. 수레 안에 앉아 있는데도 그랬다. 급기야 동화문을 지나면서부터는 오슬오슬 한기까지 느꼈다. 그는 문득 육경궁 서재에 벗어 두고 온 여우털 외투를 떠올렸다. 육경궁은 그러나 태감들이 함부로 드나들 수 없는 곳이었다. 그는 어쩔 수 없이 수레에서 내려 혼자 육경궁으로 걸어갔다. 아직 학생들이 오지 않아 그런지 서재에는 양명시만 홀로 화롯불 앞에 앉아 턱을 괴고 깊은 생각에 잠겨 있었다. 양명시는 홍석이 옷걸이에 걸려 있는 외투를 내리는 동안에도 인기척을 알아차리지 못하고 있었다. 그런 양명시를 향해 홍석이 물었다.

"사부, 무슨 생각을 그리 하십니까?"

양명시가 갑작스런 기척에 비로소 홍석을 발견하고는 바로 고개를 저었다. 이어 생각을 털어내듯 말했다.

"아! 친왕마마께서 걸음을 하셨습니까? 마침 잘 오셨습니다. 안 그래도 보여 드릴 물건이 있었는데."

양명시의 표정은 한껏 굳어 있었다. 말투 역시 크게 다르지 않았다. 그리 반가운 표정이 아니었다. 그는 심지어 홍석에게 예를 갖춰 인사하는 것조차 잊은 채 곧바로 책상 쪽으로 다가갔다. 홍석은 그런 양명시의 고집스런 뒤통수를 바라보면서 다소 기가 죽은 말투로 물었다.

"사부, 도대체 무슨 일입니까?"

양명시는 홍석의 질문에는 아무런 대꾸도 하지 않았다. 그저 서랍 속에서 공책 한 권을 꺼내 내밀었다.

"홍연弘曠마마의 글씨 연습장인데 한번 보십시오."

홍석은 영문을 모른 채 다소 뜨악한 표정으로 양명시를 힐끗 쳐다보고는 공책을 받아들었다. 그리고는 몇 장 넘겼다. 그러나 양명시가 심각한 표정을 짓는 이유를 도저히 찾아내지 못했다. 홍석이 고개를 갸웃거리자 양명시가 말을 이었다.

"갈피에 끼워져 있는 종이 뒷면을 보십시오."

홍석은 양명시가 시키는 대로 공책 갈피에 단단히 끼워져 있는 종잇장을 뽑아냈다. 앞면은 장조가 쓴 《석고가》石鼓歌의 내용이었다. 별로 문제 될 것이 없었다. 뒤집어보자 여기저기 적힌 낙서가 어지럽게 눈에 들어왔다. 호두알만 한 글자가 있는가 하면 깨알같이 박혀 있어 한눈에 알아보기 어려운 글자도 있었다. 양명시가 열심히 공책을 들여다보는 홍석을 날카로운 눈빛으로 주시하더니 손가락으로 종잇장의 왼쪽 하단을 가리켰다. 홍석의 시선이 양명시의 손가락을 따라 아래쪽으로 미끄러져 내려갔다. 거기에는 깨알 같은 글씨가 적혀 있었다.

신묘경오정사병신辛卯庚午丁巳丙辰이 상극이라 하는데, 그 이치를 모르겠구나. 양명시 사부에게 물어봐야겠다. 가사방賈士芳이 요괴를 잡았다고 하던데 어떻게 잡았을까? 매우 재미있었겠는데…….

글 끝부분도 예사롭지 않았다. 기상천외한 부적들이 짙은 필묵으로 그려져 있었다. 홍석은 그것을 보자마자 등골이 오싹해지며 머리끝이 쭈뼛 서는 긴장감을 느꼈다. 가슴이 오그라들며 사정없이 떨렸다. 그는 자신의 얼굴을 뚫어지게 바라보는 양명시의 시선을 애써 피하면서 주체할 수 없이 떨리는 목소리로 말했다.

"어린애들이 끄적여 놓은 것 같은데, 통 뭐가 뭔지 알 수가 없군요."

양명시가 즉각 얼음장처럼 차가운 목소리로 말했다.

"무심한 사람은 당연히 뭐가 뭔지 모를 테죠. 이 여덟 글자의 간지干支는 지금 폐하의 사주팔자입니다. 누군가 '상극'을 운운하니 홍연이 몰래 적어놓았다가 저에게 묻고자 한 것이 틀림없습니다. 이 밑에 그린 부적은 저도 잘 몰라서 백운관의 장정일張正一 도사에게 가져다 보였습니다. 겉보기에는 애들이 멋모르고 낙서한 것 같이 보이지만 그게 아닙니다. 대단한 뜻이 숨어 있다는 사실이 밝혀졌습니다."

양명시의 말은 비수처럼 사정없이 홍석의 가슴을 찔렀다. 홍석은 시선을 어디에 둘지 몰라 몹시 허둥거렸다. 양명시는 그런 그의 일거수일투족을 매섭게 노려봤다. 홍석은 더 이상 당황해서는 안 되겠다고 생각했는지 양명시를 힐끗 훔쳐보면서 말을 더듬었다.

"홍…… 홍연이 물어보던가요?"

양명시가 고개를 저었다.

"그런 것은 아닙니다. 제가 부주의해서 찻잔을 엎질렀는데 공책이 물에 젖으면서 이것들이 비로소 실체를 드러냈던 겁니다. 그래서 홍연마마를 불러 따졌더니 조심스러워하면서도 아는 만큼은 다 대답하더군요."

"그놈이 뭐……, 뭐라고 허튼소리를 하던가요?"

"그건 친왕마마께서 더 잘 아실 텐데 어째서 저한테 묻는 겁니까?"

양명시가 갑자기 언성을 높였다. 그리고는 인상을 험악하게 구기더니 "탁!" 하고 부서져라 책상을 내리치면서 고함을 질렀다.

"잊지 마십시오. 이 사람은 육 년 동안 지현知縣을 지냈던 사람입니다. 친왕마마는 평소에 온화하고 교양 있는 분인 줄 알았는데 어찌 사람 가죽을 쓰고 그런 짓을 할 수 있다는 말입니까? 어떤 얼간이 도사의 영향을 받고 어떤 사교의 물을 먹었기에 감히 이같이 인륜을 저버리는 짓을 서슴지 않는다는 말입니까? 선대의 교훈이 아직도 부족합니까? 무슨 배짱으로 윤제允禵 일당과 똑같은 짓을 한다는 말입니까? 안중에 군주도, 부친도 없이 불충불효한 마마는 도대체 뭡니까? 마마가 저지른 짓이 어떤 죗값을 받아야 하는지 알기나 하는 겁니까? 지금이라도 늦지 않았으니 마마와 한통속인 그 요인妖人을 잡아들이고 폐하의 면전에 꿇어 앉아 용서를 비세요. 죄를 순순히 인정해야 살길이라도 나올 거요!"

양명시는 화가 단단히 난 듯했다. 말을 마칠 때쯤에는 아예 말까지 놓고 있었다. 홍석은 인정사정 보지 않는 양명시의 호된 질책에 간담이 갈기갈기 찢기는 것 같았다. 파랗게 질린 입술을 바르르 떠는 것이 큰비에 흙더미 무너지듯 금방이라도 허물어질 것처럼 위태로워 보였다. 양명시의 안색 역시 분노로 누렇게 떠 있었다.

질식할 듯한 침묵이 한참이나 흘렀다. 홍석이 겁에 질려 퀭해진 두 눈으로 바닥을 바라보면서 뭔가를 염탐하듯 말했다.

"사부, 그래도 살 길을 가르쳐주셔서 고맙습니다. 스승의 인자함을 새삼 느꼈습니다. 얼마 전 아우들 중 누군가가 밤이면 뒤뜰에서 귀신 우는 소리가 자꾸만 들려와서 무서워 잠을 못자겠다고 하더군요. 그래서 어디선가 도사 한 명을 초청해온다는 얘기도 있었고요. 허나 나는 그 도사를 본 적도 없고, 그 뒤로 무슨 일이 있었는지 전혀 모릅니다. 사실입니다. 믿어주세요, 사부. 며칠만 말미를 주시면 내가 모든 내막을 철저히 밝혀내겠습니다. 진실이 밝혀지는 대로 사부께 하나도 빠짐없이 보고 올릴 것을 약조 드리겠습니다."

"그러면 진짜 누구의 소행인지 모른다는 말입니까? 이렇게 큰 사건을 저지르면서 친왕마마께 알리지 않았을 리가 없지 않습니까?"

양명시가 다소 누그러진 듯 한결 평온해진 어조로 물었다. 그러자 홍석은 양명시의 마음이 흔들리는 틈을 타 오만상을 찌푸리면서 자신의 억울함을 호소했다.

"나는 정말 억울합니다. 천지신명께 맹세해요. 솔직히 방금 나도 그 얘기를 듣고 기절초풍하는 줄 알았어요. 마른하늘에 날벼락도 유분수지 천가天家에 어찌 이런 일이! 선친께서도 황자시절에 백부인 직친왕 윤제로부터 요법妖法의 피해를 입으셨다고 들었어요. 나는 그래도 명색이 친왕이고 책깨나 읽었다는 사람이에요. 그런 요상한 법술 따위로는 큰일을 이룰 수 없다는 것을 잘 아는 사람이라고요. 이미 엎지른 물이지만 누가 엎질렀는지 그 장본인을 반드시 색출해내고 말 겁니다. 며칠만 말미를 주세요."

홍석의 얼굴은 어느새 눈물콧물 범벅이 돼 있었다. 폐태자가 되어 감금되어 살다간 선친까지 언급하다보니 절로 감정이 격해졌던 것이다. 양명시는 그런 홍석의 모습을 대하자 마음이 한결 누그러지는 모양이었다. 처연한 탄식을 토하면서 무겁게 입을 열었다.

"저도 이제는 성질이 많이 죽었습니다. 예전 같았으면 당장 탄핵의 주장을 올리고도 남았을 텐데 말입니다. 제자의 잘못은 스승에게도 책임이 있다고 했기에 더더욱 참을 수 없었던 것입니다. 사실 타계하신 마마의 아버님이신 이친왕理親王(폐태자 윤잉允礽)께서는 이 사람에게 큰 은혜를 베푸신 분입니다. 저는 지금 세대에서 또 다시 선대와 같은 불행을 겪는 걸 차마 눈 뜨고 볼 수 없습니다. 이런 짓이 얼마나 큰 죄가 되는지 아십니까? 요술이 맞고 안 맞고를 떠나 군신 간, 수족 간에 이런 짓을 저질렀다는 자체만으로도 용서받기 어려울 것입니다."

털썩!

홍석이 급기야 양명시의 발밑에 무릎을 꿇었다. 이어 머리까지 조아리면서 빌었다.

"사부의 인덕仁德은 하늘을 감화시킬 것입니다. 구천에 계신 선친께서도 사부님의 말씀을 들으시고 제자를 진심으로 아끼는 마음을 아셨을 것입니다. 사부, 우리 가문은 더 이상 선대에 몰아쳤던 그런 파란을 견뎌낼 수 없습니다……."

홍석이 다시 눈물을 비 오듯 쏟아냈다. 자명종은 이미 미시를 가리키고 있었다. 양명시가 시계를 흘깃 바라보더니 황급히 홍석을 일으켜 세웠다.

"그런 말씀 마시고 어서 일어나십시오. 다른 사람들이 보면 이상하게 생각할 텐데 어서 눈물을 거두십시오."

홍석은 양명시가 부축하자 바로 엉거주춤 일어섰다. 이어 결연한 표정을 지었다.

"원흉이 누구인지 반드시 캐내고 말 것입니다. 그리고 반드시 내 손으로 죽여 없앨 것입니다. 며칠만 말미를 주시고 조정에는 당분간 비밀로 해주십시오. 이 사건에 연루되는 사람이 적지 않을 경우 크나큰 파장이 우려됩니다. 허락해주십시오. 아니면 나는 이 자리에 꿇어앉아 꼼짝도 하지 않을 것입니다."

홍석은 마침내 세 치 혀로 양명시를 완전히 설득하는 데 성공했다. 양명시가 그의 말을 믿는다는 듯 길게 한숨을 내쉰 것이다. 이어 다시 무릎을 꿇으려는 홍석을 붙잡아 일으키면서 입을 열었다.

"그런 불행을 두 번 다시 겪는다는 것은 정말 견디기 힘든 일입니다. 이친왕부뿐만 아니라 조정도 그런 일을 겪게 되면 파장이 클 것입니다. 이친왕마마의 청을 들어드릴 테니 사흘 이내에 확실한 답변을 주십시오. 그리고 이 일에 가담한 하인들은 전부 죽여 없애 증거를 인멸해야 합니다. 또 주모자인 황자나 황숙은 색출해낸 뒤 다른 이유를 들어 작위를 박탈할 것을 주청 올리면 되겠습니다. 그리고 저는 이 비밀을 무덤까지 가지고 갈 것을 약조 드립니다. 저는 티끌만치도 양심에 어긋나는 짓을 해본 적이 없는 사람입니다. 하지만 늘그막에 이런 일을 보게 될 줄은⋯⋯."

양명시가 낙심한 표정을 한 채 고개를 가로저었다. 빈속에 독한 술을 삼킨 듯 표정이 일그러졌다.

그러나 결론부터 말하자면 양명시는 자기 손으로 자기 발등을 찍었다. 믿지 말아야 할 사람을 너무나도 쉽게 믿고 말았다. 두 사람이 철석같이 약조를 한 바로 다음날 양명시는 홍석으로부터 보기 좋게 뒤통수를 맞았고 그길로 쓰러져 말 한 마디 할 수 없는 신세가 되었다. 한편, 홍석 역시 꿈에도 몰랐던 일이 있었다. 그것은 바로 그날 점심때 집에 가지 않고 서재 한 모퉁이에서 웅크리고 자는 척하던 홍상이 두 사람의 대화를 하나도 빠짐없이 들었다는 사실이었다.

홍석이 탄 수레는 목적지에 도착한 다음 천천히 내려앉았다. 그는 그때까지 수레 벽면에 기댄 채 눈을 감고 깊은 생각에 잠겨 있었다. 그러자 왕영이 발을 걷어 올리면서 홍석에게 조심스레 아뢰었다.

"친왕마마, 왕부에 도착했사옵니다. 홍승, 홍창 두 마마께서는 먼저 와 계시옵니다. 문어귀에서 대기 중이십니다."

"알았네."

홍석은 약간 핏발이 선 눈을 천천히 뜬 채 다소 몽롱한 눈빛으로 바깥을 내다봤다. 이어 수레에서 내려섰다. 먼저 온 홍창과 홍승이 한쪽에 서 있는 모습이 보였다. 그는 홍창과 홍승에게 눈길 한 번 주지 않고 쌩하니 안으로 들어갔다. 홍승과 홍창은 영문을 몰라 서로를 바라보고는 부랴부랴 홍석의 뒤를 따라 서재로 향했다.

이친왕부理親王府는 북경의 모든 왕부를 통틀어 규모가 가장 큰 곳이었다. 강희 12년에 착공해 무려 10년 만에 건축이 완료된 태자부太子府였다. 그러나 그 후 70년 동안 주인의 운명을 따라 수차례에 걸쳐 방치와 수리를 거듭한 탓에 지금은 낡을 대로 낡은 상태였다. 그러나 내부 구조는 윤잉의 전성시대의 모습을 그대로 유지하고 있었다. 그중 정중앙의 은안전銀安殿 일대는 윤잉이 두 번째로 폐위를 당할 때 폐쇄된 적이 있었다. 지금 홍석이 있는 서재는 윤잉이 옹정 초년에 석방된 후 기거하던 곳이었다. 따라서 수십 년 동안이나 원래 모습 그대로 그 자리를 지켜온 곳이었다. 한쪽 벽면을 거의 다 차지한 큰 유리창을 통해 동쪽으로 바라보면 거대하고 웅장한 은안전과 온통 검붉은 이끼로 뒤덮인 담벼락이 한눈에 안겨오는 것이 그야말로 장관이었다. 하지만 담벼락 틈새의 풍광은 달랐다. 힘들게 세상 구경을 나온 가냘픈 풀들이 이미 누렇게 마른 몸으로 스산한 바람 속에서 오들오들 떨고 있었다. 마치 한세상 살아오면서 보고 느낀 그 무엇을 하소연하는 것 같았다.

홍승과 홍창은 서재에 들어서서도 한참이나 숨을 죽이고 서 있었다. 아무 말 없이 창밖만 하염없이 바라보는 홍석이 무서웠던 것이다. 한참 뒤 홍승이 드디어 용기를 내어 물었다.

"둘째형님, 귀한 책을 몇 권 얻으셨다고 들었는데 어떤 책입니까?"

"지난번 양 사부에게 발각된 글씨 연습장하고 똑같은 거야. 양 사부는 대처하기 어려운 사람이야."

홍석이 몸을 홱 돌리면서 말했다. 빛을 등지고 있는 그의 낯빛이 무척이나 어두웠다. 홍석의 말을 들은 홍승의 안색이 창백하게 질렸다. 홍승이 바짝 마른 열 손가락을 깍지 긴 채 가슴에 갖다 대면서 초조하게 말했다.

"약은 태의 원안순阮安順이 월남越南(베트남)의 민간요법으로 직접 조제한 것이에요. 그 자리에서 제 두 눈으로 마시는 걸 지켜봤는데……, 그 당시 안팎을 수차례 살폈어도 다른 사람은 없었어요."

홍승이 말을 마치자마자 차가운 눈빛으로 홍창을 노려봤다. 그러자 홍창이 황급히 입을 열었다.

"저를 의심하시는 겁니까? 애들 장난도 아니고 제가 어찌 비밀을 누설할 수 있겠어요? 만에 하나 제게 그런 속셈이 조금이라도 있었다면 오히려 눌친을 찾아가지 않았겠어요?"

"나는 자네들의 진심을 의심하는 것이 아니야. 자네들이 변심했다면 진작에 큰일이 터져도 열두 번은 터지지 않았겠어? 내가 걱정하는 것은 자네들이 취중에 실수를 하지 않았나 하는 거야. 그런데 지금 생각해보니 그것도 아닌 것 같아. 자네들이 홍상과 술자리를 같이 했을 리가 만무하지."

홍석이 중얼거리듯 말했다. 안색이 차츰 정상을 회복해가기 시작했다. 곧이어 육경궁에서 복률을 둘러싸고 황숙들 간에 벌어진 시비에 대해 자세히 들려준 다음 덧붙였다.

"홍상이 어찌 알고 그런 말을 떠벌리느냐 말이야. 이건 아무리 생각해도 예삿일이 아니야. 머리가 터질 것 같아."

홍승이 고개를 갸웃거리면서 물었다.

"사적인 자리에서 살살 달래가면서 은근 슬쩍 떠보지 그랬어요? 어디에서 들었느냐고."

홍석이 즉각 대답했다.

"아무리 어린애라지만 그걸 어떻게 대놓고 물어? 일단 임시방편으로 입을 틀어막느라 금과자金瓜子 몇 개와 도금된 메뚜기 조롱을 줘서 보냈지. 이제 여덟 살밖에 안 됐으니 애는 애더라고. 언제 얻어맞았냐는 듯 좋아하면서 달려가더라고."

이제 스무 살을 갓 넘긴 홍창은 좌중의 황숙들 셋 중에서 가장 어렸다. 옷차림도 나이에 맞게 예사롭지 않았다. 검은 비단을 댄 양가죽 장포와 자줏빛 가죽조끼를 입고 있었다. 그래서일까, 준수한 얼굴에 반짝이는 유리알 같은 두 눈이 어딘지 영악한 느낌을 줬다. 하기야 고인이 된 이친왕怡親王 윤상允祥의 적자인 그였으니 보통 사람들과는 어디가 달라도 달랐다.

그는 또한 가슴속에 한이 맺힌 복잡한 사연도 가지고 있었다. 때는 윤상이 타계했을 무렵이었다. 당시 성친왕 윤지允祉의 아들 홍성弘晟은 겨우 열 살밖에 되지 않은 나이였는데, 그럼에도 불구하고 아버지를 대신해 윤상의 장례식에 참석했다. 운명의 바로 그날, 홍창은 자신의 앞날에 치명타를 맞는 사건에 직면해야 했다. 사건의 전말은 복잡했다. 당시 홍성은 조의를 표하기 위해 윤상의 영전에 엎드려 머리를 조아렸다. 그런데 상모가 벗겨지면서 영전을 모신 탁자 밑으로 굴러들어가 버렸다. 냉큼 손으로 집어 머리에 다시 썼더라면 아무 일도 없었을 터였다. 그러나 홍성은 갑자기 장난기가 발동했던지 탁자 밑으로 기어들어갔다. 아마도 손을 대지 않고 머리만 움직여 모자를 쓰려고 한 것 같았다. 때마침 옆자리에서 그 모습을 본 홍창은 참다못해 "풋!"하고 웃음을 터트리고 말았다.

뒤늦게 동생의 장례식장을 찾은 윤지도 그 장면을 목격했다. 그러나 가볍게 웃어넘겼을 뿐 애들을 야단치지는 않았다. 그러나 윤록은 불같이 노하여 옹정에게 탄핵문까지 올렸다. 모든 경위를 알게 된 옹정 역시 크게 노했다. 결국 홍성은 종인부宗人府에 감금됐고 윤지는 졸지에 친왕 작위를 박탈당하는 횡액을 당했다. 하마터면 아버지와 아들이 함께 목이 잘릴 뻔했던 것이다. 그뿐만이 아니었다. 홍창 역시 아비의 장례식장에서 웃음을 터트렸다는 이유로 패륵貝勒 자격을 잃었다. 결국 윤상의 큰아들 홍효가 이친왕의 작위를 세습 받았다. 이 일로 인해 홍창은 숙부인 윤록과 형 홍효를 눈에 든 가시처럼 미워하게 됐다. 여기에 윤지를 위해 옹정에게 용서를 구하다가 항친왕의 세자世子 자격을 잃은 홍승이 가세했다. 세 사람은 바로 이렇게 해서 한 패거리가 됐던 것이다. 홍석의 말을 듣고 난 홍창이 입을 열었다.

"일단은 둘째형님이 현명하게 대처하신 것 같아요. 홍상의 집은 막대기를 휘둘러도 걸리는 것이 없을 정도로 가난하잖아요. 그건 누구나 다 아는 사실 아닙니까. 그런데 그 꼬마에게 한꺼번에 너무 많은 은자를 주면 오히려 역효과를 불러일으켰을 겁니다. 우리말에 밤이 길면 꿈이 많다고 했어요. 코흘리개의 입을 영구히 막아버릴 방법은 은자도 금자도 아니에요. 양명시도 홍상도 다 죽여 없애야 합니다. 용단을 내려야 할 때 우유부단해서는 안 됩니다. 자칫 모든 것이 들통 나는 날에는 우리는 최소 영구 감금의 형벌을 받게 될 겁니다."

홍창은 천성이 물불 가리지 않기로 소문난 저돌적인 성격이었다. 혈육인 홍상을 죽여 없애자는 말까지 아무렇지 않게 내뱉는 것을 보면 확실히 소문은 괜한 것이 아니었다. 홍석과 홍승은 그런 홍창을 바라보는 순간 약속이나 한 듯 등골이 오싹해지면서 몸을 떨었다.

"조금 지나친 생각인 것 같아. 양명시는 몰라도 홍상은 누가 뭐래도 우리 골육이고 아직 젖 냄새도 안 가신 꼬맹이야."

홍석이 고개를 저었다. 그러자 홍승이 소름끼치는 미소를 지어보였다.

"이는 대청의 사직이 원주인에게 돌아가느냐 마느냐를 판가름하는 큰 일이에요. 골육의 정 따위를 운운할 때가 아니라는 말입니다. 지금은 해야 하나 말아야 하나를 생각할 때가 아니라 할 수 있나 없나를 따져야 할 때입니다. 양명시는 이미 중풍에 걸렸으니 그자를 없애는 것쯤은 일도 아닙니다. 태의 원안순은 이미 코가 꿴 송아지 신세가 됐으니 두 번이고 세 번이고 우리에게 휘둘리게 돼 있어요. 그런데 홍상 같은 경우에는 어리다고 얕볼 일이 아니에요. 그러니 홍상은 조금 더 지켜보는 것이 좋겠어요. 아무런 확증도 없이 그냥 해본 소리일 수도 있으니 말이에요. 궁핍한 자들은 은자 몇 냥에도 충분히 비굴해질 수 있으니 일단 물질 공세를 시도해 봅시다. 멀쩡하던 애가 죽어나가면 대가 끊어진 윤제 숙부 일가가 가만히 있겠어요? 사태가 더 복잡해질 수도 있다고요."

홍석은 홍창의 말에 잠깐 마음이 흔들리던 차였다. 그러나 홍승의 말을 듣고는 거기에 공감한 듯 거친 어조로 입을 열었다.

"홍승 네 말이 맞다. 말은 여위면 털이 길어지고, 사람은 궁색해지면 뜻이 천해진다고 했어. 홍상의 형이 죽은 지도 얼마 안 됐는데 그 애까지 잘못 되면 그 어미가 미쳐 날뛸 거야. 아무리 몰래 한다고 해도 하늘이 알고 땅이 알고 네가 알고 내가 아는 법이야. 그러니 우리는 되도록 스스로의 무덤을 파는 짓은 삼가자. 양명시는 없애버리고 홍상 모자에게는 은근한 압력을 주는 거야. 그리고 가끔씩 은자를 찔러주면 그 사람들도 송곳으로 제 눈 찌르는 짓은 하지 않을 거야. 무엇보다도 무고한 사람을 죽여 천하를 얻으려는 짓은 어질지 못한 행위야."

그러나 홍창은 냉소를 지으며 자신의 고집을 꺾지 않았다. 계속해서 결단을 내려야한다고 주장했다.

"천하를 빼앗은 사람들치고 피바다를 건너지 않거나 시체를 타고 넘지 않은 사람이 어디 있어요? 그러면 그때 죽은 사람들은 모두 죽어 마땅한 사람들이라는 말씀인가요? 형님은 쓸데없는 인정이 너무 많은 것이 흠입니다. 저는 그 옛날 우리 아버지와 열넷째숙부처럼 한다면 하고야 마는 불같은 성격을 좋아해요. 형님의 말씀에도 일리가 있지만 저는 여전히 제 생각이 좋다고 생각합니다. 화근을 남기지 않으려면 홍상은 죽여 없애야 마땅해요!"

찬바람이 처마 밑을 휩쓸고 지나갔다. 새가 처마 밑에 집을 짓지 못하도록 내건 쇠 그물이 불안하게 떨리며 스산한 소리를 냈다. 좌중의 세 사람은 모두 어둠이 짙어가는 창밖을 내다봤다. 그리고는 잠시 아무 말도 하지 않았다. 얼마 후 홍석의 두 눈에서 귀신불처럼 음침한 빛이 새어나왔다. 이어 그가 중얼거리듯 입을 열었다.

"이 은안전만 보면 나는 그때가 생각 나⋯⋯. 우리 아버지는 더없이 인자하신 태자셨어. 어느 한 가지 부족한 점이 없었지. 너무 착하셔서 누가 앙심을 품고 올가미를 조여 오는 줄도 모르시고 그만⋯⋯. 옹정 폐하는 사실 우리 아버지의 종복에 불과했어. 그런데 전위 유조를 위조해 강산을 탈취하고 보위에 올랐지. 그런데 그러면 뭘 해? 엉덩이가 뜨뜻해지기도 전에 편궁偏宮에서 급사한 걸. 그래서 죄는 지은 대로 간다는 거야! 홍력 역시 별 볼 일 없는 인물이 아닌가? 그저 아버지 잘 만난 덕에 떡 하니 용상에 오른 거지. 그런 사람이 우리를 굽어보다니. 정말 눈꼴시어 못 보겠어. 하늘의 뜻이라⋯⋯, 하늘의 뜻이 정말 무엇인지 모르겠어!"

달빛이 유난히 어둡고 바람이 기승을 부리던 그날 자정 무렵이었다. 양명시는 독극물이 든 탕약을 먹고 한 많은 생을 마감하고 말았다

이튿날 새벽, 조카 양풍은 때맞춰 측간 시중을 들려고 나왔다. 그러다 이미 싸늘하게 굳어 있는 양명시의 시체를 발견했다. 그는 소스라치게 놀라면서 황급히 양명시의 코끝에 손을 가져갔다. 그러나 호흡은 이미 끊겨 있었다. 손을 만져 봐도 쇳덩이같이 차가웠다. 양풍은 오열을 터뜨릴 경황도 없이 털썩 그 자리에 주저앉고 말았다.

사실 양풍은 양명시가 갑자기 중풍을 맞아 몸져누웠다는 사실을 처음부터 이상하게 여겼다. 그러나 매일 구름처럼 많은 고관들이 병문안을 위해 찾아왔을 뿐 아니라 태의원의 원안순이 직접 진맥하고 약을 조제해주니 아무나 함부로 의심할 수가 없었다. 게다가 끓여 나오는 탕약

은 양풍 자신이 먼저 먹어본 다음 양명시에게 떠먹이고는 하지 않았던
가. 아무리 의혹이 굴뚝같아도 감히 누구에게 토로할 수 있는 상황이
아니었다. 그는 이제는 유일한 피붙이 어른이 이승의 끈을 놓고 떠나버
렸다는 생각이 떠오르자 덮치듯 양명시의 몸에 쓰러졌다. 이어 잠든 사
람을 흔들어 깨우듯 어깨를 마구 흔들면서 오열을 터트렸다.

"숙부……, 어서 일어나셔야죠. 황자들도 기다리고 우리 모두 기다리
고 있는데……, 기약 없는 그 길을 한마디 말씀도 없이 가시다뇨! 숙모님
과 아우들은…… 이제 이렇게 살아가야 하나요. 흑흑……."

양풍이 눈물을 흘리면서 애통함을 토로하고 있을 때였다. 옷을 입은
채로 선잠이 들어 있던 양 부인이 갑자기 벌떡 일어났다. 느닷없는 양풍
의 울음소리에 잠이 깬 것이었다. 그녀는 곧 모래알이 박힌 것처럼 깔깔
한 눈을 비비면서 남편이 누워 있는 방으로 달려 들어가 상황을 살펴
봤다. 태의원의 원안순이 놀라서 허둥대며 들어서는 모습이 보였다. 그
러나 원안순은 금세 정신을 차렸다. 그리고는 정신 사납게 군다면서 양
풍을 나무라고는 단걸음에 다가가 양명시의 맥을 짚어봤다. 동시에 고
개를 절레절레 흔들면서 양명시의 눈꺼풀을 뒤집어봤다. 나중에는 안주
머니에서 은침을 꺼내 양명시의 머리를 비롯해 귀밑과 앞가슴에 꽂아
대기 시작했다. 그렇게 촘촘하게 박힌 침이 수십 개는 더 될 것 같았다.
순간 양풍과 양 부인의 눈이 원안순에게 일말의 기대를 걸고 반짝였다.
그의 손짓과 몸짓에 따라 부산스럽게 움직이기도 했다. 그러던 중 원안
순이 갑자기 놀란 목소리로 외쳤다.

"맥박이 돌아왔습니다! 부인, 여기 좀 만져보십시오!"

"그게 사실인가요?"

양부인은 원안순의 말이 끝나기 무섭게 허둥지둥 양명시에게 다가가
태의가 가리키는 오른쪽 맥을 짚어봤다. 잠시 숨죽이고 있노라니 과연

대단히 느리게 물이 흐르는 듯한 미세한 박동이 느껴졌다. 양 부인의 얼굴에 순간 희비가 교차했다.

양 부인이 눈물이 그렁그렁한 두 눈으로 양명시의 얼굴을 들여다보면서 뭔가 말하려고 할 때였다. 갑자기 양명시가 부르르 몸을 떨었다. 그리고는 마음속 갈피갈피에 묻어있는 애수를 말끔히 토해내듯 길고 무거운 한숨을 쏟아냈다. 그러나 그것이 끝이었다. 실낱처럼 가늘게나마 뛰던 맥박은 툭 끊어지고 말았다. 양 부인은 크게 당황해서 원안순을 바라봤다. 그러자 원안순은 아무 말도 없이 기계적으로 양명시에게 다가가더니 실성한 사람처럼 눈길을 한곳에 박은 채 침을 빼내기 시작했다. 한참 후에야 그가 입을 뗐다.

"부인, 안 됐습니다. 최선을 다했습니다만 양 대인은 이미……."

원안순이 대단히 힘겹게 마지막 말을 내뱉었다.

"돌아가셨습니다."

양 부인은 원안순의 입에서 마지막 한마디가 떨어지는 순간 바로 그 자리에서 기절하고 말았다.

죄를 지은 범인들은 원래 범행 현장을 보면 두려워하는 특징이 있는 법이다. 양명시를 독살한 원안순의 얼굴이 한껏 굳어진 것은 그래서였다. 그는 기절한 양부인과 가슴을 치면서 오열하는 양풍을 번갈아 보고는 황급히 두 눈을 질끈 감았다. 이어 뭔가를 입 안에서 중얼거리더니 한마디를 내뱉었다.

"양 대인의 진맥 상황과 처방전을 가져올 테니 양 부인이 살펴보고 태의원에 보내주시오……."

원안순은 말을 마치자마자 방 안에서 나가려고 몸을 돌렸다. 그 순간 정신이 돌아온 양 부인이 어디서 그런 힘이 솟구쳤는지 무서운 괴력을 발휘하면서 원안순을 덮쳤다. 화들짝 놀란 원안순이 황급히 한쪽으로 비켜섰다. 그리고는 몸을 웅크리고 겁에 질린 눈빛으로 양 부인을 돌아보면서 물었다.

"부인, 왜…… 왜 그러십니까?"

"내 남편 살려내, 이 돌팔이 같은 놈아! 우리 남편이 글을 쓰고 말을 하기까지는 시일이 걸리겠지만 목숨에는 이상이 없다면서? 그런데, 어제까지만 해도 멀쩡하던 사람이 밤사이에 숨을 거두다니, 이게 말이 돼? 말이 되냐고!"

양 부인은 입에 거품을 물고 기를 쓰면서 고함을 질렀다. 급기야 기진맥진했는지 다시 땅바닥에 쓰러지고 말았다. 이어 대성통곡을 토해냈다.

"당신, 운남에서 돌아올 때 뭐라고 했어요? 관직은 신물이 나니 조용히 살겠다고 약속했잖아요……. 이게 무슨 마른하늘에 날벼락인가요?"

양 부인을 비롯해 양풍과 가인들이 서로 부둥켜안은 채 오열을 터트리고 있을 때였다. 홍승과 홍창이 다과를 담은 궁중용 합을 하나씩 들고 양명시의 뜰에 들어섰다. 두 사람의 얼굴에는 안에서 들려오는 울음소리를 듣자마자 알 듯 말 듯한 미소가 번지기 시작했다.

홍창은 걸음을 다그쳐 방 안으로 뛰어 들어갔다. 이어 다과 합을 내팽개치듯 던져버리고 오장을 찢는 고함을 지르면서 양명시에게 달려갔다.

"사부님……!"

홍승 역시 눈물을 비 오듯 쏟으면서 양명시의 침대 옆에 무릎을 꿇었다. 한여름 날의 소나기인들 이리 급할까. 형제의 두 눈에서는 눈물이 주르륵 흘러내렸다. 듣는 이의 가슴을 저미는 넋두리 역시 제법 그럴싸했다.

"사부님……, 육경궁에서 사부님으로부터 그렇게 많은 사랑과 가르침을 받고 아직 보답도 못했는데 이렇게 갑자기 가시면 어떡합니까! 그동안 못난 저희들을 얼마나 아껴주셨습니까? 어찌 한마디 말씀도 없이 이렇게 가실 수가 있다는 말입니까? 이렇게 이승의 끈을 놓아버리기에 사부님은 너무 젊습니다. 이제 누가 우리들의 손목을 잡고 서화를 가르쳐주겠습니까? 저희뿐만 아니라 조정과 종묘사직 또한 사부님을 그렇게 필요로 하는데…….'

홍승과 홍창의 슬픔은 구슬피 우는 가족들은 완전히 저리 가라고 할 정도였다. 홍승은 한바탕 요란하게 곡을 하고 눈물을 흘리고 나더니 양 씨 모자를 위로했다.

"죽은 사람은 되살아나지 못합니다. 부디 슬픔을 절제하십시오. 지금은 이러고 있을 때가 아닙니다. 저희들이 가서 열여섯째숙부께 기별을 넣겠습니다. 즉각 폐하께 상주할 것이니 사모님께서는 방 안의 촛불을 다 끄고 폐하의 은지를 기다리십시오."

홍창도 기다렸다는 듯 거들고 나섰다.

"우리가 여러 사부님을 모셨어도 청렴하고 강직하신 성품은 양 사부님을 따를 사람이 없었습니다. 자제분들도 아직 어리고 남겨 놓은 재산도 없지만 저희들이 있는 한 걱정 마십시오. 자제분들은 필히 잘 자라서 출세할 것입니다. 그리고 제자 된 입장에서 저희들이 부의금을 천 냥씩 준비해 왔습니다. 약소하지만 받아주십시오. 이 돈이면 평생 경제적인 어려움은 면할 수 있을 것입니다…….'

양 부인은 홍승과 홍창 두 형제의 살뜰한 위로 덕분에 겨우 오열을 그칠 수 있었다. 예기치 않았던 두 황숙의 방문에 마음이 안정된 것 같았다. 곧이어 최대한 성의를 다해 거듭 사의를 표했다.

"정말 무어라 감사의 말씀을 올려야 할지 모르겠습니다. 장례가 끝나면 조카와 두 아이를 두 분 마마께 보내 인사를 드리도록 하겠습니다."

홍승이 양 부인의 말에 겸양을 떨었다.

"제자로서 당연한 일을 했을 뿐입니다. 황송해 마십시오. 그리고 양 사부님께서 생전에 집필하신 원고가 많으신 걸로 알고 있습니다. 사모님께서 정리해주시면 제가 가져다 책자로 발행해 사부님의 글재주를 천하에 널리 알리도록 하겠습니다."

그런데 양풍은 홍승의 말을 들으면서 점점 아무래도 이상한 생각이 드는 것을 어쩌지 못했다. 홍승과 홍창이 왜 갑작스럽게 등장했을까…… 하는 생각이 계속 뇌리에서 떠나지 않았던 것이다. 사실 황숙들이 '때맞춰' 달려온 것도 그렇고, 필요 이상으로 슬퍼하는 것도 이상했다. 양풍은 그런 생각이 들자 원고를 가지러 서재로 들어가려는 양 부인을 제지하고 나섰다.

"죄송합니다만 숙부님의 원고를 정리하려면 시일이 좀 걸릴 것 같습니다. 지금은 경황이 없으니 며칠 지나 여유가 생긴 다음 깔끔하게 정리해 소인이 직접 왕부로 보내드리겠습니다."

순간 홍승이 매섭게 양풍을 노려봤다. 그러나 양풍은 그의 시선을 피하지 않고 맞받았다. 홍승으로서는 별다른 방법이 없었다. 하기야 위협도 통하지 않을 뿐 아니라 양풍의 이유도 정당했으니 그럴 만도 했다. 그가 한참 뭔가를 생각하더니 곧 무뚝뚝하게 내뱉었다.

"그렇게 해줄 수 있으면 더 좋고! 아무튼 부탁하네. 사부님의 원고를 내가 공짜로 가지겠다는 것은 아니네."

홍창이 얼마 후 양명시의 처방전과 진맥 보고서를 한 아름 안고 나오는 원안순에게 눈길을 돌렸다. 이어 홍승에게 말했다.

"형님, 같은 방향이니 태의하고 같이 갑시다."

원안순은 곧 홍승과 홍창 등을 따라 양명시의 집 대문을 나섰다. 그는 뒤따라오는 사람이 없는 것을 확인하고는 말에 올라타기 전 홍승에게 말했다.

"두 분 마마. 지난번에 주신 은자 삼천 냥으로는 부족할 것 같사옵니다. 두 분 마마께서 이천 냥 정도 더 주셨으면 하옵니다. 소인은 이제 귀국해야겠사옵니다."

홍승은 고국인 월남으로 돌아가겠다는 원안순의 말을 듣더니 잠시 동안 그를 응시했다.

"은자 이천 냥을 더 주는 것은 아무 문제 될 것이 없네. 그런데 여기 있으면 크게 될 사람이 굳이 그 낙후한 곳으로 되돌아갈 필요가 있을까? 그 의도가 뭔가?"

원안순이 말 위에 올라 고삐를 잡으면서 대답했다.

"가진 것을 다 팔아 아들에게 의학 공부를 시키신 어머님이 이 일을 아시면 졸도하실 것입니다. 아들이 의술로 나쁜 짓을 했다는 것을 모르시게 해야 합니다. 그리고 소인도 언젠가 양명시처럼 비참하게 죽지 말라는 법도 없을 것 같아서 말입니다."

원안순이 말을 마치더니 곧바로 고삐를 힘껏 낚아채면서 말을 달렸다. 홍승이 멀어져가는 원안순의 뒷모습을 노려보면서 소름끼치는 웃음을 지었다.

"저놈이 여기를 뜨지 못하게 저놈의 어미를 붙잡아둬."

그러나 홍창의 생각은 홍승과는 달랐다.

"보내버립시다. 곁에 두면 우리가 꿈자리가 사나워 두 발 편히 뻗고 잠을 못 잘 겁니다."

홍승이 입을 열어 뭐라고 더 말하려고 할 때였다. 저만치에서 말을 타고 달려오는 전도의 모습이 보였다.

23장
뇌물을 뿌리치는 전도

전도는 양명시의 집에 그다지 오래 머물지 않았다. 사실 그들은 크게 교분을 나눈 사이라고 하기 어려웠다. 형부아문에 들어간 이후 유통훈을 따라 두어 번 양명시의 집을 방문한 것이 고작일 정도였다. 그렇지만 이위의 문병을 갔다가 사람들로부터 비보를 전해 듣고는 문상을 하기 위해 양명시의 집으로 향했다. 사람이 죽었다는데 가만히 있을 수는 없었던 것이다.

그는 달려갈 때만 해도 문상객들이 문전성시를 이루고 있을 것이라고 생각했다. 양명시의 명망이나 신분으로 볼 때 사실 그래야 했다. 그러나 막상 도착하자 문상객은 가뭄에 콩 나듯 보이지도 않고 상가집은 한산하기만 했다. 아직 비보가 그다지 알려지지 않은 탓인 모양이었다. 이번 기회에 고관이나 귀족들에게 눈도장이라도 좀 찍어두려던 생각이 없지 않아 있었던 전도는 크게 실망하지 않을 수 없었다. 그는 무료하기도 해서 부의금 명단을 들여다봤다. 놀랍게도 홍승과 홍창 형제의 이름이 맨 위에 올라와 있었다. 액수도 전도로서는 혀를 찰 정도로 어마어마한 2000냥이었다. 그 아래는 하나같이 1000냥 미만이었다. 그러나 1000냥이라 해도 전도에게는 벅찬 액수였다. 그가 피식 웃으면서 양풍에게 말했다.

"뱁새가 황새 따라가려다 가랑이 찢어진다더니, 나 같은 미관말직은 흉내조차 못 내겠네."

전도는 빈칸에 '전도 스물 넉 냥'이라고 적어 넣었다. 혁혁한 관리들의 이름 아래에 전도의 그 여섯 글자는 거대한 산자락에 붙어있는 초가집처럼 너무나 초라해 보였다. 그는 스스로 창피한 생각이 들어 붓을 내려놓고 막 물러가려고 했다. 바로 그때 허겁지겁 뛰어 들어오는 누군가와 정면으로 맞닥뜨리고 말았다. 유심히 살펴보니 들어서는 사람은 놀랍게도 소로자였다. 색이 바랜 회색 솜옷을 깔끔하게 차려입은 그는 덕주에서 만났을 때보다 살이 조금 오른 것 같았으나 얼굴은 그대로였다. 이곳에서 소로자를 만날 줄은 꿈에도 생각 못했던 전도는 크게 놀라 소리를 지르지 않을 수 없었다.

"자네는, 소…… 소로자 맞지? 여기는 어쩐 일이야?"

소로자가 황급히 전도에게 예를 갖춰 인사를 했다. 이어 자신에 대한 설명을 간단히 덧붙였다.

"북경에 온 지 한참 됐습니다. 대내에서 군기처 나리들의 야식을 챙겨드리는 일을 맡고 있어요. 사실 저는 대내에서 전 나리를 몇 번 봤어요. 워낙 바쁘신 분이고 저도 별 다른 볼일도 없고 해서 아는 척을 하지 않았을 뿐입니다."

소로자는 말을 마치고는 자신이 양명시를 따라 북경으로 들어오게 된 경위에 대해 간략하게 설명을 했다. 또 양명시의 천거를 받아 군기처에서 잡일을 맡게 된 전후사연 역시 대충 들려줬다. 이어 덧붙였다.

"양 어르신은 청백리셨어요. 일개 하인이 당장 그 은혜를 갚을 길은 없고, 영전에서 실컷 울기라도 하려고 상관 나리께 휴가를 얻어 왔어요……."

전도는 사실 소로자와 긴 얘기를 나누고 싶은 생각이 전혀 없었다. 그래서 소로자가 하는 말에 대충 맞장구를 쳤다.

"잘 됐네. 북경에서 끼니라도 제대로 때울 수 있는 일자리를 찾았다는 것이 무엇보다 중요하지. 잘해 보게. 특수한 경우를 제외하고는 대부분 자네처럼 밑바닥부터 시작하는 것이니 말일세. 진짜 열심히 해보게. 하다 보면 나도 도울 수 있는 일은 도울게."

전도는 대충 얼버무리고 나서 도망치듯 아문으로 돌아왔다. 돌아오는 길 내내 짜증이 밀려왔다. 양명시의 집을 너무 일찍 찾아가서 정작 만나야 할 사람들은 만나지도 못하고 만나고 싶지 않은 사람만 만났다는 생각이 든 것이다. 그가 형부아문에 들어와 숨을 돌리기도 전에 문지기가 아뢰었다.

"전 나리, 순덕부順德府의 노魯 태존께서 내방하셨습니다."

전도는 순간적으로 노 태존이 누구였던지 잠시 생각을 했다. 그러다 순덕부의 노홍금魯洪錦을 떠올렸다.

때는 얼마 전이었다. 지주 장천석張天錫이 소작료 납부를 거부한 소작농 영주아寧柱兒를 때려죽인 사건이 발생했다. 그러자 지부 노홍금은 가해자 장석천을 참립결斬立決(즉시 처형함)에 처해야 마땅하다고 주장했다. 그러나 상급 기관인 도부道府에서는 지주와 소작농 사이의 분쟁은 여느 사건과 성격이 다르다는 이유로 노홍금의 결정을 뒤집어버렸다. 노홍금은 그에 불복해 직접 형부에 상소문을 올렸다. 이때 전도는 유통훈을 설득해 노홍금의 원심을 유지하게 했다. 따라서 전도는 노홍금이 공정한 심판을 주도한 자신에게 감사의 뜻을 전하러 찾아온 것이라 짐작했다. 잠시 후 노홍금이 팔자걸음을 떼어놓으면서 들어섰다. 전도가 반갑게 맞이했다.

"어서 오십시오, 노 지부. 북경에는 언제 도착했어요? 제가 먼저 인사를 드리러 처소로 방문했어야 했는데 인사가 늦었네요. 어서 자리에 앉으십시오."

노홍금 역시 두 손을 맞잡아 들어 올리면서 인사를 했다. 이어 얼굴 가득 웃음을 띤 채 말했다.

"긴요한 일이 있어서 온 것은 아니오. 유 대인을 만나고 오는 길이오. '지주와 소작농이라 해도 존비와 귀천을 떠나 인명은 똑같이 중요하다. 살인은 그 어떤 식으로든 합리화될 수 없다'는 것이 전 나리가 주도한 원심 유지 판결문이죠? 나는 그것을 받아들고 얼마나 감격했는지 모르오. 그래서 이번에 북경에 온 김에 나리의 풍채를 직접 보고 싶어 예의가 아닌 줄 알면서도 이렇게 불쑥 찾아뵙게 되었소이다."

전도는 형부아문에 들어온 이후 단 한 번도 공적인 일로 외관外官의 칭찬을 받아본 적이 없었다. 내심 기쁠 수밖에 없었다. 희색이 만면한 얼굴로 손수 차를 따라 노홍금의 손에 들려주면서 겸양의 말을 했다.

"그렇게 말씀하시니 부끄러워 몸 둘 바를 모르겠습니다. 제가 오히려 노 지부의 강직한 성품과 공정한 심판에 감복해 마지않던 중이에요."

전도는 인사를 마치자마자 다시 유사한 사건에 대한 순치, 강희 연간의 판결 사례를 청산유수처럼 쏟아내면서 말을 이었다.

"소작료를 못 내겠다고 버티는 죄는 보통 곤장 스무 대면 족하죠. 그런데 장 아무개는 관직을 남용해 사람을 죽인 것 아닙니까? 목숨 빚은 목숨으로 갚는 것이 당연하죠."

노홍금은 전도가 말하는 동안 내내 고개를 끄덕였다. 그리고는 일어서면서 입을 열었다.

"오늘 참으로 좋은 말씀 많이 들었네요. 조금 있다 장상을 뵙기로 했으니 그만 가봐야겠어요. 나중에 내가 술을 살 테니 몇몇 친구들을 불러 함께 깊은 얘기를 나누도록 합시다."

노홍금이 인사를 마치고는 푸른 색 비단 주머니 하나를 꺼냈다. 그리고는 전도에게 건네주면서 말했다.

"단연端硯(광동성 단계端溪에서 나는 벼루. 벼루 중에서는 최상급으로 알려짐)이에요. 북경의 관리들이 청빈하다는 것은 주지하는 바이시만 이런 것은 받아도 크게 문제될 것이 없으니 약소하지만 넣어둬요."

전도는 얼떨결에 벼루를 받아들었다. 제법 묵직했다. 사실 그는 막료 시절 벼루보다 더 값진 물건도 서슴없이 받고는 했다. 그러나 북경에 온 뒤로는 한 번도 선물을 받은 적이 없었다. 그는 이걸 받아야 하나 말아야 하나 하는 문제를 두고 잠시 망설였다. 그러나 노홍금이 자신에게 추호도 악의가 없다는 사실과 너무 매몰차게 물리치는 것도 예의가 아니라는 생각에 받아두기로 결정했다. 그때였다. 3품에 해당하는 정자를 단 관리가 들어서는 모습이 보였다. 전도는 황급히 단연을 치우고 노홍금을 대문 밖까지 배웅하고 돌아왔다. 아까의 관리는 안에서 앉아 기다리고 있었다. 전도는 가까이 다가가 상대가 누구인지 자세히 봤다. 그러다 그만 깜짝 놀라고 말았다. 그 사람은 다름 아닌 유강이었던 것이다!

"혹시 전 나리 아닙니까? 저는 이제 막 호광湖廣에서 올라온 유강이라는 사람입니다."

유강이 자리에서 일어나더니 자신을 소개했다.

"아아……."

전도는 일단 짧게 한숨을 내쉬었다. 그러자 무거웠던 마음이 다소 가벼워졌다. 겨우 충격에서 헤어날 수가 있었다. 그는 벌렁거리는 가슴을 억지로 진정시키면서 유강을 향해 공수를 했다.

"존함은 익히 들어왔습니다. 산서성 포정사로 발령이 난 줄 알고 있었는데 호광에서 오다니, 어쩐 일입니까?"

전도는 유강을 자리에 안내하고 탁자 옆에 앉았다. 순간 하마터면 노홍금이 마시다 남긴 차를 엎지를 뻔했다. 그러나 유강은 아무것도 모르는 눈치였다. 전도가 애써 자연스러운 표정을 지으면서 말했다.

"산동성 이재민들을 안치하는 과정에 지극히 모범적인 표상이 됐다 해서 조야에 칭찬이 자자하더군요. 역대 관리들은 재해복구비를 착복하느라 혈안이 됐는데 청렴하게 일을 하시다니 참으로 대단합니다."

유강으로서는 전도가 무엇 때문에 자신을 본 순간 화들짝 놀라면서 경계 태세를 취했는지 알 리가 만무했다. 그래서 연신 사람 좋은 웃음을 허허 웃으면서 입을 열었다.

"모두 조정의 은덕이고 악이태 대인의 가르침 덕분이에요. 나는 이번에 평륙平陸현의 진서신陳序新이 공당公堂을 아수라장으로 만들고 관리를 모독한 사건을 조속히 마무리 짓기 위해 왔어요. 우리 아문에서는 이 사건 때문에 관계 부처에 여러 차례 상소문을 올렸으나 모두 각하당했다오. 너무 오래 끌다 보니 지방에서는 별의별 소문이 다 돌고 있는 실정이에요."

전도는 히죽 웃으면서 그의 말을 받았다.

"보아하니 지주와 소작농 사이의 분쟁 사건에서 제가 노홍금의 손을 들어줬다는 관보를 읽고 저한테 따지러 온 거군요?"

유강이 전도의 말을 듣고는 곰방대를 꺼내 담배에 불을 붙였다. 이어 한 모금 길게 빨아들이고는 입을 열었다.

"무슨 말씀을 그리 하시오? 따지다니, 감히 어느 면전이라고 내가 따지겠어요? 진서신은 다른 성에서 우리 산서로 전근을 온 지 얼마 안 된 관리이고, 나와는 아무런 갈등도 없는 평범한 사이에요. 이 사건은 장천석 사건과 흡사하나 인명사고는 없었어요. 그런데 어찌해서 진서신에게 교수형 집형유예를 선고할 수 있다는 말입니까?"

전도는 눈을 내리 깐 채 묵묵히 유강의 말을 들었다. 그러다 바로 눈꺼풀을 치켜 올려 유강을 힐끗 쳐다봤다. 이어 담담하게 말했다.

"이 두 사건은 전혀 다른 성격을 띠고 있습니다. 영주아는 지주에게 맞아죽었습니다. 그러나 진서신은 지주를 때려 다치게 했어요. 지주와 소작농 사이에는 존비의 구별은 없으나 상하의 구별은 있습니다. 관부에서는 사람을 다치게 한 죄를 물어 피해자의 상처를 치료해주고 사흘 동안 항쇄를 씌워 반성케 한다는 적절한 판결을 내렸습니다. 그런데도 진서신은 판결에 불복해 공당을 소란스럽게 하고 현관縣官을 '돈밖에 모르는 개자식'이라고 모독했으니 그 죄를 용서하기 어렵습니다."

전도는 더 자세하게 토론할 여지도 없다는 듯 딱 잘라 말했다. 유강은 그러나 끈질기게 물고 늘어지겠다는 자세를 보였다. 나중에는 비굴한 웃음을 지으면서 전도 앞에 다가앉았다.

"비록 직접 내 손을 거친 사건은 아니지만 우리 아문의 관리가 이런 불미스런 일을 저질렀다 하니 내 책임도 있는 것 같네요. 달리 무마할 방법이 없는지 전 나리께 도움을 청해보라면서 다른 관리들이 하도 성화를 떨어서……."

유강이 말끝을 흐리면서 주머니에서 자그마한 종이뭉치를 꺼냈다. 이어 전도의 앞으로 슬며시 밀어 보냈다.

"이게 뭡니까?"

전도가 들어보니 아주 묵직했다. 헤쳐 보니 누런빛을 뿜는 50냥짜리 금덩이였다. 전도의 낯빛이 대뜸 어두워졌다.

"이걸 받으라고 가져왔습니까? 도로 거두십시오."

"전 나리, 그게 아니라……."

전도가 유강의 말이 끝나기 무섭게 얼굴에 경련을 일으키면서 나지막하게 소리를 쳤다.

"거두라고 했습니다! 사람을 잘못 봤습니다. 저는 조정에서 내주는 녹봉이면 충분한 사람이에요."

유강은 속으로 아차! 하면서 가슴을 쳤다. 그러나 짐짓 내색은 하지 않고 다시 말을 이었다.

"이건 내가 선물하는 것이 아니라 채경蔡慶을 비롯한 우리 아문의 다른 관리들이 조그마한 성의를 모아 보낸 것이에요. 사건과는 무관하게 보낸 것이니 절대 오해는 말아줘요. 술 한잔 화끈하게 사드리는 셈치고 보낸 것이라고 보면 돼요. 솔직히 크게 개의치 않으리라 생각했는데, 이리 매정하게 뿌리치면 그 사람들이 얼마나 무안하겠어요? 아니면 먼저 받아뒀다가 나중에 채경 등이 북경에 오면 그때 돌려주시든지 그러는 것이 좋겠네요."

전도는 잠시 침묵에 빠졌다. 그러자 유강은 자신의 말이 먹혀든 줄로 착각하고 도망치듯 살짝 빠져나오려고 했다. 그때 전도가 유강의 등 뒤에다 추상같은 고함을 터트렸다.

"유 대인! 저를 어찌 보고 이런 짓까지 서슴지 않는 겁니까? 억지로 떠안겨 놓고 도망가다니, 정인군자는 못 되겠군요!"

갑자기 큰 소리가 나자 다른 부처의 관리들이 고개를 빼꼼히 내밀고 구경을 했다. 그러나 전도는 그에 개의치 않고 쫓기듯 내빼는 유강의 등 뒤로 종이뭉치를 던졌다. "쿵!"하는 소리와 함께 그 종이뭉치는 대문에 맞고 떨어졌다. 곧 종이 껍데기가 벗겨지면서 주먹만 한 금덩이도 고스란히 그 실체를 드러냈다. 유강은 뭐라고 중얼거리는가 싶더니 누가 볼세라 금덩이를 주워들고 도망치듯이 형부아문을 빠져나갔다.

"흥!"

전도는 경멸에 찬 눈빛으로 유강의 뒷모습을 바라봤다. 그는 곧이어 마음을 가라앉힐 요량으로 차 한 잔을 따라놓고는 각지에서 올라온 문건들을 펼쳐들었다. 바로 그때 문 두드리는 소리가 들렸다. 전도는 유강이 다시 돌아온 줄 알고 고함부터 질러댔다.

"아직도 안 간 겁니까? 얼마나 더 창피를 당해야 가겠어요? 가서 악이태 중당한테 다 일러바쳐요. 나는 상관없으니까!"

전도는 계속 호통을 치면서 나가서 문고리를 거칠게 잡아당겼다. 그러나 문을 열고 문 밖의 사람을 확인하고는 어이없는 듯 실소를 터트리고 말았다. 그의 눈에 들어온 사람은 바로 형부의 직속 장관인 상서 사이직과 시랑 유통훈이었던 것이다. 전도가 황급히 두 사람을 안으로 안내하고 인사를 마친 다음 입을 열었다.

"두 분 나리인 줄도 모르고 무례를 범하고 말았습니다."

사이직은 아무 말 없이 전도가 앉아있던 자리로 가서 앉았다. 그리고는 그 동안 전도가 처리한 사건 관련 문서들을 뒤적여봤다. 손님 자리에 앉은 유통훈이 먼저 입을 열었다.

"문을 닫아걸고 누구한테 그렇게 화를 내고 있었는가?"

전도가 사이직과 유통훈에게 차를 따라 건네면서 멋쩍은 웃음을 지어보였다.

"화를 내다니요. 화기火氣가 넘치면 간을 다친다고 했습니다. 목숨이 위험하게 누구에게 화를 내겠습니까."

유통훈이 다시 웃음 띤 어조로 말했다.

"분명히 화냈어, 조금 전에. 우리가 귀머거리인 줄 아는가? 악이태 중당까지 곁들여가면서 한바탕 입에 거품을 물던데 뭘!"

전도가 그러자 씁쓸한 웃음을 지었다.

"막료 시절에는 관직에 오르기만 하면 뭐든지 척척 잘해낼 것 같았습니다. 그러나 갈수록 좋은 관리가 되는 것이 얼마나 힘이 드는 것인지 알 것 같습니다……."

사이직은 사실 전도가 형부에 들어온 이후 줄곧 그의 일거수일투족을 면밀히 주시해온 터였다. 어디가 어떻게 잘난 사람이기에 황제의 천거를 받아 낙하산을 탔는지 궁금했던 것이다. 더구나 사이직 본인은 당당하게 과거에 급제한 사람이 아니던가. 정상적인 수순을 밟지 않고 어느 날 문득 들어온 전도에 대해 내심 탐탁지 않게 여긴 마음도 없지 않았던 것이다. 그런데 그는 오늘 다른 관리들로부터 뜻밖의 말을 들었다. 전도가 누가 갖다 준 금덩이를 면전에서 내던졌다는 것이다. 순간 그는 유통훈을 불러 함께 전도를 찾아가봐야겠다는 생각을 했다. 비굴하지도 거만하지도 않은 전도의 언행을 보고 들으면서 처음으로 전도에게 호감을 느꼈다고 할 수 있었다. 물론 그는 전도가 입을 열어 설명하지 않아도 방금 전에 있었던 일의 자초지종을 다 미뤄 짐작할 수 있었다. 사이직이 말했다.

"유강은 평소에 평판이 괜찮은 사람이었네. 아랫것들의 철딱서니 없는 성화에 못 이겨 그런 짓을 했나본데, 어쨌든 전도 자네의 처사는 마음에 드네! 앞으로 이 일 때문에 어떤 후환이 있을까 걱정하지는 말게. 우리가 다 알고 있으니!"

그러자 전도가 황급히 감사를 표했다.

"두 분 나리께서 믿어주시니 소인은 더욱 두려울 것이 없습니다. 그래봤자 악이태 중당에게 미운털이나 박히겠죠."

사이직이 전도의 말에 파안대소를 했다.

"연갱요가 어떤 사람이었는지 자네도 잘 알지? 그가 발을 한번 구르면 자금성紫禁城 전체가 흔들릴 정도였어. 그런 연갱요도 나 사이직한테는 함부로 하지 못했네. 하물며 악이태 중당이야! 걱정하지 말게. 내가 있는 한 자네는 어느 누구한테도 미운털이 박히지 않을 것이야. 올해의 미결 사건을 처리하기 위해 관리를 산서로 파견해야 하는데, 내가 자네를 위촉하겠네. 저들이 어찌 나오나 보자고."

그날 전도와 사이직, 유통훈 세 사람은 오랜 시간 흉금을 터놓고 격의 없는 대화를 나눴다. 얼마 후 전도는 사이직과 유통훈을 배웅하기 위해 문밖으로 나왔다. 다른 사관들이 뭐라고 쑥덕대면서 귀엣말을 하는 모습이 그의 눈에 들어왔다. 그는 그 모습을 보면서 내심 우쭐해지는 것을 어쩔 수 없었다.

전도에게 쫓기다시피 형부아문을 나선 유강의 가슴은 계속 쿵쾅거리고 있었다. 호흡마저 가빠지는 듯했다. 하기야 시퍼런 대낮에 악몽을 꾼들 이보다 더 황당하랴 싶었다. 사실 유강은 평류현의 사건을 핑계 삼아 전도와 가까워지고 싶어 접근을 시도했다고 할 수 있었다.

그는 북경에 올라오자마자 아계와 전도가 성은을 듬뿍 받고 있다는 소문을 접했다. 그는 두 사람이 앞으로 정치적으로 어마어마한 거목이 될 것이라는 사실을 믿어 의심치 않았다. 미리 눈도장이라도 찍어놓을 필요가 있겠다고 생각하고 찾아갔던 것이다. 하지만 그게 그만 역효과를 불러오고 말았다. 물론 자신의 잘못이기는 했다. 그럼에도 울분이 치밀어 오르는 것을 참을 수가 없었다. 3품 고관인 자신이 6품의 미관말직에게 싸대기 얻어맞은 것보다 더한 모독을 받았다는 사실에 참을 수 없는 분노가 치민 것이다.

그는 씨근거리면서 집으로 돌아온 오후 내내 두문불출하고 백치처럼 구석자리를 지켰다. 조금이나마 마음의 평정을 되찾은 것은 날이 어둑어둑해질 무렵이었다. 갑자기 내일이 중원절中元節(백중百中을 의미함. 음력

7월 15일)이라는 생각이 떠올랐다. 더불어 중원절 전날 저녁에 악이태의 집에서 한잔 나누기로 약속했던 일 역시 생각났다. 그는 서둘러 얼굴에 냉수를 두어 번 끼얹고는 가마에 앉아 악이태의 집으로 향했다.

옹정황제가 붕어한 지 이미 1년이 넘었으나 공식적으로는 아직도 국상 기간이었다. 그래서 민간의 위락 활동은 일절 금지돼 있었다. 그러나 관가의 통제는 느슨해진 지 이미 오래였다. 그 사실을 말해주듯 길가에는 이미 꽃등 파는 시장이 자리를 잡고 있었다. 집집마다 문어귀에는 각양각색의 현란한 등불도 내걸렸다. 거리에는 꽃등 구경을 나온 사람들로 북적거렸다.

가마는 인산인해를 이룬 사람들을 피해 가느라 자꾸만 뒤뚱거렸다. 유강은 기분이 상해 아예 가마에서 내려 걸었다. 국상과는 아랑곳없이 명절 분위기에 한껏 들떠 있는 인파를 헤집고 한참 걷자 어느새 악이태의 집이 저 멀리 보였다. 관리들로 왁자지껄할 줄 알았던 악이태의 대문 앞에는 노란 유리 궁등만 달랑 두 개 내걸려 있을 뿐이었다. 사람은 전혀 보이지 않았다. 유강을 알아본 문지기가 반겨 맞아주었다.

"오늘 저녁에는 모신 손님들이 그리 많지 않아 조용합니다. 악상께서는 손님 접견 때문에 술자리에 끝까지 배석 못하실 거라고 하셨습니다. 여러 나리들의 양해를 구하신다고 말씀하셨습니다. 어서 안으로 드십시오."

"악상의 명령을 받들겠네."

유강은 당초 악이태에게 오늘 당한 봉변을 한바탕 하소연하려고 했다. 때문에 문지기의 말에 초장부터 김이 샐 수밖에 없었다. 그러나 악이태가 요즘 병 핑계를 대고 집에 있기 때문에 손님들과 함께 즐길 처지가 안 된다는 사실을 모르지는 않았다. 그는 어쩔 수 없이 순순히 문지기를 따라 나섰다.

응접실 안은 바깥과 달리 대단히 시끌벅적했다. 장군, 순무에서부터 지현, 천총에 이르기까지 족히 삼사십 명이 넘는 문무 관리들이 모인 것 같았다. 대부분 악이태가 주시험관을 지내면서 발탁한 문생 관리들이었다. 그들은 삼삼오오 복도에 모여 등미燈謎(등롱에 쓰인 수수께끼 풀기)를 풀면서 웃고 떠들었다. 또 일부는 등불이 휘황찬란한 대청에서 주령을 외치면서 권커니 잣거니 하면서 술잔을 부딪쳤다. 그 와중에 같은 해에 관직에 오른 비슷한 연배의 동기생인 악갈鄂曷과 호중조胡中藻 등의 모습이 눈에 띄었다. 평소에 가깝게 지내던 아목살阿穆薩, 부이단傅爾丹, 색륜索倫의 모습 역시 눈에 들어왔다. 유강이 히죽 웃으면서 그들에게 다가가 인사를 했다.

"다들 먹는 데는 발 빠르군."

"아니 이게 뉘신가!"

악갈 등이 반색을 하면서 뒤늦게 온 유강을 반겼다. 술잔을 든 채 복도에 서서 수수께끼 풀이에 여념이 없던 이들 역시 몰려왔다. 모두들 약속이나 한 듯 늦게 왔으니 벌주를 마셔야 한다면서 유강에게 달려들었다. 일부는 결박하듯 그의 팔을 뒤로 붙잡아 꼼짝달싹 못하게 하고는 서로 자신의 술잔을 들이밀었다. 그러나 유강은 오만상을 찌푸리고 입안의 술을 퉤퉤! 하면서 내뱉어버렸다. 그 바람에 주변 사람들은 얼굴과 온몸 가득 술 벼락을 맞고 말았다. 짓궂은 무리들은 그제야 비명을 지르면서 달아났다.

유강은 잠시 화가 동하기는 했다. 그러나 오랜만에 동료들이 다 같이 모인 자리라 반가운 마음이 더 앞서는 것을 어쩌지 못했다. 그래서 가장 먼저 나서서 자신에게 술 세례를 안긴 색륜을 쫓아가려고 했다. 바로 그때 뒤뜰의 월동문으로 몇 개의 유리등이 명멸하면서 다가오는 것이 보였다. 유강은 오는 사람이 악이태일 것이라고 짐작하면서 손가락을 입에 대고 쉿! 소리를 냈다. 모처럼 동심으로 돌아가 한바탕 쫓고 쫓기는 추격전을 기대했던 사람들은 모두들 약속이나 한 듯 웃음을 멈췄다. 그러나 등불은 유강 등에게 다가오지 않고 서쪽 뜰 쪽으로 비켜갔다. 유강은 못내 의아스럽다는 표정으로 옆에 있던 악갈에게 물었다.

"악 중당이 손님을 배웅하는 것 같은데, 병이 그리 심각하지는 않은 가봐?"

악갈이 그러자 바로 고개를 저었다.

"악 중당은 아닐 거야. 누구를 접견했는지는 모르겠으나 장정옥 대인 아니면 눌친 대인 같은데."

호중조가 수염을 만지작거리면서 대화에 끼어들었다.

"틀림없이 눌친 대인이야. 맨 끝에 따라가는 사람이 눌친 대인 댁의 종복이거든. 그리고 태감 차림을 한 사람도 있는 것 같던데 몇몇 중당 대인들을 빼고 집에 태감을 부리는 사람이 또 있는가?"

유강 등이 멀어져 가는 그림자들의 실체를 두고 이러쿵저러쿵 얘기를 나눌 때였다. 악이태가 갑자기 긴 그림자를 끌면서 다가왔다. 대청 안팎에 있던 사람들은 모두 복도에 모여 상체를 깊숙이 숙인 채 악이태를 맞았다. 호광 순무 갈단萬丹이 먼저 한쪽 무릎을 꿇으며 인사를 올렸다.

"제자 갈단이 여러 동기생들을 대표해 스승님께 문후를 올립니다."

갈단의 말이 끝나자 좌중의 다른 사람들도 모두 무릎을 꿇었다. 악이태가 흐뭇한지 수척하고 파리한 얼굴에 한 가닥의 미소를 흘렸다. 이어 입을 열었다.

"모두 일어나게. 나는 천성적으로 별로 재미가 없는 사람이야. 여러분의 주흥을 깰 것 같아 이런 자리는 가급적 나서지 않고 자제하는 편이네. 그러나 오늘은 내가 부른 손님들이니 그대들과 더불어 두어 잔 마시고 일어나려고 하네. 여러분은 부담스러워 하지 말고 오래도록 즐기다 가게."

악이태는 말을 마치자마자 바로 상석에 자리를 잡았다. 이어 좌중을 둘러봤다. 오래간만에 악이태를 만나 눈도장을 단단히 찍어두려고 작심한 자들이 하나씩 그의 눈에 들어왔다. 그러나 악이태의 표정이 마냥 근엄하기만 해서인지 좌중의 사람들은 서로 눈치만 볼 뿐 누구 하나 감히 입을 열지 못했다.

악이태는 곧이어 문하생들이 관품에 따라 번갈아 가면서 올리는 술잔을 받았다. 그러나 조금씩 마시는 시늉만 할 뿐 한 순배가 나 돌아가도록 채 한 잔도 마시지 않았다. 드디어 유강의 차례가 됐다. 그는 술을 가득 채운 술잔과 함께 미리 준비해 뒀던 종이쪽지 한 장을 받쳐 올렸다. 자연스럽게 좌중 사람들의 이목은 모두 그 종이쪽지에 집중됐다. 악이태는 별생각 없이 종이쪽지를 펼쳤다. 간단하게 몇 자가 적혀 있었다.

> 찹쌀 반 홉合, 생강 다섯 쪽, 하수河水 두 사발을 뚝배기에 넣어 두어 번 끓인 다음 수염 달린 대파 뿌리 대여섯 개를 함께 넣어 쌀이 익을 때까지 끓인다. 다 익은 뒤 식초를 조금 넣어 뜨거울 때 먹는다.

악이태가 어안이 벙벙해진 얼굴을 한 채 물었다.

"이게 뭔가? 무슨 죽에 식초까지 넣나?"

그러자 유강이 얼굴 가득 아부 어린 웃음을 지은 채 대답했다.

"일명 '신선죽'이라는 것입니다. 찹쌀과 대파, 생강 그리고 식초는 궁합이 잘 맞는다고 합니다. 몸이 아픈 사람이 먹으면 병이 낫고 건강한 사람에게는 보양식으로 그저 그만이라고 합니다. 소생이 산동성 재해 복구현장에 갔을 때였습니다. 어떤 마을에 전염병이 돌았는데 유독 한 집만 말짱하지 뭡니까? 그래서 그 비결을 물었더니 매일 이 신선죽을 먹은 덕분이라 했습니다. 문득 스승님 건강이 염려돼 죽 만드는 법을 상세하게 물어봤습니다. 그 집 어르신은 여든이 넘은 고령임에도 아직 물지게를 메고 다닐 정도로 정정하답니다."

악이태가 종이쪽지를 가인에게 건네줬다. 이어 기분 좋은 표정으로 입을 열었다.

"오, 그래? 허구한 날 몸에 받지도 않는 인삼죽을 끓여 대느라 시끄럽게 하지 말고 신선죽이나 한번 끓여내라고 해라. 민간 비방이 효과가 있는 경우도 있거든."

악이태가 말을 마치더니 바로 자리에서 일어서면서 잔을 들었다. 그리고는 건배사를 했다.

"모두들 밖에서 일 년 동안 수고 많았네. 북경에 있어도 각자의 소임을 다하느라 이처럼 한 자리에 모이기가 쉽지 않을 텐데 오늘 다 같이 모여 명절을 쇠게 되니 매우 기쁘네. 그런 의미에서 이 잔은 건배하세!"

좌중의 사람들은 일제히 스승의 건강을 기원하는 축배를 들었다. 이번에는 악이태도 잔을 비웠다. 그제야 창백하던 그의 얼굴에 조금씩 혈색이 돌기 시작했다. 그가 야채 한 점을 입안에 넣고 우물거리면서 덧붙였다.

"선제께서는 생전에 문생들이 붕당을 만들어 파벌 싸움을 벌이는 것을 대단히 싫어하셨네. 지금 폐하께서도 비록 관대한 정치를 강조하시지만 궁극적으로는 선제와 같은 뜻을 가지고 계시네. 그대들은 모두 아직 젊은 나이에 밖에서 큰 몫을 해내고 있는 인재들이네. 장래가 촉망되는 사람들이니 시시각각 자신의 발밑을 내려다보면서 조정 신하로서 흠집이 가지 않도록 신경 써야하네. 누가 누구의 문생이고 어느 파벌이냐를 따진다면 절대 공정하게 일을 처리할 수 없네. 그런 생각에 얽매이는 사람은 충직한 신하라고 할 수 없지. 악선은 이번에 어지를 받고 지방 순시를 나갔는데, 일을 매끄럽게 잘 처리했다 해서 벌써 폐하의 표창을 받았다네. 또 노작盧焯은 첨산尖山 제방 보수공사 때문에 현장에 머물면서 제대로 먹지도 자지도 못해 지쳐 쓰러졌다고 하지 않는가. 나는 그 사람이 보낸 편지도 봤어. 얼마나 힘들었으면 글씨마저 비뚤비뚤 다 쓰러져 있었네. 그 소식을 듣고 내가 너무 가슴 아파 아끼던 산삼 한 근을 보내줬지. 왜냐고? 그 사람이 스승의 얼굴을 빛내줬기 때문이네. 자네들도 진정 이 스승을 위한다면 매일 무리 지어 다니면서 쓸데없이 입방아만 찧지 말고 조금 더 건전한 생각을 가지고 매사에 최선을 다하라는 말이네. 내 원칙은 그러하네. 열심히 일해서 백성들의 칭송을 받는 사람이라면 내 문하가 아닐지라도 적극 폐하께 천거할 것이고, 백성들의 원성을 듣는 사람은 여러분 중의 한 사람일지라도 그 죄를 철저히 물을 것이네!"

좌중의 사람들은 악이태의 입에서 어떤 훈육을 들을 것인지, 또 각자에게는 무슨 말을 해줄지 저마다 고개를 숙인 채 귀를 기울였다. 곧이어 악이태가 가장 아끼는 제자 갈단이 좌중에 모인 사람들을 대표해 앞으로 나섰다. 그리고는 목청을 가다듬은 다음 진지한 어조로 말했다.

"제자는 이십 년 동안 관직에 몸담고 있습니다. 매번 북경에 올 때마다 스승님의 고담준론을 경청해 왔습니다. 그러나 항상 느낌이 새롭습니다. 제가 보기에 스승님은 유난히 빼어나신 분은 아닙니다. 그러나 공맹의 도리를 철저히 따르십니다. 게다가 매사에 빈틈이 없고 항상 최선을 다하십니다. 그렇기 때문에 많은 사람들의 존경을 한 몸에 받고 계신 것 같습니다. 저는 스승님의 천거를 받아 외관이 된 사람이기는 하나 스승님께 많이 혼나기도 한 사람입니다. 도원道員 시절에는 입고시킨 은자의 색깔이 제각각이라 해서 스승님으로부터 혹독한 처벌을 받았습니다. 그래서 한때는 지부로 강등당하기도 했습니다. 포정사 시절에는

탐관오리를 현령으로 잘못 발탁한 일로 또다시 스승님께 처벌을 받았
죠. 오늘날 제가 이 자리에 오르기까지는 곡절이 많았습니다. 다른 사
람도 아닌 스승님으로부터 무려 여섯 차례나 강등당하거나 처벌을 받
았습니다. 저도 사람인 이상 그때 당시에는 억울하고 서운한 마음이 없
지 않았습니다. 그러나 지금 돌이켜보면 아끼는 자식 매 하나 더 든다
는 옛말이 떠오르면서 고마운 마음이 앞섭니다. 스승님 같은 인품과 풍
채를 뉘라서 존경하지 않을 수가 있겠습니까?"

갈단은 '관가의 능구렁이'라는 별명이 무색하지 않을 만큼 달변이었
다. 듣는 사람의 반감을 사지 않도록 교묘하게 아부를 떠는 재능도 남
달랐다. 유강은 그런 갈단에게 내심 탄복을 금치 못했다. 특히 오전에
형부아문에서 전도로부터 수모를 당했던 일을 떠올리자 스스로가 더욱
부끄럽게 느껴졌다. 그가 실추된 명예를 어찌 회복할까 고민하고 있을
때였다. 갑자기 악이태가 다가와서는 그의 어깨를 두드리면서 말했다.

"자네, 나를 따라 오게. 나머지 사람들은 계속 즐기도록 하고. 술은 과
하게 마셔 좋을 게 없으니 자제하고 다른 놀이를 하게."

악이태는 말을 마치고는 바로 자리를 떴다. 유강은 두근거리는 가슴
을 달래면서 그의 뒤를 따라갔다.

"유강, 자네 오늘 형부에 다녀왔나? 그런데 거기서 톡톡히 망신을 당
했다면서?"

악이태는 서재에 들어서자마자 단도직입적으로 물었다. 말투가 막 패
놓은 장작의 바짝 마른 속내처럼 건조하고 무뚝뚝했다. 피곤기가 다
분한 눈빛은 유강을 뚫어지게 주시하고 있었다. 유강은 얼굴을 귀밑까
지 붉힌 채 쥐구멍을 찾다가 한참 후에야 "예!" 하고 짤막하게 대답했
다. 다른 변명은 감히 한마디도 할 수가 없었다. 악이태가 차가운 표정
으로 말했다.

"자네는 지금 이 노인네가 귀신이 아닌가 생각하고 있을 테지? 또 내가 그 일을 어떻게 알고 있는지 무척 궁금할 테지? 사실 나는 남의 뒤를 캐는 데는 영 서투르다네. 그런 것에는 흥미도 없고 말이야. 방금 내가 배웅한 손님들이 누군 줄 아나? 눌친 중당이 폐하를 뫼시고 다녀 갔네. 이 말은 폐하께서 함께 하신 자리에서 눌친 중당에게서 들었네."

유강은 악이태의 말을 듣는 순간 온 몸의 피가 바싹 마르는 듯한 긴장감과 공포감에 사로잡혔다. 그는 백지장처럼 창백해진 얼굴을 살짝 늘고는 잔뜩 겁에 질린 표정을 한 채 악이태를 훔쳐보면서 입을 열었다.

"제가 스승님 얼굴에 먹칠을 했습니다. 학생이 죽을죄를 지었습니다. 하오나 그 금덩이는 진짜 다른 동료들이 보낸 것입니다. 학생이 시비곡직에 어수룩해서 다른 사람 대신 따귀를 맞은 것입니다."

그러자 악이태가 껄껄 웃으면서 말했다.

"내가 이미 폐하께 잘 말씀드렸네. 폐하께서는 자네를 믿는다고 하셨네. 부항도 산동에서 돌아왔을 때 폐하께 자네 칭찬을 적잖이 했다네. 아니면 이번에 최소한 '비열하고 창피를 모른다'는 소리를 들었을 것이네."

유강이 악이태의 말에 다소 안도하면서 조심스레 물었다.

"폐하께서는 뭐라 말씀하셨습니까?"

"폐하께서는 그저 웃으시면서 사리분별 못하는 젊은이가 이번 기회에 오히려 잘 당했다고 하셨네. 그 전도라는 친구는 관직에 대한 욕심이 이만저만이 아닌 사람이라네. 승진에 대한 욕구가 숯불보다 더 뜨거운 사람이야. 그러니 자신이 밟고 올라갈 디딤돌을 찾는 데 혈안이 돼 있지 않겠나. 그런데 자네는 하필이면 그런 자에게 찾아가 뺨을 때려달라고 들이밀었으니……."

악이태가 건조한 어조로 대답했다. 유강은 순간 건륭이 "사리분별력이 없다"고 한 말이 그렇게 나쁜 말은 아니라는 것을 알았다. 서서히 걱정이 사라지며 안도감이 차올랐다. 어느새 여유를 찾은 유강이 웃음 띤 어조로 말했다.

"학생은 오늘 창피하고 분한 마음에 반나절 동안 두문불출하고 반성했습니다. 결국 이 모든 것이 제 자신의 덕이 부족한 탓이라는 결론을 내렸습니다."

유강이 반성의 뜻을 표한 다음 문득 무슨 생각이 떠올랐는지 내친김이라는 듯 다시 말을 이었다.

"그래서 말입니다만, 스승님! 오늘의 치욕을 영원히 가슴속에 아로새기겠다는 뜻에서 이름을 '수덕'修德이라고 고치고 싶습니다. 스승님께서 이부에 말씀드려주십시오."

"그건 어려운 일이 아니네. 내일 자네가 직접 이부에 가서 내가 허락했다고 개명을 요청하게."

사실 유강이 이름을 고치려는 목적은 따로 있었다. 혹시 나중에라도 자신에게 미칠지 모를 화를 피해가고자 하는 것이 진정한 속내라고 할 수 있었다. 그러나 악이태가 그런 유강의 속셈을 알 리 없었다. 그래서일까, 그가 무심한 어조로 입을 열었다.

"참 좋은 글자네. 자네는 개명하면서 거듭 태어나야 하네. 똥파리는 깨지지 않은 달걀은 쫓지 않는다고 했네. 전도가 무엇 때문에 사이직이나 유통훈을 희생양으로 삼지 않고 하필이면 자네를 자빠뜨렸겠나. 스스로를 하찮게 보고 우습게 여기는 사람은 다른 사람에게서도 똑같은 대접을 받는다네. 모두 자네 잘못이니 다른 사람을 원망하고 미워할 것도 없네."

유강은 악이태의 말뜻을 음미했다. 그러자 씁쓸함이 밀려왔다. 게다가 건륭이 분명 전도에 대해서는 높이 평가했을 거라 생각하니 부끄러움과 함께 질투심도 치밀었다. 그러나 그는 그런 내색은 전혀 하지 않고 고개를 숙이며 대답했다.

"스승님의 가르침을 명심하겠습니다. 저는 전 나리를 추호도 원망하지 않습니다."

그제야 악이태의 어조가 한결 부드러워졌다.

"자기 잘못을 반성한다니 나도 더 이상 말하지 않겠네. 처음 같아서는 죽이 되든 밥이 되든 그대로 내버려두려고 했었네. 물론 나는 문인들의 파벌에 내해 편견이 없네. 그러나 소인배들은 자네를 나라는 사람의 연장선 위에서 생각할 수밖에 없어. 그래서 일러두는데, 자네들이 잘못하면 자네들만의 불행으로 끝나는 것이 아니라는 사실을 항시 명심해야 하네. 자기 전에 가슴에 손을 얹고 내 말을 다시 한 번 되새겨보게. 됐네, 그만 물러가게!"

24장

건륭의 순애보

옹정이 붕어한 뒤 처음 맞는 원소절原宵節(정월 대보름)이 돌아왔다. 그래서인지 3년이라는 국상 기간이 무색할 정도로 민간에서는 이미 예전의 명절 분위기가 완전히 회복되었다. 그러나 궁전 안뜰은 스산하기 그지없었다. 명절 분위기라고는 전혀 느껴지지 않았다.

건륭은 정월 대보름 전날, 차례로 장정옥을 비롯해 악이태, 사이직, 손가감, 이위 등의 군정대신軍政大臣들을 찾아보고 궁으로 돌아왔다. 돌아오는 길에는 수화문 밖과 영항 협도에 내건 백사등이 매서운 겨울바람에 흔들거리는 모습을 바라봤다. 순간 그는 처량한 느낌을 넘어 이름 모를 질투심도 치밀었다. 그는 뚜벅뚜벅 무거운 발걸음으로 양심전에 들어섰다. 그리고는 습관적으로 시계를 봤다. 유시酉時 무렵이었다. 건륭은 뭔가가 생각난 듯 고무용을 불러 순천부 부윤을 궁으로 들어오도록 하라고 명령을 내렸다. 그러자 고무용이 아뢰었다.

"잊으셨사옵니까, 폐하. 순천부 부윤 하흠何欽은 지난 달 모친상을 당해 자리를 비운 이후 아직 돌아오지 않았사옵니다. 순천부의 다른 관리를 불러올까요?"

"됐네."

건륭이 잠시 생각을 더듬는 듯하더니 힘없이 말을 이었다.

"짐은 기분이 조금 언짢네. 선제께서 붕어하신 지 이 년이 됐나, 삼 년이 됐나? 고작 일 년밖에 되지 않았어. 그런데도 밖에서는 그 새를 못참고 아무 일도 없었던 것처럼 명절을 즐기고 있지 않은가. 폭죽이 하늘을 수놓고 꽃등이 길거리를 덮고 있다네! 짐이 관대한 정치를 한다해서 저네들의 이런 무례까지 눈감을 수는 없는 것 아닌가. 소인배들은 과연 어쩔 수 없는 무리들이야! 순천부로 갈 것도 없네. 직접 유통훈에게 어지를 내릴 것이니 그 사람을 불러오게."

"예, 폐하!"

고무용은 대답과 함께 바로 물러갔다. 건륭은 가슴에 손을 얹어 마음을 진정시키면서 책상 위에서 주장 하나를 집어 들었다. 악선이 안휘성의 수해 상황을 보고 올린 주장이었다. 황하가 범람해 제방의 둑이 열일곱 군데나 터졌고 일곱 개 부府와 스무 개 현縣이 수재 피해를 입었다는 내용이었다. 끝부분에는 다소 장황한 글이 적혀 있었다.

……안휘성 포정사 형기문邢琦文은 떠내려간 제방의 둑이 일곱 군데밖에 되지 않는다면서 거짓 보고를 올려 자신의 불찰을 덮어 감추려 했사옵니다. 그 죄를 반드시 물어야 하옵니다. 신이 실제로 조사해본 바에 의하면 물에 잠긴 전답과 가옥만 해도 천리 길에 넘쳐났사옵니다. 또 피해 상황은 형기문이 보고한 것보다 훨씬 심각하옵니다. 월동 옷가지와 이불은 강소성에서 조달 받았사오나 이재민들이 워낙 산지사방에 흩어져 있어 배급에

어려움을 겪고 있는 실정이옵니다. 이대로 나가다가는 갈 곳 잃고 굶주린 백성들은 벌판에서 얼어 죽고 말 것이옵니다. 이로 인해 사람을 사고파는 인시人市도 우후죽순으로 생겨났사옵니다. 그러자 다른 지역의 부자들이 이참에 헐값으로 노복奴僕을 사가려고 인시에 밀려들고 있사옵니다. 당연히 부모와 자식이 생이별하는 비참한 광경이 하루에도 수십 번씩 벌어지고 있사옵니다. 신은 그 광경을 보면서 가슴이 미어지는 것 같아 차마 눈 뜨고 볼 수 없었사옵니다. 형기문이 수해 상황을 사실대로만 폐하께 상주했더라도 하늘같은 성덕을 쌓으신 폐하께서는 더 큰 은택을 내리셨을 것이옵니다. 그랬다면 인명 피해가 반쯤은 줄어들었을 것이옵니다. 요즘은 게다가 설상가상으로 백련교가 지푸라기라도 잡고 싶어하는 이재민들을 현혹시킨다 하옵니다. 혹시 모를 민란을 미연에 방지하기 위해 신은 감히 왕명기패王命旗牌를 청해 형기문의 목을 쳤사옵니다. 어지도 없이 사사로이 관리를 죽인 죄를 물어 주시옵소서, 폐하!

건륭이 한참을 읽고 나더니 바로 주필을 들었다. 이어 빈자리에 신속하게 글을 적어 내려갔다.

경의 결단력 있는 처사에 갈채를 보내네! 그러니 그 무슨 죄를 묻겠는가? 사교의 움직임을 면밀히 주시하게. 반드시 그 주동자를 잡아 정법에 의거해 처벌해야 하네. 속히 강남, 산동, 직예성에 서한을 보내 갈대 거적과 이부자리를 더 지원 받게. 되는대로 신속히 이재민들에게 나눠줘 민심을 안정시키는 데 주력하게.

악선의 상주문은 계속 이어졌다.

구제 양곡은 조정에서 보내준 것만으로는 턱없이 부족했사옵니다. 다행히 전 총독 이위가 재임 중에 각 향촌에 의창을 만들어둔 것이 큰 도움이 됐사옵니다. 유사시를 대비해 식량을 비축해뒀기 때문에 그 덕을 톡톡히 보게 됐사옵니다. 앞으로 두 달 동안은 식량 걱정을 하지 않아도 될 것 같사옵니다. 이재민들을 안치할 때는 선제 때의 방식을 그대로 따랐사옵니다. 우선 일천 명을 단위로 이재민들의 임시 거처를 만들었사옵니다. 그 옆에는 죽을 배급하는 배식소를 설치했사옵니다. 그 와중에도 벼룩의 간을 빼먹으려 하는 자들이 있었사옵니다. 신은 새해복구비 횡령 혐의가 있는 현령 일곱 명, 서리 사백칠십삼 명을 색출해 파면 혹은 감금 처벌을 내리고 이부와 호부에 보고를 올렸사옵니다. 폐하! 부디 신의 의중을 헤아려주시고 재해 상황을 통촉해주시기 바라옵니다. 이재민들이 춘궁기를 무사히 넘길 수 있도록 구제금 일백이십만 냥을 보내주셨으면 하옵니다. 여름철 밀 수확이 시작되면 신은 곧 상경해 폐하께 모든 상황을 보고 올리도록 하겠사옵니다. 심신에 큰 타격을 입은 이재민들에게 조금이라도 더 폐하의 은택을 전달하지 않고는 면목이 없어 폐하를 배알할 수 없을 것이옵니다.

건륭은 마음 한구석에 잔잔한 감동이 물결치는 것을 느꼈다. 감동의 여운이 쉽게 사라지지 않는지 한참 동안이나 펄럭거리는 촛불을 응시했다. 그가 얼마 후 다시 붓을 들었다.

경의 충정은 저 하늘의 교교한 달빛을 닮았네. 자네의 이런 상주문을 받아 읽고도 감동을 받지 않는다면 짐은 어리석은 황제일 것이네. 짐이 관대한 정치를 내세운 것은 지나치게 엄격했던 이치쇄신의 숨통을 어느 정도 틔워주고 천하의 민심을 안정시키는 것이 그 목적이네. 그런데 문무군신들 중에서 관대한 정치의 뜻을 잘못 이해해 직무에 소홀하고 자신의 공로를

과도하게 내세우는 자가 있다면 그 죄를 엄히 물어 마땅할 것이네. 자네는 지금 한창 말썽이 되고 있는 지주와 소작농들 간의 분쟁에서 중립을 지키고 있으니 그 점을 높이 평가하고 싶네. 지주라 해서 무작정 매도하고 소작농이라고 무조건 눈감아주는 법 없이 공정하게 대처하는 자세가 짐의 마음에 와 닿았네. 경을 비롯해 노작, 이시요, 전도, 아계, 유통훈 등은 모두 짐의 즉위와 더불어 새로 얻은 보물들이라 생각하네. 짐은 유강이라는 자도 이 행렬에 합류시키고자 했으나 오늘 보니 부족한 점이 한두 가지가 아니더군. 빨리 달리는 말에도 채찍질하는 마음가짐을 잃지 말고 맡은 바 소임에 전력투구하도록 하게!

건륭은 주비를 다 쓰고 붓을 내려놓더니 긴 한숨을 내쉬었다. 이어 우유잔을 들어 한 모금 마시고 주장 하나를 더 빼냈다. 절강성 순무가 노작의 공로를 치하하기 위해 올린 주장이었다.

……신이 어지를 받고 현장을 찾으니 높이가 여섯 장丈이고 길이가 무려 740장이나 되는 어마어마한 둑이 눈앞에 모습을 드러냈사옵니다. 모두 단단한 돌로 쌓아 하도아문에서는 이제 백년 홍수도 두렵지 않다 했사옵니다. 그런데 노작은 얼마나 고생을 했는지 피골이 상접할 정도였사옵니다. 몰골이 얼마나 불쌍하던지 차마 눈뜨고 볼 수가 없었사옵니다! 노작은 공사가 다 끝났으니 서둘러 북경으로 가겠다고 합니다. 허나 신은 그가 길에서 몸져눕지나 않을까 걱정이 태산 같사옵니다. 현지에서 삼 개월 정도 휴양한 뒤 북경길에 오르도록 하는 것이 어떨까 주청 올리는 바이옵니다. 또 현지 향신鄕紳(시골의 유력인사)과 백성들은 노작의 공로를 높이 칭송해 사당을 지어드리겠다고 강력히 청원하고 있사옵니다. 이 일은 신이 혼자 결정할 수 없어 폐하의 성재를 엎드려 비는 바이옵니다.

건륭의 얼굴에 웃음꽃이 활짝 폈다. 자신의 안목이 틀리지 않았다는 사실이 기뻤던 것이다. 절강 순무의 주장은 조금 전의 주비에서 자신이 노작을 새로 얻은 보물이라 언급한 사실을 뒷받침해주는 증거에 다름 아니었다. 그는 즉각 노작에게 3개월 동안 휴가를 주고 노작을 위한 사당 건축을 허락한다는 내용의 주비를 달았다.

건륭이 붓을 내려놓고 다른 주장을 보려고 할 때였다. 태감 진미미가 발을 걷고 들어섰다. 건륭이 물었다.

"황후가 보냈는가? 무슨 일인가?"

진미미가 미처 뭐라고 대답하기도 전에 황후 부찰씨가 사뿐사뿐 안으로 들어섰다. 그 뒤로 궁녀가 경태란景泰蘭(명나라 대종代宗 연간에 만들어진 칠보) 받침에 뽀얀 국물이 끓고 있는 그릇을 받쳐 들고 들어섰다. 동시에 양심전의 크고 작은 태감, 궁녀들이 일제히 엎드려 절을 했다. 건륭이 반색했다.

"그렇지 않아도 속이 좀 출출했어. 어떻게 알고 이 늦은 시간에 찾아왔는가. 자네는 참 생각이 깊은 사람일세."

"일어들 나게."

황후가 미소 띤 얼굴로 궁인들을 바라보면서 분부했다. 이어 건륭을 향해 몸을 살짝 낮춰 인사를 올리고 나서 맞은편 온돌 모서리에 살포시 걸터앉은 채 말했다.

"자녕궁에 다녀오는 길이옵니다. 태후마마께서 외부 관리들을 찾아 걸음하신 폐하께서 돌아오셨는지 궁금해 하셨사옵니다. 늦었으니 오늘은 문후 올리러 자녕궁을 찾지 않으셔도 괜찮다고 하셨사옵니다. 종수궁으로 돌아와 보니 신첩의 보모가 어린 꿩 우린 물에 두부와 어두魚頭를 넣고 탕을 끓여놓고 기다리고 있었사옵니다. 폐하께서 가장 즐기시는 음식이라 소첩이 들고 왔사옵니다."

황후가 태후의 말을 전할 때 연신 "예, 예!"를 연발하던 건륭이 그녀의 마지막 말에 허허 웃으면서 말했다.

"역시 우리 '재동'梓童(연극에 나오는 참한 여자)이 최고네. 어찌 짐의 마음을 이리도 귀신같이 점칠까!"

건륭이 말을 마치고는 숟가락으로 야들야들한 두부를 떴다. 이어 입김으로 조심스레 불어 입안에 넣었다. 한 입 먹고 나서는 부찰씨를 향해 씽긋 웃으면서 엄지를 내둘렀다. 이어 다시 국물을 떠서 후루룩 마시고는 연신 감탄사를 터트렸다. 황후는 손으로 입을 가리고 조용히 말했다.

"연극은 싫어하시는 분이 '재동'은 어찌 아시옵니까? 아랫것들이 들었으면 폐하께서 몰래 연극 구경을 하시는 줄 알겠사옵니다."

건륭은 대답 대신 빙그레 웃으며 부지런히 숟가락만 놀렸다. 그때 고무용이 아뢰었다.

"유통훈이 대령하였사옵니다, 폐하."

황후는 건륭이 음식을 그처럼 맛있게 먹는 것을 처음 봤다. 그래서 고무용을 나무랐다.

"이 바닥에서 잔뼈가 굵은 사람이 어찌 눈치가 그 모양인가? 때를 살펴서 들라고 할 일이지! 폐하, 무슨 긴요한 용무가 있으시길래 이리 늦은 시간에 사람을 부르신 것이옵니까?"

건륭은 다시 두부를 몇 개 건져 먹었다. 그리고는 이마에 송골송골 솟아오른 땀을 훔치면서 말했다.

"모처럼 음식다운 음식을 먹었네. 속이 다 후련하군. 사실 짐은 오늘 밖에 나갔다가 충격을 조금 받아 우울했었네. 삼 년의 국상 기간이 아직 한참 남았는데 백성들은 이미 까맣게 잊고 꽃등 구경을 다니더군. 그 모습을 보니 그렇게 쓸쓸할 수가 없었다네. 백성들은 그렇다 치고 악이태의 집에서도 술판이 벌어졌으니 한심하지 않은가!"

부찰씨가 건륭의 투정에 달래듯 한마디 했다.

"그런 일은 소첩이 왈가왈부할 일이 아닌 줄 아옵니다. 그러나 자고로 '상을 당해도 친척들만 슬퍼하지 남들은 고성방가를 한다'라는 말이 있지 않사옵니까? 이는 인지상정이라 생각되옵니다. 폐하께서 오늘여러 신하들 집으로 걸음하신 것은 명절이라고 위로해주기 위함이 아니었사옵니까? 하오나 이렇게 불쾌해하시면 오히려 그 사람들의 뒤를 캐고 다닌 것처럼 비쳐지기 십상이옵니다. 지나치게 민감해 하실 필요는 없을 것 같사옵니다. 게다가 오늘 태후마마께서는 의지를 내리셨사옵니다. 내일 원소절에 꽃등은 내걸지 않더라도 궁중의 식솔들에게 모처럼 바람 쐴 시간을 주시겠다고 하셨사옵니다. 또 내일 저녁에는 자녕궁에서 연회를 베풀어 고명부인들과 더불어 즐기시겠다고 하셨사옵니다. 폐하께서 너무 민감하게 반응하시면 태후마마의 체면을 다치게 하는 수도 있사옵니다."

건륭은 황후의 간절한 말에 시무룩하게 웃었다. 자신이 외롭다고 다른 사람들도 따라서 외로워야 한다는 강박관념은 옳지 않다는 생각이 들었다. 나중에는 그런 이치를 깨우쳐준 황후의 충고가 내심 고맙기까지 했다. 문제는 유통훈을 접견하는 일이었다. 사실 건륭은 다른 대신들의 집을 몰래 살펴보도록 하기 위해 유통훈을 불러들였던 것이었다. 그런데 그 생각을 접는다면 달리 분부할 만한 일거리가 없었다. 건륭이 뭔가를 잠시 생각하더니 명령을 내렸다.

"유통훈을 들라 하라."

건륭의 명령이 떨어지기 무섭게 부찰씨가 자리를 피하려고 했다. 그러자 건륭이 만류했다.

"정직한 신하요. 젊고 장래가 촉망되는 사람이기도 하고. 이후 영련에게도 꼭 필요한 사람일 테니 황후도 봐둬서 나쁜 점이 없을 거요."

부찰씨는 그제야 얌전하게 자리에 도로 앉았다.

유통훈은 한밤중에 부름을 받고 놀라서 양심전으로 한걸음에 달려왔다. 그는 무릎이 감각을 잃을 정도로 장시간 수화문 밖에 엎드린 채 기다리는 동안 불안한 나머지 오만 가지 생각을 다 했다. 급기야 무료함을 달래느라 별이 총총한 하늘을 바라보면서 요즘 들어 자신의 손을 거쳐간 사건과 처리가 미비했다고 생각되는 부분을 꼽아봤다. 이어 황제가 어떤 부분을 어떻게 물어올 것인가에 대해서도 생각했다.

'그럴 때는 어떻게 대답을 해야 하는가? 혹시 나에게 비밀임무를 맡기시는 것은 아닐까?'

그가 그처럼 여러 가지 생각으로 머리가 복잡할 때였다. 고무용으로부터 들라는 전갈이 왔다. 곧이어 그가 종종걸음으로 양심전 붉은 계단 위에 올라서 목소리를 낮춰 이름을 아뢰었다.

"신 유통훈, 대령했사옵니다!"

고무용은 유통훈이 대령했다는 말에 자리를 피하려고 나가다가 문지방에 걸려 저만치 굴러떨어질 뻔했다. 그러자 건륭이 난각에서 말했다.

"고무용! 문지방이 너무 높아 코를 깰 뻔한 관리들이 이미 부지기수라네. 내일 내무부에 명해 싹 깎아버리라고 하게. 알겠는가?"

고무용은 황급히 대답하고 물러갔다. 유통훈은 그제야 부찰씨도 함께 자리한 것을 발견하고는 황급히 한발 앞으로 나가 엎드려 머리를 조아렸다.

"신 유통훈이 폐하와 황후마마께 문후를 여쭙사옵니다! 밤중에 어인 일로 급히 부르셨는지 심히 궁금하옵니다."

건륭이 부찰씨를 힐끗 일별하고는 대답했다.

"놀라지는 말게. 급한 일이 있는 것은 아니니까. 방금 짐은 여러 대신들 집을 찾아보고 왔네. 생각 같아서는 자네에게도 들르고 싶었으나 자네 직급이 시랑밖에 안되니 괜히 사람 차별한다는 오해를 받을까봐 그냥 왔네. 이건 황후가 끓여온 어두두부탕이네. 맛이 그저 그만이더군. 문득 자네 생각이 나서 다 먹지 않고 남겼네. 황후는 자네가 비록 직분이 낮기는 하나 보기 드문 충신인 것 같다면서 이걸 자네에게 하사하겠다고 하는군. 내일은 자네가 궁전 순찰을 돌아야해서 먹을 시간이 없을 테니 지금 이 자리에서 먹도록 하게.”

부찰씨는 건륭이 그런 식으로 자신을 치켜세워줄 줄은 몰랐다. 그러나 곧 건륭의 의중을 헤아리고는 활짝 미소를 지었다. 이어 그가 먹다 남긴 어두두부탕을 옆에 있는 탁자 위에 옮겨놓았다.

“망극하옵니다, 폐하! 망극하옵니다, 황후마마…….”

유통훈이 가슴 뭉클한 감격에 자제력을 잃었는지 울컥 눈물을 쏟았다. 그리고는 연신 머리를 조아리면서 목이 멘 어조로 말을 이었다.

“신이 무슨 덕이 있다고 폐하와 황후마마로부터 이다지도 큰 성은을 입는지 그저 황공하기만 하옵니다.”

유통훈은 말을 마치고 부들부들 떨면서 자리에서 일어났다. 이어 옆에 있는 나무걸상에 앉아 숟가락으로 국물을 떠서 눈물과 함께 삼켰다.

건륭과 황후는 내내 아무 말도 없었다. 황후는 그게 다소 불편했는지 아니면 유통훈이 조금 더 편하게 먹도록 배려하기 위해 그러는지 일부러 종이를 가져다 수를 놓는 데 필요한 꽃문양을 그리기 시작했다. 건륭 역시 그 앞에서 읽다만 주장을 마저 들여다봤다. 유통훈이 드디어 국물까지 말끔하게 다 먹고는 일어서서 다시 사은을 표했다. 그러자 건륭은 빙긋이 웃음 띤 얼굴로 손사래를 쳤다.

“부산스레 자꾸 일어서지 말고 앉아 있게. 짐이 몇 글자 주비를 달고 나서 자네에게 분부할 일이 있네. 자네가 보기에 유강은 어떤 사람 같은가?”

건륭이 말과 함께 붓을 내려놓으면서 물었다.

“나름 열심히 일하는 사람인 줄로 알고 있사옵니다.”

유통훈은 알맹이 없는 대답을 하면서 건륭이 오늘 형부아문에서 있었던 일을 이미 알고 있는 것이 틀림없다고 생각했다. 대답이 더욱 조심스러워졌다.

“그는 산동성에 있을 때 수해복구비를 투명하게 사용해 호평이 자자했사옵니다. 산서성으로 전근한 후부터는 다소 안 좋은 소문이 들리기 시작했사옵니다. 하지만 큰 문제는 아니옵니다. 다만 동료들과의 관계가 지나치게 친밀하다는 비난은 받았사옵니다. 발이 넓고 속내가 음흉하다는 정도의 비판 역시 틀리다고 하기 어렵사옵니다. 이번에 전도에게 된통 혼난 것도 사실 따지고 보면 지나친 동료애 때문이라고 하옵니다. 이런 측면에서 신은 전도가 너무 민감하게 반응하지 않았나 하는 생각이 드옵니다. 유강이 잘못한 것은 사실이나 사적인 자리에서 따끔하게 혼내고 타이를 일이지 꼭 그렇게 떠들썩하게 망신을 줘야 했는지 그 점이 좀 아쉽사옵니다.”

건륭이 빙그레 웃음을 머금었다.

“그게 바로 속이 부실하면 반드시 겉으로 드러난다는 것이네. 유강은 일부러 사람들에게 보란 듯이 검은 돈에 욕심이 없고 돈 관리를 투명하게 한다는 모습을 보여줌으로써 청백리의 명예를 얻으려 했던 것이 아닌가 싶네. 짐이 알기로 유강은 원래 빈한한 서당 훈장 출신이었네. 가족의 끼니도 잇기 힘들 정도로 가난했던 그런 사람이 관직에 오른 지 몇 년도 안 돼 산동성에 재해복구비 만 냥을 지원하다니! 그렇게 짧은 기간에 그 정도로 사정이 좋아졌다는 것은 어딘가 조금 석연치 않네. 자네 말처럼 그가 청백리가 분명하다면 관직에 올랐어도 달라진 것이 없어야 마땅하지 않겠는가? 휴, 세상일은 알고도 모를 일일세."

유통훈이 황급히 상체를 숙이면서 미소를 지었다.

"맞사옵니다, 폐하. 지난번 관보에 실린 부항의 주장을 읽어보니 일부 관리들이 나라를 더 잘 다스리기 위한 폐하의 관대한 정치를 악용하고 있다 하옵니다. 신의 어리석은 생각이기는 하나 글공부를 하는 사람들 대부분이 관직에 오르기 전에는 세상과 백성을 구제하겠다는 바른 뜻을 품고 있사옵니다. 그러나 정작 한자리 차고앉기만 하면 그 근본을 잃어버리기 십상이옵니다. 오로지 관운이 형통하기만 학수고대하고 불의와 타협하면서 정작 자신들을 어버이로 믿고 따르는 백성들의 질고疾苦는 뒷전이옵니다. 또 위로는 황제폐하의 환심을 사기 위해 배우 아닌 배우 노릇을 하는가 하면 아래로는 다른 관리들의 눈 밖에 나지 않기 위해 안간힘을 쓰고 있사옵니다. 관가의 실태가 이러하니 돈과 여자를 비롯해 온갖 것을 사고파는 검은 시장이 자꾸 커지는 것 아니겠사옵니까?"

건륭은 거침없는 유통훈의 말에 파안대소했다.

"그렇다면 유통훈 자네 생각에는 어떻게 해야 이런 악습들을 근절할 수 있겠는가?"

유통훈이 고개를 저었다.

"달리 방법이 없사옵니다. 이는 화하華夏민족이 생겨난 이후 이백칠십이 명의 제왕과 군주가 노력했지만 어느 누구도 근절하지 못했던 문제이옵니다. 그 옛날 측천무후가 탐관오리들과의 한판 전쟁을 선포한 적이 있었사옵니다. 처음으로 밀고함密告函이라는 것을 설치해 백성들이 황제와 조정에 직주할 수 있게 만들었사옵니다. 또 혹리酷吏로 정평이 난 관리들을 암행어사로 파견해 수많은 탐관오리들의 목을 쳤다 하옵니다. 그리고 그 자리를 메우기 위해 새로 들어온 관리들을 일컬어 태감들은

'또 한 무리의 저승사자가 왔다'라고 쑥덕댔다고 하옵니다. 그럼에도 탐관오리들은 꺼지지 않는 불씨처럼 때가 되면 되살아나고는 하옵니다. 하루아침에 목이 날아날 위험을 감수하면서라도 탐관오리이기를 원하는 것은 그만큼 옥당금마玉堂金馬와 경장미주瓊漿美酒(瓊은 아름다운 옥. 이것으로 만든 음료, 즉 경장을 마시면 신선이 된다고 함)의 유혹이 만만치 않기 때문이옵니다. 달리 뾰족한 대책은 없사옵니다. 폐하께서 수시로 민생 현장을 찾으시어 임시방편이 될지라도 각종 폐단을 바로잡아주시는 것이 유일한 방책이라고 생각하옵니다. 그렇게 해서 민란이 용암처럼 분출하지 못하도록 미연에 방지하는 길밖에 없사옵니다."

유통훈의 논리 정연한 대답에 건륭과 황후는 모두 숙연한 표정을 지었다. 특히 건륭은 오랫동안 묵묵히 생각에 잠겼다. 이어 터벅터벅 방안을 거닐기 시작했다. 그러기를 얼마나 했을까, 건륭이 갑자기 몸을 돌리더니 결심을 밝혔다.

"내일 어지를 내리겠네. 자네는 좌부도어사左副都御使 직을 겸하도록 하게. 부항이 밖에 나간 지도 꽤 오래 됐으니 이제는 자네가 흠차의 신분으로 산동, 산서, 섬서, 하남, 직예 일대를 돌아보고 오게. 가서 보고 들은 모든 것을 있는 그대로 짐에게 상주하도록 하게. 너무 늦었네. 오늘은 이만 물러가고 내일 다시 패찰을 건네게. 그때 다시 못다 한 얘기를 나누세."

그날 저녁 건륭은 황후의 처소에 머물렀다. 그런데 가는 날이 장날이라고, 황후가 몸에 신열이 나고 가벼운 기침이 끊이지 않았다. 건륭은 순간적으로 당황했다. 그러나 황후로부터 회임懷妊에 따른 병리현상이니 곧 좋아질 것이라는 위로의 말을 듣고 나서는 걱정이 기쁨으로 바뀌었다. 곧 놀란 가슴을 쓸어내리면서 말했다.

"깜짝 놀랐네. 알고 보니 제왕의 자손을 잉태하느라 몸이 허약해진 것이로군! 고맙소. 짐에게 황자 한 명을 더 선물하게 됐으니!"

황후는 건륭의 흐뭇한 미소에도 여전히 심사가 무거워 보였다. 왜소한 몸을 새우처럼 웅크리고는 건륭의 품에 안긴 채 고개를 가볍게 저었다.

"솔직히 고백하면 신열은 회임 전부터 있었사옵니다."

건륭이 걱정하지 말라는 듯 황후의 머리를 쓰다듬어 주었다.

"황후는 체질이 다소 약한 편이라서 웬만한 한열寒熱에도 민감해서 그런 것 아니겠소. 자네는 짐이 가장 좋아하고 아끼는 황후이자 온 천하 중생의 국모요. 짐의 모든 것은 자네의 것이니 힘을 내고 기운을 차려야 하오."

황후는 응답이 없었다. 한참 후에야 건륭을 향해 돌아누운 그녀의 얼굴에 놀랍게도 눈물이 가득했다. 건륭은 깜짝 놀라 물었다.

"어인 연유로 눈물을 흘리는 게요?"

"너무…… 기뻐서 눈물이 나옵니다."

"기쁜데 울었다는 말인가?"

"여인네들은 남정네들과 달리 기쁠 때도 울고는 한답니다."

"내 알다가도 모를 일일세."

건륭이 피식 웃었다. 그리고는 황후의 머리를 쓰다듬으면서 뭐라고 말을 하려 했다. 그때 황후가 먼저 입을 뗐다.

"소첩이 죽으면 폐하께서는 어떤 시호를 내려 주시겠사옵니까?"

순간 건륭의 얼굴에 걸려 있던 미소가 싹 사라지며 안색이 창백해졌다. 이어 벌떡 일어나 앉더니 부찰씨의 어깨를 우악스레 부여잡으면서 다그쳐 물었다.

"황후, 무슨 말을 그리 하는 게요? 말이 씨가 된다는데, 어찌 그리 상서롭지 못한 말을 꺼내는 게요?"

그러자 황후도 천천히 일어나 앉았다. 그리고는 가물가물 스러져 가는 촛불을 바라보면서 탄식과 함께 처연한 미소를 얼굴에 올렸다.

"신첩은 전에 선제께서 유난히 아끼시던 태비太妃 과이가瓜爾佳씨 생각
이 나서 그러옵니다. 그 사람도 신첩과 똑같은 증상으로 앓다가 스무 살
이 될까 말까 한 나이에 가고 말았사옵니다. 시호도 없이 쓸쓸히 간 과
이가씨가 문득 생각이 나서……. 신첩은 사후에 폐하로부터 '효현'孝賢이
라는 두 글자만 받는다면 여한이 없을 것이옵니다."

황후의 말이 채 끝나기도 전이었다. 건륭의 손이 사정없이 그녀의 입
을 막아버렸다.

"앞으로 다시는 그런 말을 하지 마시오. 짐이 크게 화를 낼 것이니. 즉
위하고 나서 할 일이 많은 데다 황후의 건강이 여의치 않아 여기를 자
주 찾지 않은 것은 사실이오만 어찌 그런 생각까지 하는 게요? 우리 둘
은 죽마고우의 정을 키워온 사이가 아니던가? 황후는 아직도 짐을 모르
겠소? 허튼 생각 말고…… 어서 잠이나 자도록 하시오."

건륭은 이튿날 동이 터오자 저절로 두 눈이 번쩍 떠졌다. 황후는 희
고 가녀린 두 팔을 이불 밖으로 내놓고 숨소리도 고르게 깊이 잠들어
있었다. 눈가에는 눈물 자국이 역력했다. 건륭은 황후가 혹시나 깰세라
조심조심 일어나 이불깃을 여며 주었다. 이어 손에 잡히는 대로 아무거
나 걸치고는 까치발로 바깥 대전으로 나왔다. 그러자 불침번을 선 몇몇
궁녀들이 황급히 다가와 시중을 들려고 했다. 그러나 건륭은 손사래를
쳐서 모두 물리쳤다. 이어 태감 진미미를 불러 물었다.

"황후마마는 요즘 수라를 잘 드시고 계신가?"

진미미는 눈치 빠른 태감답게 건륭의 얼굴이 굳어져 있는 것을 금세
알아차렸다. 곧 본능적으로 목소리를 낮춰 조심스럽게 대답했다.

"황후마마께서는 요즘 들어 수라를 잘 들지 못하시옵니다. 육식은 입
에 대지도 않으시고 하루 두 끼 정도 야채만 조금씩 드시고 있사옵니

다. 전에 정이鄭二라는 보모가 있을 때는 돼지냄새가 안 나게 요리를 잘 한다고 칭찬하시면서 육식을 좀 드셨사옵니다. 하오나 정이가 간 뒤로 는 육식 드시는 모습을 보지 못했사옵니다."

건륭이 진미미의 말에 깜짝 놀란 듯 다그쳐 물었다.

"정이라는 자는 지금 어디 있나?"

진미미가 대답했다.

"어주방에서 훔친 계혈홍자병鷄血紅瓷瓶을 잿더미 속에 파묻어 밖으로 빼돌리려다 덜미를 잡히는 바람에 쫓겨났사옵니다……."

건륭이 그런 말은 듣고 싶지도 않다는 듯 손사래를 쳤다.

"당장 가서 어지를 전하게. 무슨 수를 쓰든 반드시 정이를 찾아 다시 불러들이라고 말이야. 녹봉은 원래의 두 배로 인상시킨다고 하게. 돈이 충분하면 물건을 훔치지 않을 것 아닌가. 그리고 정이가 오면 전하게. 황 후마마가 하루에 고기 한 냥씩만 들 수 있게 한다면 짐이 하루에 은자 를 한 냥씩 하사하겠노라고 말일세!"

"예? ……예, 폐하!"

건륭이 잠시 침묵 끝에 다시 물었다.

"황후마마 담당 태의는 누구인가?"

"엽진동葉振東이라는 자이옵니다. 태의원의 으뜸가는 의정醫正이옵니 다. 어지를 받들지 않고서는 맥을 봐주지 않는다 하옵니다. 황후마마의 신열에는 싱싱한 웅담이 최고라 했사옵니다. 하오나 곰들이 겨울에는 밖에 나오지 않으니 어디 가서 그 많은 웅담을 마련해오겠사옵니까?"

진미미가 황급히 대답했다. 건륭이 다시 무뚝뚝하게 내뱉었다.

"그런 말을 들었으면 즉시 짐에게 전했어야지. 창춘원 사육장에 곰이 열 몇 마리 정도는 있을 것이네. 먼저 급한 불부터 끄게. 곧 짐이 흑룡 강 장군에게 명령을 내려 곰을 몇 마리 더 잡아오도록 할 것이네. 웃기는 소리 하지 말게! 곰들이 밖에 나오지 않는 겨울이면 짐이 속수무책일 것 같은가?"

건륭은 중얼거리듯 말하고는 갑자기 추위를 느꼈는지 두 팔로 어깨를 감싸 안았다. 그제야 자신이 여태 속옷 차림이었다는 것을 알아차렸다. 그는 서둘러 옷을 입으러 안방으로 들어갔다. 그 사이 부찰씨는 어느새 깨어나 있었다. 몸은 아파도 눈빛은 여전히 샘물처럼 맑은 여인의 모습이 건륭의 눈앞에 보였다. 건륭이 들어서자 그녀가 옷을 걸치고 일어나 앉으면서 말했다.

"신첩이 다 들었사옵니다. 생사는 하늘이 정한다고 했사옵니다. 신첩이 당장 어찌 되지는 않을 것이옵니다. 폐하께서 그리 걱정하시면 신첩은 오히려 부담스럽사옵니다."

"하늘의 뜻을 경외하는 것도 좋으나 사람으로서 최선을 다하는 것도 중요하오. 자연의 섭리 앞에 사람은 아무것도 할 수 없는 존재라는 말인가? 황후가 짐의 마음을 몰라줘도 좋소. 아무튼 짐은 최선을 다해볼 것이오."

얼마 후 궁녀들 몇이 엎드리거나 서서 서둘러 건륭의 의복 시중을 들었다. 그들의 손은 확실히 빨랐다. 건륭이 순식간에 용포와 마고자 그리고 모자까지 구색을 맞춰 입도록 만들었다. 황후 역시 직접 용포의 색상에 맞는 허리띠를 골라 건륭의 허리에 둘러줬다. 이어 손가락으로 금사金絲를 살살 눌러 펴면서 늠름한 건륭의 풍채를 흐뭇한 미소로 바라봤다.

"수많은 국사가 폐하를 기다리고 있사옵니다. 어서 가보시옵소서."

부찰씨가 그렇게 말을 마치고 고개를 들었을 때였다. 그녀의 눈에 주렴 앞에서 빙그레 웃으며 서 있는 유호록씨의 모습이 들어왔다. 그녀가 물었다.

"언제 왔지? 전혀 인기척을 못 들었는데."

유호록씨가 질투 어린 시선으로 건륭과 부찰씨를 번갈아보더니 애교 섞인 미소를 지었다. 이어 황급히 몸을 낮춰 인사를 올렸다.

"태후마마 처소에 다녀오는 길이에요. 태후마마께서 황후마마의 존체를 염려하시기에 소첩이 어제 뵐 때만 해도 매우 신색이 좋아 보였사오니 심려 놓으시라고 말씀 올렸어요."

건륭이 수다를 듣고 있을 시간이 없다는 투로 말했다.

"자네들은 먼저 자녕궁으로 건너가게. 짐은 향을 사르고 돌아오는 길에 태후마마께 들를 것이네. 말씀 잘 올리고 이번에 초대받은 외관 고명부인들의 명단을 작성해 짐과 황후에게 올리도록 하게."

유호록씨가 건륭의 속셈을 잘 알겠다는 듯 애교스럽게 다시 말을 이었다.

"명단은 이미 작성해 태후마마께 올렸사옵니다. 심려 놓으시옵소서, 폐하! 폐하께서 꼭 필요하다고 생각하시는 고명부인들은 다 초대될 것이옵니다."

"그렇다면 다행이네."

건륭과 황후 등이 대화를 나누는 사이에 시간이 많이 지난 듯 자명종이 일곱 번이나 울렸다. 건륭은 더 이상 지체할 수 없어 서둘러 궁전을 나섰다. 그리고는 난교暖轎에 앉아 호롱불을 받쳐 든 두 태감 마보옥馬保玉과 오진희吳進喜의 안내를 받으면서 순정문順貞門까지 갔다. 이어 어가를 영접하기 위해 미리 기다리고 있던 새릉격塞楞格, 색륜索倫과 앞에서 길을 안내하는 늙은 시위 장오가를 따라 계속 앞으로 나아갔다. 그런 다음 먼저 대고전大高殿에 들러 향을 사르고 수황전壽皇殿, 흠안전欽安殿과 두단斗壇을 차례로 찾았다. 곤녕궁坤寧宮의 서안西案, 북안北案과 조군灶君(조왕신) 역시 두루 참배했다. 동난각 신패神牌와 불상 앞에서는 절도 올렸다. 그때 마침 묘하게도 궁녀 금하가 자결했던 궁전 앞을 지나가게 됐다. 순간 건륭은 마음이 무거워져 그냥 지나칠 수가 없어 가마를 세우라고 명했다. 그러자 태감 마보옥이 잽싸게 아뢰었다.

"이 궁전은 방치된 지 일 년도 넘었사옵니다. 내무부로부터 전해 받은 예부의 의식 절차에는 이 궁전에 걸음 하신다는 내용이 없었사옵니다……"

마보옥이 말을 채 끝맺기도 전이었다. 갑자기 건륭의 표정이 무섭게 변했다. 순간 마보옥은 흠칫하면서 입을 다물었다. 건륭이 바로 엄하게 꾸짖었다.

"짐이 예부의 지시를 따라야 하는가, 아니면 예부가 짐의 뜻에 맞춰야 하는가? 그만한 분별력도 없는 것인가? 군소리 말고 문이나 열거라!"

건륭이 가마를 멈추라고 명한 궁전은 금하가 죽은 뒤 줄곧 폐쇄돼 있었다. 그동안 감히 아무도 가까이 하지 못하기도 했다. 그래서일까, 밤만 되면 그 속에서 애처로운 흐느낌 소리가 들린다는 기괴한 소문까지 돌았다. 급기야 야경꾼들도 그곳을 빙 둘러 비켜가고는 했다.

건륭이 궁전의 대문을 밀어젖히자 비둘기 몇 마리가 푸드덕대면서 안에서 날아 올랐다. 태감들이 화들짝 놀라 뒷걸음질을 쳤다. 머리카락이 곤두설 정도로 무서운 모양이었다. 그러나 그들은 곧 울며 겨자 먹는 얼굴로 건륭을 따라 안으로 들어가는 수밖에 없었다.

궁전 바닥의 돌 틈새에서 자란 풀들이 사람의 키를 넘길 정도였다. 쥐 죽은 듯 적막한 기운이 감도는 뜰은 스산하기 이를 데 없었다. 궁전의 누각을 스쳐 지나가는 소슬한 바람소리가 마치 떠난 이의 흐느낌처럼 들려오고 있었다. 건륭의 얼굴에는 어느새 비감함이 짙게 서렸다. 그는 흉하게 자란 잡초들을 밟으면서 금하가 머물렀던 방 앞으로 다가갔다. 누렇게 색이 바랜 창호지를 통해 실내도 들여다봤다. 여기저기가 온통

거미줄투성이었다. 먼지가 두껍게 내려앉아 원래 색깔을 찾아볼 수 없는 온돌 위에는 쥐인지 족제비인지 모를 동물의 발자국도 찍혀 있었다. 그 옆에는 책 몇 권도 어지러이 널려 있었다. 또 그 앞으로는 침대 주위를 두른 분홍색 휘장이 높게 말려 있었다.

모든 것이 그날 저녁 그대로였다. 한 가지 다른 점이 있다면 금하가 대들보에 목을 매면서 차버린 걸상이었다. 저만치 구석에 널브러져 있었다.

'불쌍한 금하는 꽃다운 나이에 제대로 살아보지도 못하고 억울하게 죽어갔어⋯⋯.'

건륭은 생각할수록 모골이 송연해졌다. 마음도 무척이나 아팠다.

"짐이 자네를 죽였네, 짐이 자네를 배신했네⋯⋯."

건륭은 흐느끼듯 중얼거리면서 둥그런 배를 내밀고 인자하게 웃고 있는 미륵 불상을 향해 합장을 했다. 그리고는 깊이 고개를 숙였다. 이어 눈물을 가득 머금은 채 향불 세 개를 살라 향로에 꽂았다. 속으로는 묵념도 했다.

'이생에 못 다한 인연은 내생에서 함께 하세.'

건륭은 누가 볼세라 손수건으로 몰래 눈물을 찍어내면서 밖으로 걸음을 옮겼다. 그 자신도 모르게 입에서 시 읊는 소리가 나지막이 흘러나왔다.

잔궁殘宮의 화장대는 그대로인데, 눈 가는 곳마다 잡초만 무성하구나.
미녀는 그 어디에 있는가, 애타게 불러 봐도 눈물만 홍건하네!

건륭이 그처럼 처연한 기분에 젖어 금하의 옛 처소 궁정 뜰을 방황할 때였다. 고무용이 종종걸음으로 들어와 아뢰었다.

"폐하, 북경에 있는 이품 이상 관리들이 모두 건청궁에 모였사옵니다. 폐하께서 지금 조하朝賀를 받으실지 여부를 여쭈라면서 눌친 중당이 보내서 왔사옵니다."

"됐네. 그 사람들에게 어좌를 향해 머리만 조아리고 물러가 명절을 쇠라고 하게!"

"예, 폐하!"

"잠깐만! 아니야, 짐이 지금 곧 건너갈 것이라고 이르게!"

건륭이 그새 마음이 바뀌었는지 고무용이 돌아서는 찰나 서둘러 말을 바꾸었다.

25장
진실한 신하

건청궁은 자금성 안에서 태화전 다음으로 큰 조회朝會 장소였다. 건륭은 36명이 메는 노란색 양교亮轎에 앉은 채 건청문 정문에 모습을 나타냈다. 궁 밖에서는 장친왕 윤록을 비롯해 수십여 명의 친왕과 종실 사람들, 장정옥, 악이태, 눌친, 육부구경의 책임자, 한림원의 한림, 술직차 상경한 100여 명의 외관들까지 수많은 사람들이 어가를 기다리고 있었다. 건륭이 오기 직전까지만 해도 그들은 오랜만에 만났다고 삼삼오오 부둥켜안거나 반가움을 나눴다. 또 일부는 한쪽에 모여 조용히 뭔가를 의논하고 있었다. 그러나 조복朝服 차림의 건륭이 고무용의 등을 딛고 가마에서 내리는 것을 보고는 신속하게 일제히 무릎을 꿇었다.

건륭은 가벼운 발걸음으로 계단을 올랐다. 그러다 윤록의 등 뒤에서 무릎을 꿇고 있는 윤아를 발견했다. 이어 잠시 발걸음을 멈추고는 윤록을 향해 말했다.

"짐의 황숙들은 연세가 있으니 굳이 무릎 꿇을 필요는 없소이다. 열째황숙, 그래 요즘 건강은 어떠신가요? 너무 예의에 구애받지 마세요!"

"모두…… 폐하의 은택 덕분이옵니다."

윤아가 건륭이 좌중의 수많은 사람들 중에서도 가장 먼저 자신에게 관심을 보이자 황공함을 감추지 못하면서 더듬거렸다. 이어 덧붙였다.

"신…… 신은 죄질이 무거운 무용지물에 불과하옵니다. 집, 집에서도 별로 하는 일 없이 빈둥거리고 있사옵니다. 그러던 중 폐하의 용안을 우러러보고자 들…… 들어왔사옵니다. 문…… 문후라도 여쭙고 싶었사옵니다."

윤아는 사실 옹정의 형제들 중에서도 물불 안 가리는 사람으로 유명했다. 상대가 누구든 하고픈 말은 내뱉어야 직성이 풀리는 사람이었다. 한마디로 고삐 풀린 망아지처럼 천방지축이라고 해도 좋았다. 하지만 그런 윤아도 10년에 걸친 감금 생활에는 어쩔 수가 없었다. 완전히 무골충으로 여겨질 만큼 조심스러워하는 사람으로 변한 것이다. 건륭은 숙부 윤아가 조부 강희황제 앞에서 광언狂言을 내뱉고 채찍을 맞으면서도 끝내 잘못을 인정하지 않던 모습을 보면서 자랐다. 어린 눈에 비친 윤아는 마냥 무서운 숙부이기만 했다. 그런데 그런 그가 이제는 완전히 딴사람으로 변해버렸다. 건륭은 자기도 모르게 나오는 깊은 한숨을 속으로 삼켰다. 이어 왜소한 몸을 한껏 웅크린 채 엎드려 있는 윤아에게 다가가 위로의 말을 건넸다.

"다른 생각을 마시고 건강을 잘 챙기셔야 해요. 늘그막에는 그저 건강이 최고예요. 필요한 것이 있으면 내무부에 기별을 넣어 보내달라고 하세요."

건륭이 말을 마치고는 성큼성큼 대전으로 들어섰다. 그리고는 정중앙에 위치한 수미좌에 자리를 잡으면서 분부를 내렸다.

"모두 들라 하라."

건륭의 말이 끝나자마자 붉은 계단 밑에서 음악이 크게 울리기 시작했다. 그 소리를 시작으로 황친과 문무백관들이 품계에 따라 차례로 입장하기 시작했다. 그리고 이어 각각 동쪽과 서쪽에 줄을 섰다. 두 행렬의 맨 앞자리에는 윤록과 장정옥이 각각 자리를 잡았다. 모두들 숙연한 표정들이었다. 곧이어 윤록과 장정옥이 먼저 한쪽 무릎을 꿇고는 한쪽 팔을 휘둘러 소매 끝을 땅에 꽂으면서 인사를 올렸다. 그러자 등 뒤의 사람들도 따라서 예를 행하면서 일제히 함성을 질렀다.

"만세!"

건륭은 태감들이 음식 접시를 들고 분주히 뛰어 다니는 모습을 보고는 고개를 갸웃거렸다. 그러나 곧 오늘 자신이 잔치를 베풀기로 했다는 사실을 기억해냈다. 하마터면 큰 실수를 할 뻔한 것이다. 그는 은근히 큰 기대를 품고 왔을 사람들에게 자신이 "어좌를 향해 머리를 조아리고 물러가라"고 명령하지 않은 것을 속으로 정말 다행으로 생각했다. 그리고는 잠시 생각한 끝에 입을 열었다.

"짐은 원단元旦에 태화전에서 경들을 접견했었네. 그러나 장내가 너무 크고 사람들도 많아 군신 사이에 마음 터놓고 흉금을 나눌 기회가 없었네. 그래서 오늘 조회를 마친 뒤 연회를 준비했네. 예식에 얽매이지 말고 마음껏 즐기도록 하게."

건륭이 미소를 지으면서 좌중을 둘러봤다. 그러자 신하들이 황급히 절을 하면서 감사의 인사를 올렸다.

"방금 제당祭堂을 돌면서 조상들의 유상遺像 앞에서 많은 생각을 했네."

건륭이 어좌에 앉은 채 근엄한 표정으로 말했다. 신하들은 숨소리를 죽인 채 그의 말을 경청했다. 건륭의 빠르지도 느리지도 않은 음성은 계속 이어졌다.

"태조 때부터 계산하면 짐은 벌써 제 육 대 군주네. 태조와 태종께서는 목숨을 걸고 전쟁터를 누비면서 우리 대청의 근간을 세워 놓으셨지. 그리고 세조, 성조께서는 선대의 위대한 전통을 계승 발양해 기틀을 탄탄히 다지고 천하를 안정시키는 데 주력하셨네. 또 선제께서는 재위 십삼 년 동안 뿌리 깊게 내린 퇴폐한 풍기를 없애기 위해 이치쇄신에 총력을 기울이셨네. 선조들의 노력이 없었더라면 오늘날의 번영 창성한 시대는 오지 못했을 것이네. 짐은 나이가 어렸기에 성조께서 삼군을 거느리고 친히 서부로 진격하시는 모습을 보지는 못했네. 성조께서 완고한 적들을 멋지게 토벌하시는 모습을 직접 보지 못한 것이 정말 유감일세. 그러나 부황과 조부 두 분께서 항상 조건석척朝乾夕惕하시고 전력투구하시던 정경은 지금도 눈앞에 삼삼하네."

건륭이 잠시 말을 멈추더니 군신들을 쓸어봤다. 눈빛이 마치 호수처럼 투명하고 맑았다. 그가 말을 이었다.

"옛말에 '앞사람이 나무를 심으면 뒷사람이 그늘 덕을 본다'는 것이 있네. 짐은 이 말의 참뜻에 대해 곰곰이 생각해봤네. 뒷사람이 그늘에 누워 앞 사람의 성과를 향유하는 데만 그친다면 이는 곧 집안과 나라가 망하는 조짐이 될 것이네. 뒷사람도 나무를 심어야 더 뒤에 오는 사람에게 쉬어갈 그늘을 만들어줄 수 있지 않겠나. 군자의 은덕은 다섯 세대만 지나면 사라진다고 했네. 이는 대대로 내려가면서 후손들이 '나무 심기'에 게을리 했기 때문이 아니겠나. 고목이 병들어 죽거나 벌채를 당할 경우 그 위에 서식하던 호손猢猻(원숭이)들은 뿔뿔이 흩어지고 만다네. 짐은 앞사람의 그늘에서 낮잠만 자는 그런 무능한 황제가 되고 싶지 않네."

건륭이 잠시 말을 멈추고는 아랫입술을 살짝 깨문 채 미소를 지었다.

이어 다시 말을 이었다.

"선조들께서는 짐에게 커다란 숲을 만들어주셨네. 그래서 울울창창한 그늘 밑에서 더위라고는 모르고 살 수 있었던 거지. 그러니 짐 역시 후대들에게 숲을 물려줘야겠다는 생각이 드네. 때문에 짐은 즉위 이래 종고지락鐘鼓之樂(부부 사이의 화목한 정을 이르는 말)을 탐하지 않고 금의옥식錦衣玉食을 반가워하지 않았네. 또 미색을 가까이 하지 않고 엄격함과 너그러움을 병행해 천하를 다스리려고 노력해왔네. 추위에 떠는 사람에게는 옷, 기아에 허덕이는 사람에게는 밥을 줘 빈부귀천의 구별 없이 남녀노소 모두 즐겁게 더불어 사는 태평성세를 만드는 것이 짐의 숙원이네."

건륭의 얼굴에는 어느새 미소가 깡그리 사라져 있었다. 표정이 말할 수 없이 근엄했다. 다시 좌중 신하들의 귀에 그의 말이 울려 퍼졌다.

"짐이 관대한 정치를 지향하는 것은 선제의 유명을 따른 것이네. 그러나 그것은 중용의 도리를 지켜 보다 공정한 정치를 하기 위한 것이네. 결코 대책 없이 마냥 관대할 것이라고는 생각 말게. 지난 일 년 동안 천하의 전량 납부를 면제해준 결과가 어떠한가? 국고에는 비록 이천만 냥의 세수가 줄어들기는 했으나 그 대신 백성들이 조금이나마 허리를 펼수 있었어. 조정으로서는 이 얼마나 값진 보상인가? 어디 그뿐인가? 일곱 개 성의 수백 개 주현이 물난리를 겪은 틈을 타 사교가 백성들을 현혹시키고 선동했음에도 불구하고 우려했던 대란은 일어나지 않았네. 무엇 때문인 줄 아는가? 바로 뱃속이 든든해진 백성들이 웬만한 유혹에는 넘어가지 않았기 때문이네. 혹자는 전량 납부를 면제해줬다고 해서 무슨 효과가 있느냐고 비아냥거리겠으나 이 정도면 그 무엇보다 값진 성과가 아니겠는가! 해마다 나라에서 부세를 징수할 때면 수많은 빈민과 힘없는 지주들은 울상을 짓고는 했지. 혹리들의 갖은 가렴주구 때문에 일 년 동안 뼈 빠지게 일해 거둬들인 결실을 모두 빼앗기고 길바닥에 내몰리고는 했다고. 이런 참극을 짐은 직접 두 눈으로 똑똑히 봤다네. 모든 것을 잃고 길바닥에 내몰린 이들이 멀건 죽이라도 한 그릇 주는 사람 앞에서 어찌 비굴해지지 않을 수가 있겠나? 우리말에 '굶주린 젖먹이의 눈에는 모든 여자가 어미로 보인다'라는 것이 있네. 법을 준수하고 착하게 산 죄밖에 없는 양민들이 도둑이나 비적, 조정의 적으로 전락한다면 이 얼마나 가슴 아픈 일인가!"

건륭의 표정이 점점 더 딱딱하게 굳어져갔다. 목소리 역시 서릿발처럼 차가워지고 있었다.

"그런데 짐의 이 같은 선정이 일부 탐관오리들의 재원을 막아버리지 않았나 싶네. 벌써부터 짐이 허황된 명성을 노리고 그랬느니, 세종의 뜻을 어겼느니 하면서 말들이 많은가 보더군. 분명히 못 박아 두는데, 짐은 무슨 말이든 그저 좋게 들어 넘기는 그런 유약한 군주가 아니네. 지금부터 짐이 하는 말을 똑바로 들어두게. 짐은 성조를 본보기로 대청의 전성시대를 열고 일대 명군으로 남을 것이네. 짐의 뜻에 순응하는 자의 말이라면 통렬한 직언도 좋고 천자의 위엄을 거스르는 말도 좋아. 짐은 흔쾌히 받아들여 참고할 것이네. 그러나 짐의 뜻을 역행하는 자는 가차없이 삼 척 빙하 속에 매장할 것이니 그리 알게!"

옹정 연간에도 원소절을 기념해 황제가 베푸는 사연賜宴이 없지 않았다. 그때마다 신하들은 건청궁에 모여 '만수무강송'을 부르면서 황제와 더불어 백량체柏粱體(칠언시의 일종) 형식의 시를 나눠 읊었다. 또 그런 다음 사은을 표하고 나서 다 함께 연회석에 마주앉고는 했다. 신하들에게는 이후에도 쏠쏠한 재미 역시 있었다. 몰래 소매 속에 과자 같은 것들을 집어넣고 집에 돌아가 가솔들과 나눠먹는 것이 바로 그것이었다.

그랬으니 특히 올해에는 신하들의 기대가 더욱 컸다. 새 황제가 즉위해 처음 맞는 명절이었으니 충분히 그럴 수 있었다. 이뿐만이 아니었다. 좌중의 신하들은 관대한 정치의 기치를 내건 건륭으로부터 자장가처럼 부드러운 훈육과 격려를 은근히 기대하는 마음도 없지 않았다. 그런데 여느 대감댁 도련님처럼 마냥 우아하고 부드러워만 보이던 건륭이 엉뚱하게 추상같은 훈육을 하고 있었다. 좌중의 신하들은 다들 어지간히 놀라는 눈치였다. 더욱 놀라운 것은 건륭의 위엄 어린 자태와 비수처럼 날카로운 말투가 옹정이 화낼 때의 모습과 꼭 빼닮았다는 사실이었다. 잔뜩 숨죽이고 뻣뻣하게 엎드려 있던 200여 명 신하들의 모습은 이날따라 더없이 후줄근해 보였다.

"오늘은 날이 날인만큼 이런 말은 며칠 뒤에 하려고 했었네. 그렇지만 내일부터는 다시 바빠질 테니 따로 조회를 소집할 필요 없이 이 자리를 빌려 몇 마디 했네. 연회를 시작하라!"

건륭이 할 말을 다 했다고 생각한 듯 한결 나긋나긋해진 말투로 명령했다. 그러자 기다렸다는 듯 음악소리가 울려 퍼졌다. 백관들은 머리를 조아려 사은을 표하고는 분분히 일어섰다. 곧이어 어선방의 집사 태감이 어린 태감들을 거느리고 미리 준비해둔 음식들을 부지런히 나르기 시작했다. 연회상은 모두 이십 여개였다. 좌중의 신하들은 미리 예행연습이라도 한 것처럼 일사불란하게 움직이면서 그 중에서 각자 자기 자리를 찾아 앉았다. 건륭은 연회석이 질서정연하게 정리가 되자 한 손은 장정옥, 다른 한 손으로는 악이태를 붙잡고 미소를 지으면서 착석했다. 장친왕 윤록, 이친왕 홍효와 군기대신 눌친이 건륭과 같은 연회석 아랫자리에 자리를 잡았다. 이어 건륭이 살짝 고개를 끄덕였다. 그러자 홍효가 자리에서 일어나 큰 소리로 외쳤다.

"음악을 멈춰라. 군신 간의 대시對詩가 있겠다!"

정월 대보름 좋은 날에 봄기운이 나타나니,

中元佳節春氣揚

건륭이 미소를 지으면서 먼저 운을 뗐다. 그리고는 술잔을 높이 들어 한 모금 마신 뒤 고개를 돌려 장정옥과 악이태를 향해 말했다.

"경들은 세 조대를 거친 원로들이니 백량체의 시 정도는 식은 죽 먹기일 테지. 경들에게 연수주延壽酒 두 잔을 하사할 테니 대시는 젊은이들에게 양보하는 게 어떻겠나?"

건륭의 말이 끝나자 장정옥과 악이태 두 노신이 바로 일어서서 대답했다.

"그리 하겠사옵니다, 폐하."

건륭이 흡족한 표정으로 눌친에게 시선을 옮겼다. 눌친이 황급히 입을 열었다.

"신은 시는 통 자신이 없사옵니다만 한번 이어나 보겠사옵니다."

태화전의 춘풍이 참으로 호탕하구나!

太和春風眞浩蕩

"술을 하사하라!"

건륭이 조금 들뜬 기분으로 명령을 내렸다. 고무용이 즉각 서둘러 돌아가면서 술을 따랐다. 건륭이 그때 다시 누군가를 찾는 듯 좌중을 둘러봤다. 그리고는 여섯 번째 연회석에 자리한 손가감을 발견하고는 그의 이름을 거명했다.

"손가감, 자네 건강 때문에 걱정했었는데 기색이 좋아 보여 다행이네. 다음은 자네가 이어보게."

손가감이 불시에 거명을 당하자 불에라도 덴 듯 벌떡 자리에서 일어났다.

"신 역시 시사에 자신 없기는 마찬가지이옵니다. 하오나 한번 신의 마음을 담아보겠사옵니다."

손가감이 못내 황송해하면서 입을 열었다.

성은이 마치 비와 이슬 같이 내리니,
聖恩卽今多雨露

언뜻 들어도 손가감이 입에 올린 구절은 백량체가 아니었다. 좌중의 사람들은 모두 어안이 벙벙해서 마주 보았다. 그러자 건륭이 웃음 띤 얼굴을 한 채 손가감을 가리키면서 말했다.

"자네들은 이 사람을 잘 모를 것이네. 열아홉 살에 부친을 살해한 악덕 지주를 쫓아 야밤에 삼백 리 길을 달려간 사람이네. 그 지주를 죽인 다음 화를 피해 삼 년 동안 은신했다가 벼슬길에 올랐지. 정직하고 성정이 사내다워 선제의 성총을 한 몸에 받았고 이제는 짐의 고굉으로 그 입지를 굳혔다네. 성은이 비와 이슬 같다는 말은 본인의 일생에 대한 솔직한 고백이 아닌가 싶네. 짐은 이런 노신들을 존경하네. 손가감은 병 때문에 술을 마실 수 없으니 고무용……."

건륭이 고무용을 부르면서 잠시 말을 멈췄다. 이어 책상을 가리키면서 말했다.

"진주를 박은 옥 여의를 손가감에게 하사하라!"

건륭의 말이 떨어지자마자 좌중에서는 부러움에 찬 탄성이 터져 나왔다. 동시에 한림들 상에서 6품 정자를 단 관리 한 명이 벌떡 일어섰다. 체격이 대단히 우람하고 얼굴이 검고 네모난 사내였다. 그가 술잔을 높이 들면서 손가감의 시구를 계속 이어갔다.

인간 세상에 뿌린 은택 만방에 퍼지누나!

洒向人間澤萬方

건륭이 미간을 잔뜩 찌푸린 채 사내를 바라봤다. 그런데 이상하게도 영 낯선 얼굴이었다. 건륭이 눈짓으로 윤록에게 그가 누구인지를 물었다. 윤록도 모르겠다는 듯 가벼이 고개를 저었다. 그러자 장정옥이 건륭에게 조금 다가앉으면서 목소리를 낮춰 아뢰었다.

"작년 은과 시험을 통해 새로 발탁된 진사 기윤이라는 사람이옵니다."

"음, 이름이 기윤이라?"

건륭은 주의 깊게 기윤을 지켜봤다. 진사 출신치고는 드물게 체격이 우람한 사람이었다. 게다가 뭇사람들의 이목이 전혀 부담스럽지 않은 듯 초연하고 침착한 모습을 보였다. 건륭은 그게 더욱 호감이 갔다.

"자네 체구를 보니 무인 같은데, 고기 먹을 줄은 아나?"

"신은 무인의 기백과 문인의 섬세함을 모두 지닌 사람이옵니다. 고기를 대단히 즐기는 편이옵니다. 그러나 조정의 관리가 된 이후 사정이 여의치 않아 고기 맛은 열흘에 한 번도 보기 힘들어졌사옵니다. 오늘 성은을 입어 실컷 먹어볼 생각이옵니다."

기윤이 공손하게 대답했다. 황제 면전이라고 해서 지나치게 비굴하지도 않고, 그렇다고 지나치게 무례하지도 않았다. 건륭은 그에 대한 호감이 급격하게 커졌다. 급기야 크게 기뻐하면서 손짓으로 그를 불렀다.

"이리 오게. 가까이 와보게."

기윤은 황급히 머리를 조아린 다음 일어나서는 빠른 걸음으로 어좌의 옆자리로 갔다. 그리고는 허리를 새우처럼 굽히고 시립했다. 건륭이 기다렸다는 듯 식탁 한 가운데 놓인 커다란 고기접시를 가리키면서 물었다.

"저걸 다 먹을 수 있겠는가?"

기윤은 건륭이 가리키는 곳을 슬며시 쳐다봤다. 먹음직스럽게 쪄낸 어린 양 뒷다리가 보였다. 두세 근은 족히 되어보였다. 게다가 기름기가 번지르르한 것이 매우 느끼할 것 같았다. 그래서인지 아직 아무도 젓가락을 대지 않은 상태였다. 그가 빙긋 웃으면서 말했다.

"다 먹을 수 있사옵니다. 폐하께서 하사하신 것은 죽음이라도 마다하지 않을 것이옵니다. 더구나 맛있는 고기를 주시는데 마다할 리가 있겠사옵니까!"

건륭이 희색이 만면한 채 자리에서 일어섰다. 이어 직접 접시를 들고 기윤에게로 다가갔다.

"배포가 마음에 드네. 그리 말하니 이걸 하사하겠네."

궁궐 안을 가득 메운 문무 관리들은 갑작스런 상황에 놀라 모두 젓가락을 멈췄다. 그리고는 휘둥그레진 눈으로 건륭과 기윤을 주시했다.

"망극하옵니다, 폐하."

기윤은 서두르지 않았다. 먼저 땅에 엎드려 머리를 조아리고 난 다음 일어나 두 손으로 공손히 접시를 받아들었다. 이어 접시를 내려놓고 앉아 고기를 뜯어먹기 시작했다. 건륭을 비롯해 수많은 사람들의 이목이 집중돼 있었으나 전혀 부끄러운 기색이 없었다. 두 손으로 고기를 집어들고 입 주위에 기름을 가득 묻혀가며 뜯어먹는 동안 다른 사람의 눈치를 전혀 보지 않았다. 커다란 양 뒷다리는 순식간에 앙상한 뼈만 남긴 채 접시에 내동댕이쳐졌다. 기윤은 그러고도 성에 차지 않는 듯 접시에 남은 육즙을 마시고 접시바닥까지 깨끗하게 핥았다. 그리고는 시원스런 어조로 말했다.

"신은 이제 사흘 내내 굶어도 괜찮을 것 같사옵니다!"

건륭이 기윤의 말에 파안대소했다. 얼굴에는 만족스러운 표정이 역력했다. 곧이어 그는 태감들에게 손 씻을 물을 준비하라는 명령을 하고 나서 기윤을 바라보면서 말했다.

"대개 마음이 넓은 사람들이 식사량도 크다고 했네. 보아하니 잔꾀는 없는 사람인 것 같군. 좋네!"

기윤은 여전히 기가 죽지 않은 어조로 아뢰었다.

"오륜을 따르는 인간으로서 잔꾀를 부려서는 아니 된다고 생각하옵니다. 양이 크면 복도 크다고 했듯 잔꾀가 많으면 재앙도 많이 따른다고 생각하옵니다."

건륭으로서는 참으로 의외의 수확이라고 할 수 있었다. 젊은 사람이 그처럼 흉금이 깊고 의연하기는 말처럼 쉬운 일이 아니었다. 건륭이 내내 웃음을 잃지 않고 흡족한 표정으로 기윤을 바라보다가 물었다.

"자네, 자字는 없는가?"

"있사옵니다, 폐하. 신은 자字가 효람曉嵐이옵니다. 동틀 무렵 '효'자에 산바람 '람'자이옵니다."

기윤이 황급히 아뢰었다. 건륭이 고개를 젖히고 잠시 생각하더니 말을 이었다.

"참 기민한 사람인 것 같군. 짐이 자네의 시재詩才를 한번 시험해 볼까하네. 부담 갖지 말고 평소의 실력을 유감없이 발휘해보게."

"알겠사옵니다, 폐하. 시제詩題를 내려 주시옵소서."

"어젯밤 내무부로부터 밀비密妃가 짐의 아이를 출산했다는 소식을 접했네. 이 내용으로 시를 한 구절 만들어 보게나."

　　군주께서 어젯밤 금룡을 얻었으니,

君王昨夜得金龍

"음, 짐의 말을 다 들어봐야지. 금룡은 아니고 계집아이였네."

선녀로 화해 구중궁궐에 내려오셨네.
化作仙女下九重

"애석하게도 살리지 못했다네."

인간세상은 머물 곳이 못 되니,
料應人間留不住

"짐이 금수하에 내다버리라 명했네."

수정궁에 뛰어들었다네.
翻身跳入水晶宮

　좌중의 사람들은 기윤이 재치 있게 쏟아내는 대구對句에 감탄한 나
머지 그만 넋을 잃고 말았다. 도처에서 부러움과 질투의 시선이 쏟아
졌다. 그러나 싫어도 기윤의 재능을 인정하지 않을 수는 없었다. 기윤
의 돌발행동을 불손하게 여겼던 눌친 역시 그쯤에서는 웃음을 짓고 말
았다. 건륭은 기분 같아서는 당장이라도 기윤을 상서방에 집어넣고 싶
었다. 그러나 흥분을 누르고 조금 더 지켜보기로 했다. 그가 소탈한 표
정으로 말했다.
　"과연 멋진 친구로군! 열심히 매진하게. 짐이 그 재주를 썩히지 않게

밀어줄 테니 그리 알고 그만 물러가게. 나중에 짐이 쇠고기를 하사하겠네.”

건륭이 기윤이 물러가기를 기다렸다가 윤록을 향해 말했다.

“이제부터는 숙부가 짐을 대신해 주흥을 돋우도록 하세요. 일부 노신들에게는 무리하게 술을 권하지 마시고……”

건륭은 말을 마치자마자 천천히 걸어 대전을 나섰다. 이어 고무용에게 물었다.

“어제 유통훈에게 패찰을 건네라 하지 않았던가? 그 사람은 아직 안 왔는가, 아니면 왔는데 못 들어온 것인가? 요즘 아랫것들은 갈수록 마음에 안 드네.”

고무용이 즉각 대답했다.

“아뢰옵니다, 폐하. 유통훈은 대령한 지 한참이나 됐사옵니다. 길을 막고 억울함을 호소하는 사람을 만나 자초지종을 들어주고 이위 대인을 뵙고 오느라고 조금 늦었다 하옵니다. 소인을 보자마자 폐하의 기분이 어떠신 것 같으냐고 물었사옵니다. 소인이 등본처騰本處의 옆방에서 대령하라고 했사옵니다. 막 폐하께 주청을 올리려던 참이었사옵니다.”

“뵙기를 청하면서 짐의 기분부터 묻는 것은 무슨 뜻인가! 그래 자네는 어찌 답했던가?”

고무용이 황급히 대답했다.

“폐하께서는 대단히 즐거워하신다고 대답했사옵니다. 소인이 폐하를 시중 들어온 이래 오늘처럼 밝은 모습은 처음 본다고 했사옵니다.”

건륭은 입을 다물더니 고무용을 따라 등본처 옆방으로 향했다. 그리고는 인기척도 내지 않고 불쑥 들어섰다. 유통훈은 책상 위에 엎드려 부지런히 뭔가를 적고 있는 중이었다.

“무슨 꿍꿍이를 꾸미기에 짐이 기분 좋을 때를 노리는 것인가?”

유통훈이 고개를 들어 건륭을 쳐다봤다. 그리 놀라는 눈치는 아니었다. 그가 붓을 내려놓고는 일어서면서 대답했다.

"폐하! 신은 폐하께 밀주를 올리려 하옵니다. 하오나 일부러 폐하의 기분이 좋을 때를 기다려 상주하려 했던 것은 아니옵니다. 다만 폐하의 흥을 깨트리기에 충분한 사안이라 폐하께서 한창 즐거워하실 때는 피해야겠다는 생각을 했을 뿐이옵니다."

건륭의 얼굴에서 순식간에 웃음이 사라졌다. 유통훈의 마음 씀씀이가 대견하기는 했으나 불길한 예감이 들었던 것이다. 건륭이 유통훈의 맞은편에 앉으면서 담담한 표정으로 입을 뗐다.

"도대체 무슨 일인가? 말해보게."

유통훈이 상체를 숙여 보이고는 아뢰었다.

"덕주부로 국채환수를 독촉하러 내려갔던 하로형의 자살 사건에 대한 것이옵니다. 사인이 석연치 않았으나 자살로 잠정 판정이 난 상황에서 하로형의 처가 상소문을 올렸사옵니다. 자신의 남편은 자살 아닌 타살을 당한 것이 분명하고, 가해자는 덕주부의 전 지부 유강이 틀림없다고 했사옵니다."

건륭의 눈에서 순간 매서운 빛이 뿜어져 나왔다. 그러나 잠시 동안 유통훈을 일별하면서 아무 말도 하지 않았다.

"하로형의 처 하리씨가 사패루四牌樓에서 신의 가마를 막고 피눈물로 억울함을 하소연했사옵니다."

유통훈이 흥분을 했는지 검붉은 얼굴 근육을 푸들거렸다. 이어 덧붙였다.

"두 아이를 데리고 있었사온데, 세 사람 모두 행색이 초췌하고 피골이 상접하였사옵니다. 연 며칠 동안 변변한 밥 한 끼 못 먹었다고 했사옵니다. 조정의 명관命官을 고발한다기에 처음에는 심각하게 생각하지 않았사옵니다. 이익을 노리고 신분 있는 관리들을 물고 늘어지는 족속들도 더러 있기에 똑같은 부류인 줄 알고 좋게 타일러 보내려고 했사옵니다. 그랬더니 차마 입에 담기 어려운 상스러운 욕설을 퍼붓더군요. 관리끼리 서로 비호한다면서 신을 매도했사옵니다. 하리씨 본인은 일반 백성이 아니라 사품 고명이라고도 했사옵니다."

유통훈이 잠시 멈췄다가 다시 말을 이었다.

"신이 크게 놀라서 그제야 고소장을 들여다봤습니다. 그랬더니 사건의 자초지종이 일목요연했사옵니다. 가해자는 유강이고, 산동 순무 악준과 포정사 산달山達은 방조죄를 물어야 마땅하다면서 행간마다 피눈물을 흘리고 있었사옵니다. 더욱 놀라운 것은 전에 양강 총독으로 산동성의 치안을 책임졌던 이위 대인, 그리고 전도의 이름까지도 거론돼있다는 사실이옵니다."

유통훈은 숨도 제대로 쉬지 않고 길고 긴 말을 마쳤다. 그러더니 마치 가슴속에 가득 찬 한기를 토해내듯 길게 숨을 내쉬었다. 사건이 그리 간단치 않을 것 같아 건륭 역시 답답한 마음이 들기는 마찬가지였다. 물론 건륭도 사건에 대해 들은 바는 있었다. 그러나 이 정도로 심각한 사안일 줄은 미처 몰랐다. 악준은 옛 이친왕 윤상이 아끼던 장군이었다. 홍효는 '악형'이라면서 깍듯이 모실 정도로 절친한 사이였다. 또 산달은 윤록의 포의노 출신으로, 이친왕理親王 홍석과도 각별한 사이였다. 그런데 이위는 어떻게 이 사건에 개입됐는지 도무지 알 수 없었다. 건륭이 궁금함을 풀지 못하고 지시했다.

"보아하니 이 사건으로 인해 조정이 발칵 뒤집힐 것 같군! 자네가 맡아 처리하도록 하게."

유통훈이 건륭의 지시가 다소 부담스러운 듯 심각한 표정을 지었다. 그러나 이내 굳은 결심을 한 듯 입을 열었다.

"조정뿐만 아니라 정국에도 큰 영향을 미칠 것이옵니다. 하리씨가 폭로한 내용이 전부 사실이라면 유강은 하로형이 자신의 검은 뒤를 캐는 것이 두려워서 살인을 저질렀을 것이옵니다. 그 사실이 입증되면 유강은 십악죄를 저지른 것에 해당되옵니다. 그의 목을 쳐야 마땅하옵니다. 그러나 그렇게 되면 폐하의 관대한 정치가 타격을 입게 될 것이옵니다. 이위 대인은 이 사건의 자초지종을 다 알고 있었사옵니다. 그러면서도 방관하는 입장을 취했사옵니다. 형부에 몸담고 있는 전도도 함구하고 있었사옵니다. 이유는 분명히 옵니다. 모두 폐하의 정책에 혼란을 야기하지 않을까 우려했기 때문이 아니겠사옵니까. 전후의 사연이 어찌 됐든 피해자 가족이 문제 삼고 나섰으니 이제는 어쩔 수 없이 사건을 파헤쳐 해결하는 수밖에 없사옵니다. 신은 조금 전 이위 대인을 찾아갔었습니다. 그랬더니 이위 대인은 폐하의 결정에 따르는 수밖에 없지 않겠느냐고 했사옵니다."

건륭은 잠시 침묵을 지켰다. 그는 방 안에서 천천히 걸음을 옮기면서 깊은 생각에 잠겼다. 유통훈은 그런 건륭을 유심히 바라봤다. 유통훈은 창춘원에서 서판書辦으로 있을 때 강희황제를 가까이에서 본 적이 있었다. 당시 강희황제는 신하들을 접견하고 난 뒤에는 항상 방 안을 배회하면서 생각을 하고는 했다. 옹정 역시 방 안을 배회하곤 했었다. 그런데 옹정의 경우에는 성격이 조급해 보폭이 컸다. 또 부산스럽게 걸음을 걷다가 문득 멈춰 서서 고개를 홱 돌리면서 과감한 결정을 내리기도 했다. 그런데 건륭의 경우에는 강희와 옹정 두 사람과 모두 달랐다. 어떤 뜻밖의 소식을 들어도 대범하고 침착한 모습이 흔들리지 않았다. 조용히 자리를 지키면서 한 시간이고 두 시간이고 신하들의 의견에 귀를 기울였다. 그런 그가 지금은 자리에 앉아 있지 못하고 방 안을 배회하고 있었다. 그의 심경이 얼마나 불편한지 보여주는 방증이라고 할 수 있었다. 유통훈이 그런 생각을 하고 있는 동안 건륭은 궁전 입구에 멈춰 서 있었다. 이어 동녘 하늘에 우중충하게 걸려 있는 구름을 응시하는가 싶더니 갑자기 메마른 목소리로 물었다.

"이위를 만나고 왔다 했나? 그렇다면 그 말만 했을 리가 없을 텐데? 과연 다른 말은 없었던가?"

"유강의 유죄 여부를 떠나 이위 대인 자신도 죄가 인정된다고 고백했사옵니다. 마땅한 죗값을 받겠다고 말했사옵니다. 이 사건의 전말을 잘 알면서도 여태 함구하고 있었던 것을 보면 필히 사심이 있사옵니다. 폐하의 새로운 정치가 어떤 방향으로 가닥을 잡을 것인지 투명해진 뒤에 기회를 봐서 처리하려고 했을 것이옵니다. 하지만 어찌 됐건 저에게 밀주라도 올렸어야 했사옵니다."

유통훈이 천천히 대답했다.

"음."

"이제 어떻게 할 거냐고 물었더니, 폐하께서 이 사건을 물어 오신다면 지금이라도 팔을 걷어붙이겠다고 했사옵니다."

건륭의 얼굴에 음산한 미소가 스쳐 지나갔다. 목소리에도 냉기가 흘렀다.

"보아하니 짐은 아직 덕이 부족한가 보네. 선제께서 아끼셨던 세 명의 모범총독 가운데 전문경은 이미 물 건너갔어. 악이태도 따지고 보면 마음이 순수한 신하는 못 되네. 둘은 그렇다 쳐. 그러나 이위만은 짐이 어릴 때부터 믿고 따라왔던 노신이라 추호도 짐을 기만하는 일이 없을 거라고 굳게 믿었어. 그런데 그 사람도 짐에게 거리를 두고 있었다니 참으로 서글프네."

건륭이 말을 마치고 유통훈을 힐끗 바라봤다. 이어 차가운 말투로 덧붙였다.

"인간은 만물의 영장이라서 그런지 통 알다가도 모르겠어. 전도만 보더라도 유강의 금덩이를 매몰차게 내던져 자신의 결백과 떳떳함을 보여 준 것 같지만 실상은 그게 아니었네. 유강의 썩은 줄에 함께 매달렸다가 크게 다칠 것을 미연에 방지하기 위해 얕은 수작을 부린 게지. 자네도 설마 전도처럼 꿍꿍이에 능한 사람은 아니겠지?"

유통훈은 느닷없는 건륭의 날카로운 질문에 갑자기 등줄기에서 식은 땀이 흘렀다. 다급해진 그는 황급히 납작 엎드렸다.

"신은 김히 그런 생각은 할 수도 없사옵니다. 신 역시 성현이 아닌 이상 착오가 전혀 없다고 장담할 수는 없사옵니다. 신은 수시로 폐하의 훈육을 받아 마음이 곧고 진실한 신하로 거듭날 것을 소망하옵니다."

"이 사건은 절대 흐지부지 넘어가서는 아니 되네."

분노에 찬 건륭의 얼굴이 팽팽하게 경직되고 있었다. 그가 다시 준엄한 어조로 말을 이었다.

"유강이 정말로 가해자라면 그자의 잔인함은 천인공노할 일이네. 허니 짐 또한 가볍게 처벌하지 않을 것이네. 짐이 선제의 정책에 사사건건 반기를 든다고 뒤에서 비난하는 자들은 이참에 단단히 봐 둬야 할 걸세. 짐에게도 모골이 송연하리만치 혹독한 면이 있다는 것을 온 천하에 보여줄 것이네!"

건륭은 그러나 말을 마치고는 언제 그랬느냐는 듯 다시 얼굴을 폈다. 그리고는 껄껄 웃으면서 유통훈에게 말했다.

"이 사건은 꼭 자네에게 맡기고 싶네. 어떻게 처리하든 마음대로 하게. 비밀리에 사람을 파견해 인증과 물증을 수집하는 한편 서둘러 유강을 잡아들이도록 하게! 사소한 것까지 짐에게 상주할 필요는 없네. 자네가 알아서 처리하게. 무슨 말인지 알아들었는가?"

"예, 폐하!"

26장

유통훈, 장친왕부를 기습하다

　유통훈은 건륭에게 밀주를 마친 다음 그를 따라 연회가 한창인 건
청궁으로 돌아왔다. 그의 마음속은 복잡하고도 무거웠다. 혹시 소문이
새어나가 유강이 자살할까봐 하는 것이 가장 걱정이었다. 또 유강이 이
미 산서山西로 떠났다면 어떤 길목을 막아 그를 잡아들여야 하는지도
고민해야 했다. 유통훈은 그렇게 유강을 잡아들일 생각에만 골몰한 탓
에 음식이 코로 들어가는지 입으로 들어가는지도 몰랐다. 드디어 장친
왕이 연회가 끝났음을 선포했다. 사람들이 차례로 일어나 자리를 뜨기
시작했다. 유통훈은 그제야 제정신을 차리고는 부랴부랴 사람들을 따
라 밖으로 나왔다. 한참 두리번거리면서 상서 사이직을 찾아낸 그는 정
중하게 말했다.
　"잠시만 시간을 내주십시오. 아문으로 돌아가 상의 드릴 일이 있으니
가마에 동석하면 안 될까요?"

사이직은 대수롭지 않게 받아들였다.

"설 명절이라 며칠 휴가를 받았는데 무슨 중요한 일이 있기에 그러는가?"

유통훈은 빙긋 웃기만 할뿐 즉각 대답을 하지 않았다. 그저 사이직을 따라 조용히 가마에 오르기만 했다. 유통훈의 가마꾼들은 가마에 오르는 그를 어리둥절한 표정으로 바라보았다.

……사이직은 가마에서 내리면서 표정이 준엄했다. 유통훈을 형부의 공문결재처로 데리고 들어가서도 자리에 앉은 그의 얼굴은 계속 굳어 있었다.

"이런 일은 속전속결을 해야 하네. 자네는 이 사건의 전담 흠차이니 나도 도울 수 있는 데까지 돕겠네. 지금 당장 순천부와 손가감의 직예 총독아문에 연락해 북경 밖으로 이어지는 교통 요지를 봉쇄해야겠네. 유강이 어디에 숙소를 정했는지는 우리도 모르네. 그러니 일 잘하는 관리 하나를 파견해 요즘 유강과 어울려 다니는 동기들을 찾아 그의 거처를 파악해야겠네. 그가 아직 북경을 떠나지 않았다면 참 좋을 텐데……. 그러면 쉽게 연행할 수 있을 텐데 말이야."

"역시 대인의 생각이 주도면밀합니다. 바로 시작하겠습니다."

유통훈은 이어 바로 집포사緝捕司의 이목吏目인 황곤黃滾을 불러 임무를 하달했다. 유통훈과 사이직은 황곤이 나가자 바둑판을 벌여놓고 조용히 소식을 기다렸다. 마음이 엉뚱한 곳에 가 있어 그런지 두 사람 다 승부에는 관심이 없었다. 그냥 되는 대로 바둑알을 옮겨놓을 뿐이었다.

어느덧 땅거미가 지기 시작했다. 두 사람이 목을 빼고 기다리던 황곤이 드디어 달려 들어왔다.

"유강은 아직 북경에 있는 걸로 밝혀졌습니다. 방을 얻어 첩까지 두고 있다고 합니다. 신시쯤에 옆집에서 유강과 여자가 다투는 소리를 들었답니다. 여자가 울고불고 하면서 욕설을 퍼부었다고 합니다. 그러나 유강이 낮은 목소리로 여자를 달랬고 겨우 조용해지더랍니다."

사이직이 입을 열었다.

"사람이 있다는 것이 확인됐으면 현장을 덮치지 않고 뭘 했나?"

황곤이 신중한 어조로 대답했다.

"소인에게는 순천부의 징표가 없습니다. 또 유강의 집과 가까운 곳에 이부의 고공사아문이 있어서 조심스러웠습니다. 꽃등 구경이라도 나오면 그때 쥐도 새도 모르게 체포하려고 했는데 그렇게 못했습니다. 공교롭게도 몇몇 낯모를 관리들이 유강의 집으로 들어가더니 한참 후 그를 데리고 시시덕거리면서 나오더군요. 얼핏 듣기에 장친왕부의 연회에 참석하러 간다는 것 같았습니다."

"그래 미행은 붙였는가?"

사이직이 다그쳐 물었다. 황곤이 황급히 대답했다.

"소인의 아들 황천패黃天覇가 장친왕부로 따라갔습니다. 절대 놓치는 일은 없을 것이니 심려 놓으십시오."

"황곤, 자네 일 참 잘하는구면."

옆에 있던 유통훈이 말했다. 이어 사이직에게 담담한 어조로 말했다.

"제가 장친왕부에 갔다 오겠습니다."

사이직이 미간을 찌푸렸다.

"그러다 장친왕의 심기를 건드릴 수도 있네. 만에 하나 장친왕이 막고 나서면 어떻게 할 것인가?"

"저는 흠차의 신분입니다."

유통훈이 검붉은 얼굴 근육을 무섭게 푸들거리더니 짤막한 한마디를 내뱉고는 자리를 털고 일어났다.

장친왕부는 제화문齊化門 근처에 있었다. 북경에서 볼 때 그다지 후미

진 곳도 그렇다고 번화한 곳도 아니었다. 정월 보름은 서민들이 꽃등을 구경하는 명절이었다. 윤록은 바로 그런 꽃등을 만드는 데 일가견이 있는 사람이었다. 꽃등 제작을 생업으로 하는 사람들보다 솜씨가 더 뛰어나다는 것이 세간의 평이었다. 그가 만든 하늘을 나는 새들에서부터 땅을 기는 들짐승에 이르기까지 온갖 동물을 본 따 만든 꽃등은 독특한 아름다움으로 북경성에서도 소문이 자자할 정도였다. 때문에 예년 이맘때면 장친왕부의 담벼락에는 몰려든 구경꾼들로 발디딜 틈이 없었다. 그러나 올해는 달랐다. 아직 국상 기간이기 때문에 건륭의 심기를 건드리기 않기 위해 장친왕이 꽃등을 만들지 않았던 것이다.

장친왕은 그 대신 사람들을 집으로 초대했다. 우선 홍효, 홍석, 홍승, 홍보弘普 등의 조카들을 불렀다. 이어 북경에서 관리로 있는 문하생들 그리고 평소에 왕래가 잦은 제륵소齊勒蘇, 서사림徐士林, 나소도那蘇圖, 양초증楊超曾, 윤회일尹會一 등의 대신들을 불렀다. 연회상은 모두 10여 개였다. 한 상에는 음식이 네 가지씩 올라갔다. 먼저 올린 네 가지 음식을 다 먹으면 또 다른 요리 네 가지를 올리는 식으로 음식을 차렸다. 이렇게 해서 하영賀英, 늑격색勒格塞, 마성라馬成羅, 갈산정葛山亭 등 액부額駙(황실의 사위)들도 오래간만에 모두 한 자리에 모여 허물없이 얘기를 나누는 자리가 마련됐다.

윤록은 수석 의정친왕議政親王인 만큼 위망이 대단했다. 초대한 사람도 적지 않았지만 어떤 이들은 자신의 친구들까지 데리고 온 탓에 처마 밑에 등을 내걸 때쯤 되자 무려 200명이 넘는 사람들이 모이게 됐다. 성격이 소탈하고 사람을 좋아하는 윤록은 안면이 있건 없건 눈에 보이는 사람과는 다 알은체를 했다. 기윤과 서사림이 함께 들어서는 것을 보고는 반색을 했다. 그리고는 기윤에게 다가가 두 손을 덥석 잡고 주위의 사람들에게 소개했다.

"됐네, 이 자리에서는 예를 갖출 필요가 없네. 모두들 눈 똑바로 뜨고 보게. 이 사람이 바로 방금 전에 내가 말했던 기효람이네. 그날 자리를 파한 뒤에도 폐하께서는 이 사람의 범상치 않은 재능을 치하하셨다네."

"친왕마마, 그리 말씀하시니 만생은 실로 황공해서 몸 둘 바를 모르겠사옵니다. 그저 폐하를 기쁘게 해 드리려는 일념으로 있는 재주 없는 재주 부려봤을 뿐입니다."

기윤의 얼굴에는 웃음꽃이 가득했다. 그때 윤회일이 사람들 틈을 비집고 다가왔다. 병부의 한족 시랑인 그 역시 체구가 우람하고 근육이 불끈거리는 사내였다. 왼쪽 이마에 있는 호두알만 한 혹이 특이했다. 그가 앞으로 바짝 다가가서는 손으로 기윤의 가슴팍을 툭 쳤다.

"이 녀석, 지난번에 나를 제대로 골려줬겠다. 오늘 가만 안 둘 거야. 이리 와, 벌주 석 잔이다."

좌중의 사람들은 윤회일의 말을 듣고 모두들 고개를 갸웃거렸다. 윤회일과 기윤 두 사람은 무엇보다 고향이 달랐다. 같은 해에 급제한 동년배도 아니었다. 그렇다고 주종관계도 아닐 뿐만 아니라 나이 차이도 한참이나 났다. 그런데 기윤이 천하의 윤회일을 골려줬다니? 윤회일이 그런 사람들의 마음을 간파한 듯했다.

"자초지종을 듣고 나면 다들 내 말을 이해할 걸세. 내가 이 혹 때문에 고민이 크지 않은가. 지난번 한림원에 갔더니 이 친구가 저기 어디에 신의神醫가 있다는 거야. 상처도 안 남기고 감쪽같이 혹을 없애는데 귀신도 울고 갈 정도라나. 수천 리 밖에서도 소문을 듣고 찾아오는 사람이 많아 웬만해서는 병을 봐주지 않는다나. 그러니 알아서 인사 잘하라더군. 어떤 선물을 드릴까 한참 고민하다가 궁중의 다과 몇 상자를 들고 이 친구가 가르쳐 준 곳으로 갔지. 주변 사람들에게 그 의원의 거처를 물었더니 모두들 그 집을 손가락으로 가리키면서 낄낄대는 거야. 이상하다 하면서 문을 두드렸더니 한참 후에 그 신의라는 작자가 나타났는데 내가 기절하는 줄 알았지 뭐야. 그 놈의 오른쪽 이마에 내 것과 똑같은 혹이 있었던 거야. 거울을 보는 것처럼 똑같더군. 나는 그만 걸음아 나 살려라 하고 도망쳐 나오고 말았다네!"

윤회일의 말에 장내에서 떠나갈 듯한 박장대소가 터졌다. 모두들 이구동성으로 기윤을 향해 외쳤다.

"벌주 받아 마땅하네. 벌주 석 잔이야!"

기윤은 불세출의 재학을 지녔다고 자부하는 사람이었다. 그러나 은과 시험에서는 그 빛을 발하지 못했다. 고작 이갑二甲 4등에 머물고 말았다. 당연히 장원급제한 장유공에 비해 명성도 낮았다. 비록 한림원에 들어가기는 했으나 불과 얼마 전까지만 해도 구석자리에서 별다른 주목을 끌지 못하고 있었다. 그러던 중 오늘 비로소 황제의 마음에 쏙 드는 언행으로 뒤늦게나마 재능을 인정받을 수 있었다. 물론 장친왕의 입장에서도 그런 기윤이 손님으로 찾아왔으니 체면이 서는 일이었다. 그런 의미에서 오늘 연회의 주인공은 단연 기윤이라고 할 수 있었다.

기윤은 뭇사람들에게 둘러싸인 채 대당 안으로 들어가 자리했다. 그리고는 목을 젖히고 대접에 철철 넘치게 담긴 술을 연속 세 대접이나 들이켰다. 좌중의 사람들은 그의 주량에 놀란 나머지 눈을 둥그렇게 떴다. 그러자 윤록은 빙그레 웃으면서 가볍게 박수를 세 번 쳤다. 그러자 양측 벽에 드리운 휘장이 서서히 걷혔다. 이어 한족 복장을 한 묘령의 여자들이 미끄러지듯 걸어 나왔다. 곱게 단장을 한 그녀들의 얼굴은 선녀처럼 아름다웠다. 게다가 사뿐사뿐 발걸음을 옮겨놓을 때마다 옥패가 부딪치는 소리가 청아하게 울려 퍼졌다. 때를 맞춰 심산유곡의 샘물 소리를 방불케 하는 현악기 소리가 흘러나왔다. 장내는 삽시간에 물 뿌린 듯 조용해졌다. 나름대로 잔뜩 멋을 부린 가기가 애교 넘치는 몸짓으로 노래를 부르기 시작했다.

하늘하늘 저 작약꽃은 머리끝에 매단 빨간 댕기 같은데,
소맷자락 나부끼면서 춤추듯 낭군 옆으로 다가간 내 모습은 어느새 백발
이 성성하구나.
금잔 속의 옥 같은 술은 나를 꽃 중의 으뜸이라고 위로하건만
아니야, 아니야! 비녀를 감춰버린 백발의 부끄러움을 내 어찌 모를까.

얼마 후 노랫소리가 잠깐 멈췄다. 그 사이 장내에서는 기다렸다는 듯
박수갈채가 터져 나왔다.

"노랫말이 참 좋습니다. 어느 명사의 작품인지요?"

공부 상서 제록소가 감탄사를 토하면서 물었다. 윤록이 웃음 띤 채
두 번째 상에 자리한 중년의 사내를 가리켰다.

"저 요부자姚夫子가 아니면 누구겠는가!"

좌중 사람들의 시선은 일제히 요부자라는 사람에게 쏠렸다. 다들 기
대가 큰 것 같았다. 하지만 그들은 요부자의 얼굴을 보고는 약속이나
한 듯 입을 딱 벌리고 할 말을 잃었다. 그는 납작코인 데다 입은 삐금거
리는 잉어 입술을 닮았고, 얼굴에는 들깨를 뿌려놓은 듯 온통 주근깨투
성이었다. 그뿐 아니라 젊었을 때 풍질風疾을 앓았던 듯 눈썹도 군데군
데 뽑혀 있었다. 두 눈은 크기가 완전히 짝짝이였다.

요부자는 사람들이 노랫말이 좋다면서 칭찬을 하자 어색한 듯 뒤통
수를 긁적이며 쑥스러운 표정을 지었다. 그런데 그 모습이 더 우스꽝스
러웠다. 사람들은 저도 모르게 입을 감싸 쥔 채 키득거렸다. 그러자 기
윤이 말했다.

"불현듯 영감이 떠올라 〈대풍가〉大風歌를 한 단계 승화시켜 들려줄까

하는데 여러분의 귀를 어지럽히는 졸작이 아니었으면 합니다."

기윤이 곧 입을 열었다.

대풍이 기승을 부리니 눈썹이 하늘로 치솟는데,
어떤 이는 무너질 콧마루가 없어서 걱정을 덜었구나.

좌중의 사람들은 기윤이 다음 구절을 말하기도 전에 바로 배꼽을 잡
고 밀었다. 홍승은 웃느라 찻잔을 엎지를 정도였다. 서사림은 아예 땅바
닥에 주저앉았다. 요부자의 얼굴이 시뻘겋게 달아올랐다. 윤록 역시 요
부자의 납작코를 바라보면서 겨우 웃음을 참았다.

"이건…… 너무 했네."

윤록이 웃음을 겨우 참고는 한마디를 토했다. 그러자 좌중의 사람들
이 모두 웃음을 그쳤다. 요부자는 거칠게 술잔을 들어 입안에 털어 넣
었다.

이때 유강 역시 좌중에 자리를 잡고 있었다. 그러나 흔쾌히 외출하여
주흥을 즐길 기분은 아니었다. 억지로 끌려나왔다고 해도 좋았다. 내내
풀이 죽은 모습을 하고 있었던 것도 다 그 때문이었다.

당시 유강의 지시에 따라 하로형을 죽인 조서와 서이는 그를 따라 산
서성으로 왔다. 그들은 처음에는 지은 죄가 있었던 만큼 조용히 살았
다. 그러나 안정적인 생활을 하게 되면서부터는 타고난 본성을 고치지
못했다. 여자들도 집적대기 시작했다. 번갈아 가면서 유강 집의 하녀들
을 겁탈하는 것은 기본이고, 나중에는 유강이 외출한 틈을 타 그의 부
인인 유교劉喬씨에게까지 마수를 뻗쳤다. 그런데 유교씨는 거부할 생각
도 않고 오히려 두 사람과 죽이 맞아 돌아다니며 어울렸다. 유강의 오랜
종복인 이서상은 그 꼴을 보고는 유강에게 한마디 말도 못했다. 이렇게

해서 유강의 집은 완전히 '윤락업소'처럼 전락하고 말았다.

유강은 북경으로 술직을 와서는 업무가 끝난 후에도 차일피일 미루면서 산서로 돌아가지 않았다. 어떻게 해서든 북경에서 관직을 얻고 싶은 마음이 있었기 때문이다. 생각만 해도 지긋지긋한 악마의 소굴로 돌아가는 것을 피하고 싶었던 것이다. 게다가 최근에는 산서에서 온 사람들로부터 더 한심한 소식도 들었다. 유교씨가 조서 등의 작당에 넘어가 가산을 탕진하고 어디론가 잠적해버렸다는 소식이었다. 그러니 이런 모임에 참석해봤자 기분이 좋을 리 만무했다.

그는 사람들이 배꼽을 잡든 말든 혼자서 연신 술을 따라 마셨다. 연이어 몇 사발을 들이키고 나자 취기가 올라 몽롱해지기 시작했다. 그가 썩은 계란처럼 풀어진 두 눈을 게슴츠레 뜨고 자리에서 막 일어나려고 할 때였다. 유통훈이 아역들을 거느리고 복도로 들어서는 광경이 보였다. 유강은 유통훈의 심상치 않은 표정을 보고 가슴이 철렁했다. 뭔가 불길한 예감이 들었다. 그는 등골이 오싹해지면서 술이 확 깨는 것을 느꼈다. 그는 그러나 애써 대수롭지 않은 척하면서 일부러 반가운 표정으로 유통훈에게 인사를 했다.

"어이, 연청 형! 어찌 이리 늦었나요? 벌주 석 잔이에요."

유강이 말을 마치고는 엉거주춤 앞으로 나가려고 했다. 그때 옆자리에 앉은 스무 살 가량 된 젊은이가 그의 팔을 꽉 잡으면서 말했다.

"술이 좀 된 것 같습니다. 그냥 앉아 계시죠."

"연청 자네……."

윤록 역시 유통훈이 왔다는 말을 듣고는 반가운 미소를 지으면서 고개를 돌렸다. 그러나 유통훈의 뒤를 따라 들어서는 아역들을 발견한 순간 얼굴 표정이 석고처럼 굳어지고 말았다.

"자네 지금 치도곤을 들고 우리 왕부를 쳐들어온 것인가?"

좌중에 자리한 수백여 명의 관리들은 윤록의 말에 모두들 놀라 입을 딱 벌렸다. 좌중은 삽시간에 찬물을 끼얹은 듯 조용해졌다. 유통훈은 졸지에 사람들의 이목을 한 몸에 받게 됐으나 전혀 개의치 않고 윤록에게 다가갔다. 이어 땅에 닿을 정도로 깊이 허리를 숙여 공수했다.

"예의가 아닌 줄 압니다만 신은 명을 받들고 온 몸입니다. 워낙 중대한 사안이라 지금은 말씀 드릴 수 없사옵고 나중에 반드시 다시 찾아와 죄를 청하겠습니다."

그러사 윤록이 근엄한 얼굴로 물었다.

"도대체 무슨 일인가? 중대한 사안이라면 내가 모를 리 없을 텐데?"

유통훈이 다시 한 번 읍을 하면서 대답을 피했다. 이어 단도직입적으로 유강을 향해 말했다.

"좋은 분위기 깨지 말고 자리를 옮겨 얘기하지."

유강은 눈앞이 아득해졌다. 뭔가 단단히 잘못돼 가고 있는 것이 분명했다. 그러나 아무리 머리를 쥐어짜도 대책이 떠오르지 않았다. 배 속에 가득 들어찬 술이 전부 식은땀이 돼 흘러내리는 것만 같았다. 자신의 팔을 움켜쥐고 있는 젊은이의 손목이 마치 쇠사슬처럼 느껴졌다. 이대로 끌려간다면 영영 끝장날 것 같았다. 급기야 그는 마지막으로 용기를 쥐어짜내면서 버텼다.

"나는 평생 남의 눈에서 눈물 뺀 적 없고, 남의 손가락질 받을 짓은 안 하고 살아왔어요. 하늘에 대고 맹세할 만큼 마음에 거리끼는 일이라고는 없으니 할 얘기가 있으면 이 자리에서 해봐요."

유통훈이 가소롭다는 듯 냉소를 흘렸다.

"이봐 유강, 종잇장으로 불을 덮을 수 있을 것 같아?"

유통훈이 이어 아역들에게 내뱉듯 명령했다.

"포박하라!"

유통훈의 말이 끝나기가 무섭게 유강의 팔을 잡고 있던 황천패가 유강의 관모를 벗겨 내던졌다. 그러자 몇몇 아역들이 성난 호랑이처럼 무섭게 달려들어 순식간에 유강을 짐짝처럼 묶어버렸다. 실로 눈 깜짝할 사이에 벌어진 일이었다. 사람들이 영문을 몰라 멍해 있는 사이 "찰칵!" 하는 쇳소리와 함께 유강의 목에 항쇄가 씌워졌다. 유강은 몸을 비틀고 바락바락 악을 쓰면서 고함을 질렀다.

"내가 뭘 잘못했다고 이러는 거야? 소인배들 같으니라고. 하늘이시여, 부디 굽어 살펴주시옵소서. 저는 억울합니다."

유통훈은 유강이 울든 말든 아랑곳하지 않고 그의 등을 힘껏 떠밀었다. 윤록으로서도 이쯤 되자 화가 나지 않을 수 없었다. 윤록은 분노가 치밀어 손마저 부들부들 떨고 있었다. 유통훈이 그런 윤록을 힐끔 쳐다보더니 한쪽 무릎을 꿇은 채 예를 올리면서 말했다.

"신이 부득이한 상황에서 무례를 범했습니다. 부디 친왕마마의 용서를 빕니다. 날을 잡아 반드시 죄를 청하러 오겠습니다."

말을 마친 유통훈은 유강을 끌고 성큼성큼 물러갔다. 윤록이 멍하니 그의 뒷모습을 바라보다 한참 후에야 이를 앙다물며 말했다.

"유통훈은 내 문하 노비의 제자에 불과한 자야. 그런 놈이 감히 내 앞에서 방자하게 굴다니. 채비를 하라. 내 지금 당장 입궐해야겠다."

윤록은 말을 마치고는 씽하니 계단을 내려섰다. 바로 그때 주변에서 누가 뭐라고 해도 잠자코 있던 요부자가 쑥덕대는 사람들 속을 조용히 비집고 나왔다. 이어 잰걸음으로 윤록의 앞에 다가가 엎드렸다.

"친왕마마, 지금 공무가 계셔서 입궐하시려는 것이옵니까?"

윤록이 거친 숨을 몰아쉬면서 대답했다.

"아니다. 나는 형부의 저 잡것들을 엄벌에 처할 것을 폐하께 주청 올리러 가려고 한다."

"유통훈은 그저 명을 받고 왔다고 했습니다. 그러니 흠차의 명인지 아니면 형부의 명인지 알 수 없사옵니다."

윤록이 요부자의 말에 잠시 망설이더니 그 자리에 멈춰 섰다. 다시 요부자가 천천히 말을 이었다.

"곰곰이 따져보십시오. 유통훈이 만약 사이직의 명을 받고 왔다면 간을 두어 개 더 준다고 해도 감히 친왕마마께 이런 무례를 범하지는 못했을 것이옵니다. 유강은 삼품 고관입니다. 형부가 스스로의 재량으로 연행할 수 있는 신분이 아닙니다. 그러니 유동훈은 흠차의 신분으로 온 것이 틀림없사옵니다. 그가 흠차 신분임을 드러내지 않은 이유는 아마 두 가지 중 하나일 것입니다. 하나는 친왕마마께서 무릎 꿇어 신하의 예를 갖추시는 것을 막기 위한 것입니다. 친왕마마의 체면을 세워드리려는 좋은 의도에서입니다. 다른 하나는 혹시라도 친왕마마께서 유통훈의 행동을 반대하고 나서실지 모를 바로 그때 가서 흠차임을 밝히려고 해서일 것입니다. 친왕마마를 궁지에 몰아넣으려고요. 폐하께서는 지금 황태후마마를 뫼시고 즐거운 한때를 보내고 계십니다. 하오니 친왕마마께서 좋지 않은 일로 걸음을 하신다면 친왕마마의 기분을 망쳐놓은 유통훈과 다를 바가 없지 않겠습니까? 복진福晉(황족의 정실부인. 여기서는 장친왕 윤록의 부인)께서도 함께 자리해 계실 수 있을 텐데, 자칫 폐하로부터 꾸중이라도 들으신다면 두 분의 체면이 뭐가 되시겠습니까!"

윤록은 너무 흥분을 한 탓에 앞 뒤 잴 여유가 없었으나 요부자의 말에 곧 냉정을 되찾았다. 그의 말이 일리가 있다는 생각이 든 것이다. 사실 유강이 도대체 무슨 죄를 지었는지, 유통훈이 누구의 명을 받고 들이닥쳤는지는 아직 아무도 모르는 일이었다. 그런데 무작정 건륭을 찾아갔다가 태후의 심기라도 건드리는 날에는 효를 중요하게 생각하는 건륭으로부터 좋은 소리를 못 들을 것은 자명한 일이었다. 윤록이 잠시 동안 뭔가를 생각하더니 풀이 죽은 듯 한숨을 내쉬었다.

"요즘 아랫것들은 배짱이 이만저만이 아니야! 그래도 사전에 미리 귀뜸이라도 해줬으면 얼마나 좋았겠나? 직접 달려오는 수고를 할 필요 없이 내가 직접 형부로 연행해 갈 수도 있었을 텐데 말이야. 나한테도 이렇게 눈에 뵈는 것 없이 무례하니 백성들 앞에서는 얼마나 무섭게 행동할지 불 보듯 뻔하군. 세자世子를 불러오게. 이 분들을 모시고 여흥을 즐기라 하게. 나는 서재로 가서 좀 쉬어야겠네."

윤록이 요부자의 충고를 들은 것은 백번 잘 한 일이었다. 그 시각 자녕궁은 장친왕부보다 10배는 더 떠들썩했다. 게다가 궁문도 잠긴 뒤라 군국대사가 아니고서는 그 시간에 황제를 알현하지 않는 것이 정해진 규칙이라고 할 수 있었다. 윤록은 자칫 별것 아닌 일로 큰 곤욕을 자초할 뻔했다.

자녕궁의 정전과 측전은 수천 개의 큰 촛불이 밝혀져 안팎이 대낮처럼 훤했다. 왕공의 부인들인 복진과 미혼인 황고皇姑(황제의 여자 형제)와 공주들 수십 명은 항렬에 따라 바로 그 자녕궁 안에 차려진 연회석을 마주 한 채 앉아 있었다. 수백 명의 1품 고명부인들과 내로라하는 훈신과 외척부인들 역시 저마다 한껏 멋을 내고 다소곳이 앉아 있었다. 아직 50세가 채 안 된 황태후 유호록씨는 얼굴에 환한 웃음을 짓고 궁전 정중앙에 높이 앉아 아래를 굽어보고 있었다. 황후 부찰씨는 그녀의 한쪽 옆에서 술잔을 받쳐 들고 있었다. 다른 한쪽에는 건륭이 자리하고 있었다. 또 태후의 등 뒤에는 태후의 조카인 황귀비 유호록씨가 술 주전자를 들고 서 있었다.

아직 연회가 시작되기 전이라 그런지 식탁에는 산해진미들이 높이 쌓여 있었다. 그 중에는 태후의 장수를 기원하는 의미로 밀가루를 쪄서 만든 100개의 장수 복숭아도 있었다. 대접만한 크기에 빨간색을 입히고 파란 잎까지 곁들인 것이 마치 진짜 복숭아 같았다. 그래서인지 수많은 진짜 과일들 사이에서도 유난히 눈에 띄고 화려했다. 이윽고 술시를 알리는 종소리가 울렸다. 기다렸다는 듯 북소리도 크게 울렸다. 이어 100여 명의 창음각 공봉들이 일제히 칭송가를 음창하기 시작했다. 노랫말은 장조가 개과천선하는 마음으로 심혈을 기울여 만든 것이었다. 거기에 장쾌하면서도 흥겨운 음률을 가미했으니 듣는 이들의 귀는 시원할 수밖에 없었다. 귀부인들은 일제히 자리에서 나와 무릎을 꿇고 숙연히 경청을 했다. 촛불 아래에서 귀부인들의 몸에 달린 장신구들이 눈부신 빛을 뿜고 있었다.

주군의 강녕하신 걸음걸음에 상서로운 구름이 떠다니니 매일매일 복된 나날이로세.
궁전 가득 금은보화 눈부시고, 만방에서 모여 옥식玉食을 즐기니 즐거움이 가득하구나.
밝은 태양이 높이 솟아올라 미수眉壽(눈썹이 세도록 오래 삶)를 축복하니 즐겁고 강녕한 그 웃음 온누리에 퍼지네.
요지瑤池(신선이 사는 곳)에 명엽蓂莢(전설 속의 상서로운 풀)이 차고 넘치니 자비로우신 태후마마와 영명하신 주군과 더불어 이 강산과 이 사직 만수무강하리.

음창이 끝나자 건륭을 비롯해 황후와 귀비가 자리에서 나와 태후를 향해 엎드렸다. 이어 머리를 세 번 조아렸다. 그런 다음 건륭이 큰 소리로 말했다.

"신황臣皇이 태후 성모의 만수무강을 기원합니다!"

부항의 처 당아 역시 이때 외척인 고명부인들 사이에 끼어 예를 올렸다. 그녀의 시선은 온통 건륭에게 가 있었다. 그녀의 눈에 비친 건륭은 오늘따라 유난히 풍치가 있고 멋스러워 보였다. 그녀는 작년 10월에 입궐해 건륭과 첫 번째 '특별한 만남'을 가진 이후로 엉뚱한 생각을 하기 시작했다. 자신의 몸값이 예전과는 다르다면서 스스로 자부해온 것이다. 물론 그녀는 자신을 유난히 후대해줬던 황후에게 죄스러운 마음도 없지 않았다. 남편 부항에게도 미안한 마음이 상당히 있었다. 하지만 가끔 그립기는 했어도 그보다는 남편이 밖에 조금만 더 오래 머물러 줬으면 하는 바람이 더 컸다.

　그녀는 당연히 매번 입궐할 때마다 혹시 또 건륭을 만날 수 있지 않을까 기대하고는 했다. 이제 그녀에게 있어 건륭은 보고 싶으면서도 두려운 존재였다. 건륭은 두 사람만 있을 때는 여염집 남자들처럼 마냥 부드럽고 다정하기만 했다. 황제의 체통이고 권위고 전혀 찾아볼 수 없었다. 그런 건륭이 오늘은 자못 숙연하고 엄숙한 자세로 황후와 나란히 태후에게 인사를 올리고 있었다. 당아는 그런 건륭의 모습을 몰래 훔쳐보면서 가슴이 콩닥거리며 얼굴도 붉어졌다. 그녀는 자신의 모습을 감추기 위해 고개를 더 낮게 숙였다. 순간 그날 저녁의 뜨거웠던 정사장면이 주마등처럼 그녀의 뇌리를 스치고 지나갔다.

　그 사이 어느새 예배가 끝났다. 황후가 받쳐 든 술잔에 유호록씨가 찰랑찰랑 넘치도록 술을 따랐다. 황후는 그 술잔을 조심스럽게 건륭에게 건네줬다. 그러자 건륭이 땅에 엎드린 채 두 손으로 술잔을 높이 들고는 태후에게 받쳐 올렸다.

　"소자는 모친께서 술에 약하시다는 것을 압니다. 허나 오늘은 창밖에 만월도 휘영청 밝은 좋은 날입니다. 모친의 장수를 기원하는 의미에서 이 한 잔만은 비우셨으면 합니다."

"그럼, 그럼!"

태후가 희색이 만면한 채 술잔을 받아들더니 단숨에 잔을 비웠다. 그리고는 역한 술 냄새를 애써 삭히느라 잠깐 얼굴을 찡그렸다. 그러나 곧 자상한 미소를 지으면서 말했다.

"오늘은 달도 좋고 술도 맛이 있어요. 이 어미의 마음도 기쁩니다. 황제, 황후 그리고 모두들 그만 일어나세요. 이 늙은이의 눈치를 보지 말고 오늘은 즐겁게 놀도록 해요. 그래야 나도 마음 편히 앉아 있을 수 있지 않겠어요?"

태후가 말을 마치고는 건륭이 일어서기를 기다렸다. 이어 주위에 잔치를 시작하라는 명령을 내렸다. 그런 다음 건륭에게 말했다.

"오늘 음악은 예전과 달리 훨씬 듣기 좋은 것 같습니다."

건륭도 대답했다.

"태후마마께서 마음에 드신다니 소자는 마냥 즐겁기만 합니다. 장조가 만든 것입니다."

태후가 다시 말을 받았다.

"음, 선제 때의 뛰어난 인재라고 들었습니다. 듣자니 무슨 과오를 범했다 하던데, 아직 명예회복을 못한 상태입니까? 손자 녀석이 그러는데 궁중의 태감들이 그 사람을 우습게 알고 함부로 대한다는 것 같았습니다. 그래서는 아니 되는데……."

건륭은 무슨 얘기인지 몰라 잠시 어리둥절한 표정을 지었다. 그러다 황급히 엎드려 절을 하면서 말했다.

"어머님의 말씀이 천만번 지당하십니다. 예부 상서 정도는 거뜬히 해낼 수 있는 사람이니 소자가 내일 군기처 대신들과 의논해 결정하도록 하겠습니다."

건륭과 태후가 대화를 주고받는 사이 어느새 연회석 상차림이 거의 끝나가고 있었다. 준비된 요리들을 보니 평소 차려내던 잔치음식이 아니었다. 우선 태후 앞에 마련된 연탁筵卓(잔칫상)의 정중앙에는 일명 수산복해壽山福海라는 특별한 요리가 한 접시 놓여 있었다. 그 옆에는 얇게 저민 꿩고기와 양고기를 육수에 데쳐 먹는 요리가 있었다. 또 그 옆으로는 사슴꼬리볶음, 파채를 얹은 오리찜, 돼지고기 편육, 미역찜, 우렁이 소를 넣은 만두 등의 궁중요리가 즐비하게 차려지고 있었다. 그뿐이 아니었다. 식탁의 한쪽에는 "요리사 정이가 태후마마께 바칩니다"라는 글자가 적힌 종이쪽지가 붙어 있었다. 다른 상들 역시 태후의 상과 비슷하게 차려져 있었다. 그저 '수산복해' 요리를 뺀 다른 네 가지 요리가 오른 것이 다를 뿐이었다. 건륭이 좌중을 둘러보고 나서 입을 열었다.

"짐은 여기서 태후마마를 뫼시고 있을 테니 황후와 귀비는 짐을 대신해 연탁마다 돌아다니면서 술을 권하시오. 술 못하는 사람에게는 너무 무리하게 권하지 마시오."

황후 부찰씨와 귀비 유호록씨는 건륭의 말이 떨어지자 곧바로 일어났다. 이어 건륭과 태후를 향해 몸을 낮춰 예를 표하고는 아래로 내려갔다. 좌중의 고명부인들은 잔뜩 기대에 부풀어 있었다. 살면서 황후의 술을 받아 마시는 영광이 언제 또 있을 것인가! 그 때문인지 모두들 감격적인 순간을 기다리면서 흥분을 이기지 못하고 있었다. 드디어 황후가 앞자리에서부터 술을 따르기 시작했다. 술을 받아든 부인들은 황공해서 어쩔 줄을 몰랐다. 그들 중에는 술을 전혀 입에 대지 못하는 사람들도 수두룩했으나 이런 호사를 두 번 다시 누릴 수 없을 거라는 생각을 했는지 하나같이 술잔을 깡그리 비웠다. 드디어 당아의 차례가 돌아왔다. 주전자를 든 유호록씨가 의미심장하게 말했다.

"황후마마, 당아 아씨는 두 잔을 마셔야 마땅할 것이옵니다."

유호록씨는 의미심장한 말을 던져놓고 당아를 지그시 바라봤다. 그리

고는 뭐가 그리 우스운지 입을 막고 웃었다. 그러나 황후는 전혀 개의
치 않는 눈치였다.

"부항이 아직 돌아오지 않았으니 이 복수주福壽酒를 대신 마시는 것
이 좋겠네."

당아는 어쩔 수 없이 술을 두 잔이나 마셨다. 그러자 본래 술을 잘 하
지 못하는 그녀의 얼굴이 순식간에 벌겋게 달아오르고 가슴도 콩닥거
리는 듯했다. 그러나 그녀는 황후가 다른 상으로 옮겨 간 틈을 타서 발
갛게 달아오른 볼을 감싸 쥔 채 상석을 몰래 훔쳐보는 것을 잊지 않았
다. 순간 때마침 당아 쪽을 바라보던 건륭과 눈길이 딱 마주쳤다. 그녀
는 술을 한 잔씩 걸친 여인들의 목소리가 점차 높아지는 틈을 타서 몰
래 밖으로 나왔다.

그때 건륭은 태후의 비위를 맞춰주면서 계속 같이 술잔을 홀짝였다.
그러다 당아의 빈자리를 발견하고는 태후를 향해 말했다.

"어마마마, 오늘 저녁 급히 처리해서 병부로 넘겨야 할 주장이 있습니
다. 아직 주비를 달지 못했습니다. 황후와 귀비가 소자를 대신해 모셔
도 괜찮겠습니까?"

"그럼, 그럼. 뭐니 뭐니 해도 정무가 우선이어야 하죠. 여기는 염려 마
시고 가보세요."

태후는 여전히 싱글벙글 웃고 있었다. 기분이 무척이나 좋아 보였다.
건륭은 권주에 여념 없는 황후와 유호록씨를 힐끔 바라보고는 서둘러
궁전을 나섰다.

27장

기막힌 불륜

건륭이 서둘러 밖으로 나오자 나이 지긋한 태감인 위약魏若이 이미 기다리고 있었다. 그는 건륭과 당아 두 사람 사이를 아는 몇 안 되는 태감들 중 한 명이기도 했다. 건륭은 가볍게 고개를 끄덕여 보이고는 위약과 함께 자녕궁을 벗어나 수화문 앞에 이르렀다. 그러자 고무용이 모습을 나타냈다. 위약은 미리 약속이 돼 있었는지 바로 되돌아갔다. 그 다음부터는 고무용이 건륭을 모시고 수화문에서 대각선 방향에 있는 함약관咸若館으로 향했다. 그곳은 먼 곳에 사는 태후의 친정에서 사람들이 나들이를 올 때마다 머물다 가던 곳이었다. 때문에 까다로운 규제가 거의 없었다. 남쪽에는 자녕화원慈寧花園이라는 자그마한 화원도 있었다. 건륭은 당아와 가까운 사이가 되자 그곳을 대대적으로 보수했다. 또 그곳을 담당하는 태감들도 두 사람 사이를 잘 아는 믿음직한 이들로 물갈이했다. 그렇게 해서 두 사람 사이는 공공연한 비밀이었으나 밖으로

새나가지는 않았다. 건륭이 함약관으로 들어서자마자 다그쳐 물었다.

"그 사람은 어디 갔나?"

어린 태감이 즉각 대답했다.

"폐하, 관음정觀音亭에서 향을 사르고 계시옵니다."

건륭은 알겠노라고 고개를 끄덕이고는 바로 자녕화원 한가운데 있는 관음정으로 발걸음을 옮겼다. 달빛이 휘영청 밝은 정자 앞에서 당아가 두 손을 모은 단아한 자태로 뭔가를 중얼거리면서 기도를 하고 있었다. 건륭은 발걸음을 멈추고 살며시 귀를 기울였다. 당아는 자신의 죄를 실토하고 있었을 뿐 아니라 멀리 있는 남편의 안녕을 기원하면서 "황은이 호탕하고 은택이 춘풍 같다"는 요지의 말을 하고 있었다. 건륭이 다가갔다.

"지금 우리가 '춘풍 같은 은택'을 논할 때인가?"

사실 당아는 인기척을 듣고 건륭이 온 것을 알고 있었다. 그러나 내색을 하지 않고 조용히 기도를 마쳤다. 그런 다음 옥관음상 앞에서 머리를 세 번 조아리고 일어났다. 그녀는 건륭을 향해 몸을 낮춰 인사하고는 애교 섞인 목소리로 나무라듯 말했다.

"지금 우리 모두를 위해 진지하게 기도드리고 있사온데 폐하께서는 어찌 그런 농을 하십니까!"

건륭은 피식 웃으면서 더 이상 말을 하지 않았다. 그저 당아의 자그마한 두 손을 꼭 잡아 자신의 손바닥 위에 올려놓았을 뿐이었다. 잠시 후 두 사람은 팔짱을 끼고 달빛이 교교한 화원을 거닐기 시작했다.

달빛이 부드럽게 내려앉는 화원은 마치 은가루를 듬뿍 뿌려놓은 듯 몽환적이었다. 포근한 이불속처럼 아늑하기도 했다. 게다가 날씨는 한겨울의 추위가 전혀 실감나지 않을 정도였다. 계절이 계절인지라 꽃과 잎은 보이지 않았다. 짙은 녹색의 키 낮은 송백들만 '만'卍자 형태의 산책

로를 만들고 있을 뿐이었다. 두 사람은 서로 다정하게 기댄 채 천천히 걸음을 떼어놓았다.

건륭은 사랑하는 여자와 함께 은쟁반 같은 보름달을 바라보자 마치 속세를 벗어난 것 같은 착각을 느꼈다. 그는 정겨운 눈빛으로는 당아를 지그시 바라봤다. 당아가 그런 건륭의 마음을 아는지 모르는지 갑자기 고개를 숙이고 한숨을 지었다. 건륭이 그 까닭을 묻기도 전에 당아가 먼저 입을 열었다.

"폐하."

"말해보게."

"여인네들은 하나같이 운명이 기구한 것 같사옵니다."

"자네는 예외네. 나를 만났으니 말이야."

"앞으로가 걱정이옵니다. 남편이 눈치를 채기라도 하면……."

"그 사람이 눈치를 챈들 뭘 어쩌겠나? 그리고 짐의 어지가 없이는 돌아올 수도 없네."

"……"

당아가 살며시 건륭의 손을 뿌리쳤다. 이어 고개를 돌리더니 눈물을 닦아냈다. 그리고는 잠시 동안 아무 말도 하지 않았다. 그러자 건륭이 부드럽게 그녀의 어깨를 감싸 품속으로 끌어안았다. 그리고는 두 손으로 당아의 백옥처럼 말쑥한 얼굴을 받쳐 올리면서 말했다.

"달빛 아래에서 미인을 보니 혼이 다 녹는 것 같군!"

"외모가 혼을 녹이면 뭘 하겠사옵니까. 여자가 일부종사一夫從死를 못하고 이렇게 문란한 짓을 하고 다니는데……. 저는 용서받지 못할 죄인이옵니다."

건륭이 수심에 잠긴 당아의 이마에 뜨거운 입술을 갖다 댔다. 그리고는 그녀를 더 꽉 끌어안았다.

"짐이 자네를 아끼는 한 자네는 그 어떤 죄책감도 가질 필요가 없네. 짐은 황제의 권력으로 자네를 억지로 소유하려는 것이 아니네. 일개 열혈남아로서 순수하게 여자인 자네를 좋아하는 것뿐이네. 짐은 정정당당하게 자네의 머리를 올려줄 수 없으나 자네가 그 어떤 상처도 받지 않도록 최선을 다해 보살필 거네."

당아가 촉촉하게 젖은 두 눈을 들어 건륭의 준수한 얼굴을 바라봤다. 이어 그의 넓은 품에 살포시 기댄 채 흐느끼듯 말했다.

"폐하……, 회임을 한 깃 같사옵니다."

"뭐라고?"

건륭이 놀라움과 기쁨에 외마디 비명을 토했다. 이어 당아의 얼굴을 번쩍 쳐들고 다그쳐 물었다.

"자네가 진짜…… 짐의 아이를 잉태했다는 말이지? 왜 진작 말하지 않았는가? 이렇게 기쁜 일이! 그래 사내아이인가?"

건륭은 말을 마치기 무섭게 스스로도 너무 황당한 질문을 했다는 사실을 깨달은 듯했다. 그는 실소를 머금으면서 말을 이었다.

"분명 사내아이일 거네. 자네는 남자를 끌어들이는 마력이 있으니 말이네."

건륭이 말을 마치기 무섭게 다짜고짜 당아를 끌고 함약관의 동쪽 별채로 들어갔다. 들어서자마자 당아를 번쩍 안아 침대 위에 반듯하게 눕혔다. 이어 차가운 손을 부지런히 비벼 따뜻하게 녹인 다음 비단처럼 부드러운 당아의 아랫배를 쓰다듬으면서 물었다.

"그래 아기를 잉태했다는 사실은 언제 알았나?"

건륭의 손은 점점 더 깊은 곳으로 미끄러져 내려갔다. 그러자 당아가 그 손을 살며시 밀어내면서 눈을 흘겼다.

"이제부터는 조심하셔야 하옵니다. 아기가 놀라면 큰일이옵니다. 두

달째 달거리도 없고 신 음식만 눈앞에 삼삼하니 회임이 분명하지 않겠
사옵니까?"

그녀의 목소리는 마치 여름날 아침 집 앞 나뭇가지 위에서 재잘대는
참새소리 같았다. 부지런히 움직이는 도톰한 입술은 살짝 깨물면 단물
이 톡 터질 것만 같았다. 건륭은 여자의 몸 위에 자신의 몸을 포개면서
우박 같은 입술세례를 마구 안겼다.

"아들이 태어나기 전 마지막으로 자네를 안는 거네. 걱정 말게, 내일
사람을 시켜 보약을 보낼 테니……"

"그 사람을 빨리 불러와야겠사옵니다. 더 지체했다가는 들통이 나기
십상이옵니다."

당아가 한바탕 뜨거운 운우지정을 나누고 난 뒤 옷을 입으면서 말했
다. 건륭 역시 이마에 흥건한 땀을 닦아내면서 웃음 머금은 어조로 말
했다.

"그건 짐이 이미 생각해 두었네. 내일 아침 어지를 내릴 것이니 걱정
하지 말게."

언제부터 울렸는지 건넌방의 자명종이 마지막 울음을 끝내고 있었다.
몇 시쯤 됐는지는 알 수가 없었다. 건륭이 말했다.

"아이 이름은 짐이 지어줄 것이니 그리 알게. 자네는 아무 일 없었던
것처럼 연회 장소로 돌아가게. 짐은 일단 군기처로 가 봐야 하니 일을
끝내고 시간이 나면 그리로 갈 것이네."

건륭은 당아가 떠나자마자 바로 군기처로 향했다. 마침 눌친이 당직이
었다. 그가 눌친에게 말했다.

"주량이 시원찮아 도망쳐왔네. 차 한 잔 진하게 끓여 내오게."

눌친은 건륭이 이 시간에 군기처로 나올 줄은 꿈에도 몰랐던 듯 당황
한 기색이 역력했다. 그래도 부랴부랴 자신이 마시던 용정차龍井茶를 한

잔 끓여내는 기민함은 잊지 않았다. 그가 찻잔을 두 손으로 공손히 받쳐 올리면서 조심스레 여쭈었다.

"폐하께서 술자리를 피해 오신 줄 모르고 신은 또 긴요한 어지가 계신 줄로 알고 있었사옵니다."

"물론 어지도 내려야지."

건륭은 차라리 잘 됐다는 생각이 들었다. 사실 내일 어지를 내린다면 깐깐한 장정옥이 꼬치꼬치 캐물을 것이 분명했다. 그럴 바에는 차라리 지금 눌친에게 말하는 편이 더 나을 것 같았다. 그가 미소를 머금은 채 말했다.

"날이 밝자마자 부항에게 긴급 어지를 전하게. 곧 귀경하라고 말이네."

눌친은 건륭의 말을 듣고 깜짝 놀랐다. 느닷없이 밤에 찾아와 부항을 불러들이라고 하니 무슨 영문인지 알 수가 없었던 것이다. 그가 조심스런 표정을 지었다.

"부항은 현재 남경에 체류 중이옵니다. 며칠 전에 주청을 올리지 않았사옵니까. 남경에서 부항에게 얻어맞고 산으로 잠입한 사교 일당이 일지화 잔여 세력들과 합류해 모반을 꾀하고 있다고 말이옵니다. 부항이 직접 친병들을 인솔해 토벌하겠다고 하니 폐하께서 그걸 윤허하신다는 내용의 주비를 발송하시지 않았사옵니까. 그게 불과 며칠 전의 일인데 돌연 북경으로 돌아오라고 한다면 그 이유를 충분히 밝혀야 할 줄로 아옵니다."

"글쎄……."

건륭은 일순 답변이 궁해졌다. 당연히 진짜 '이유'는 밝힐 수 없었다. 그러나 뭔가 궁색하지 않을 정도의 이유는 있어야 했다. 그는 한참 동안이나 생각에 잠겼다가 천천히 입을 열었다.

"북경에 시급히 처리해야 할 큰 사안이 있네. 부항이 귀경하면 이 사건을 그에게 맡겨 처리하게 하고 그 다음 산서로 파견할까 하네. 산서쪽에도 표고도인이라는 자의 사교가 기승을 부린다더군. 그곳 관리들의 일처리 상황도 살펴볼 겸 겸사겸사 보내야겠네."

건륭은 대충 얼버무렸다. 그러고 나니 스스로도 뭔가 석연찮은 느낌이 들었지만 딱히 꼬투리 잡힐 만한 것도 없다고 자위했다. 그러나 눌친은 건륭의 지시가 선뜻 이해가 되지 않았다.

'아니 '일지화'라는 사교를 토벌하기 위해 남경에 머물러 있는 부항을 불러들여 수천 리 밖의 산서로 다시 파견한다고? 그것도 다른 일도 아니고 표고도인의 사교 무리를 토벌하기 위해서라고?'

눌친의 입장에서는 아무리 생각해도 건륭의 말이 이해가 되지 않았다. 그러나 더 캐물을 수는 없었다. 황제가 갑자기 어지를 내린 것은 다 그만한 이유가 있기 때문이라고 생각하는 수밖에 없었다. 그가 황급히 허리를 깊숙이 숙이면서 대답했다.

"폐하의 뜻이 분명하오니 신이 곧 문서를 작성해 내일 육백리 긴급서찰로 어지를 발송하도록 하겠사옵니다. 그리고 한 가지 폐하께 상주하고자 하옵니다. 방금·보군통령아문에서 보낸 보고서에 의하면 산서성 포정사 유강이 양봉협도에 있는 감옥에 하옥됐다 하옵니다. 신은 그가 어쩌다 그 지경이 됐는지 이해할 수 없사옵니다. 장정옥과 악이태 두 군기대신에게 알려야 하는지도 알려주시옵소서. 또 유강의 자리에 누구를 보내야 하는지도 알고자 하옵니다."

건륭이 자녕궁으로 돌아가려고 일어서다 말고 대답했다.

"그게 바로 짐이 방금 말했던 '시급히 처리할 큰 사안'이네. 유통훈은 이러저러한 사건 처리에 능하기 때문에 이 사건을 유통훈에게 맡긴 거네. 그리고 이 사건은 형사 사건에 속하는 만큼 군기처에 보고할 필요는 없겠네. 장정옥과 악이태에게는 간단히 상황을 설명하고 장친왕에게 아뢰어서 처리하도록 하게. 유강의 후임으로는 만주족을 보냈으면 좋겠네."

말을 마친 건륭은 곧바로 군기처를 떠나 태후가 있는 자녕궁으로 향했다.

부항은 귀경하라는 긴급 어지를 받아드는 순간 황당하기 짝이 없었다. 아직 할 일이 많이 남은 사람을 갑자기 술직述職하라면서 북경으로 불러들이다니……, 도대체 이게 웬일이라는 말인가? 더구나 강서와 복건 두 성은 아직 둘러보지도 못한 상태였다. 어디 그뿐인가. 도적을 소탕하는 것이 이유라면 그 멀리 산서로 갈 것도 없었다. 가까운 강서에도 도둑떼가 우글거리고 있지 않는가! 부항은 강소와 절강에 반년 동안 머물면서 수해 현장을 비롯해 수로공사아문과 무기고 등으로 그야말로 발뒤축이 땅에 닿을 새도 없이 바쁘게 돌아다녔다. 그런데 맡은 일을 채 끝내지도 못했는데 갑자기 귀경하라니? 그는 그저 어안이 벙벙할 뿐이었다.

그에 반해 현지 관리들은 그 소식을 듣고 환호작약했다. 무거운 등짐을 내려놓은 것이 그럴까 싶을 정도로 홀가분했던 것이다. 그 때까지 그들은 다람쥐 쳇바퀴 돌듯 매일 반복되는 일상에도 지칠 줄 모르고 열정을 불사르는 국구國舅를 시중드느라 이미 기운이 빠질 때로 빠져 있었다. 순무 윤계선 역시 부항이 하루빨리 떠나기를 바라는 사람들 중의 한 명이었다. 이날 그는 장군 아합雅哈과 함께 부항의 흠차 행원行轅을 방문했다. 이어 명문망족 출신답게 뛰어난 문장 실력 못지않은 입담을 쏟아냈다. 그가 그렇게 석별의 정을 아쉬워하는 말을 한가득 늘어놓자 부항이 면박을 줬다.

"윤 중승, 그대는 입에 침이나 좀 발라가면서 말하게나. 내가 그대 마음을 모를까? 우리 두 사람 사이에는 아무 문제가 없으나 다른 관리들은 모두 나를 하루라도 빨리 내쫓지 못해 안달이지 않은가. 하기야 손님이 가야 주인이 편하다는 말도 있지. 아무튼 나는 오늘 저녁 떠날 거네. 윤태 어르신에게 전할 말이 있으면 얘기하게."

윤계선과 아합 둘은 부항의 그 말에 씩 하고 웃고 말았다. 곧이어 아합이 먼저 입을 열었다.

"방금 우리 두 사람이 길에서 상의를 마쳤습니다. 저의 어머니인 열넷째화석공주和碩公主의 육순 생신이 머지않습니다. 몇몇 젊은 황고들이 필히 인사를 드리느라 찾아올 텐데 마땅한 답례품도 없고 해서 황금 백 냥으로 금비녀 칠십 개를 만들었습니다. 여섯째어르신께서 가시는 길에 좀 가져다 주셨으면 합니다. 그리고 여섯째어르신께서 육로를 택하셨다니 윤 중승께서 복귤 열두 상자를 낙타에 실어 보내겠다고 합니다. 저희가 강 너머로 보내드린 다음 건너편에서 조촐한 송별연을 베풀어드리면 되지 않겠습니까?"

아합의 말이 끝나기 무섭게 윤계선도 거들었다.

"염치없지만 또 한 가지 부탁드리고 싶은 게 있습니다. 금비녀 얘기가 나오지 않았더라면 깜빡할 뻔했습니다. 여섯째어르신께서는 조설근, 늑민, 하지 등 몇몇 문우들이 대단한 재주꾼들이라고 칭찬을 아끼지 않으셨죠. 그래서 저는 속으로 흠모해온 지 오래됐습니다. 이번에 귀경하시면 내년 회시 때까지 시간적 여유가 있으실 테니 모두들 이리로 놀러 다녀가라고 전해주십시오. 여기서 잘 대접하고 있다가 때가 되면 제가 다시 북경으로 무사히 보내드릴 거라고 전해주세요. 음……, 노자는 우리 집의 영감님에게……."

윤계선이 잠시 말을 머뭇거리자 부항이 바로 그의 말허리를 툭 잘랐다.

"아이구, 언제나 김칫국은 잘 마시는구먼. 자네의 그 손 큰 아버지께 노자를 부탁한다고? 말이 되는 소리를 하게. 자네는 내가 그 사람들의 노자를 챙겨주지 않을까봐 걱정인가?"

부항의 말에 그를 포함한 윤계선, 아합은 그만 파안대소하고 말았다. 부항은 그날 저녁 바로 남경을 떠났다.

부항 일행이 북경에 도착했을 때는 2월 초순이었다. 그는 북경 땅을 밟자 말로는 표현 못할 묘한 기분을 느꼈다. 흥분되면서도 어쩐지 무거운 기분이었다.

그는 황하를 건너면서 뱃사공에게 요즘에도 도둑떼가 창궐하느냐고 물은 바 있었다. 그때 뱃사공은 잘 모르겠다면서 도리질을 했다. 다만 뱃사공의 말에 의하면 여량산呂梁山 쪽에서 표고도인이라는 자가 조정의 친병들과 대적하고 있는 것 같기는 했다. 부항은 그 말을 듣고 석가장이라는 곳에서 표고도인 일행과 만났던 일을 생각해냈다. 비록 짧은 만남이기는 했으나 연연의 풋풋한 미소는 그에게 강렬한 인상을 남겼다. 순간 그는 한 가닥 무명실 위에서 물 찬 제비처럼 검을 휘두르던 그녀의 모습이 눈앞에 삼삼하게 떠올랐다. 길게 대화를 나누지는 못했지만 가을호수처럼 맑은 그 눈빛은 아무리 잊으려고 해도 잊을 수가 없었다. 만약 자신이 친히 병사들을 이끌고 그들과 접전을 벌인다면 어떤 광경이 벌어질 것인가? 부항으로서는 가능하면 피하고 싶은 대결이었다. 연연을 보고 싶기는 했으나 그런 방식으로 만나는 것은 결코 원치 않았다.

그에 반해 오할자는 표고도인이라는 말에 기뻐서 어쩔 줄을 몰라 했다.

"이번에 산서로 나가시게 되면 꼭 소인도 데리고 가 주십시오. 과연 표고도인이 틀림없다면 한번 제대로 붙어보고 싶습니다."

오할자는 확실히 남의 속도 모르는 것이 분명했다. 그저 자신의 웅심만 머릿속에 가득했다.

노하역은 북경으로 들어가는 마지막 역참이었다. 원래 흠차들은 귀경한 뒤에도 황제를 알현하지 않고는 집으로 돌아갈 수 없었다. 그러나 부항의 집 식구들은 어디에서 소식을 접했는지 용케 노하역까지 영접을 나왔다. 당아 역시 몇 십 명의 남녀 가인들을 데리고 역관 밖의 돌사자 옆에서 기다리고 있었다. 드디어 부항의 대교가 내려앉았다. 이어 가마에서 내리는 부항의 모습이 보였다. 가인들이 일제히 무릎을 꿇고는 문안인사를 올렸다. 당아 역시 몸을 낮춰 예를 갖췄다. 부항이 그리 싫지 않은 듯 말했다.

"됐네, 그만들 하게. 곧 들어갈 텐데 극성은! 폐하께서 아시면 '국구가 되어서 좋은 모범을 보인다'고 하시겠군! 남들 눈에 띄면 좋을 것 없으니 다들 돌아가게."

부항은 말을 마치고 당아에게 시선을 돌렸다. 그러나 미소를 지으면서 바라만 볼 뿐 별다른 말은 없었다. 당아는 부항이 가마에서 내려서는 순간까지도 가슴이 콩닥거렸으나 부항의 미소를 보고는 그제야 마음이 조금 진정되는 듯 했다. 부항은 관복 대신 여우 털을 안쪽에 댄 양가죽 장포를 입고 있었다. 겉모습은 떠날 때와 별반 다를 바 없었다. 그러나 어딘가 모르게 더 성숙해지고 풍류가 넘치는 것 같았다. 부항이 가인들을 돌려보내는 것을 보면서 당아가 눈웃음을 치며 말했다.

"오랜만에 돌아오는 주인이 반가워 마중이라고 나왔는데 그렇게 쫓아내면 어떡해요? 큰 죄를 지은 것도 아닌데 폐하께서 설마 크게 나무라시기야 하겠어요? 준비해온 음식으로 간단히 환영식을 치른 다음 돌아갈 테니 걱정 붙들어 매세요."

당아가 말을 마치고는 바로 아랫사람들에게 분부했다.

"음식을 역관으로 가져다 상을 차리게. 이봐 장씨, 역관 사람들에게 은자도 조금 쩔러줘야 군소리가 없지 않겠나!"

"여인네들은 정말 못 말리겠군."

부항이 당아의 고집에 어쩔 수 없다는 듯 역관으로 들어갔다. 가인들은 그제야 술과 음식을 나르느라 부산을 떨었다. 당아는 그 틈을 놓치지 않았다.

"따뜻한 방으로 가서 먼저 옷을 좀 갈아입어야겠어요. 검은색 옷이라 방금 전까지는 몰랐는데 이제 보니 먼지가 많이 묻었어요."

낭아가 손에 들고 있던 자그마한 옷 보자기를 부항에게 넘겨주면서 재촉을 했다. 그러자 부항이 여전히 웃음 띤 얼굴로 나지막이 말했다.

"솔직히 말해 봐. 옷을 갈아입히는 것이 목적이 아니라 홀랑 벗은 내 몸을 보고 싶어 그러는 거지?"

부항이 다짜고짜 당아를 껴안더니 수염이 더부룩한 얼굴을 마구 비벼 댔다. 그러자 당아가 황급히 밀어내면서 얼굴을 붉혔다.

"보는 눈이 얼마나 많은데 체통 없이 왜 이래요? 생리 때문에 짜증스러워 죽겠구먼. 내일까지는 참아야 할 거예요. 밖에서 실컷 놀았으면서 돌아오자마자 사람을 잡으려고 하다니요!"

부항은 당아의 그런 앙탈이 싫지가 않았다.

"남자라고 밖에서 그 짓만 하고 다니는 줄 알아? 명색이 흠차야. 가는 곳마다 수십 쌍의 눈이 감시하는데 어디서 여자를 만나? 손오공이라도 여색을 훔치지 못했을 거야!"

건륭은 이튿날 신시에 건청궁에서 부항을 접견했다. 부항은 오는 길 내내 속으로 수십 번 연습했던 대로 군정, 민정, 이재민 구제 상황 등 세 가지 문제에 대해 거의 두 시간 동안이나 장광설을 늘어놓았다. 그리고는 끝부분에 약간의 얘기를 덧붙였다.

"폐하의 관대한 정치는 가장 민의에 부합되는 방략임에 틀림없사옵니다. 초야의 백성들은 말할 것도 없고 그 유명한 공위龔煒(당대의 학자)까지 폐하의 정치를 칭송하는 글을 썼다고 하옵니다. 물론 폐하의 혜택을 적게 받는 지역도 있사옵니다. 그러나 그런 지역들도 지방관에게만 불만이 있을 뿐 폐하에 대한 불만은 없었사옵니다. 신의 어리석은 생각이지만 폐하의 은택이 초야에 골고루 뿌려지지 못한 것은 백성들의 어버이인 지방관들의 책임이라고 생각되옵니다. 그러하오니 조정에서 수시로 사람을 파견해 민생 현장을 감독해야 할 것으로 생각하옵니다. 선제 때는 산동, 섬서, 강서 등지에서 민란이 일어날 때마다 수만 명의 백성들이 우르르 합세하곤 했다고 하옵니다. 하오나 건륭 원년 이후부터는 나쁜 세력들의 선동에 넘어가는 백성들이 많아야 수백 명에 불과하다고 하옵니다. 그나마 지방관이 엄포를 놓으며 단속하면 뿔뿔이 흩어지고는 한답니다. 폐하의 관대한 정책과 애민 정책이 벌써부터 꽃피우고 열매 맺기 시작했다는 방증이 아닌가 하옵니다."

보고를 올리는 부항의 얼굴에는 자신감이 넘쳐흘렀다. 건륭은 장시간 동안 앉아 있었던 탓에 무거워진 몸을 조금 움직이고 나서 다시 자세를 똑바로 하고 부항에게 말했다.

"공위라면 강소성 곤산昆山 지역에서 활동하는 초림산인剿林山人을 말하는 것인가? 누군가 강요한 거겠지."

그러자 부항이 강하게 부정을 했다.

"아뢰옵니다, 폐하. 이 일은 아래에서 보고 올라온 것이 아니옵니다. 신이 문인들을 좋아하지 않사옵니까. 그래서 곤산 지역을 지날 때 미복차림으로 그의 집을 방문했사옵니다. 그의 집에서 우연히 일기장을 발견하고 펼쳐봤더니 그 속에 폐하를 칭송하는 글이 적혀 있었사옵니다."

부항이 말을 마치자마자 작게 접은 종이쪽지 하나를 꺼내 두 손으로 받쳐 올렸다. 건륭은 부항의 섬세한 마음 씀씀이에 무척 만족스러워하면서 쪽지를 받아 펴봤다. 과연 그것은 한편의 일기였다.

건륭 원년 2월 8일, 구름 한 점 없이 맑은 날씨.
조서를 읽어봤다. 폐하께서 올해 전국의 전량 납부를 면제해주신다고 한다. 백성들은 환호성을 지르고 있다. 모처럼 사방 천지에 즐거운 기운이 가득한 것 같다. 이것이야말로 진정 조정과 백성이 함께 더불어 사는 세상이 아니겠는가. 새로 즉위한 황세가 관대한 징치를 정책 기조로 삼는다고 하니 나 같은 소인은 큰 짐을 부려놓은 것처럼 홀가분하다. 올해 풍작까지 든다면 그야말로 금상첨화일 텐데……. 그리 된다면 창생들은 그 무엇을 더 바랄까. 주군의 성은에 달리 보답할 길은 없고 그저 향을 사르고 탁주 한 잔을 올려 주군의 만세무강을 기원할 수밖에 없구나.

종잇장을 쥔 건륭의 손이 가늘게 떨렸다. 초림산인 공위는 대대손손 문필로 이름을 날린 집안의 자손이자 강소성江蘇省 일대 귀족으로 유명한 황黃씨 집안의 사위였다. 시문, 경서와 역사서에 두루 통달하고 악기에도 재능이 있어 자타가 공인하는 재주꾼이었다. 그래서 '공굴원'龔屈原이라는 별명으로 불리기도 했다. 그러나 운이 좋지 않은 탓인지 번번이 과거시험에는 낙방했다. 옹정조차 그의 낙방을 두고 "공위가 낙방한 것은 시험 운이 안 좋은 탓도 있으나 재상의 책임도 크다"고 했을 정도였다. 초야에 묻혀 지내는 불세출의 문인이 새로 즉위한 황제에 대해 그런 칭송의 글을 썼으니 건륭은 내심 흥분을 금치 못했다.
"자네, 이번에 짐의 기대를 저버리지 않고 잘하고 왔네. 자네가 현지에서 올려 보낸 주장들은 다 읽어봤네. 한낱 미사여구나 공론에 그치지 않고 백성들의 입장에서 짐의 정치에 대해 요점만 딱딱 짚어 평가한 것에 대해 높은 점수를 주고 싶네. 노작이나 장유공을 비롯해 짐이 파견해 보낸 다른 흠차들도 맡은 바 임무에 충실하고 있네. 허나 앞일을 멀리 내다보는 선견지명을 따진다면 그들은 자네에게 한참 못 미치는 것 같네. 자네는 짐의 신하로서 실로 대단한 재능을 지니고 있네."

건륭이 부드러운 눈매로 부항을 바라보면서 말했다. 부항으로서는 황제로부터 처음 듣는 극찬이었다. 그는 얼굴이 벌겋게 달아올라 저도 모르게 연신 머리를 조아렸다. 건륭이 그런 부항을 향해 다시 입을 열었다.

"관대한 정치에 길들여진 사람들이 엄한 규제에 적응하려면 힘들어도 그 반대의 경우는 쉬울 거라고 다들 생각하나 사실 그렇지도 않다네. 당사자가 아니고서는 그 이유를 알 수 없지. 느슨함과 엄격함이 적당히 아귀가 맞아 돌아갈 때 정국은 비로소 안정을 찾을 수 있다네. 이는 지극히 알기 쉬운 이치라고 할 수 있지. 그런데 왕사준처럼 비루한 자들은 짐의 관대한 정치를 곡해하고 짐에게 불효의 죄명을 뒤집어씌우려고 하지 않는가. 짐을 보좌하고 있는 노신들 중에는 폭정을 경험했거나 폭정을 직접 시행한 사람들도 있네. 그중의 일부는 또 그것을 통해 승진하고 재물을 모아왔지. 그 사람들은 짐이 관대한 정치를 정책기조로 삼는 것을 두려워한다네. 또 어떤 관리들은 관리라는 것에 대해 윗사람에게 아부하고 백성들을 압제하는 사람이라는 인식을 가지고 있지. 짐은 이런 부류들을 관대하게 대할 수 없네. 자네는 짐의 의중을 제대로 헤아린 몇 안 되는 신하들 중 한 사람일세. 이번에도 '국구'라 해서 강경 일변도로 나가지 않고 적당히 풀어주고 적당히 조이면서 일을 잘한 것 같네. 현지에서 특별한 원성을 사지 않고 특별한 사고를 치지 않은 것만 해도 대단한 거네."

건륭의 칭찬은 끝없이 이어졌다. 부항이 황송한 표정으로 상체를 깊숙이 숙였다.

"이번에 신은 폐하께서 주창하시는 '인仁'에 입각해 너그러움과 엄격함, 당근과 채찍을 병행하는 '중용의 도'를 실천하기 위해 노력했사옵니다. 다만 신의 우매함으로 인해 시행착오도 적지 않았다는 점이 매우 유감스럽사옵니다."

"자신의 부족함을 아는 사람이 상상인上上人(사람 위의 사람이라는 뜻으로 지혜와 덕목을 두루 갖춘 사람)이 아니겠는가."

건륭이 다시 말을 이었다.

"자네는 태호太湖에서 수군을 훈련시키면서 군기를 바로잡기 위해 열여덟 명의 장령을 참수했었지. 허나 자네는 그들의 군심이 그토록 흐트러진 이유를 생각해본 적이 있나? 짐의 생각에는 의식주가 제대로 해결되지 못한 것이 가장 큰 이유 같네. 물론 군기를 엄정하게 세우기 위해 때로는 장령의 목을 치는 일도 불가피하겠지. 그러나 자네는 군기가 흐트러진 근본 이유를 모른 채 임시방편으로 사람을 죽였네. 그 점은 짐의 책망을 받아 마땅하네."

"예, 폐하. 폐하의 훈육을 가슴깊이 새기겠사옵니다."

부항이 잘 알겠다는 듯 말하면서 고개를 숙였다. 이어 조심스럽게 화제를 돌렸다.

"신을 산서성으로 보내 표고도인의 반란을 평정하기로 결정하셨다고 들었사온데 언제쯤 떠나야 하옵니까?"

건륭이 대답했다.

"서두를 것은 없네. 사실 산서와 강소 일대의 도둑떼들은 현지의 힘으로도 충분히 섬멸할 수 있네. 그럼에도 짐이 굳이 자네를 파견하려는 이유를 알겠는가? 요즘 같은 태평성세에 문인들은 실력이 일취월장하는 반면 무장들은 갈수록 예기가 무뎌지고 있네. 설상가상으로 뒤를 이을 후계자도 찾기 힘든 형국이네. 특히 유장儒將(문관 출신의 장수)을 발굴하기는 하늘의 별 따기네. 그러니 서부 대소금천, 준갈이 등지에서 언제 전사가 발발할지 모르는 현 시점에 자네와 같은 훈신 자제들이 실전 경험을 쌓고 용맹을 발휘해야 하지 않겠는가. 장광사의 부대가 이미 여량산 타타봉駝駝峰의 식량 운송 도로를 막아버렸다고 하더군. 한동안 그 자들의 배를 쫄쫄 굶겨 기진맥진하게 만든 다음 자네를 투입해도 늦지 않을 걸세. 자네는 열흘이나 보름 뒤에 출발하도록 하게."

부항은 건륭이 자신을 전쟁터의 거목으로 키우려 한다는 것을 예전부터 어렴풋이 짐작은 하고 있었다. 그런데 막상 그 말을 건륭의 입으로 직접 듣게 되자 기분이 남달랐다. 그는 크게 의외라는 반응을 보이면서 잔뜩 격앙된 목소리로 아뢰었다.

"신은 어릴 때부터《성무기》聖武記를 읽으면서 옛날의 명장 주배공周培公을 흠모해마지 않았사옵니다. 솔직히 신은 우리 만주족 자제들 중에 이분처럼 다재다능한 인재가 없다는 것이 내심 안타까웠사옵니다. 신이 소싯적 꿈을 향해 매진할 수 있도록 폐하께서 배려해 주시니 저에게는 무한한 황은이 아닐 수 없사옵니다. 신은 이 강산과 사직을 지키는 전쟁터에서 젊음과 혈기를 유감없이 불태울 수 있도록 노력하겠사옵니다."

건륭이 묵묵히 고개를 끄덕였다.

"짐도 만주족 자제들 중에서 누군가 이 같은 말을 해 주기를 고대해왔네. 황귀비 유호록씨의 남동생 고항高恒도 장래가 촉망되는 젊은이이니 그를 자네 대신 남경에 파견할 생각이네. 고항에게는 문인의 재능을 발휘하도록 만들 것이니 자네는 자네 뜻대로 전장에서 위용을 뽐내보도록 하게. 며칠 내에 어지를 내릴 것이니 그 동안 집에서 푹 쉬도록 하게. 짐과 이 나라는 열심히 노력하는 사람을 홀대하지 않을 것이네."

"성은이 망극하옵니다!"

부항은 거듭 머리를 조아렸다. 이윽고 고개를 들고 일어났다. 아니나

다를까, 그의 얼굴에는 눈물이 가득했다. 하지만 감히 눈물을 닦을 엄두도 못 내고 뒷걸음질을 치면서 물러났다.

그렇게 집으로 돌아온 부항은 넋을 잃은 사람처럼 멍하니 앉아 있었다. 사정없이 격동하는 가슴은 도무지 진정될 기미를 보이지 않았다. 당아는 그런 부항의 모습을 처음 보는 터였다. 그래서 몇 번이고 어찌된 영문인지 물어보려고 했으나 참을 수밖에 없었다. 그럼에도 건륭이 도대체 무슨 얘기를 했기에 멀쩡하던 사람이 저렇게 정신 줄을 놓았는지 궁금해서 미칠 것만 같았다. 하지만 아무렇지 않은 척 여전히 그림 그리던 붓을 그대로 놀리면서 잠자코 있어야 했다. 한참 뒤 부항이 갑자기 장탄식을 토해냈다. 당아는 깜짝 놀랐으나 애써 웃음을 지으면서 말했다.

"무슨 한숨을 그리 쉬나요? 폐하께 무슨 쓴소리라도 들으셨나요? 도대체 무슨 일인지 속 시원하게 털어놔야 같이 고민하든 대책을 마련하든 할 것 아니에요?"

부항이 그러자 히죽 웃었다.

"며칠 있으면 또 당신 곁을 떠나야 할 것 같아 아쉬워서 그러네."

부항은 방금 건륭이 자신에게 했던 말을 당아에게 상세히 들려줬다. 그 사이 마음도 차분히 가라앉은 듯 화제를 돌렸다.

"조설근은 이제 곧 남경으로 가서 한동안 머물 거야. 방경이 출산한 지도 얼마 되지 않았으니 혹시 당신이 직접 갈 시간이 없으면 사람을 시켜서라도 자주 들여다보고 그래야지. 지금 당장은 어려워도 앞으로 크게 될 사람이야. 그가 명성을 날리면 내 얼굴도 빛이 날 것이 아닌가. 나하고 방경 둘 사이에는 아무런 일도 없었으니 괜히 질투하거나 미워하지 말라고."

부항의 변명에 당아가 고개를 끄덕였다.

"홍효마마가 조설근의 집으로 뻔질나게 다니는 것 같더군요. 어느 때인가 홍승마마가 영련마마를 데리고 그 집에서 나오는 것도 봤어요. 조설근과 친하게 지내려는 사람이 많은가 봐요. 그러나 걱정할 필요는 없어요. 방경이 우리 은혜를 잊지 않는 이상 우리가 조설근에게 밉보일 이유는 없어요."

부부가 그렇게 도란도란 이야기를 나누고 있을 때였다. 가인이 달려와 아뢰었다.

"고무용이 어지를 전하러 왔습니다!"

"어서 예포를 울리고 중문을 열어 안으로 뫼셔라!"

부항과 당아는 약속이나 한 듯 벌떡 일어났다. 당아는 이어 직접 구망오조九蟒五爪가 수놓인 관복과 공작무늬 보복을 꺼내 부항이 갈아입도록 했다. 남색의 유리 정자가 달린 관모도 단정히 씌워줬다. 부항은 그 사이에 하녀들에게 향탁을 준비하라고 명했다. 모든 준비가 끝났을 무렵 고무용이 두 명의 시위와 네 명의 어린 태감들을 데리고 들어섰다. 당아는 황급히 옆방으로 피했다. 부항은 두어 걸음 앞으로 나아가 북쪽을 향해 땅에 무릎을 꿇었다. 이어 고무용이 남쪽을 향해 부항과 마주 보고 서서 특유의 고음을 뽑아냈다.

"부항은 어지를 받들라!"

"예, 폐하. 신 부항은 성유를 받들어 모시겠사옵니다."

부항은 쿵쿵 소리가 나도록 머리를 조아렸다. 고무용이 기다렸다는 듯 지의를 선독하기 시작했다.

"천자의 명을 받아 어지를 전하노라. 건청문 시위 부항은 흠차의 임무를 충실히 완수하면서 뛰어난 치적을 보여줬다. 성심聖心도 크게 위로해 줬다. 이에 짐은 부항의 관품을 두 등급 올려 상서방 행주行走 겸 산질대신散秩大臣의 직책을 내리노라. 부임 전에 먼저 보름 동안 산서로 가서 비적 토벌 임무를 맡도록 하라. 귀경 후 다시 부임하도록 하라."

"망극하옵니다, 폐하!"

부항은 건륭이 그토록 높은 관직을 내릴 줄은 생각도 하지 못했다. 놀라는 한편 차오르는 기쁨을 감출 수가 없었다. 그 사이 어지 선독을 마친 고무용은 얼굴 가득 웃음을 담고는 부항에게 예를 갖춰 인사했다.

"참으로 감축 드립니다. 여섯째어르신처럼 서른도 안 된 젊은 나이에 대신으로 승격된 관리는 그리 흔치 않습니다. 소인이 어르신 면전에서 아부를 떠는 것 같아 이런 말씀을 드리기는 좀 뭣합니다만 여섯째어르신은 오십 년 동안 재상을 지낼 관상을 타고 나셨습니다. 그 옛날의 고사기 재상이나, 지금의 장상도 여섯째어르신에게는 못 미칠 것입니다."

"여봐라, 황금 오십 냥을 가져 와서 고무용에게 주도록 하라!"

부항이 희색이 만면한 얼굴로 주위에 명령을 내렸다.

28장

하로형의 시체를 부검하다

　재수 좋은 놈은 엎어져도 잔칫상에 엎어진다는 말이 있듯 고무용이 딱 그런 경우였다. 어지를 전하러 왔다가 황금을 오십 냥씩이나 하사 받았으니 세상에 그런 횡재가 또 어디에 있겠는가. 고무용은 싱글벙글 웃으면서 부항의 집을 나섰다. 그런데 그때 무슨 영문인지 사람들이 무리를 지어 서쪽으로 대거 몰려가고 있었다. 그는 길 가는 사람을 붙잡고 물었다.

　"오늘 하로형의 관이 덕주에서 북경으로 온다는 거예요. 그리고 대리시, 형부, 순천부아문에서 합동으로 하로형의 시체를 부검한대요."

　이름 모를 길 가는 행인이 전해주는 말은 대단히 흥미로웠다. 원래 태감들은 궁금한 것은 못 참는 특성이 있었다. 구경꺼리가 생겼다 하면 놓치는 법이 없었다. 고무용 역시 예외는 아니었다. 그래서 하로형 사건이 다시 화제에 오른 뒤부터는 유독 사건의 추이에 각별한 관심을 가졌다.

심지어 온갖 핑계를 대고 몇 번이나 형부로 찾아가 유통훈이 유강에게 고문을 가하는 장면을 지켜보기까지 했다.

유강은 매번 기절할 정도로 혹형을 당했다. 그러나 끝까지 자신은 범인이 아니라면서 버텼다. 고무용은 그런 유강의 담력과 의지에 은근히 감탄하기도 했다. 그랬던 터에 공개 부검이 있다는 말을 들으니 당장 달려가고 싶어 몸이 다 근질거렸다. 그러나 어지를 전달한 뒤에는 곧장 돌아가 보고를 올리는 것이 원칙이었다. 그는 정신없이 말을 달려 양심전으로 돌아갔다. 그러나 긴룽온 자리에 없었다. 어린 태감에게 물어보니 이친왕怡親王 홍효, 눌친과 함께 어디론가 나간 지 1시간쯤 된다는 것이었다. 그는 또 황제가 원명원의 대대적인 보수에 관한 공부의 보고를 받고 나가셨으니 혹시 창춘원의 풍수를 둘러보러 갔을지도 모른다고 했다. 창춘원으로 다녀오자면 최소한 2시간에서 4시간 정도는 소요될 터였다. 순간 머릿속으로 시간 계산을 마친 고무용은 부검이 있을 것이라는 대리시로 가기 위해 몰래 양심전을 빠져나왔다.

대리시는 계속해서 몰려드는 인파로 발디딜 틈 없이 북적거렸다. 고무용은 차를 마시러 그곳을 자주 찾았기 때문에 주변의 찻집 사람들과는 익숙한 사이였다. 그래서 더 이상 말을 끌고 갈 수 없게 되자 평소 안면이 있던 찻집에 말을 맡겼다. 이어서 인산인해를 이룬 사람들 틈을 비집고 조금씩 앞으로 나아갔다. 대리시의 중심으로 다가갈수록 사람은 더 많아졌다. 한가운데는 출입금지 표시로 흰 줄이 쳐져 있었다. 대리시의 병사들은 사람들이 그 안으로 들어오지 못하게 채찍을 휘두르며 지키고 서 있었다. 그래도 고무용은 땀범벅이 된 채 거의 중간까지 비집고 들어갔다. 그러다 앞 사람이 뒤로 물러나는 바람에 벌렁 나뒹굴고 말았다. 화가 난 그는 엉덩이를 털고 일어나면서 병사들에게 바로 욕설을 퍼부었다.

"이 자식들아, 사람이 이렇게 바글바글한데 채찍질을 해대면 어쩌라고!"

고무용이 다시 앞사람의 어깨를 붙잡으면서 덧붙였다.

"잠깐 지나갑시다. 앞에 서서 구경을 좀 해야겠소!"

고무용의 말에 앞사람이 고개를 돌렸다. 순간 고무용은 숨이 탁 멎는 줄 알았다! 자기가 어깨를 붙잡았던 앞사람은 다름 아닌 건륭이었던 것이다. 고무용은 눈이 튀어나올 만큼 놀랐다. 입을 딱 벌리고는 한참 동안 아무 말도 못하다가 잠시 후 비명에 가까운 소리를 질렀다. 그러나 그가 "폐하!"의 '폐'자도 채 내뱉기 전에 등 뒤에 서 있던 시위 새릉격이 그의 입을 틀어막았다. 그는 그제야 사방을 둘러봤다. 온통 건청궁의 시위들이었다. 건륭은 고무용을 힐끗 쳐다보고는 아무 말 없이 바로 고개를 돌려버렸다.

사람들이 장사진을 친 대리시 조벽照壁(대문을 가린 벽) 앞 공터에는 긴 의자가 두 개 놓여 있었다. 그 의자 위에는 시커먼 칠을 한 관이 놓여 있었다. 법사아문의 주관은 아직 도착하지 않은 것 같았다. 공터에는 또 자그마한 술항아리가 몇 개 놓인 탁자가 있었다. 순천부에서 나온 몇몇 검시관들은 그 탁자에 빙 둘러 앉아 주변을 전혀 의식하지 않고 권커니 잣거니 술을 마시고 있었다. 장포 자락을 허리춤에 쑤셔 넣은 대리시의 친병들은 여전히 흰 줄 안으로 밀려드는 사람들을 향해 채찍을 휘둘러대느라 여념이 없었다. 고무용은 쥐구멍이라도 찾고 싶은 심정이었으나 사람이 너무 많아 되돌아갈 수도 없었다. 어쩔 수 없이 건륭의 높은 등 뒤에 꼼짝달싹 못하고 서 있어야 했다. 그때 앞에서 고함소리가 들려왔다.

"흠차 대인 유통훈 납시오!"

그러자 뒤를 이어 누군가가 더 크게 소리쳤다.

"대리시 시경寺卿 아륭가阿隆柯 납시오!"

"순천부 부윤 양증楊曾 납시오!"

장내는 갑자기 술렁거리기 시작했다. 대리시 친병들의 채찍질도 더욱 바빠졌다. 그러나 사람을 마구 때리지는 않았다. 그저 채찍을 머리 위에서 휘두르면서 구경꾼들에게 겁을 줄 뿐이었다. 그럼에도 한 번씩 채찍 맛을 본 사람들은 뒷걸음치지 않을 수 없었다. 곧이어 장화를 신고 패도를 찬 수십 명의 친병들이 절그럭거리는 소리를 내면서 나타났다. 순천부 아역들이 사람들에게 조용히 하라고 소리를 질렀다. 장내에는 순간 긴장감이 감돌았다.

고무용은 발끝을 치켜들고 건륭의 어깨 너머로 앞쪽을 내다봤다. 유통훈이 한가운데 앉고 옆자리에 아륭가, 그 옆에 순천 부윤 양증이 자리를 잡고 있었다. 셋 모두 얼굴이 잔뜩 굳어 있었다. 고무용은 평소 아륭가와 허물없는 사이였다. 당연히 그가 어떤 위인지 너무나도 잘 알고 있었다. 둘만 있을 때는 음담패설과 욕지거리를 즐기고 농담을 입에 달고 있던 사람이었다. 그런 사람이 갑자기 근엄한 표정을 짓고 있으니 우습기 그지없었다. 고무용은 자신도 모르게 웃음이 터져 나와 손으로 입을 막았다. 바로 그때 누군가 소리쳤다.

"범인과 증인 등장이오!"

유통훈은 준비가 마무리되는 것을 지켜보더니 양증을 향해 눈짓을 했다. 이어 지시했다.

"검시관들은 대기하라!"

"예!"

유통훈의 말이 떨어지기 무섭게 얼굴이 설익은 돼지 간처럼 벌겋게 되도록 술을 퍼마신 검시관들이 한발 앞으로 나섰다. 그 사이 아역 두 명이 유강을 짐짝처럼 앞으로 끌고 왔다. 유강의 두 다리는 협곤夾棍

(다리를 묶고 조이는 주릿대)에 의해 부러졌는지 죽은 개구리 뒷다리처럼 풀어져 있었다. 그래서인지 아역들이 손을 놓자마자 그 자리에 주저앉고 말았다. 그는 비록 안색이 백짓장처럼 창백했으나 두려운 기색은 보이지 않았다.

유강이 고개를 들어 유통훈을 힐끔 쳐다보고는 눈을 내리깔았다. 이어 하로형의 부인인 하리씨와 증인들이 출석했다. 객잔 주인 신씨, 소로자, 학씨 그리고 전도도 있었다. 전도는 명예와 지위가 있는 사람이라 하리씨와 함께 유통훈 등을 향해 예를 갖춘 다음 옆자리에 섰다. 나머지 사람들은 모두 재판석 옆에 무릎을 꿇었다. 드디어 유통훈이 당목^堂^木으로 탁자를 힘껏 내리치면서 호통을 쳤다.

"유강, 여기 하로형의 영구가 도착해 있다."

"그래서 어쩌라는 말이오? 그게 나하고 무슨 상관이오?"

유강이 턱을 치켜든 채 유통훈을 노려보았다.

"고개를 돌려 저 관을 똑바로 쳐다보라는 말이야!"

"……"

"왜 못 보는 건가? 마음이 찔려서 감히 쳐다볼 수 없는 거겠지?"

유강의 얼굴 근육이 유통훈의 말에 경련을 일으키는 듯 푸들댔다. 드디어 그가 잠시 숨을 고른 뒤 고개를 돌렸다. 그러나 주검이 들어 있는 시커먼 관을 바라보는 순간 바로 눈을 내리깔고 말았다. 잠시 후 그가 다시 용기를 낸 듯 눈꺼풀을 치켜올렸다. 그러나 역시 관을 똑바로 쳐다보지는 못했다. 유통훈이 그 모습을 보고는 담담하게 입을 열었다.

"당신도 책을 읽을 만큼 읽은 사람이니 잘 알 것이네. 마음이 비뚤어진 사람은 시선도 비뚤어진다는 말을 들어봤겠지. 이 관속에는 당신이 직접 목 졸라 죽인 원혼이 들어 있어. 그러니 어떻게 똑바로 쳐다볼수가 있겠나! 좋게 말할 때 모든 범행을 자백하라고. 당신도 고통을 덜 수 있고 하로형 역시 두 번 죽는 일을 피할 수 있을 것이니 알아서 해.”

유통훈의 말이 끝나기를 기다렸다는 듯 유강이 고개를 번쩍 쳐들었다. 이어 대수롭지 않은 표정으로 유통훈을 바라보면서 말했다.

“유통훈, 나는 그래도 당신을 호인이라고 생각했소. 역시 내 눈깔이 삔 거였군! 내가 산동 재해복구 현장에서 이재민들로부터 ‘유 청백리’라는 칭송을 받는 것을 당신이 직접 목격하지 않았소. 그런데 나를 멀쩡한 사람이나 죽이고 다니는 그런 살인백정으로 몰아붙이다니?”

유통훈은 전혀 기가 죽지 않은 유강의 말에 냉소를 터트렸다.

“터진 입이라고 아무 소리나 마구 다 하는가. 재해복구가 순항하게 된 것은 다 황제폐하의 은전 덕분이지 당신 덕이 아니야. 자네 재임 기간에 산동성 번고의 은이 일만 칠천 냥이나 증발해 버렸어. 하로형 사건이 아니더라도 당신은 조정의 심판을 받아 마땅한 인간이야!”

유강이 웃긴다는 표정을 한 채 손으로 목을 비트는 시늉을 했다. 그리고는 똑같이 코웃음을 쳤다.

“내가 탐관오리인지 아닌지는 뒷조사를 해보면 알 것 아니오. 당신처럼 앞뒤가 꽉 막힌 사람과는 입씨름하는 것도 지겹소.”

유통훈이 결국 참지 못하고 크게 화를 냈다.

“지금은 하로형의 사건을 심문하는 자리야. 말해 봐, 하로형은 어떻게 죽었어?”

“그 얘기라면 이미 끝났지 않았소? 사는 게 귀찮아 대들보에 목을 매 자살한 거라고 내가 몇 십 번을 말해야겠소?”

“그때 당시 검시를 해봤나?”

“당연하지!”

“당신이 그토록 자신만만하게 떠들어도 본 흠차는 당신 말을 믿을 수 없어. 그래서 오늘 관을 열어 부검을 하려고 한다. 여봐라!”

"예!"

유통훈이 명령했다.

"관을 열어라!"

"예!"

몇몇 검시관이 대답과 함께 술항아리가 놓인 탁자 옆으로 다가갔다. 이어 저마다 입안에 술 한 모금씩을 털어 넣더니 서로에게 내뿜었다. 그리고는 도끼와 끌을 집어 든 채 관 앞으로 다가갔다. 관 뚜껑은 몇 번 도끼질을 하자 다 떨어진 대문짝이 열리듯 '삐거덕!' 하는 소리와 함께 열렸다. 장내는 순간 물 뿌린 듯 조용해졌다. 좌중 사람들의 시선은 모두 몇몇 검시관의 일거수일투족에 쏠렸다. 곧이어 검시관들 중에서 대장인 듯한 사내가 기다란 집게를 들더니 시체의 머리끝부터 발끝까지 한 번씩 짚고 내려갔다. 그러다 집게를 내던지고는 손을 내밀어 은침을 달라고 했다. 이어서 이미 상당히 부패돼 악취가 진동하는 시체의 각 부위에 사정없이 침을 꽂았다. 하리씨는 진흙더미에 쐐기를 쑤셔 박듯 푹푹 찔러대는 그 모습을 차마 보지 못하고 엉엉 소리를 내면서 오열했다. 순천부 부윤 양증은 그런 하리씨에게 다가가 몇 마디 위로의 말을 건네고는 다시 관 옆으로 돌아와 검시관이 은침을 빼내는 과정을 지켜봤다. 검시관이 은침을 뽑아 유심히 살펴보기를 거듭한 다음 양증을 바라봤다. 양증이 고개를 끄덕였다. 그러자 그는 유통훈이 자리를 잡은 재판석 앞으로 다가와 공수를 하면서 아뢰었다.

"하로형의 시체를 육안으로 검시한 결과 두부, 흉부, 복부, 뼈마디에서는 모두 상흔이 발견되지 않았습니다. 울대뼈와 하악골에 끈으로 조인 상흔이 두 곳 있습니다. 은침으로 찔러본 결과 온몸 그 어디에도 독극물을 투여한 이상 증후는 발견되지 않았습니다. 흉부에 꽂은 은침이 조금 누렇게 변한 것은 시체의 부패 정도가 심하기 때문인 걸로 판

명됐습니다……."

장내는 검시관의 입에서 "전신에 중독 증후가 없다"라는 말이 나오자 기름 가마처럼 끓어오르기 시작했다. 사람들의 수군대는 소리는 점점 높아졌다. 급기야 누군가가 하리씨를 향해 악에 받친 고함을 질렀다.

"생사람 잡으려 드는 저년을 때려 죽여라."

그러자 다시 누군가가 외치는 소리가 들렸다.

"유통훈은 멍청한 관리다. 아릉가 대인이 재판을 맡아야 한다."

장내는 곳곳에서 터져 나오는 욕설과 고성으로 고막이 터질 정도였다. 그러나 유통훈은 그런 소란 속에서도 전혀 동요하는 기색이 없었다. 계속 한낮의 작열하는 태양처럼 형형한 눈빛으로 검시관을 뚫어지게 바라봤다. 유강 역시 코웃음을 치면서 턱을 번쩍 쳐들고 도발적인 시선으로 유통훈을 노려봤다. 이제 뒷수습을 어떻게 할 거냐는 태도였다. 먼 발치에 서서 모든 과정을 지켜본 건륭 역시 손에 식은땀을 쥔 채 사태의 추이를 주시하고 있었다.

"왜들 이리 무법천지인가!"

드디어 유통훈이 무섭게 일갈하면서 벌떡 일어섰다. 이어 당목으로 탁자를 부서져라 내리치면서 소리쳤다.

"여기는 신성불가침의 법사아문이다. 장내를 소란에 빠뜨린 주모자를 잡아들여 항쇄를 채우라!"

사실 유통훈도 검시관의 말을 듣는 순간 흠칫 놀라기는 했다. 그러나 이내 뭔가 이상한 점을 느꼈다.

'유강의 살인 현장을 목격한 증인이 있어. 하로형의 혈흔이 묻은 옷가지들도 발견됐고. 또 이 사건을 맡은 뒤 주변 사람들에게 탐문을 한 결과 더 많은 증거가 속속 포착됐어. 물론 당사자인 유강과 종복들은 한사코 범행을 부인했지만 인증과 물증은 모두 충분해. 그런데 고인의 몸

에서 독성분이 전혀 검출되지 않았다니 이게 어떻게 된 일인가?'

유통훈은 잠시 그렇게 생각하다 천천히 검시관의 우두머리에게 다가 갔다. 그리고는 근엄한 말투로 물었다.

"자네 이름이 뭔가?"

"예, 대인. 소인은 범인조范印祖라고 합니다."

검시관은 이마에 가득 번진 식은땀을 훔치면서 대답했다.

"이 일을 시작한 지는 얼마나 됐나?"

"소인이 삼 대째입니다."

유통훈은 다시 하로형의 시체를 바라봤다. 채 썩지 않은 피부와 살이 섬뜩한 백골을 덮고 있었다. 숨 막힐 듯한 악취도 풍기고 있었다. 죽기 전에 심하게 조인 탓에 턱 부분은 움푹하게 꺼져 있었다. 유통훈은 말 없이 그쪽으로 다가가 은침 두 개를 집어 들었다. 이어 하나는 입안, 다른 하나는 인후咽喉(목구멍)에 꽂았다. 잠시 후 그가 다시 조심스럽게 은 침을 뽑아냈다. 밖으로 드러난 부분은 은빛이 반짝였으나 살 속에 들어 갔던 부분은 어느새 검붉은 색깔로 변해 있었다. 유통훈은 그러면 그 렇지 하는 표정으로 만족스럽게 웃었다. 이어 침을 들어 보이면서 검시 관에게 따지듯 물었다.

"이봐 범인조, 자네는 도대체 누구의 사주를 받고 이렇게 만인이 공노 할 짓을 저지른다는 말인가? 왕법이 두렵지도 않은가? 검시관을 삼 대 째 해먹는다면서 최소한의 규칙도 모르는 건가?"

유통훈이 은침을 유강에게 내던지고는 껄껄 웃으면서 다시 자리로 돌 아가 앉았다.

"대…… 대인!"

검시관은 완전 주눅이 들었다. 두려움에 찬 눈빛으로 유통훈을 바라 보다 털썩 무릎을 꿇었다. 그러더니 엉금엉금 기어서 유통훈에게 다가

가서는 온몸을 사시나무 떨 듯 떨었다.

"그게……."

"그게 뭔가?"

범인조는 두려움에 찬 시선으로 양증을 바라봤다. 그리고는 버벅거리면서 겨우 입을 열었다.

"소인이 배움에 게을러 뭘 잘 몰라서……."

"아무리 뭘 몰라도 독극물이 입으로 들어가고 목구멍으로 넘어간다는 이치도 모를까!"

유통훈이 크게 화를 내면서 다시 책상을 힘껏 내리쳤다. 좌중의 사람들은 범인조가 어떤 벌을 받을지 몰라 잔뜩 긴장했다. 그러나 사람들의 예상을 뒤엎는 뜻밖의 상황이 벌어졌다. 유통훈이 자리에서 벌떡 일어서더니 갑자기 손가락으로 양증을 지목하면서 대갈한 것이다.

"저자의 정자를 뜯어내고 관포를 벗겨라!"

양증은 유통훈의 말에 사색이 됐다. 뭔가 켕기는 것이 있는 것이 분명했다. 당초 그는 범인조가 모든 책임을 혼자 떠안는 것을 보면서 적이 안도했다. 그러나 갑자기 유통훈으로부터 지목을 받자 화들짝 놀란 것이다. 더는 발뺌할 수 없다는 체념한 표정도 떠올랐다. 서슬 퍼런 유통훈의 기세에 그만 맥없이 무너지고 말았다고 해도 좋았다. 순간 성난 친병들이 거칠게 그의 등을 떠밀었다. 순식간에 정자를 떼고 관포도 벗겨버렸다. 양증의 다리는 걷잡을 수 없이 떨리고 있었다. 그러나 그는 아직 무릎 꿇기는 이르다고 생각한 듯했다. 급기야 더듬거리면서 되물었다.

"유 대인, 대체 무슨……?"

"범인조!"

유통훈이 이번에는 준엄한 목소리로 범인조를 불렀다. 두 눈에서는 불기둥이 치솟고 있었다. 그가 다시 입을 열었다.

"손톱만큼도 본관을 속일 생각을 말고 솔직하게 불어. 어떤 간덩이가 부어터진 놈이 사주했는지 말해 보라고!"

양증은 품계가 상당히 높은 관리였다. 유통훈보다 높다고도 할 수 있었다. 그런 그가 유통훈의 기세에 밀리고 있었다. 건륭은 처음부터 침착하고 여유롭게 상대를 제압하는 유통훈에게 내심 찬사를 보내면서 중얼거리듯 말했다.

"충신이 따로 없군."

건륭의 옆에 바싹 붙어 있던 눌친도 나지막이 화답했다.

"충정도 충정이려니와 유능하기까지 하옵니다. 양증이 순식간에 평민으로 전락하고 법의 심판대에 오를 줄 누가 알았겠사옵니까."

그 사이 범인조가 양증을 손가락으로 가리키면서 말했다.

"바로 저자입니다! 얼마 전 소인을 불러 구슬렸습니다. 폐하께서는 유강이 잘못되는 것을 원치 않으신다고 했습니다. 또 독이 검출되면 얼마나 많은 사람들이 연루될지 모르니 알아서 하라고 했습니다. '술값'이 백 냥까지 찔러 주었습니다."

양증은 범인조의 말이 채 끝나기도 전에 완전히 넋이 나가버렸다. 곧이어 땅에 널브러졌다. 기절한 것이다.

"끌어내!"

유통훈이 버럭 고함을 질렀다. 이어 감정을 추스르는 듯 목소리를 차분히 가라앉힌 채 덧붙였다.

"이는 사건 중의 사건이야. 본 흠차는 이 모든 것을 폐하께 주명하고 법에 따라 처리할 것이네. 유강, 마지막으로 할 말이 없는가?"

유강 역시 양증처럼 맥없이 허물어졌다. 눈빛이 아득하게 흐려지며 아무 말도 못했다. 그때 아역 한 명이 달려들어 그의 어깨를 홱 잡아당기더니 물 한 모금을 입에 머금었다가 유강의 얼굴에 뿌렸다. 그제야 번

쩍하고 제정신이 든 듯 유강이 초점을 잃은 눈으로 멍하니 관을 바라보면서 중얼거렸다.

"하로형, 나도 자네를 따라가겠네. 그러니 더 이상 괴롭히지 말아 주게."

부항은 고무용이 물러간 다음 외출할 채비를 했다. 당아에게 말을 준비하라는 얘기도 했다. 그러자 당아가 물었다.

"어제 폐하를 알현하고 왔으면 됐지 또 무슨 일이에요?"

부항이 대답했다.

"장상을 만나보고 와야겠어. 폐하께서는 세부적인 것까지 일일이 설명해주시지 않으셨으니 아무래도 경력자의 조언을 들어보는 것이 좋을 것 같아."

그러자 당아가 조롱하는 듯한 표정을 지어보였다.

"이제는 당신도 재상이에요. 그것도 국구國舅 재상宰相! 그러니 당연히 마누라보다 국사가 더 중요할 수밖에요."

부항이 당아의 이죽거리는 말에 잠시 주춤했다. 당아의 말은 사실 틀린 것은 아니었다. 북경에 오자마자 눈썹 휘날리면서 장정옥을 찾아 나선다면 자칫 가볍게 비쳐질 수도 있었다. 그는 이내 생각을 바꾼 듯했다.

"그래, 먼저 숨이나 좀 돌리고 보지. 그러나 나는 아직 내가 재상이 됐다는 게 실감나지 않아. 재상이면 뭘 해. 어깨만 무겁지. 나는 그저 폐하의 성은을 저버리면 안 된다는 일념뿐이지 공명에는 달리 욕심이 없어."

당아가 그제야 기분이 풀어진 듯 인삼탕 한 그릇을 부항에게 건네주면서 말했다.

"그래요. 사람은 공명에서 초연해질수록 더 값져 보이는 거예요. 지난번 입궐했을 때 황후마마를 모시는 운향芸香이가 이런 얘기를 하더군요. 이번 은과에 장원급제한 장유공이라는 사람이 잠화주簪花酒를 먹고 실성했다지 뭐에요. 길바닥을 휩쓸고 다니면서 아무나 붙잡고 '나는 장원이야, 장원이라고!'라고 했다는 거예요. 참 웃다가 이빨 빠질 일이죠."

부항으로서는 처음 듣는 말이었다. 그러나 어쨌든 술이 거나하게 취한 채 사람들을 붙잡고 똑같은 말을 수없이 반복했을 장유공의 모습을 떠올리자 배꼽을 잡고 웃음보를 터뜨렸다. 그때 갑자기 밖에서 인기척이 들려왔다.

"이거 두 내외의 오붓한 시간을 방해하는 건 아닌지 모르겠네?"

부항과 당아 두 사람이 갑작스런 인기척에 의아한 눈빛을 교환하고는 창밖을 내다봤다. 혜현귀비慧賢貴妃 유호록씨의 동생 고항의 모습이 보였다. 부항은 황급히 안방에서 나와 직접 발을 걷어 올렸다. 고항은 스무 살 안팎의 키가 훤칠한 젊은이로, 일자 눈썹이 숯검정처럼 짙었다. 또 각진 얼굴에 이마가 번듯해 꽤나 훈훈한 인상을 줬다. 오늘 그는 짙은 갈색의 가죽조끼와 남색의 가죽 장포를 받쳐 입고 있었다. 그는 웃으며 직접 발을 걷고 영접을 하러 오는 부항을 향해 말했다.

"그렇게 직접 나오시니 부담스럽네요. 장상께서도 걸음을 하셨어요."

"그래?"

부항이 장포 자락을 움켜잡고 부랴부랴 계단을 내려갔다. 고항의 말대로 장정옥이 노구를 이끌고 가인의 도움을 받으면서 천천히 안으로 들어서고 있었다. 부항은 깍듯하게 시중드는 가인의 모습에 흡족한 표정을 지은 채 고개를 끄덕이고는 황급히 달려가 장정옥을 부축했다.

"이제는 이렇게 걸음 하시기는 힘드신 분 아닙니까? 일이 있으면 당연히 저를 부르셔야죠."

장정옥은 그저 빙긋 웃을 뿐 말이 없었다. 부항이 그런 그를 부축해 상방으로 안내한 다음 안방을 향해 지시했다.

"이봐 나랍씨(당아를 의미함), 장상께서 호랑이도 아닌데 어딜 그리 꽁꽁 숨었는가? 괜찮으니 어서 나와 내가 가져온 홍포차紅袍茶를 올리게."

"홍포차를 대단히 좋아하나 보군요?"

부항과 고항은 어릴 때부터 종학에서 같이 어울린 사이였기에 서로간에 전혀 흉허물이 없었다. 동생뻘인 고항이 덧붙였다.

"홍포차라면 우리 집에도 흔한 거예요. 원한다면 내가 한 스무 근쯤 보내줄 수 있죠. 장상께서도 모처럼 걸음을 하셨고 승진도 했으니 좀 좋은 차로 내오시지 그래요. 일부러 청렴한 척하는 것도 아닐 텐데요."

부항이 히죽 웃으면서 은근히 비아냥거리는 고항의 말을 받았다.

"말이 되는 소리를 해야지, 원! 진짜 홍포차는 차나무가 한 그루밖에 없어. 그나마 벼락 맞아 반은 잘려 나가고 겨우 반밖에 남지 않았단 말이야. 내가 직접 현지에 가서도 겨우 두 냥을 얻어왔는걸. 스무 근 같은 소리 하고 있네!"

장정옥이 등받이에 몸을 기댄 채 끼어들었다.

"그렇게 귀한 차라면 전에 내가 마셨던 것은 가짜일 수도 있겠군요. 오늘 어디 한번 진품을 맛봐야겠군요."

얼마 후 당아가 직접 차를 끓여 가져왔다. 그런데 장정옥은 차보다는 찻잔에 더 관심을 기울였다. 찻잔을 들어 살펴보는 것이 아주 신기해하는 듯했다. 사실 그럴 수밖에 없었다. 찻잔이 놀랍게도 대단히 희귀한 유리잔이었던 것이다. 찻물 역시 여느 차와는 완전히 달랐다. 일반적인 차에는 찻잎은 물 위에 둥둥 떠 있기 마련인데 이 홍포차에는 지저분하게 떠 있는 찻잎이 단 하나도 없었다. 게다가 맑고 청아한 향이 가슴속 깊은 곳까지 스며드는 느낌까지 주었다.

"여기를 보십시오."

부항이 놀라워하는 장정옥과 고항의 표정을 지켜보더니 만족스레 웃으면서 찻잔을 가리켰다. 그리고는 다시 설명을 이어갔다.

"찻물의 색깔이 다섯 가지가 아닙니까? 새파랗던 찻잎이 물속에 들어가면서 황색으로 변한 다음 가라앉지도 떠오르지도 않고 중간에 조용히 머물러 있는 것도 신기하지 않습니까? 이게 바로 진짜 홍포차입니다."

장정옥이 미소를 지으면서 천천히 찻잔을 들고는 코끝에 대고 향을 맡았다. 그리고는 입술 끝에 찻물을 살짝 적셔 맛을 음미했다.

"향긋하면서도 농염하지 않군요. 담백하면서도 입안을 시원하게 자극하는 것이 참 기묘한 맛이로군요. 정말 좋은 차네요!"

그런데 장정옥과 함께 부항을 찾아온 고항은 정신이 온통 딴 데 팔려 있었다. 뭔가 다른 목적이 있는 듯했다. 장정옥의 말도 듣는 둥 마는 둥 했다. 처음부터 당아의 일거수일투족만 관찰하고 있는 것 같더니 급기야는 아부하는 투로 당아를 향해 말했다.

"차 맛이 좋아봤자 거기서 거기겠죠. 우리 형수님 차 끓이는 재주가 비상해서 맛이 훨씬 좋게 느껴지는 것이 아닐까요?"

그러나 당아는 고항은 거들떠보지도 않고 나가버렸다. 부항은 당아가 나가자 비로소 말머리를 돌렸다.

"장상, 방금 어지를 받았습니다. 저는 산서로 파견 나갈 것 같습니다. 안 그래도 내일쯤 훈육의 말씀을 듣고자 찾아뵈려 했는데 마침 잘 오셨습니다. 여러모로 부족한 사람에게 이 같은 중임을 내리시니 솔직히 좀 부담스럽기도 합니다."

장정옥이 수염을 쓸어내리면서 입을 열었다.

"흠차께서 외지에서 올린 상주문은 나도 다 읽어봤어요. 문장 실력과 일처리 방식이 예사롭지 않더군요. 내가 흠차 나이 때는 그렇게 써내지 못했던 것 같은데……, 후생가외後生可畏라는 말이 과연 틀린 말은 아닌 것 같군요. 이제는 흠차처럼 젊고 유능한 인재들이 폐하의 든든한 손발이 돼드려야 해요."

"그렇게 겸손하게 말씀하시니 저는 몸 둘 바를 모르겠습니다. 제가 폐하를 알현하고 물러날 때 폐하께오서는 '장정옥을 본보기로 삼고 명주나 고사기는 절대 따라 배워서는 안 된다'라고 못을 박아 말씀하셨습니다. 또 '장정옥은 수십 년을 하루같이 본연의 임무에 충실했어. 공정하고 심지가 바른 신하의 본보기로 삼기에 추호도 손색이 없는 사람이지. 인仁을 치국의 근본으로 삼으신 성조께서는 그래서 장정옥을 필요로 하셨다고. 반대로 엄嚴한 정치를 해 오셨던 선제께서도 그 사람을 낙향 못하도록 잡아두셨어. 관대한 정치를 지향하는 짐 역시 욕심 같아서는 언제까지든 그를 곁에 두고 싶은 심정이야. 세종께서는 장정옥을 현량사賢良祠에 입적시키도록 윤허하셨어. 그러니 짐은 세종의 뜻에 따라 나중에 그를 현량사에 입적시키도록 하겠네. 한 시대를 풍미한 명재상이 전시전종全始全終하는 것은 당연한 일 아닌가!'라고 말씀하셨습니다."

장정옥은 부항의 말에 열심히 귀를 기울였다. 특히 '전시전종'이라는 말이 그의 가슴을 잔잔히 울렸다. 이 말은 고전 〈홍범〉洪範(유교의 사서삼경 중 하나인 《서경》書經의 1편)에 나오는 말이었다. 오복五福 중의 으뜸이 '종고명'終考命(천수를 다 누린다는 의미)이라는 말이 이에 해당한다. 그러나 대청이 개국한 이래 일인지하 만인지상의 막강한 권력을 휘둘렀던 재상들 중 '전시전종'을 한 사람은 단 한 사람도 없었다. 그랬으니 건륭이 자신의 '전시전종'을 도와줄 것이라는 말을 전해들은 장정옥의 가슴은 뿌듯할 수밖에 없었다. 홍포차를 마셨을 때보다 가슴이 더 후련해지는 것 같았다.

그런데 장정옥은 부항이 건륭의 말 중 일부는 빼놓고 얘기하지 않았다는 사실을 전혀 알지 못했다. 건륭은 부항에게 조짐이 별로 좋지 않은 말도 했던 것이다.

"오대五代때 풍도馮道라는 재상이 있었어. 그는 무려 네 왕조가 바뀌는 온갖 혁명과 파란에도 끝까지 살아남았다네. 장정옥 역시 재상 자리에 머물러 있는 세월이 풍도와 막상막하이네. 그러니 그에게는 풍랑에 떠내려가지 않는 비결이 있는 것 같네."

참으로 의미심장한 말이 아닐 수 없었다. 부항은 풍도라는 사람이 몰염치하고 간사한 재상의 대명사라는 것을 알고 있었다. 그러므로 건륭이 장정옥을 풍도에 비유해 말한 것은 결코 좋은 뜻이 아니었다. 아무려나 건륭이 그런 말을 했다는 사실을 전혀 모르는 장정옥의 주름 가득한 얼굴에는 희색이 역력했다. 그의 어조에서는 뿌듯한 기운이 듬뿍 묻어 있었다.

"폐하의 과찬에 실로 몸 둘 바를 모르겠네요. 사실 내 자리는 오래 앉아 있으면 있을수록 두 가지 문제를 초래할 가능성이 큰 자리예요. 하나는 마음공부를 게을리 하기 때문에 사치에 물들고 자신이 신하라는 신분을 망각하는 탓에 불나방 신세를 자초할 위험이 크다는 거죠. 다른 하나는 그동안 열심히 키워서 밖으로 내보낸 문생들이 옳지 않은 행실을 하고 다녀 내 체면을 깎는 것이에요. 나에게 직격탄까지는 날아오지 않더라도 내 얼굴을 그렇게 빛낼 만한 일은 못 되는 거죠. 이번에 유강의 일이 터지면서 얼마나 많은 사람들의 입장이 난감하게 됐는지 보세요. 장친왕, 제륵소, 서사림, 심지어 홍효, 홍석 두 친왕에게까지 불똥이 튀었잖아요. 평생 명석하고 지혜로워 그 어떤 구설수에도 오르지 않았던 이위마저도 유강 사건에서는 자유롭지 못할 것 같네요. 어제 사람을 시켜 병문안을 했더니 기력이 쇠잔해져 말할 기운조차 없는 것 같더라고 하더군요……."

장정옥의 말은 길었다. 그러다 보니 나중에는 부정적인 말이 더 많아졌다. 그의 얼굴 표정은 어느새 어두워져 있었다. .

"오늘은 흠차의 좋은 날인데 괜히 분위기 가라앉게 이런 말을 했네요. 성명하신 폐하의 은전이 사방을 훤히 비추시니 흠차께서는 승승장구할 일만 남았어요. 반드시 나보다 더 잘해낼 거라고 믿어요!"

"장상의 가르침을 가슴에 아로새기겠습니다."

부항이 공손히 대답했다. 이어 슬쩍 말머리를 바꿔 덧붙였다.

"솔직히 지난번 지방으로 내려갔을 때는 뭐가 뭔지 잘 몰랐습니다. 그저 사사건건 간섭하고 꼬치꼬치 따져야 일을 잘하는 거라고 생각했습니다. 그래서 남경 쪽에서는 저에 대한 평가가 별로 안 좋을 것입니다. 황후의 위세를 등에 업고 하룻강아지 범 무서운 줄 모르고 설친다는 둥, 왜 방귀 뀌고 재채기하는 것은 일러바치지 않느냐는 둥……."

장정옥은 부항의 말이 채 끝나기도 전에 그만 크게 웃음을 터뜨렸다. 고항 역시 따라 웃었다. 옆방에서 자수를 놓던 당아는 더했다. 배를 붙잡고 웃느라 하마터면 바늘에 손을 찔릴 뻔했다. 부항이 다시 입을 열었다.

"사실 일의 가닥을 잘 몰라서 그랬지 고의로 그 사람들을 괴롭힐 생각은 전혀 없었거든요. 그래서인지 천만다행으로 저를 이해하는 사람들도 가끔 있었습니다."

장정옥이 부항의 말을 받았다.

"인사, 행정, 재무를 막론하고 지방마다에는 각자 나름의 규칙과 방식이 있죠. 흠차께서 처음부터 모든 것을 거울처럼 환하게 들여다 볼 수는 없죠. 그건 당연한 일이라고 봐요. 그러니 처음부터 그 사람들의 모든 것에 관여하려 드는 것은 금물이죠. 절대 월권을 해서는 안 돼요. 예컨대 이번에 산서성에 가는 것도 사교를 섬멸하기 위함이 아닌가요? 그러니 사교 토벌 문제에 대해서는 흠차가 팔을 걷어붙이는 것이 마땅해요.

이 부분만 최선을 다해 깨끗이 처리하고 나머지는 눈에 거슬리더라도 참는 것이 맞아요. 적당히 주의를 주고 시정할 시간을 주는 것으로 선을 분명히 하라고요. 정 심하다고 생각되는 폐단이 눈에 보이면 관련 부처에 공문을 보내면 되죠. 하지만 가장 좋은 것은 그곳의 순무나 장군들과 상의해 공동의 명의로 주장을 올리는 것입니다. 그렇게 하면 현지에서도 흠차가 독단적으로 일처리를 한다고 불평불만을 못할 거예요."

장정옥이 말을 마치고는 고항 쪽으로 다시 고개를 돌렸다.

"여섯째어르신뿐만 아니라 이제 곧 남경으로 가게 될 자네도 마찬가지네. 둘 다 황친이라는 신분 때문에 불필요한 오해를 받을 소지가 있는 만큼 각별히 언행에 조심해야겠네."

고항이 대답했다.

"예, 장상! 그런데 저는 부항 형님과 비교할 바가 못 되죠. 형은 진짜 국구이고 저는 솔직히 가짜라고 해도 좋죠. 또 형님은 산질대신이지만 저는 한낱 산해관山海關 감세監稅(세금을 관할하는 관리)에 불과하니까요. 제가 흠차로 나간다고 하면 누구 하나 눈이나 깜짝하겠습니까? 몇 가지만 괜찮게 처리했다 싶으면 돌아오고 말 겁니다."

그러자 부항이 고항을 향해 말했다.

"나는 지금 노작과 장유공이 제일 궁금해. 한 명은 복건성의 전반적인 안전과 직결된 첨산 제방의 공사 현장에 나가 있고, 다른 한 명은 정신없이 남경으로 몰려드는 안휘, 하남, 산동의 이재민들 때문에 골치를 앓고 있을 테니 말이야. 먹고 살길이 막막한 데다 전염병까지 돌고 그 틈을 타서 사교들이 선동이라도 하는 날에는 큰 민란이 초래될 수도 있어. 장유공은 어질고 심약한 사람이니 많이 힘들어 할 거야. 그가 과부하에 걸리지 않도록 자네가 가서 많이 도와주게."

"예, 그렇게 하겠습니다."

고항이 황급히 대답한 다음 뭔가 말하려고 할 때였다. 갑자기 밖에서 가인이 달려 들어와 아뢰었다.

"태감 고무용이 왔습니다."

고무용은 가인의 말이 채 끝나기도 전에 총총히 안으로 들어섰다. 이어 장정옥을 향해 절을 하고는 일어나서 명을 전했다.

"폐하께서 장상을 들라 하십니다."

장정옥이 일어나면서 물었다.

"폐하께오서는 칭춘원에 게신가?"

고무용이 부항과 고항을 향해 고개를 끄덕여 보인 다음 대답했다.

"아닙니다. 유강의 사건이 마무리되자 폐하께서는 양심전으로 돌아오셨습니다. 장친왕, 눌친, 악이태 그리고 장상을 함께 부르셨습니다."

고무용은 말을 마치자마자 차 마실 여유도 없이 눌친의 집으로 가봐야 한다면서 황급히 물러갔다. 부항은 서둘러 떠날 채비를 하는 장정옥을 밖으로 배웅하면서 당아가 있는 안방을 향해 소리쳤다.

"나머지 홍포차를 잘 포장해서 장상께 드려."

당아의 대답 소리가 들려왔다. 고항은 즉각 소리 나는 쪽으로 슬며시 고개를 돌렸다. 그러나 잠시 후 자그마한 종이꾸러미를 들고 나타난 사람은 당아가 아닌 그녀의 하녀였다. 고항의 얼굴에는 실망한 기색이 역력했다.

29장

병든 노신의 눈물

장정옥이 서화문에 도착했을 때는 유시가 다 되어가는 시각이었다. 이제나 저제나 문어귀에서 초조하게 기다리고 있던 가인들은 그가 가마에서 내리는 모습을 발견하고 재빠르게 달려왔다. 장정옥은 가인들의 시중을 받으면서 관포, 관모, 정자와 허리띠를 착용한 다음 따끈한 인삼탕까지 한 사발 마시고 나서 대내로 들어갔다. 양심전 밖에는 태감들이 잔뜩 숨죽인 채 조심스레 시립해 있었다. 평소와는 다소 다른 분위기였다. 그는 궁전 앞 처마 밑에서 잠시 옷매무새를 바로 잡으면서 안쪽의 동정에 귀를 기울였다. 그러나 안에서는 아무런 소리도 들리지 않았다. 결국 그는 가벼운 기침으로 인기척을 냈다.

"노신 장정옥이 폐하를 알현하옵니다."

"들게."

장정옥이 들어가 보니 궁전 안의 분위기는 한껏 굳어져 있었다. 건륭은 어두운 표정으로 동난각 온돌 위에 다리를 포개고 앉아 있었다. 장친왕과 눌친은 꼿꼿한 자세로 꿇어 앉아 있었다. 악이태는 한쪽에 앉아 있었다. 장정옥이 대례를 올리려고 자세를 취하자 건륭이 바로 분부를 내렸다.

"예는 생략하고 저쪽 나무 걸상에 가서 앉게."

"망극하옵니다, 폐하."

장정옥은 윤록을 힐끗 쳐다보고는 걸상에 엉덩이를 붙이고 비스듬히 앉았다. 그는 갑자기 몸 전체로 스며드는 이름 모를 불안감을 느꼈다. 가슴이 쿵쿵 뛰기 시작했다. 규정상 친왕대신들은 황제를 알현할 때 무릎을 꿇어 아뢰는 것이 원칙이었다. 그러나 역대의 황제들은 그들을 예우해 무릎을 꿇게 하지 않았다. 더불어 직접 자리를 하사하는 것이 관례처럼 돼 있었다. 그런데 오늘 장친왕 윤록은 어찌 된 일인지 무릎을 꿇고 있었다. 장정옥이 못내 궁금해 하면서 입을 열었다.

"산서로 가는 부항에게 몇 마디 당부의 말을 건네느라 조금 늦었사옵니다, 폐하."

건륭이 고개를 끄덕였다. 이어 말했다.

"유강은 유강이고 악준은 악준이지, 어찌 둘을 똑같이 치부할 수 있는가? 눌친 자네는 매사에 유연성이 없는 것이 흠이네. 심지어 노환으로 오늘내일하는 이위까지 물고 늘어져서 뭘 어쩌겠다는 건가? 당초 하리씨가 이 사건을 산동성 법사, 순무, 총독 세 아문에 고소했을 때 모두들 나 몰라라 하고 외면을 했다지? 그 와중에 이위만 사건을 접수했던 걸로 알고 있네. 헌데 지금 와서 유일하게 고소장을 수리한 이위를 죄인 취급하다니! 불똥이 튈까 지레 겁먹고 사건을 외면한 자들은 공신으로 추대하면서 말이야. 장친왕 숙부께서는 이런 결과를 어떻게 생각하십니까? 유강은 숙부의 집에서 술을 마시다가 체포됐어요. 만약 누군가 숙부를 공범으로 지목한다면 숙부는 어쩔 셈인가요?"

장정옥은 그제야 건륭의 심기가 불편해진 연유를 알 것 같았다. 아마 눌친에게는 당초 악준이 유강을 산동성 법사아문에 천거한 것을 이유로 그에 대한 연대 책임을 추궁한 것 같았다. 그리고 윤록에게는 이위가 이 사건을 수리해놓고도 조정에 보고하지 않고 은닉했다는 죄를 물었을 터였다. 여기까지 생각한 장정옥은 갑자기 가슴 한쪽이 서늘해졌다. 유강을 산서성 포정사로 승진시킬 때 장정옥 본인이 직접 임명장을 작성했던 기억이 났기 때문이었다. 그때 악이태가 입을 열었다.

"폐하, 이위를 이 사건에 연루시키는 것은 부당하다고 생각하옵니다. 그러나 이위가 사건을 수리해놓고도 폐하의 심기를 건드릴까 우려해 제때에 보고하지 않은 것은 그릇된 행위이옵니다. 악준 역시 산동성 순무로서 유강이 살인사건에 연루된 줄 뻔히 알면서도 산서 포정사로 천거했기에 그 책임을 피해갈 수 없을 것이옵니다. 이는 신의 솔직한 소견이옵니다."

건륭은 묵묵히 듣고만 있었다. 한참 후 그가 장정옥에게 물었다.

"그대 생각에는 이 일을 어떻게 처리하는 것이 바람직할 것 같은가?"

장정옥이 한숨을 내쉬면서 즉각 대답했다.

"이는 매우 유감스러운 일임은 분명하옵니다. 신의 소견으로는 두 가지 측면에서 이 일을 처리했으면 하옵니다. 무릇 유강과 공모해 살인에 가담한 자들은 그 죄를 엄히 물어 온 천하에 죄상을 폭로해야 마땅하옵니다. 그러나 사건 처리에 미온적으로 반응한 관리들은 그 죄의 경중에 따라 상응한 죗값을 치르게 하되 대외적으로 떠들썩하게 공표할 필요는 없다고 생각하옵니다. 자칫 폐하의 관대한 정치가 흐지부지되었다는 소문이 날까 저어돼 올리는 말씀이옵니다!"

"그자들은 조정의 체통에 먹칠을 했어! 유통훈에게 뒷덜미를 잡힌 양증이라는 자는 순 인간 말종이더군. 평소에 그렇게 보지 않았는데……."

건륭은 몹시 분개했다. 악이태가 다소 억울하다는 표정을 지으면서 말했다.

"유통훈도 사려가 깊지 못했던 것 같사옵니다. 주청도 올리지 않고 제 멋대로 삼품 고관의 관복을 벗기다니 너무 안하무인이 아니었던가 싶사옵니다. 법 규정을 몰라도 유분수지!"

그러자 장정옥이 차갑게 받아쳤다.

"나는 그리 생각하지 않소. 비록 현장에 가 보지는 않았으나 가인들이 돌아와서 하는 얘기를 들으니 유통훈의 대처 방식은 지혜로웠다고 생각하오. 봐줘서 될 일이 있고 봐주면 안 되는 일이 분명히 있소. 칼을 빼들었으면 끝장을 봐야지! 듣자하니 유강은 오형五刑(다섯 가지 형벌)을 두루 맛보고도 배 째라는 식으로 끝까지 자기의 죄를 자백하지 않았다더군. 만약 유통훈이 그 같이 행동하지 않았더라면 순순히 항복하지 않았을 거요."

악이태도 지지 않았다. 바로 쌀쌀맞게 되받아쳤다.

"만에 하나 양증의 관복을 잘못 벗겼다면 어쩔 테요?"

장정옥이 그거야 당연지사 아니냐는 듯 미소를 머금었다.

"패전한 장군은 알아서 그 죗값을 치르는 법이오."

"별것 가지고 다 입씨름을 하네."

악이태가 다시 반격하려는 순간 건륭이 담담하게 한마디를 던졌다. 그제야 장정옥과 악이태는 자신들의 무례를 깨닫고 급히 입을 다물었다. 건륭이 찻잔 위에 떠오른 찻잎을 뚜껑으로 밀어내면서 말을 이었다.

"그 많은 구경꾼 앞에서 그자의 관복을 벗겨버린 것은 정말 백 번 잘한 일이었네! 주청 올리지 않고 스스로 판단한 것도 그만큼 자신이 있었다는 뜻으로 좋게 받아들일 수 있네. 물론 이런 일이 자주 있어서는 안 되겠지. 그러나 짐은 유통훈이 원성을 두려워하지 않고 소신 있게 밀고 나간 자세가 마음에 드네."

건륭은 잠시 말을 멈췄다가 미간을 펴면서 온돌을 내려섰다. 그리고는 방 안을 천천히 거닐면서 다시 입을 열었다.

"짐은 재삼 생각해봤어. 이 사건은 반드시 정정당당하게 처리해야 할 것이야. 지금 일부 관리들은 짐의 관대한 정치를 잘못 이해하고 있어. 아마 부처님이 베푸는 무한한 자비와 똑같은 것쯤으로 생각하는 것 같아. 태평성세를 빙자해 어지간한 잘못쯤은 범해도 대충 봐주겠거니 하고 역겨운 어리광을 부리고 있단 말이지. 무릇 이 사건과 연관된 관리들은 반드시 그에 상응한 죗값을 톡톡히 치러야 할 것이야. 관대한 정치를 베푼다 해서 이치가 후퇴해서는 안 되지. 물론 처벌 수위에 차이는 둬야해. 장친왕과 눌친의 주장대로 고래와 새우를 한 몽둥이로 때려 엎어서는 안 된다 이 말일세."

건륭의 단호한 말에 좌중의 사람들은 모두 고개를 숙였다. 건륭이 다시 말을 이었다.

"장친왕과 눌친은 돌아가서 사죄하는 내용의 상주문을 올리도록 하세요. 그대들을 난처하게 만들려는 것이 아니라 최소한의 형식은 갖춰야 하기 때문이오. 그대들이 악준과 이위를 탄핵하는 상소문을 먼저 올렸으니 짐이 이런 자리라도 마련해야 앞으로 불필요한 오해를 받지 않을 것 아니오!"

장친왕은 건륭의 말을 들으면서 가슴 한구석에 냉기가 흐르는 것처럼 서늘한 기분을 느꼈다. 과거 옹정은 겉보기와 속내가 크게 다르지 않았다. 마냥 준엄한 군주였다. 때문에 늘 그러려니 했다. 그런데 관대한 정치를 표방하고 나선 건륭은 당연히 옹정과는 정반대로 온화하고 부드러울 것이라고만 생각했다. 하지만 실제로 겪어보니 전혀 그렇지 않았다. 건륭은 사실 옹정보다 더 무서운 사람이라고 해도 좋았다. 만약 똑같은 상황이었다면 옹정은 벼락같이 화를 내고는 끝냈을 것이었다. 그러나 건륭은 치밀하게 증거를 확보해 당사자들을 꼼짝달싹 못하게 만들었다. 윤록은 그런 생각이 들자 자신도 모르게 마른 침을 꿀꺽 삼키면서 눌친과 함께 머리를 조아렸다.

"신들은 폐하의 엄중한 처벌을 달게 받겠사옵니다."

건륭은 웃기만 할 뿐 더는 말이 없었다. 잠시 후 고개를 돌려 장정옥에게 물었다.

"이보게 형신, 유강을 어찌 처벌하는 것이 좋겠나?"

"능지처참의 극형에 처함이 마땅한 사람이옵니다. 보통의 살인죄를 저질렀다면 참수 정도로 목만 치면 되겠으나 그는 십악의 죄행을 저질렀사옵니다."

장정옥이 추호의 망설임도 없이 대답했다. 그러자 악이태가 조심스럽게 다소 다른 입장을 밝혔다.

"십악의 죄는 어떤 경우에도 사면 받지 못한다는 조항은 있으나 죗값을 더 많이 받아야 한다는 규정은 없사옵니다. 그러니 능지처참은 조금 과한 것 같사옵니다. 신은 유강을 변호하려는 의도는 추호도 없사옵니다."

건륭이 장정옥과 악이태의 말을 다 듣고는 둘을 향해 말했다.

"그만 일어나게. 유강이 저지른 악역죄惡逆罪는 하로형만 해친 것이 아니야. 선제와 짐까지도 욕보였네. 그 죄를 묻자면 능지처참의 극형에 처해도 민분民憤이 가라앉지 않을 것이네."

건륭이 잠시 말을 마치고는 가지런한 흰 이로 아랫입술을 잘근잘근 씹었다. 이어 한참 생각에 잠겼다가 다시 입을 뗐다.

"능지처참의 극형에 처하게. 그자와 세 공범의 심장을 도려내 하로형의 영전에서 난도질을 하게. 악랄한 느낌이 없지는 않으나 이렇게 하지 않으면 하로형의 억울한 충혼을 달랠 길이 없네."

장정옥을 비롯한 네 보정대신은 그 자리에서 그만 진저리를 치고 말았다. 다들 속으로는 형벌이 지나치게 잔인하다는 생각을 했으나 아무도 감히 토를 다는 사람은 없었다.

건륭은 네 명의 보정대신이 물러간 다음 곧바로 수레를 타고 이위의 집으로 향했다. 문지기는 건륭이 나타나자 바로 안으로 들어가 아뢰려고 했다. 그러나 건륭이 제지하며 물었다.

"자네 어르신의 병세는 어떠한가? 마님은 괜찮고?"

"소인의 주인께서는 요즘 들어 병세가 날로 악화되고 있사옵니다. 마님께서는 속상하는 일이 있어도 환자 앞에서는 울지도 못하고 있사옵니다. 애써 참으시는 모습이 안쓰러워 못 견디겠사옵니다."

가인이 눈물 글썽한 얼굴로 대답했다.

"그래? 무슨 일이 있는가?"

"어르신께서 말하지 말라 하셨사옵니다……."

"짐에게도 예외가 없다는 말인가!"

가인이 건륭의 말이 떨어지기 무섭게 잔뜩 겁에 질린 표정을 한 채 서쪽 담벼락을 바라보며 입술을 실룩거렸다. 건륭 역시 그쪽으로 시선을 돌렸다. 온통 먼지투성이인 이위의 집 서쪽이 보였다. 어디서 토목공사를 한창 하고 있는 것 같았다. 건륭이 영문을 몰라 잠시 어리둥절해 있는 사이 "쿵!" 하는 굉음이 울려 퍼졌다. 더불어 사람 키보다 높은 담벼락이 통째로 무너졌다. 이어 우두머리인 듯한 웬 사내가 원래 이위의 서재로 사용됐던 방 앞 계단 위에서 큰 소리로 말했다.

"벽돌을 이쪽에 가져다 쌓아. 이 대인이 계신 저쪽으로는 먼지 한 톨도 날려서는 안 되니 깨끗하게 정돈해 놔! 그리고 조용히들 못해? 왜 그리 떠들어!"

"저기는 뭘 하는 건가? 방을 헐어 화원을 늘리는 모양인데, 이위가 시킨 것 같지는 않고⋯⋯, 도대체 어떻게 된 일인가?"

건륭이 서풍에 휘말려온 흙먼지가 눈에 들어간 듯 손으로 눈을 비비면서 물었다. 가인이 기다렸다는 듯 볼멘소리를 토했다.

"벌써 저 난리를 피운 지 나흘째이옵니다. 선제께서 하사하신 집이라 여태껏 어느 누구도 귀찮게 한 적이 없었사온데 며칠 전 내무부에서 황 아무개라는 당관이 나오더니 내무부의 결정이라면서 화원을 회수하겠다고 하더군요. 이 대인께서 저렇게 병환에 계시니 마님께서는 아무 말도 못하고 저리 냉가슴만 앓고 계시옵니다."

가인의 하소연이 이어지고 있을 때였다. 저편 동쪽에서 하녀 한 명이 달려오면서 소리쳤다.

"이봐요 나羅씨, 마님께서 사람들을 데리고 상방으로 가서 천으로 물건을 덮어놓으래요. 이 난리통에 자칫 폐하께서 하사하신 물건들에 먼지가 앉을까 염려하시네요⋯⋯."

하녀는 소리를 치다 말고 갑자기 말을 멈췄다. 눈도 화들짝 커졌다. 건륭을 알아본 것이 분명했다. 곧이어 손으로 입을 가리고 어찌할 줄 몰라 하더니 정신없이 되돌아 달려갔다.

건륭은 기분이 걷잡을 수 없이 가라앉았다. 아무래도 참을 수 없는 듯 얼굴이 붉으락푸르락해지더니 홱 돌아서서는 등 뒤에 있는 고무용의 뺨을 냅다 후려갈겼다. 고무용의 왼쪽 뺨은 삽시간에 시뻘겋게 부어올랐다. 아닌 밤중에 홍두깨 식으로 뺨을 얻어맞은 고무용은 아픔도 잊은 채 경황없이 버벅거리면서 변명을 했다.

"폐⋯⋯ 폐하⋯⋯. 소인은 전혀 몰랐던 일이옵니다⋯⋯."

"불과 이틀 전 짐이 이위에게 약을 하사했을 때 자네가 다녀가지 않았던가? 가서 저자들의 책임자를 불러와!"

건륭이 크게 화를 내면서 가인을 향해 명령했다. 가인은 명령을 받기 무섭게 빠른 걸음으로 달려갔다. 이어 꼴도 보기 싫다는 듯 상대를 외면한 채 먼 산을 바라보면서 내뱉었다.

"황씨, 저기 저 어르신이 좀 보자고 하시오. 아픈 사람 곁에 두고 하도 정신 사납게 구니……."

"정신 사납게 굴다니? 이게 그냥!"

황씨라는 사내는 손을 들어 가인을 때리려는 시늉을 했다. 그러나 곧 손을 내리고는 앞서 걸었다.

건륭은 황씨라는 사내의 말에 굴뚝같이 치미는 화를 주체할 길이 없었다. 급기야 고개를 돌려 크게 소리를 질렀다.

"이봐 새릉격, 자네는 왜 갈수록 눈치가 무뎌지는 겐가. 짐이 저리 무례한 자를 언제까지 보고 있어야 하나!"

시위 새릉격은 건륭의 질책을 듣고서야 비로소 자신의 책임을 깨닫고는 얼굴이 벌겋게 달아올랐다. 곧 자신의 과실이라면서 엎드려 연신 고개를 조아리더니 쏜살같이 황씨 앞으로 달려가서는 불이 번쩍 나게 그의 뺨을 갈겼다. 황씨는 팽이처럼 팽글팽글 돌다가 저만치 나가 떨어졌다. 갑작스러운 횡액에 정신을 못 차리고 일어서려는 그의 등 뒤로 다시 발길질이 날아들었다. 느닷없이 건륭에게 뺨을 얻어맞고 잔뜩 울상이 된 고무용 역시 허리춤에서 채찍을 뽑아들더니 사정없이 내리쳤다. 바로 그때 이위의 처 취아가 황급히 달려 나왔다. 이어 초주검이 돼 늘어져 있는 황씨를 살펴보더니 황급히 머리를 조아렸다.

"폐하, 이자는 한낱 심부름꾼에 불과하옵니다. 이런 놈을 때려죽여봤자 괜히 체통만 상하실 것이옵니다."

건륭은 취아의 말에 일리가 있다고 생각했다. 즉각 새릉격과 고무용의 행동을 중지시켰다.

취아가 눈물을 글썽이면서 말을 이었다.

"폐하, 누추하오나 안으로 드시옵소서."

건륭이 고개를 끄덕였다. 이어 두려움에 가득 찬 눈으로 자신을 바라보는 황씨를 향해 명령했다.

"이 일을 지시한 상관에게 가서 짐의 명을 전해라. 신형사愼刑司로 찾아가 곤장 스무 대를 자청하라고 말이야! 이위는 선제께서 아끼시던 노신이고 짐의 심복이야. 정신이 제대로 박힌 자라면 감히 이런 짓을 못하지!"

말을 마친 건륭은 취아를 따라 이위의 집 정방으로 향했다. 그러나 흥분이 가라앉지 않는지 자리에 앉아 취아가 받쳐 올리는 찻잔을 받을 때까지도 숨소리가 거칠었다.

"이보게 취아, 짐이 자네를 나무라는 것은 아니네. 자네는 짐이 어릴 때 옹화궁 서재에서 짐의 글공부를 시중들던 시녀가 아닌가. 그때는 짐의 짓궂은 장난에도 적당히 맞장구를 쳐줄 정도로 짐과 스스럼없는 사이가 아니었나. 그런데 어찌 갈수록 무골충이 돼가는 건가? 일이 이 지경에 이를 때까지 지켜보고만 있었다니. 짐에게 말하기 무엇 하면 황후에게라도 알렸어야지!"

취아가 바로 눈물을 머금었다.

"소인들은 둘 다 거지 출신이온지라 그저 길바닥에 나앉지만 않으면 된다고 생각했사옵니다. 소인이 진정 가슴 아픈 것은 사람이 다 죽게 된 마당에 그이가 죄를 범했다는 유언비어가 퍼지고 있다는 것이옵니다. 사실 모든 것을 접고 고향으로 돌아가고 싶은 마음도 굴뚝같사옵니다. 하오나 소인들이 혐의를 피해 도망간다는 말도 안 되는 소문이 날까 걱정돼 이러지도 저러지도 못하고 있사옵니다. 소인의 남편은 이렇게 가버리기에는 너무 가엾은 사람이옵니다. 주군의 홍복으로 과분한 자리에 올라 있으면서도 지금껏 소인의 반대로 첩 하나 들이지 못한 사람이옵니다. 저리 몸져누우니 소인도 마음을 고쳐먹지 않을 수 없게 됐습니다. 전에 저 사람이 좋아했던 시녀를 데려다 시중을 들게 하고 있사옵니다."

취아가 말을 다 마치고는 눈물을 닦으면서 서글픈 웃음을 지었다. 건륭은 잔뜩 굳어진 표정을 풀려고 입꼬리를 실룩거렸다. 그러나 좀처럼 웃음이 나오지 않았다. 그가 겨우 마음을 다잡고는 취아를 위로했다.

"이위가 유강의 사건을 미리 보고하지 않은 것은 잘못이네. 아마 그 책임은 져야 할 걸세. 허나 이위가 평생 이룩해 놓은 공로는 이번 사건 하나 때문에 없어질 것이 아니네. 짐도 나름대로 생각이 있으니 자네도 마음을 굳게 먹어야 하네. 누가 그 어떤 유언비어를 떠들고 다닐지라도 절대 흔들려서는 안 되네."

건륭의 말이 막 끝날 때였다. 갑자기 멀리서 이위의 기침소리가 터져 나왔다. 컹컹거리는 힘겨운 그 기침소리는 마치 지친 소의 탄식처럼 듣는 사람마저 숨이 막히게 만들었다. 취아가 그 소리를 듣더니 바로 얼굴이 창백해졌다. 손이 습관적으로 가슴께를 움켜잡았다. 건륭이 자리에서 일어서면서 말했다.

"짐이 건너가 보겠네."

건륭의 말이 떨어지기 무섭게 취아가 재빨리 따라 일어났다. 이어 건륭을 북쪽 끝에 붙어 있는 작은 방으로 안내했다. 원래 아이들 서재로 쓰던 방이었다. 건륭 등이 창문 앞에 잠깐 서 있자 안에서 거친 숨을 몰아쉬는 이위의 목소리가 들려왔다.

"그렇게 지키고 서 있을 필요 없다니까 그래. 나는 괜찮으니 가서 볼일들이나 보게. 부항 어르신께 자네들을 좀 돌봐달라고 부탁해 놓았네.

폐하께서는 앞으로 형사 쪽의 일을 유통훈에게 맡기실 모양이야. 내가 연청(유통훈의 호)에게도 자네들 얘기를 해놓았네. 연청이 폐하를 알현하고 나오는 대로 찾아가 뵙게. 서로 간에 연결고리가 끊어지면 안 되니까. 한 그루의 나무에 모두다 목을 매 죽을 수는 없지 않은가?"

건륭은 이위의 말을 귀기울여 들었다. 그러나 아무리 들어도 무슨 얘기인지 통 알 수가 없었다. 곧 취아가 발을 걷어 올렸다. 건륭이 성큼 안으로 들어서면서 웃는 얼굴로 말했다.

"이위, 짐이 자네를 보러 왔다네."

건륭은 방 안에 들어가자마자 바로 주위를 둘러봤다. 중년 사내 세 명이 남쪽 창문가에 앉아 있는 모습이 들어왔다. 또 스무 살 가량의 하녀가 구들 모서리에 비스듬히 앉은 채 시중들고 있는 모습도 보였다. 그녀는 이위가 터져 나오는 줄 기침 때문에 얼굴이 벌겋게 돼 괴로워하자 황급히 타구를 들고 다가가 등을 두드려줬다.

"폐…… 폐하!"

이위는 겨우 기침이 조금 멎은 틈을 타 거친 숨을 몰아쉬면서 간신히 입을 뗐다. 그리고는 일어나 앉으려고 몸부림을 쳤다. 그러나 아무리 애를 써도 일어나지 못하고 자리에 도로 누울 수밖에 없었다. 얼마 후 그가 다시 몸을 반쯤 일으켜 구들 모서리를 잡으려고 안간힘을 썼다. 그러나 결국 실패했다. 순간 그는 아이처럼 엉엉 울어버리고 말았다.

"신은 이제…… 폐하께…… 예를 갖출 기운마저 떨어지고 말았사옵니다. 폐하!"

취아가 남편의 모습을 안쓰럽게 바라보더니 세 중년 사내를 향해 말했다.

"폐하이시네. 어서 대례를 올리지 않고 뭘 하나?"

방 안의 세 사람은 반쯤 넋이 나가 있는 듯했다. 그러나 취아가 호통을 치자 그제야 비로소 일제히 무릎을 꿇었다. 그리고는 땅에 납작 엎드려 머리를 조아렸다.

"용안을 알아 뵙지 못해 죽을죄를 지었사옵니다, 폐하!"

건륭은 그러나 세 사람의 존재에 대해서는 아예 신경도 쓰지 않는 듯했다. 그저 이위를 바라보기만 했다. 사실 건륭은 그 누구보다 이위를 잘 알았다. 그는 온갖 역경 속에서도 꿋꿋하게 살아남은 사내 중의 사내였다. 어린 나이에 거지로 전락해 너무 일찍 삶의 고단함을 맛보기는 했으나 나중에는 봉강대리, 양강 총독을 역임하고 산동, 안휘, 감숙 등 문제 지역의 치안을 도맡아 다스렸던 열혈남아였다. 직접 왕경루王慶樓에 잠입해서는 '천하제일의 호한'으로 불리는 감봉지를 생포하는 공훈도 세운 바 있었다. 게다가 혈혈단신으로 도적떼의 산채를 공격해 어진 백성들을 혹세무민하는 두이돈의 무리를 진압하기도 했다. 다시 말해 거지 태생이기는 했으나 나중에는 강호의 영웅은 말할 것도 없고 뒷골목의 도적떼 모두에게 수뇌로 인정받은 당대의 호걸이었다. 그런 이위가 예전의 용맹함은 다 어디로 갔는지 닭 모가지 하나 비틀 힘도 없이 누워 있었다. 건륭이 만감이 교차하는 듯 이위를 바라보았다.

"병이 이 지경에 이르렀는데 예는 무슨 예인가? 짐이 하사한 천패川貝는 복용하고 있는가?"

이위는 가래를 그렁거리면서 대답을 하려고 했으나 하지 못했다. 그러자 취아가 대신 대답했다.

"계속 먹고 있사옵니다. 이 병은 겨울과 봄 사이에 특히 심하옵니다. 앞으로 나무에 새순이 돋아날 때면 괜찮아질 것이옵니다."

취아가 말을 마치고는 이위의 시중을 드는 하녀를 향해 말했다.

"옥천玉倩아, 폐하께 차를 따라 올리거라."

건륭은 그제야 하녀를 유심히 살펴봤다. 빼어난 미인은 아니었으나 이

목구비는 단정했다. 다소곳한 자태 역시 단아하고 얌전했다. 특히 가늘게 살짝 치켜 올라간 눈썹이 매력적이었다.

"옥천? 음, 이름이 좋네. 헌데 취아 자네는 배포도 있고 아량도 넓은 사람인데, 어찌 이 사람을 떳떳하게 이위의 첩실로 받아들일 생각을 하지 않는가?"

건륭의 물음에 취아가 대답했다.

"선제께오서 이위는 어지 없이 첩을 들일 수 없다 하셨사옵니다."

건륭은 선뜻 이해가 가지 않는 듯 잠시 어리둥절해 했다. 그러더니 곧 크게 웃음을 터트렸다.

"알았네, 그러면 짐이 주선을 해주지."

옥천이 건륭의 말에 얼굴을 붉혔다. 이어 건륭에게 찻잔을 받쳐 올리면서 수줍게 입을 열었다.

"망극하옵니다, 폐하. 박복한 이년은 그저 어르신을 평생 시중들 수만 있다면 여한이 없겠사옵니다."

"옥천, 나 좀 일으켜주게."

그 사이 기침이 멎은 이위가 구들 모서리를 잡고 반쯤 일어나더니 건륭을 향해 머리를 조아렸다. 이어 정중한 어조로 다시 입을 열었다.

"폐하께 큰 불경을 저질렀사옵니다."

이위는 옥천의 도움으로 베개에 기대앉은 채 건륭을 뚫어지게 바라봤다. 두 눈에서는 굵직한 눈물이 방울방울 흘러내리고 있었다. 그가 그렇게 한참 눈물을 쏟아내더니 다소 홀가분해진 듯 흐느꼈다.

"이런 꼴로 폐하를 뵙게 될 줄은 정말 몰랐사옵니다. 폐하께서 보내주신 약은 다 먹었사옵니다. 취아의 말처럼 이 병은 좋아졌다 나빠졌다 반복하고 있사옵니다. 다 소인의 명이 기구한 탓이옵니다. 선제께서 오사도鄔思道 선생에게 소인의 수명을 물으셨던 적이 있사옵니다. 그때 오

선생은 소인이 팔십 하고도 육 년을 더 산다고 했사옵니다. 그 말에 선제께오서는 소인이 다음 세대에도 충정을 바칠 수 있겠다면서 크게 기뻐하셨사옵니다. 지금 생각해보면 오사도 선생은 밤과 낮을 따로 셈해 소인의 나이를 계산한 것 같사옵니다. 하늘이 불러서 가는데 유감은 없사옵니다. 다만 황천길이 가까워질수록 선제와 폐하의 깊고 큰 은덕에 보답을 다 못 하고 간다는 아쉬움이 클 뿐입니다. 가슴이 찢어지는 것 같사옵니다……."

취아와 옥천은 끊어질 듯 간신히 이어지는 이위의 말에 입을 틀어막으면서 울음을 삼켰다. 저만치 꿇어앉은 세 사내 역시 어깨를 들썩거렸다.

"너무 상심하지 말게."

건륭이 위로의 말을 건넸다. 사실 그는 이위와는 어릴 때부터 주종관계를 초월한 가족 같은 정을 쌓아온 사이였다. 그런 만큼 그 역시 감정을 추스르기 힘들었다. 그러나 그는 애써 마음을 다 잡았다.

"짐은 오늘 병문안도 병문안이지만 자네를 위로해주려고 왔네. 짐이 보니 자네는 몸의 병보다 마음의 병이 더 중한 것 같구먼. 유강의 사건은 오늘 결론이 났네. 자네는 조석으로 짐을 배알할 수 있는 사람이었음에도 불구하고 이 사건을 미리 상주하지 않았으니 착오를 범한 것이 분명하네. 허나 짐은 자네가 딴 마음을 품고 그리 했다고는 생각하지 않네. 형평성을 고려해 자그마한 처벌은 내리겠으나 크게 벌하지는 않을 것이네. 황제란 항상 공과 사가 분명해야 하지 않겠나. 삼 년 동안의 녹봉을 차압하는 것으로 끝낼 테니 너무 걱정할 것 없네."

이위가 마음의 병이 더 심할 거라는 건륭의 말은 틀리지 않았다. 유강 사건으로 인해 이위는 엄청난 죄의식에 시달려왔다. 그는 평생 남에게 손가락질 당할 일을 하지 않고 당당하게 살아온 사람이었다. 그런데 한 순간의 실수로 죄를 지어 그간 쌓아올린 명예에 먹칠을 하게 된 것이다. 그나마 다행인 것은 취아가 가인들의 입단속을 철저히 한 덕분에 밖에서 떠도는 유언비어가 그의 귀에는 들어가지 않았다는 사실이었다.

취아는 가끔 방문하는 태의들이 "대인의 병세는 절대 안정이 필요하기 때문에 의원들의 허락 없이는 아무도 만나게 하지 마십시오"라거나, "만에 하나 무슨 일이 있으면 우리가 직접 나서서 형부에 사정 얘기를 하겠습니다"고 진심으로 위로의 말을 건넬 때면 불안하기 그지없었다. 이위가 무슨 눈치라도 챌까봐 걱정이 되었던 것이다. 그런데 이제 드디어 건륭이 가뭄에 단비처럼 때맞춰 병문안을 와서 이위를 위로해 주었다. 이로써 이위를 짓누르고 있던 마음의 병은 벌써 반쯤은 나았다고 해도 좋았다. 건륭의 진심 어린 언행은 따사로운 봄바람처럼 이위의 언 가슴을 녹여줬다. 이위는 콧마루가 시큰해지며 눈물이 쏟아지려는 것을 억지로 참고 연신 머리를 조아렸다.

"폐하의 성은에 어찌 다 보답하겠사옵니까? 이생에서는 더 이상 가망이 없사오니 내생에 다시 폐하의 말과 소로 태어나기만 기도할 뿐이옵니다……"

건륭이 이위의 말에 깊은 감동을 받은 듯 눈언저리가 붉어졌다. 그러나 애써 웃음을 지어 보였다.

"이제 불혹을 갓 넘긴 사람이 몸이 좀 아프기로서니 벌써 내생을 운운하면 안 되지! 힘을 내서 잘 치료받도록 하게."

건륭은 그제야 내내 엎드려 있는 세 사람을 향해 물었다.

"자네들은 어느 부처에서 일하는가?"

장시간 엎드려 있느라 기진맥진한 세 사람이 건륭의 말에 황급히 머리를 조아리면서 아뢰었다.

"폐하! 소인들은 육부의 관리가 아니옵니다."

"그럼 술직 온 외관들이겠군."

"아뢰옵기 황공하오나 소인들은 외관도 아니옵니다."

그때 이위가 대신 대답했다.

"폐하, 이 사람들은 청방青幇 수령 나조羅祖(나동수)의 제자들이옵니다. 이름은 각각 옹우翁佑(옹옹괴), 반안潘安(반세걸), 전보錢保(전성경)라 하옵니다. 소인을 도와 조운을 책임지고 있사옵니다. 비록 조정을 위해 진력하고 있사오나 아직 폐하의 접견을 받지 못했을 뿐 아니라 관직도 없기에 폐하께 말씀 올리지 않았사옵니다. 소인이 오늘내일하다가 갑자기 죽기라도 하면 갈 곳을 잃은 이 사람들이 혹시 사달이라도 일으킬까봐 미리 불러서 몇 마디 당부를 했사옵니다. 이 사람들의 사부인 나조가 세상을 떠났기에 새로운 사부도 찾아줘야 했사옵니다."

건륭은 옹우를 비롯한 세 사람을 자세히 뜯어봤다. 옹우는 기골이 장대하고 긴 수염이 인상적이었다. 반안은 왜소하고 날렵한 모습이었다. 전보는 반안처럼 작았으나 뚱뚱했다. 모두들 제각각이었다. 하지만 세 사람 모두 눈빛만은 호랑이의 눈처럼 형형하고 매서워보였다. 스승이 세상을 떠난 지 얼마 안 된 듯 세 사람 모두 팔에 검은 상장喪章을 두르고 있었다. 건륭이 말했다.

"진작부터 자네들을 만나보고 싶었으나 시간이 없었네. 자네들이 조운을 맡아준 이후 식량 운송에 이전 같은 말썽이 없었네. 그런 점에서 자네들은 나라에 큰 공을 세웠네."

옹우가 먼저 머리를 조아리고는 사은을 표했다.

"망극하옵니다, 폐하. 소인들은 '청방'青幇이오니 당연히 대청(청靑과 청淸은 발음이 같음)을 도와야 한다고 생각하옵니다. 앞으로도 식량의 운송은 소인들에게 맡겨주시옵소서. 북경에 이르러 쌀 한 근이라도 비면 소인들이 열 근을 보상하겠사옵니다. 오늘 생각지도 못한 폐하를 알현하게 됐사오니 폐하께서 은택을 내려주셨으면 하옵니다……"

그 순간 이위가 갑자기 버럭 호통을 쳤다.

"허튼소리 말게. 때가 되면 폐하와 조정에서 어련히 알아서 처리해주시지 않을까!"

이위의 말에 옹우 등 세 사람은 바로 고개를 푹 숙였다. 그러자 건륭이 말했다.

"그리 화내는 걸 보면 금세라도 툭툭 털고 일어날 것 같구먼. 그 성질 좀 죽이게. 저 사람들도 그냥 해본 소리겠지."

옹우가 다시 머리를 조아렸다.

"소인들은 비록 어명을 받고 조정을 위해 일을 하고 있사옵니다만 이렇다 할 명분이 없으니 곤란할 때가 참 많사옵니다. 조운 경유 지역의 지방관들로부터 이런저런 제한을 많이 받고 있사옵니다. 폐하께서 부디 소인들의 어려움을 헤아려주셨으면 하옵니다. 허함盧銜(이름뿐인 관직)이나 통행증이라도 하사해 주시면 소인들이 현지 관리들 앞에서 지금처럼 비굴해지지는 않을 것 같사옵니다. 소인들의 어려움은 간단히 한마디로 말씀 올릴 수 없사옵니다!"

건륭이 옹우의 간청이 예사롭지 않다고 생각한 듯 잠시 생각하더니 대답했다.

"음…… 짐이 잠깐 생각해 봤는데 자네들은 새로운 사부를 물색하느라 고민할 필요가 없겠네. 짐이 세 사람 모두에게 무관직인 유격游擊을 제수할 것이니 제각각 독립하도록 하게. 친병을 거느리라는 얘기는 아니네. 그저 재량껏 제자들을 끌어들이는 것은 허용하겠네."

건륭이 잠깐 말을 멈췄다가 덧붙였다.

"한 사람이 일천삼백이십육 명 정도까지는 받아들여도 괜찮네. 그들을 지휘하는 책임은 자네들에게 맡기겠네. 또 운반선도 이천여 척까지 사용할 수 있어. 앞으로 식량 운송을 전문적으로 책임지되 쌀 한 근이라도 비면 곧 그 책임자의 죄를 물을 것이네. 일 계급씩 강등을 시킬 것이야. 북경을 비롯한 직예直隷(하북河北 지역)는 매년 사백만 석의 식량을 필요로 하네."

30장
특혜를 받은 청방

옹우, 반안, 전보 세 사람은 날아갈 듯 기뻐했다. 아마 강호에서 활동하는 무리들 중 황제로부터 그런 특혜를 받은 경우는 이들이 처음일 터였다. 무엇보다 그들은 황제의 윤허를 받고 정정당당하게 자신들의 세력을 만들 수 있게 됐다. 더불어 부하들도 1000명 넘게 받아들일 수 있게 됐을 뿐 아니라 선박 역시 마음껏 이용하게 됐다. 한마디로 앞으로는 두려울 것이 없게 되었다.

'그렇게만 되면 양자강揚子江과 운하運河에서 관부의 협조를 받을 수 있는 것은 말할 것도 없고 평소에 곧잘 시비를 걸어오던 채등회彩燈會, 무생노모회無生老母會, 무위방無爲幫, 통원교通元敎, 정양교, 백양교 등 잡다한 무리들의 숨통도 조일 수 있게 돼. 호랑이 등에 날개가 달린 격이 따로 없어.'

옹우를 비롯한 세 사람은 거기까지 생각이 미치자 흥분을 감추지 못했다. 연신 머리를 조아리면서 사은을 표했다. 건륭이 미소를 머금은 채 말했다.

"돌아가서 자네들끼리 잘 상의한 후 나름의 규칙을 정하도록 하게. 자네들은 언제 어디서든 강호의 본색을 잃어서는 안 되네. 조정에서 편의를 봐준다고 해서 사사건건 조정의 이름을 내거는 일이 없도록 하게. 또 조정의 위세를 빌어 백성들을 억압하는 일도 있어서도 안 되네. 자네들의 임무는 조정을 위해 식량 운송을 책임지는 것이야. 또 지방관들과 협조해 강도와 도둑떼를 다스려 치안을 유지하는 것이네. 일단 한동안 지켜볼 것이네. 자네들 일하는 게 짐의 마음에 들면 부와 명예는 얼마든지 따라올 것이네. 그리 알고 본연의 임무에 매진하도록 하게. 이위는 지금 병환에 있으니 가급적 방해하지 말고, 사소한 일은 유통훈에게 보고하게. 그리 알고 물러가게!"

건륭이 옹우 등 세 사람이 물러가기를 기다렸다가 이위를 향해 고개를 돌리면서 물었다.

"짐이 제대로 처리한 건가?"

이위는 건륭이 터놓고 드러내지 않은 속셈을 환히 들여다보고 있었다. 건륭은 기본적으로 강호의 무리들이 아무 탈 없이 화목하게 지내는 것을 원하지 않았다. 그렇다고 병력과 막대한 군량미를 동원해 그들을 섬멸하는 것을 원하는 것도 아니었다. 그러기 위해서는 어마어마한 비용과 군사력이 소요될 터였다. 그래서 이런 방법으로 어부지리를 꾀하고자 했던 것이다. 실로 대단한 고단수가 아닐 수 없었다. 이위는 건륭의 그런 속내를 이처럼 잘 알고 있었으나 구태여 까밝히고 싶지 않았다. 그는 아무것도 모르는 척하며 건륭의 물음에 황급히 대답했다.

"폐하의 뜻에 전적으로 공감하옵니다! 강호에 홍방洪幫이라고 저자들보다 훨씬 더 큰 무리가 있사옵니다. 폐하께서 그자들도 적당히 보듬어

주시는 것이 좋을 듯하옵니다."

건륭은 이위의 말에 대한 답변을 의도적으로 피한 채 자리에서 일어 났다. 이어 손수 이위의 베개를 바로잡아주면서 입을 열었다.

"자네는 몸조리를 잘하는 것이 가장 급선무네. 다른 생각은 하지 말 게. 짐은 자네를 믿네. 그러니 조정에서 할 일 없는 사람들이 뭐라고 허 튼소리를 하든 상관하지 말게."

건륭이 취아에게도 당부를 했다.

"앞으로 무슨 일이 있으면 혼자 속 끓이지 말고 태후마마를 찾아가 얘기하도록 하게. 그렇게 하면 곧바로 짐에게 소식이 전해질 것이니."

이위는 건륭의 세심한 배려에 크게 감동한 모습이었다. 뭔가 다른 할 말도 있는 것 같았다. 급기야 떠나려고 하는 건륭을 황급히 불러 세웠 다.

"폐하, 신이 방금 전까지 심신이 혼미해 깜빡할 뻔했사옵니다. 폐하께 드릴 말씀이 있사옵니다."

건륭이 몸을 돌려 이위를 눈여겨 바라봤다. 그러나 아무 말도 하지 않 았다. 그러자 이위가 황급히 입을 열었다.

"얼마 전 반안에게 들은 말이옵니다. 이친왕理親王(홍석)께서 그 사람 들 셋을 불러 일인당 금 백 냥씩을 상으로 내렸다 하옵니다. 그리고 각 자 삼백 명씩 부하를 들이라면서 경비는 이친왕께서 내주시겠다고 했 다 하옵니다. 또 무슨 물건을 구입해달라고 부탁했다 하온데 신이 기억 이 흐릿하옵니다."

"음……."

건륭이 잠시 뭔가를 생각하더니 창밖을 내다보면서 담담하게 웃었다.

"홍석이도 호의로 그랬을 거라고 믿네. 달리 오해하지 말고 몸조리나 잘하게. 무슨 일 있으면 수시로 밀주를 올리게."

유통훈은 유강의 형을 집행하라는 성지를 받자마자 즉시 공문결재처로 사이직을 찾아갔다. 방 안에는 전도가 불안한 기색으로 사이직을 마주하고 있었다. 유통훈은 안으로 들어서서 그 모습을 보고는 말했다.

"그리 궁상을 떨고 앉아 있을 필요가 뭐 있나? 이위도 삼 년 치 녹봉을 받지 못하는 처벌밖에 안 받았는데! 더구나 자네는 그 당시 발언권이 있지도 않은 말단 관리였잖아. 물론 자네에게 죄가 없다고 할 수는 없으니 경미한 처벌이야 받겠지. 하지만 너무 걱정 말게. 어제 부항 여섯째어르신을 만났다네. 그분은 산서로 갈 때 형명 막료 출신인 자네를 데리고 갈 생각이라고 하시더군. 그래서 내가 이렇게 말했지. 자네가 머지 않아 곧 다시 기용될 것이니 그때 데려가라고 말이야."

전도가 자리에서 일어나 유통훈의 말을 공손히 경청하더니 천천히 입을 열었다.

"사 대인께서도 저에게 그런 얘기를 해주셨습니다. 두 분 대인의 격려와 훈육의 말씀에 소인은 그저 고마울 따름입니다."

사이직이 갑자기 놀라는 표정으로 말했다.

"전도, 자네 어찌 된 일인가? 방금 나하고 얘기할 때는 스스럼없더니 연청이 오니 얼어서 꼼짝 못하는구면?"

그러자 유통훈이 말을 받았다.

"그러게 말이에요. 나도 지금 이상하게 생각하는 중이에요."

전도는 그제야 자신이 지나치게 긴장했다는 것을 알아차리고 웃음을 지어보였다.

"연청 대인께 보름동안 취조를 받고 나니 이제는 멀리서 얼굴만 뵈도 다리가 후들거리고 가슴이 벌렁거립니다. 그때 그 표정을 떠올리면……."

전도가 잠깐 말을 멈추고는 몸을 떠는 시늉을 하더니 고개를 저었다.

"지금 생각하면 악몽을 꾼 것만 같습니다."

사이직과 유통훈은 전도의 몸짓을 보고는 자신들도 모르게 웃음을 터트렸다. 전도는 그렇게 분위기가 조금 느슨해지자 형부의 두 주관끼리 할 얘기가 있다는 사실을 눈치채고는 서둘러 물러가려고 일어섰다. 그런 그를 유통훈이 불러 앉혔다.

"자네는 형명 막료 출신이니 들어두는 것도 괜찮을 거네."

전도가 자리에 앉자 유통훈은 바로 건륭의 어명을 전했다. 그러나 사이직은 유강을 능지처참하고 그 심장을 도려내 하로형의 원혼을 위로하라는 말에 난색을 표했다.

"대청률에는 심장을 도려낸다는 조항이 없는데 어떻게 해야 할 지 난감하네. 그나저나 이 일을 누구한테 맡기지? 때가 되면 북경 전체가 떠들썩해질 텐데. 구경꾼들이 북새통을 이루면 질서는 또 어떻게 유지해야 하는가?"

사이직은 인품이 강직한 반면 다소 우둔한 면이 있었다. 지금이 바로 그랬다. 한참 후 그가 찻잔을 들고 잠시 생각하더니 말을 이었다.

"구경꾼들이 모여들지 못하게 막아야겠네. 좋은 구경거리도 아닌데 말이야. 전에 선제께서 장정로를 처벌할 때 썼던 방법대로 하면 어떠실지 폐하께 주청을 드려야겠네. 형을 집행할 때 문무백관만 소집하고 백성들은 못 들어오게 하면 골치 아플 일도 없잖아."

전도가 사이직의 말이 끝나기 무섭게 말했다.

"그 청은 폐하께오서 윤허하실 리 없습니다. 폐하께서는 이번에 천자의 위엄을 크게 떨치려고 하십니다. 아마 폐하께서 선제와 같은 길을 걷지 않는다고 뒤에서 수군거리는 자들에게 본때를 보여주기 위한 고육지책일 것입니다. 일전에 어지에서 '바르고 밝은 정치'를 천명한 것과 같은 맥락에서 볼 수 있습니다. 그러니 백성들에게 이를 보여주지 않고 어찌 폐하의 바르고 밝은 정치를 드러낼 수 있겠습니까? 저의 소견으로는 채시구茶市口(북경의 공개 처형장)에서 형을 집행하지 않는 것이 좋겠습니다. 지세가 낮고 풍수가 좋은 곳을 찾아 하로형을 안장하고 그 무덤 앞에서 유강을 죽이는 것이 좋을 것 같습니다. 이렇게 하면 하로형의 원혼을 달래줄 수 있습니다. 또 구경꾼들이 소란을 피우는 걸 방지할 수도 있습니다. 구경꾼들이 소란을 떠는 것은 현장을 제대로 볼 수 없기 때문입니다. 이렇게 하면 주변의 지세가 높아 구경꾼들이 사형 장면을 한눈에 볼 수 있으니 질서를 유지하기가 수월할 것입니다."

사이직이 곰곰이 생각해보더니 전도의 말에 천천히 고개를 끄덕였다. '심장을 도려내 망자의 혼을 달래는' 의식이라면 당연히 영구 앞에서 해야 마땅했다. 그런데 채시구에서 형을 집행할 경우 우선 하로형의 영구를 그곳까지 옮기는 일부터가 만만치 않았다. 사이직이 만족한 듯 웃음을 머금고 말했다.

"이 일은 전도의 의견에 따르는 것이 좋겠네. 순천부 부윤 양증도 참립결에 처하라는 어지가 계셨으니 한꺼번에 집행하도록 하게. 현장 감독은 연청 자네가 맡게. 헌데 아직 사형을 집행할 망나니를 물색하지 못해서 어쩌지?"

유통훈이 즉각 대답했다.

"유강 사건을 매듭짓는 순간부터 저는 더 이상 흠차 신분이 아닙니다. 그러니 감참관監斬官은 아무래도 사 대인께서 직접 나서는 것이 나을 것입니다. 그리고 망나니는 전에 능지처참의 형을 집행했던 경험자들 중에서 물색하면 깔끔하게 처리할 것이니 염려 마십시오!"

사이직은 유약한 선비 출신이었다. 게다가 형부의 일을 맡은 지도 얼마 되지 않았다. 아무래도 혹형을 집행하는 일이 처음이었으므로 적이 두렵지 않을 수 없었다. 그는 별것 아닌 듯 가볍게 말하는 유통훈을 보면서 자신도 모르게 등골이 오싹해지는 기분을 느꼈다. 그러나 꾹 참으며 침착한 어조로 입을 열었다.

"감찰관은 아무래도 연청 자네가 맡아야겠어. 위에서는 아직 자네의 흠차 신분이 다됐다는 어지가 없었지 않은가!"

"폐하께서 형장에 친히 걸음을 하실지 여부를 여쭙기 위해 폐하를 알현했었습니다. 그랬더니 폐하께서는 '군자는 부엌을 멀리 해야 한다'(《맹자》에 나오는 말로, 군자는 살생을 하는 곳에는 가까이 하지 말라는 의미임)고 말씀하시더군요. 사 대인도 소와 양이 슬프게 우는 소리(사람을 죽일 때면 소와 양이 운다고 함)를 꺼리는 것을 보니 군자는 군자인가 봅니다. 그러나 저는 군자가 아닙니다. 유강처럼 양심을 저버린 자는 백 명을 죽이라고 해도 흔쾌히 응할 것입니다."

유통훈이 잘 알겠다는 표정을 한 채 사이직의 제안을 받아들이겠다고 말했다. 그러자 옆에 앉아 있던 전도가 입을 열었다.

"모두들 선제께서 천성이 가혹하다고 말하지만 그 분은 사실 대단히 인자하신 분입니다. 전에 장정로가 요참의 형벌에 처해졌을 때 선제께서는 몸이 두 토막이 되고 상체가 저만치서 꿈틀거리는 것을 보시더니 고개를 돌리셨습니다. 그리고는 참혹할 '참'慘자를 연신 일곱 번이나 쓰시면서 마음을 다잡으셨습니다. 그 뒤로는 요참형을 영원히 금지한다는 어명을 내리셨습니다. 선제 때 죄인들의 가산을 몰수한 경우는 많았으나 사형은 그리 많지 않았던 이유도 바로 그 때문입니다. 그러니 감찰관들도 능지처참 장면은 보기 힘들어 하는 겁니다. 사실 명나라 때는 능지처참형이 밥 먹듯 흔했죠. 위충현魏忠賢(명나라 말기의 환관)을 능지처참에 처할 때는 칼로 일만 칠천삼백삼십삼 번 베라는 어명이 내려졌답니다. 그러나 첫날 삼천 번밖에 베지 못했는데 이미 종아리까지 물고기 비늘이 따로 없을 정도로 처참하게 변했다고 합니다. 그럼에도 불구하고 그날 밤에 이어 새벽까지 형이 계속됐죠. 나중에는 돼지고기를 다져 놓은 것과 똑같은 모양이 됐다고 합니다. 물론 잔인하기 그지없는 형벌임은 틀림없죠. 하지만 형명을 담당한 관리들은 담력을 키우기 위해서라도 그런 장면을 많이 봐둬야 합니다."

전도는 누가 형명 막료 출신이 아니랄까봐 사방으로 침까지 튀기면서 마치 연설하듯 열을 올렸다. 그 말을 듣고 있던 사이직의 안색이 파리하게 변했다. 꼭 잡은 두 손에는 식은땀이 흥건했다.

잠시 침묵이 흘렀다. 사이직을 비롯한 세 사람은 모두 묵묵히 각자 생각에만 골똘히 빠져 있었다. 오랜 침묵을 깨고 드디어 유통훈이 먼저 입을 열었다.

"달리 이견이 없으면 이렇게 결정하죠. 방금 논의한대로 돌아가 추진해야겠습니다."

유통훈은 말을 끝내자마자 바로 자리에서 일어났다. 전도 역시 엉거주춤 일어나 사이직에게 인사를 하고는 유통훈을 따라나섰다.

유강의 형을 집행하는 날, 전도는 형장으로 가지 않았다. 그전까지는 유강 사건에 연루됐다는 이유 때문에 일체의 업무를 중단하고 근신했으나 사건이 완결됐으니 다시 열심히 일할 준비를 해야 했던 것이다. 북경에 인맥이 별로 없는 그는 우선 부항을 찾아갔다. 그러나 몇 번의 노력에도 불구하고 부항과 사적인 얘기를 나눌 기회를 얻지 못했다. 곧 흠차로 나갈 부항을 축하하기 위해 그의 집에는 빈객들이 몰려들어 발 디딜 틈도 없었다. 할 수 없이 그는 다음 방문지로 이위의 집을 선택했다. 그러나 병세가 많이 호전됐음에도 아직 침상 신세를 면하지 못하고 있는 이위 역시 뾰족한 방법이 없기는 마찬가지였다.

초조하고 불안한 나날이 20여 일이나 흘러갔다. 전도는 이부에서 소식이 올까봐 어디 나가지도 못하고 집안에만 갇혀 있었다. 그러자니 바깥소식이 궁금해서 미칠 지경이었다. 그렇게 지옥 같은 나날이 흘러 3월 초하룻날, 드디어 이부에서 복직을 알리는 통보가 날아들었다. 여전히 형부로 돌아가되 추심사秋審司 주사主事를 맡으라는 것이었다. 그제야 숨통이 트인 전도는 날아갈 것 같은 기분으로 형부로 달려갔다. 이어 사이직과 유통훈을 만나 감사 인사를 한 다음 앞으로 동료가 될 사람들을 찾아가 한바탕 질펀하게 술자리를 가졌다. 그렇게 복직 준비를 다 마치고 마음이 안정되자 갑자기 늑민 생각이 났다. 그는 가만히 손을 꼽아봤다. 늑민이 강남으로 갈 시간도 가까워 오고 있었다. 결코 모른 척 지나칠 일이 아니었다. 결국 그는 은자 스무 냥을 준비하고는 선무문 서쪽에 위치한 장씨의 정육점으로 향했다.

3월의 봄바람이 훈훈하고 햇볕이 따뜻했다. 길 양 옆의 채소밭에는 푸른빛이 융단처럼 두툼하게 깔려 있었다. 새순이 돋은 버드나무는 땅바닥까지 늘어져 있었다. 또 차갑고 맑은 냇물은 졸졸 소리를 내면서 남쪽으로 흘러가고 있었다. 전도는 지난 한 달 동안의 일을 생각했다. 그러자 다시 한 번 악몽에서 깨어난 기분이 들었다. 오래간만에 마음이 홀가분해지면서 금세라도 가물가물 피어오르는 아지랑이에 실려 어디론가 날아갈 것만 같았다. 곧 저 멀리 우거진 버드나무 사이로 막대기 끝에 매단 검은 천이 보였다. 장씨의 정육점 표시였다.

주변에는 연인으로 보이는 사람들이 쌍쌍이 다정한 모습으로 봄 경치를 만끽하는 모습도 심심찮게 보였다. 날씨도 좋고 유람객들도 많아 장사꾼으로서는 기대를 해볼 만한 날이었다. 그런데 어찌된 영문인지 장씨의 가게 앞에는 여느 때와 달리 도마나 가마솥이 보이지 않았다. 자세히 보니 가게 문도 굳게 닫혀 있었다. 출입문이 약간 열려 있는 걸로 봐서 집안에 사람이 있는 것은 분명했다. 전도는 가마에서 내려 집 쪽으로 천천히 걸어갔다. 집안에서 여자의 흐느낌 소리와 간간히 위로하는 듯한 목소리가 들려 나왔으나 소리가 너무 낮아 제대로 들리지 않았다. 그는 다가가 큰 소리로 물었다.

"계십니까?"

"누구쇼?"

장명괴의 둥글고도 넓적한 얼굴이 문간에 나타났다. 상대를 알아본 장명괴는 얼굴 가득 웃음꽃을 피우면서 전도를 반갑게 맞이했다.

"복직을 감축드립니다, 전 어르신! 늑민 상공께서는 아침 일찍 강 건너 조설근 선생 댁으로 가셨습니다. 그나저나 어서 안으로 들어오십시오. 안 그래도 희소식을 접하고 이제나저제나 기다리던 중입니다."

전도는 못이기는 척 장명괴의 절을 받고 방으로 따라 들어갔다. 장명괴의 딸 옥아가 고기 써는 도마 앞에 서서 고개를 숙이고 있었다. 전도는 공처가로 유명한 사람이었다. 밖에서 다른 여자들을 집적거려서는 안 된다는 마누라의 말에 따라 그 어떤 여자에게도 눈길을 준 적이 없었다. 그래서 옥아를 몇 번 봤어도 그저 힐끗 훔쳐보는 데 그쳤을 뿐이었다.

그런데 오늘 가까이에서 바라본 옥아는 미모가 범상치 않았다. 오뚝한 콧날과 미끈하게 뻗은 콧마루가 고운 입술선과 맞물려 단아한 매력이 돋보였다. 양볼 깊숙한 보조개는 가히 매혹적이었다. 하지만 눈두덩은 울어서 빨갛게 부어있었다. 옥아는 때 아닌 손님의 방문에 무안한 듯 애꿎은 옷섶만 손가락에 감았다 폈다 했다. 전도는 그 모습을 보자 문득 가엾은 생각이 들었다. 일부러 활짝 웃으면서 말했다.

"옥아 처녀는 갈수록 예뻐지는구먼! 그런데 어인 일로 그리 슬퍼하시오? 늑민 형이 떼 놓고 혼자만 도망가겠다고 하던가?"

"그게 아니라 이 계집애가 한사코 식솔들이 다 같이 따라가야 한다고 고집을 부리지 뭡니까. 고집도 부릴 걸 부려야지!"

옥아의 어머니가 입을 열었다. 이어서 그녀를 쓸어보면서 한숨을 내쉬며 덧붙였다.

"그 사람도 손님의 신분인데 우리 넷을 달고 어디를 간다는 말입니까? 설사 남경의 윤 대인께서 우리까지 받아주신다고 해도 돼지 잡는 일밖에 모르는 백정이 이 꼴로 누구 얼굴에 먹칠을 하려고 따라나서겠습니까?"

옥아는 노파의 말이 끝나기도 전에 신경질적으로 발을 굴렀다. 그러더니 손수건으로 입을 가린 채 방 밖으로 뛰쳐나갔다. 장멍괴가 한숨을 지으면서 고개를 저었다.

"오냐 오냐 키웠더니 버르장머리하고는!"

순박한 장씨의 얼굴에는 난감한 기색이 역력했다. 전도는 기회는 이때다 싶어 즉각 준비해간 은자 스무 냥을 꺼내놓았다. 소매를 뒤지니 즉시 환전이 가능한 열 냥짜리 은표도 나왔다. 그가 그것을 함께 장멍괴에게 주면서 말했다.

"은자는 노자에 보태라고 늑민 형에게 드리는 것입니다. 이 은표는 읍내에 가서 환전해 옥아 처녀에게 새 옷이라도 사 입히세요. 늑민 형은 이번에 윤 중승 댁에 가면 눌러 앉아버릴 가능성도 있으나 북경으로 돌아와 과거시험에 응시할 수도 있어요. 늑민 형과 옥아 처녀는 둘 다 서로를 위하는 마음이 극진한 것 같더군요. 그러니 이참에 조촐하게나마 혼사를 치러 두 사람을 같이 보내는 것이 바람직하지 않을까요?"

"그건 안 됩니다. 소인이 점을 좀 본다는 사람들을 찾아가 보니 두 사람은 궁합이 맞지 않는다고 합니다. 늑민 상공은 팔자가 드세서 처를 두 명이나 먼저 보내야 평안하다고 합니다. 인품과 학식 모두 우리에게 과분한 분인 것은 잘 압니다. 그러나 딸을 줄 수는 없습니다."

장명괴가 전도의 말을 듣자마자 단호하게 거절했다. 심약하고 자기주장이라고는 모를 것 같던 장명괴가 아니었다. 그러자 여인이 남편의 말을 바로 반박했다.

"식솔 모두 남경으로 따라가는 것에 반대하는 것만큼 당신의 그런 고리타분한 생각에도 저는 반대예요. 궁합이 맞지 않으면 굿을 하든가 달리 푸는 방법이 있다고 하지 않았어요? 이제는 서로 알만큼 아는 사이인데 그런 인물을 어디 가서 사윗감으로 구하겠어요?"

"괜히 성질 긁지 말고 입 다물고 있어요. 나는 더 이상 할 말이 없으니까."

장명괴의 말투는 칼로 자르듯 단호했다. 이어 담담한 표정으로 덧붙였다.

"모르는 사람들이 인연이 닿아 만나고 좋은 감정을 나누면서 지내는 것도 좋아. 그러나 때가 되면 헤어지는 것도 당연한 일 아닌가. 나중에 늑 상공이 큰 인물이 돼 우리를 알아주든 몰라주든 그건 그분의 마음이고 혼인은 은정과는 별개의 문제라고. 여인네들이 뭘 안다고!"

전도로서는 처음 보는 장명괴의 모습이었다. 전도는 늑민을 만나러 몇 번 이곳을 다녀가면서 장명괴를 마냥 자상하고 어진 사람으로만 판단했다. 그런 사람이 대사를 앞두고는 단호하고 냉정하게 변해 있었다. 전도가 달리 중재할 방법이 없어 자리에서 일어서면서 말했다.

"그리로 갔으면 필히 술 한잔 걸칠 것이니 느지막이 돌아올 거예요. 늑민 형이 오면 내가 다녀갔다고 전해주세요. 그리고 내일 떠날 때는 배웅 나오지 못할 거라는 말도 전해주세요. 옥아 처녀 일가가 따라간다면 저도 걱정이 없겠습니다만 그리 할 생각이 없다면 앞으로 어려운 일이 있으면 나를 찾아오세요. 일개 가난한 관리에 불과하나 힘닿는 데까지 도와드릴 테니."

전도는 말을 마치자마자 밖으로 나와 바로 가마에 올라탔다. 장명괴는 그가 멀리 사라질 때까지 바래다주고는 정중하게 인사를 올렸다.

"살펴 가십시오, 전 어르신!"

장명괴는 집에 돌아오자마자 바로 대문을 쾅 닫았다. 이어 마누라를 향해 퉁명스레 내뱉었다.

"가서 옥아 좀 불러오게."

옥아는 어미가 미처 부르러 가기도 전에 이미 주춤주춤 방 안으로 들어섰다. 이어 곰방대만 뻑뻑 빨아대고 있는 아버지를 힐끔 쳐다보더니 걸상에 앉으면서 물었다.

"저는 왜 불렀어요?"

장명괴가 곰방대를 발뒤꿈치에 툭툭 털면서 입을 열었다.

"이 애비는 네 마음을 잘 안다."

"네?"

"네 에미가 늘 나리를 좋게 보고 너도 늑민과 죽자 살자 하는 사이인 것을 잘 안단 말이야."

"아버지!"

"왜? 우리끼리 문 닫아걸고 말하는데 직설적으로 말하면 안 되냐?"

장명괴의 어투가 한결 누그러워졌다. 이어 차근차근 설명을 하기 시작했다.

"너는 내가 정말 팔자나 궁합 따위에 얽매어 너희들을 헤어지라고 하는 줄 아는 거냐? 궁합이 안 맞는 사람을 꼽으라면 나하고 너의 어머니만큼 안 맞는 사이도 없었어. 그래도 우리는 여태까지 멀쩡하게 잘만 살아 왔지 않니? 너의 어미는 내 마음을 잘 알 거다. 솔직히 여자는 문지방이 너무 높은 집에 들어가면 살아 있어도 산목숨이 아니야. 너희 둘을 봐라. 가문, 학식, 인생의 지향점, 장래성 어느 것 하나 어울리는 데가 있는지 말이다."

옥아가 대답하기도 전에 장명괴의 마누라가 마른침을 꿀꺽 삼키면서 말했다.

"그 사람 가문도 이제는 몰락했잖아요. 별 볼 일 없기는 마찬가지지!"

장명괴가 마누라의 말에 답답한 듯 가슴을 쥐어뜯었다.

"자네들은 아직도 연극과 현실을 혼동하고 있는 것이 문제야. 가난한 집 처자가 위기에 처한 공자를 구해준다, 여자의 살뜰한 보살핌 덕분에 원기를 회복한 공자는 과거에 급제하고 금의환향해 여자하고 혼인한다……. 이는 연극에서나 있을 법한 일이야. 현실은 다르다고! 우리 장씨 가문 조상들도 명나라 만력황제 때 몰락하기 전까지는 썩 괜찮은 세도가였어. 가문의 한 규수가 연극에 등장하는 장원들을 흠모해 한사코 장원과 혼약을 맺고 싶다고 했다지. 장원들이라면 모두 인품과 학식이 연극에서처럼 그리 뛰어난 줄 착각했겠지. 그렇게 해서 만력 이십칠 년의 장원을 사위로 들였다고 해. 그러나 소문난 잔치 먹을 것 없다고 기껏 출세시켜 놓았더니 정실부인은 찬밥 취급하고 첩 들이는 데만 여념이 없더니 결국…… 나에게는 고모할머니지…… 대들보에 목매 자살했잖아."

장씨의 말에 여인은 어느덧 표정이 숙연해졌다. 생각을 더듬어보니 갓 시집온 첫 해, 서른 살 먹은 남편이 책을 읽는 족족 태워버리던 기억이 났다. 그리고 해마다 청명淸明(약력 4월 5일 무렵)에 몰래 제수를 마련해 장 상공張相公(장거정張居正을 의미함)의 묘소를 찾아 제사를 지내던 일도 기억났다. 그때 그녀는 장명괴 가문의 내력을 잘 몰랐다. 그런데 오늘 처음으로 남편 가문의 과거를 들으니 그 뿌리를 어렴풋이 알 것 같았다. 그녀는 어느덧 남편의 말이 이해가 갔다.

"여자 일생에 남자 잘 만나는 것만큼 큰 복은 없다. 나도 네 아비의 말이 맞는 것 같구나. 물론 늑 상공이 관직에 오르지 않는다면 상황이 달라지겠지만 말이야."

옥아는 그러나 고집을 꺾지 않았다. 눈물이 그렁그렁한 채 대꾸했다.

"그 사람이 관직에 오르건 말건 저는 그이의 사람이에요. 저는 마음속으로 진작부터 그이를 남편으로 섬겨왔어요. 아버지는 여자가 일부종사해야 한다는 말도 못 들어 봤어요? 아버지가 정말 미워요!"

그러나 옥아도 말은 그렇게 하지만 마음속으로는 갈등이 심했다. 감정과 이성 가운데서 하나를 선택해야 하는데 그것이 정말 어려웠던 것이다. 더구나 가슴이 터질 것 같은데 그렇다고 어디다 원망을 할 수도 없으니 엉뚱하게 아버지 장명괴에게만 분풀이를 할 수밖에 없었다.

장명괴는 거의 발악에 가까운 딸의 반응을 멍하니 지켜봤다. 그의 눈빛이 어두워졌다.

집에서 어떤 일이 벌어졌는지 알 리가 없는 늑민은 신시가 지나서야 돌아왔다. 술을 얼마나 마셨는지 비틀대면서 대문도 제대로 열지 못했다. 옥아는 인기척을 듣고 황급히 달려 나갔다. 갑자기 늑민이 배를 잡고 토하기 시작했다. 옥아는 허겁지겁 달려가 그를 부축하고 등을 두드려줬다. 장씨 마누라는 부삽에 재를 한가득 퍼 와서 토사물을 덮었다. 얼마 후 옥아는 기진맥진해서 한쪽으로 쓰러지는 늑민을 겨우 부축해 방으로 들어갔다. 이어 옷을 벗겨준다, 물수건으로 몸을 닦아준다, 해장국을 끓인다 하면서 바쁘게 움직였다.

옥아가 해장국을 들고 가까이 갔을 때 늑민은 어느새 요란하게 코를 골면서 잠이 들어 있었다. 옥아는 조용히 바느질거리를 갖고 늑민의 곁에 앉았다. 늑민은 밖에 어둠이 깔리고 집집마다 등불을 내걸 즈음 겨우 눈을 떴다. 그때까지도 옥아는 신발을 만드느라 여념이 없었다. 늑민은 잠이 깬 기척을 내지 않은 채 옥아의 모습을 오래도록 바라보기만 했다. 이윽고 그가 깊은 한숨을 토해냈다.

"어머, 깜짝이야!"

옥아가 늑민의 한숨소리에 화들짝 놀랐다. 그러나 곧 정신을 차리고는 핼쑥해진 남자의 얼굴을 안쓰럽게 쳐다봤다. 이어 미리 준비한 해장국을 한 순가락 입에 떠 넣어주었다.

"어떻게 된 게 조설근 나리와 술만 마셨다 하면 곤죽이 돼서 토하고 난리를 피워요? 술로 상대가 못 되는 줄 뻔히 알면 좀 요령껏 마실 것이지! 언제 깼어요?"

"한참 됐어. 자네를 훔쳐보고 있었지."

"왜요? 처음 보는 사람 같았어요?"

옥아가 자신을 훑어보면서 반문했다.

"등불 밑에서 꽃구경하면 또 다른 운치가 있다고 하잖소."

순간 옥아의 얼굴이 귀밑까지 붉어졌다. 기우다 만 신발바닥으로 씽긋 웃는 늑민의 이마를 살짝 때려주었다.

"허구한 날 풍월이나 읊어대더니 절세의 미인이 그리워진 건가요?"

그러자 늑민이 깍지 낀 두 손을 베개 삼아 베면서 웃었다.

"괜스레 질투는? 우리 옥아는 그리 속 좁은 여자가 아니지. 그런데 나하고 같이 남경에 가는 건 확실하지?"

옥아가 실을 길게 잡아당기면서 고개도 들지 않고 역으로 물었다.

"저 혼자요?"

"그래."

옥아는 그 말을 듣는 순간 그만 바늘에 손가락을 찔리고 말았다. 그러나 동그랗게 맺힌 피를 입으로 두어 번 빨아내더니 아무 일 없었던 듯 다시 바느질을 계속했다. 한참 후 옥아가 조용히 불렀다.

"늑민 오라버니."

"응?"

"저를 기억해 주실 건가요?"

"생뚱맞게 그게 무슨 말이야?"

"제가 따라가지 못하겠다면……, 저를 기억해 주실 거예요?"

옥아가 서글픈 표정으로 다시 물었다. 늑민이 말했다.

"내일 아침 내가 직접 아버님께 말씀드리고 자네를 꼭 데리고 갈 거야. 앞으로 매일 코 맞대고 있을 텐데 뭘 기억하고 말고 할 게 있어? 바보 같은 소리 하지 마!"

옥아의 얼굴에 서글픈 미소가 번졌다. 그녀가 고개를 숙이고 한참 생각에 잠겨 있다 힘겹게 한마디를 꺼냈다.

"그쪽에 가면 오라버니는 높은 사람들하고 어울릴 텐데……, 저하고는 맞지 않아요."

그 말에 늑민이 벌떡 일어나 앉았다. 이어 차를 한 모금 마시고 숨을 길게 내뱉더니 말했다.

"떳떳하게 신분을 밝히고 데리고 다니는데 누가 뭐라고 하겠어? 사내대장부가 득세하면 식솔을 달고 다니는 것은 예삿일이야. 내가 관직에 오르면 자네는 자연스럽게 내 첩실이 되는 거야. 그런데 누가 감히 자네를 우습게 보겠어? 그리고 부항어르신이 그러시는데, 내가 다음 과거에서도 급제하지 못하면 설근이처럼 국자감 종학에 추천해주시겠다고 했어."

늑민이 한참 말을 하다 말고 갑자기 입을 다물었다. 이어 놀란 표정으로 옥아를 바라보면서 물었다.

"갑자기 왜 그래? 조금 전까지만 해도 괜찮더니 갑자기 어디 안 좋아진 거야? 안색이 창백한데?"

"아니에요."

옥아의 얼굴에는 놀라움과 두려움, 그리고 슬픔이 가득했다. 그녀가 우수에 찬 눈빛으로 촛불을 멍하니 바라보더니 천천히 일어나 반짇고리를 집어 들었다. 이어 떨리는 목소리로 말했다.

"저는 집을 비울 수 없어요. 동생은 아직 어리고 부모님도 저를 보내고 나면 허전해 못 견디실 거예요. 저희 걱정은 마시고 장밋빛 미래를 향해 씩씩하게 떠나세요. 아버지 탕약을 달여야 해서 저는 그만 나가볼게요."

옥아는 가슴께까지 고개를 숙이고 물러갔다. 무슨 영문인지 몰라 뒤통수를 긁적이던 늑민은 차 한 모금을 마시고 다시 드러누웠다. 잠시 후 평온하게 들리는 그의 고른 숨소리와 코 고는 소리가 방 안을 가득 메웠다.

31장
황실의 실세 흠차

부항이 산서성 태원太原에 도착했을 때는 3월 초사흘이었다. 그는 이미 현지에서도 꽤나 유명해져 있었다. 흠차 신분으로 남순길에 올랐을 때 올린 상주문마다 건륭의 높은 평가를 받은 데다 그의 주장과 건륭의 주비가 관보에 심심찮게 등장한 탓이었다. 그랬으니 산서 순무 객이길선喀爾吉善은 젊은 국구 흠차가 도착하기 사흘 전부터 태원부 관리들을 총동원해 그를 맞이할 준비에 열성을 다했다.

이렇게 해서 태원 경내의 길에는 황토를 새로 깔았고, 매 50보步마다 채방彩坊(울긋불긋하게 칠해 세운 아치형의 문)도 세웠다. 부항이 도착할 날짜가 되자 객이길선은 신임 포정사 살합량薩哈諒과 함께 문무 관리들을 거느리고 유수장柳樹莊까지 영접을 나갔다. 요란한 의장을 앞세운 것은 말할 나위도 없었다. 객이길선은 쾌마를 보내 부항이 어디까지 왔는지 알아보도록 했다. 그러나 번번이 흠차가 아직 도착하지 않았다는 보고만 들려올 뿐이었다. 객이길선이 이제나저제나 목을 빼들고 있을 때였다. 멀리서 말을 탄 친병이 달려왔다. 이어 맞은편을 손가락으로 가리키면서 아뢰었다.

"부 중당께서 저쪽 모퉁이까지 도착하셨습니다!"

객이길선은 손으로 이마를 가린 채 눈을 좁히면서 친병이 가리킨 쪽을 바라봤다. 과연 푸른 융단을 덮은 팔인 대교가 보였다. 그러나 흠차 행렬치고는 의장이 지나치게 간소해 보였다. 6품 무관 복색으로 통일한 친병 여덟 명이 칼을 찬 채 앞에서 길을 열고 5품 관리 복색을 한 여덟 명이 큰 말에 올라앉아 뒤에서 호위할 뿐이었다. 객이길선은 즉시 명령을 내렸다.

"예포를 울리고 음악을 연주하라!"

삽시간에 예포소리가 세 번 울리더니 음악이 크게 울려 퍼졌다. 그 사이 당도한 가마가 천천히 내려앉았다. 친병이 황급히 가마의 발을 걷어 올리자 구망오조의 관포에 노란 마고자를 받쳐 입은 부항이 천천히 모습을 드러냈다. 산호 정자 뒤에 드리운 쌍안 공작 화령이 눈부신 빛을 뿜고 있었다. 부항은 위풍당당한 걸음으로 객이길선에게 다가갔다.

"소인 객이길선이 산서성 각 아문의 문무 관리와 함께 폐하의 옥체 안강을 기원하옵니다!"

객이길선이 길게 엎드려 머리를 조아렸다.

"폐하께서는 안강하오!"

부항은 고개를 들어 응답했다. 이어 허리를 굽혀 두 손으로 객이길선과 살합량을 동시에 일으켜 세웠다.

"두 분 모두 그간 무고하셨소?"

부항이 말을 마친 다음 두 사람을 자세히 훑어봤다. 강희 57년의 진사 출신인 객이길선은 이미 지천명知天命(50세)의 나이를 넘겨서인지 얼굴이 온통 주름투성이였다. 약간 치켜 올라간 턱 위에는 반쯤 센 염소수염이 몇 가닥 드리워져 있었다. 반면 이제 막 불혹^{不惑}(40세)에 접어든 살합량은 각진 얼굴에 눈썹이 칼같이 날카롭고 짙었다. 허리까지 치렁치렁하게 드리운 까만 머리채 끝에는 노란색 나비모양의 장식품이 달려 있었다. 부항은 두 사람 다 내성적이지만 듬직한 성격이라는 사실을 잘 알고 있었다. 그래서인지 두 사람은 흠차 앞에서 아부 한마디 할 줄을 몰랐다. 부항은 그런 두 사람을 다시 쳐다봤다. 둘을 기용한 옹정의 취향을 알 것 같았다. 부항이 두 사람을 향해 빙그레 웃으면서 말했다.

"세종께서 붕어하셨을 때 두 분도 북경에 왔었던 것으로 알고 있소. 그때는 통 경황이 없어 얘기다운 얘기를 나눠 보지도 못했소이다."

건륭은 이번에 부항이 북경을 떠나올 때 한 가지 문제에 대해 신신당부했었다. 그것은 바로 산서성의 객이 성을 가진 두 관리(객이길선과 객이흠^{喀爾欽}을 일컬음)는 서로 사이가 껄끄러운 만큼 둘 사이에서 중재 역할을 잘하라는 당부였다.

"지난번 상경했을 때는 동화문 밖에서 잠깐 뵈었습니다. 산서성의 군무와 정무에 많은 지도편달을 주시기 바랍니다."

객이길선이 말했다. 살합량 역시 입을 열었다.

"중당께서 남순하시면서 올린 주장은 관보를 통해 일일이 배독했습니다. 해박한 논리와 독특한 식견에 감탄을 금할 길 없었습니다. 조석으로 많은 지적과 훈육을 바랍니다."

살합량이 말을 마치자마자 한쪽으로 비켜서면서 손을 내밀어 안내를 했다.

"문무 관리들을 접견하십시오, 흠차 대인."

부항이 고개를 끄덕이고는 월대에 올라섰다. 월대 아래는 삽시간에 물 뿌린 듯 조용해졌다. 부항이 기다렸다는 듯 우렁찬 목소리로 운을 뗐다.

"여러분! 나는 폐하로부터 두 가지 임무를 받고 이곳 병주幷州(산서성의 다른 이름)에 왔소. 하나는 이곳 흑사산黑査山 타타봉에 둥지를 틀고 산서 치안을 어지럽히는 표고 패거리들을 전멸시키는 것이오. 그렇게 해서 이곳 군민들에게 보다 안정된 삶의 터전을 마련해 주려고 하오. 다른 하나는 각 아문의 재정, 형명, 국채환수 실태를 파악하고 정상 궤도에 진입할 때까지 감독하는 것이오. 떠나올 때 폐하께서는 간곡히 분부하셨소. 산서성 정무는 여러 관리들의 책임이므로 흠차는 한발 물러나 감독하고 바로 잡는 역할만 해야 한다고 말이오. 그러므로 나는 여러분의 일에 사사건건 제동을 걸어 간섭할 뜻은 추호도 없소. 이 점을 분명히 밝혀두는 바이오. 지금부터 여러분은 각자 본연의 위치로 돌아가 맡은 소임에 전념하도록 하시오. 그 전에 업무 실사에 도움이 되도록 역대 정무와 군무 자료를 제출하시오. 본 흠차는 산서성의 삼대 아문과 합동으로 각 아문의 업무 상황을 투명하게 조사할 것이니 여러분은 조금도 속이거나 감추려 해서는 안 되오. 은폐한 과실이 있더라도 잘못을 진심으로 뉘우치는 사람에게는 거듭날 기회를 주겠소. 그러나 그렇지 않은 사람은 가차 없이 처벌할 것이오. 비록 젊고 여러모로 부족한 사람이나 어명을 받들고 온 몸이니 폐하의 뜻을 가슴에 새기고 매사에 열심히 임할 것이오. 그리고 본 흠차가 강조하고 싶은 것이 또 있소. 올 때 그랬듯이 갈 때도 '청렴한 흠차'라는 이름만 달고 갈 것이니 여러분의 많은 협조를 바라오!"

부항의 장황한 연설이 채 끝나기도 전에 장내에서는 우레 같은 환호와 갈채가 터져 나왔다. 부항은 열화와 같은 반응에 가슴이 한껏 벅차오르는 듯했다. 벌겋게 달아오른 얼굴을 들어 문무 관리들을 바라보면서 가벼운 미소까지 지었다. 이어 다시 입을 열었다.

"이런 환호와 갈채는 너무 부담스럽소. 그러니 방금 전의 환호와 갈채는 황제폐하를 대신해 받은 걸로 하고 오늘 말은 이걸로 마치겠소. 본 흠차는 객이 중승中丞, 살 방백方伯과 상의할 일이 있으니 여러분은 그만 물러들 가는 것이 좋겠소."

부항은 말을 마치자마자 손사래를 치면서 월대를 내려섰다. 객이길선이 기다렸다는 듯 황급히 걸어 나왔다. 이어 사방으로 와자지껄 흩어지는 백성들을 가리키면서 웃음 머금은 얼굴로 말했다.

"여섯째어르신, 성 안의 백성들이 흠차의 풍채를 우러러보고자 학수고대하고 있습니다. 그리 긴요한 일이 아니라면 잠깐 뒤로 미루시고 먼저 성으로 들어가시는 것이 어떻겠습니까? 백성들과 더불어 환락의 순간을 함께 하시는 것이 어떨까 합니다."

부항이 담담하게 대답했다.

"내가 산서 백성들에게 해준 일이 뭐가 있다고 환락을 누리겠소? 지금 이처럼 분에 넘치는 환대를 받는 것도 마냥 부담스럽기만 하오. 긴히 처리해야 할 군무 대사를 뒤로 하고 인사를 받고 싶은 생각은 없소."

살합량이 객이길선을 대신해 집요하게 권유했다.

"접관청接官廳에 접풍연接風筵(손님을 맞이할 때 여는 연회)을 준비해 놓았습니다. 그러면 그리로 걸음을 하시어 여독을 깨끗이 씻어내시고 문무 관리들을 다독여주시죠."

"내가 연회에 참석하지 않으면 문무 관리들이 실망하는 거요? 내가 하늘땅이 떠들썩하게 입성하지 않으면 백성들이 마음을 다치기라도 하오? 산서성에는 듣도 보도 못한 우스운 풍속이 있는 거요?"

부항의 쌀쌀맞은 말에 객이길선과 살합량은 깜짝 놀랐다. 부항에 대한 소문은 많이 들었으나 이 정도로 딱딱한 사람일 줄은 생각지도 못했던 것이다. 결국 살합량이 감히 다른 말을 더 못하고 황급히 달려가더니 주위에 분부를 내렸다.

"모든 관리들은 먼저 성으로 돌아가게. 각자의 위치로 돌아가 업무를 보도록 해."

부항은 사람들이 모두 흩어지기를 기다렸다가 수레 대신 말 위에 올라타면서 말했다.

"나는 답답한 수레보다 아름다운 봄 풍경을 만끽할 수 있는 말이 좋소."

"부 대인은 실로 고아한 취미를 가지셨습니다."

객이길선과 살합량은 그제야 뭔가를 깨달은 듯 이마를 쳤다. 부항은 오늘 따라 유난히 황홀한 봄 경치에 매료된 것이 틀림없었다. 그래서 답답한 연회석도 마다하고 산수의 정취를 느끼고자 했던 것일 터였다. 두 사람은 친병들에게 먼발치에서 따라오도록 명령을 내린 다음 말을 타고 부항의 뒤를 따랐다. 살합량이 말했다.

"태원에는 명승고적이 많습니다. 진사晉祠가 그 중의 하나입니다. 짬을 내서 모시겠습니다."

부항이 사방의 경치를 둘러보면서 대답했다.

"바쁜 대목이 지나가면 생각해 보도록 하겠소. 지금 내 머릿속에는 온통 도둑떼 생각밖에 없소."

부항은 말을 마치자마자 바로 크게 웃었다. 이어 한참 후 다시 입을 열었다.

"부청주傅青主(유명한 의학자이자 사상가인 부산傅山을 의미함)의 고향이 여기 산서라고 들었소. 폐하께서는 가끔씩 그 사람의 얘기를 꺼내고는 하시오. 나중에 깜빡하고 그냥 갈 것 같아 미리 일러두고자 하오. 그 가문이 이미 쇠락했다고 하니 자손들을 찾아가 먹고살도록 만들어주시오. 나중에라도 폐하께서 물으시면 곤란하지 않겠소."

"예."

객이길선과 살합량 두 사람이 황급히 말 위에서 몸을 굽혀 대답을 했다. 부항이 다시 질문을 던졌다.

"명승고적 얘기를 하니 흥미가 동하는군. 태원 교외에 난촌蘭村이라고 있는데, 그곳에 가본 적이 있소?"

객이길선이 바로 대답했다.

"제가 다녀왔습니다. 경치가 그저 그만입니다! 왼쪽에 태항산太行山, 오른쪽에 여량산呂梁山을 끼고 깎아지른 듯한 절벽 아래 분하汾河가 완연히 굽이쳐 흐르는 모습이 장관입니다."

"내가 말하는 것은 경치가 아니라 두 대부寶大夫의 사당祠堂이오."

객이길선이 기억을 더듬으면서 말했다.

"아, 자그마한 사당이 있기는 합니다. 그러나 별로 구경할 것은 없습니다. 사당 북쪽에 한여름에도 얼음처럼 차다고 해서 '한천'寒泉이라고 불리는 샘터가 있는데, 그곳이 좀 괜찮을 뿐입니다."

"한천이 누가 판 샘인지 아오?"

"그건 잘 모르겠습니다."

"바로 두 대부요."

부항이 미소를 지었다. 그리고는 다시 물었다.

"두 대부가 어떤 사람인 줄은 아오?"

"잘 모르겠습니다."

"춘추시대 때 진晉나라의 대부大夫인 조간자趙簡子의 가신이었소. 가뭄을 해결하기 위해 평생 노력한 분이셨소. 분하를 끌어들이기 위해 수로를 파다가 지쳐죽었소. 사람들이 그의 업적을 기리기 위해 사당을 만든 것이오. 한천도 그때 당시 파낸 샘물이라고 하오."

부항이 말했다. 난촌에 가본 적이 없는 살합량이 감탄을 금치 못했다.

"여섯째어르신께서 박학다식한 분이라는 사실은 원래부터 알고 있었으나 오늘 가까이에서 뵙고 가르침을 들으니 실로 감복하지 않을 수가 없습니다."

"장조 대인에게 들은 얘기요."

부항이 대수롭지 않게 말했다. 어느덧 그의 얼굴에는 웃음기가 사라졌다. 진지한 대목에 들어서자 근엄해지고 싶은 모양이었다. 그가 다시 입을 열었다.

"개자추介子推(진晉나라 문공文公이 망명생활을 할 때 자신의 허벅지 살을 베어내서 문공의 허기를 면하게 할 정도로 충정을 다 바친 인물. 그 후 논공행상에서 제외되자 산 속에 은거하였는데, 문공이 그를 하산시키기 위해서 산불을 놓았으나 하산하지 않고 불에 타 죽었다. 그를 기리기 위해 한식寒食이 생겨났다)처럼 몸을 바쳐 충성하는 신하도 칭송받아 마땅하오. 하지만 이 나라에는 두 대부처럼 백성들을 위해 목숨을 버리는 진정한 어버이 같은 관리들이 있어야 하오. 그런데 현실은 어떻소. 그런 관리들이 몇이나 되오? 비록 여태까지 칙봉을 받지 못했으나 두 대부는 명실상부한 영웅호걸이오. 몇 천 년 동안 그의 사당에 향화香火가 끊이지 않는 것만 봐도 알 수 있지 않겠소?"

객이길선과 살합량은 그제야 비로소 자신들의 판단이 잘못 됐다는 사실을 깨달았다. 부항은 봄 경치 구경을 핑계로 그들에게 자연스런 훈육의 자리를 마련한 것이다. 두 사람은 얼마 전까지만 해도 부항이 아무리 날고 긴다 해도 국구라는 신분의 덕을 톡톡히 봤을 것이라고 생각했다. 그러나 직접 만나본 부항에게서는 일반 사람에게서 찾을 수 없는 비상한 자질이 엿보였다. 둘은 마땅히 대꾸할 말을 찾지 못했다.

얼마 후 커다란 채방이 심심찮게 눈에 띄기 시작했다. 그러자 부항은 멋스럽게 잘 만들었다면서 연신 치하를 했다. 그러나 채방 하나 만드는 돈으로 웬만한 백성들이 1년은 먹고 살 수 있다면서 은근슬쩍 두 사람을 꼬집기도 했다. 잔뜩 숨죽이고 따라가는 두 사람은 그때마다 등골에 가시라도 박힌 것처럼 깜짝깜짝 놀랐다. 그렇게 가다 서다를 반복하면서 성문 앞에 이르자 세 사람은 길옆의 자그마한 가게에 들어가 칼국수 한 그릇으로 끼니를 해결했다.

객이길선과 객이흠은 흠차의 행원을 성학省學의 공원貢院에 마련하고자 했다. 그러나 부항은 스무 명밖에 안 되는 사람들이 학궁學宮을 차지해서는 안 된다면서 동문에 있는 역관에 묵겠다고 고집을 부렸다. 그런 다음 부항은 가장 먼저 장광사를 만나기로 했다. 그러나 장광사는 안문관雁門關에서 진행하고 있던 병력 배치 등의 군사 업무를 채 마무리 짓지 못한 탓에 태원으로 돌아오지 않은 상태였다. 하는 수 없이 부항은 며칠 동안 각 아문의 주관들을 불러 접견하는 시간을 가졌다. 그러나 추호도 흠차의 권위를 내세우지 않았다. 3품 이하 관리들도 모두 편하게 앉아서 대화를 할 수 있도록 배려했다. 그는 궁금한 현안도 참 많았다. 현행 부세 제도에 대한 백성들의 반응, 과거시험 응시생 수, 합격자 수, 주현 관리들의 수입, 지방의 풍속 등등 오만가지에 대해 다 꼬치꼬치 캐물었다. 편안한 분위기에서 마치 식솔들끼리 마주앉아 두런두런 이야기꽃을 피우듯 얘기하다보니 관리들 역시 속마음을 쉽게 털어놓았다. 그러다 보니 의외의 수확도 적지 않았다.

그는 현지의 명사나 유지들과도 스스럼없이 음풍농월을 즐겼으나 유독 술자리만은 사양하겠다고 애초부터 쐐기를 박았다. 관리들은 흠차의 신분을 벗어 던지고 부담 없이 대하는 부항에게 어느새 마음의 빗장을 열고 경계하지 않았다. 그러나 부항의 만만찮은 모습을 겪었던 객이길선과 살합량만은 매사가 조심스러웠다.

부항이 산서에 도착한 지 나흘째 되던 날이었다. 순무아문으로부터 총독 장광사가 태원에 도착했다는 소식이 날아들었다. 곧이어 산서, 호북, 하남, 사천 등 총 네 개 성의 군무를 이끄는 장군인 그가 보낸 두 명의 참장參將이 수십 명의 친병들을 거느리고 역관으로 찾아와 뵙기를 청했다. 순간 패도와 장화소리가 요란하게 울려 퍼졌다. 역관 밖은 삽시간에 살기등등한 분위기로 가득 찼다. 산서성 학정 객이흠을 접견하고 있던 부항은 느닷없는 바깥 동정에 다소 놀랐다. 그가 고개를 갸웃거리면서 연유를 물으려 할 때였다. 역승이 숨이 차도록 달려 들어와 아뢰었다.

"중당 대인, 장 군문의 사절이 뵙기를 청하였습니다!"

"사절을 먼저 보냈다고?"

새로 온 흠차의 기를 꺾어놓으려는 장광사의 의도가 분명했다. 부항은 잠시 뭔가를 생각한 다음 분부를 내렸다.

"나는 지금 객이흠 대인을 접견 중이니 그들에게 서쪽 별채에서 기다리라고 하라."

부항의 말이 떨어지기 무섭게 객이흠이 자리에서 일어났다.

"하오나 중당 대인! 온 사람들은 두 명의 참장입니다. 군무가 우선입니다. 소인은 물러갔다가 나중에 다시 뵙고 훈육을 받도록 하겠습니다."

"알겠소만!"

부항이 짧게 대답하고는 역승을 향해 덧붙였다.

"그들에게 잠깐만 기다리라고 하게. 자리에 앉으시오, 객이흠 대인. 산서 북부의 각 주현들은 지난 이십 년 동안 진사를 한 명도 배출하지 못했다는데 어찌 된 영문이오?"

객이흠이 불안한 표정으로 다시 자리에 앉았다. 이어 떨리는 목소리로 대답했다.

"한마디로 하루 한 끼를 때우기도 힘든 빈궁한 지역이기 때문이라고 볼 수 있습니다. 훈장 선생을 구할 돈이 있으면 배터지게 먹어보고 죽는 것이 소원이라고 말할 정도로 궁합니다. 현학縣學(현의 학당)에서 초빙한 훈도訓導에게 녹봉을 주지 못하는 일은 다반사이고, 그나마 현학조차 없는 곳도 많습니다. 제가 이번에 대동부大同府로 가보니 그곳에는 현학이라는 간판만 걸려 있고 집도 절도 없는 어중이떠중이 중들과 도사들이 진을 치고 있었습니다. 어떤 현학은 일 년 내내 문을 닫고 있다가 연말에 한 번 문을 열고 수재들을 불러 고기 한 덩어리씩 나눠주는 것이 고작이라고 합니다……."

"그렇다면 문인들이 열심히 하려고 해도 할 수 없는 분위기로군. 어제 가보니 성의 학궁은 제법 그럴싸하던데, 알고 보니 빛 좋은 개살구였군."

부항이 씁쓸한 표정을 짓자 객이흠도 인정한다는 표정으로 말을 받았다.

"어제 흠차께서 가보신 곳은 은자 십만 냥을 지원 받아 새로 꾸민 흠차 행원입니다. 향시의 공원은 아닙니다. 흠차 대인 덕분에 생원들이 비를 피할 곳이 생겼습니다. 소인은 그저 감지덕지할 따름입니다."

부항은 객이흠의 말을 듣고 나서야 비로소 그곳의 형편을 어렴풋이 알게 됐다. 저도 모르게 씁쓸한 말이 터져 나왔다.

"어쩐지 구색이 안 맞는다 했더니……. 그랬었구려!"

부항이 찻잔을 들어 한 모금을 마시고는 잠시 입을 다물었다. 객이흠이 분위기를 파악하고는 자리를 털고 일어섰다. 이어 찻잔을 들어 홀짝이고는 절을 하면서 작별 인사를 고했다.

"올 가을 추위秋闈(가을에 보는 과거시험) 때 향시 생원들이 비 걱정 없이 시험을 치를 수 있게 돼 흠차 대인께 다시 한 번 깊은 감사를 표합니다."

객이흠은 말을 마치고는 곧바로 물러갔다. 부항은 머릿속이 복잡해졌다. 향시 따위에는 눈곱만치도 관심이 없어 보이는 사람들이 새로 학궁을 꾸미고 부항의 흠차 행원을 공원 안에 마련하려고 했다? 무슨 목적에서일까? 잠시 후 부항은 곧 그 의문에 대한 해답을 찾았다.

'이자들의 깊은 뜻을 알겠군. 가을 향시 때가 되면 행원을 비워줘야 해. 그러니까 가을이 되기 전에 알아서 빨리 북경으로 돌아가라는 뜻이 아니고 무엇인가? 손 안 대고 코를 풀려는 수작이 틀림없군.'

부항은 그런 생각이 들자 내심 객이길선의 교활함에 놀라지 않을 수 없었다. 혼을 내줘야겠다는 생각이 들었다.

'아마 너희들의 뜻대로는 안 될 걸?'

부항은 객이길선의 간계를 비웃으면서 정방을 나서 서쪽 별채로 발걸음을 재촉했다. 방 안에 들어서서 보니 3품 복색을 한 두 무관이 허리를 꼿꼿하게 편 채 긴 나무걸상에 똑바로 앉아 있었다. 담배와 차도 준비돼 있고 두 사람 외에 다른 사람은 아무도 없었으나 둘은 마치 조각상처럼 딱딱하게 굳은 자세를 하고 있었다. 부항이 들어서자 튕기듯 일어나 한쪽 무릎을 꿇고는 인사를 올렸다.

"하관들이 흠차 대인께 문후를 올립니다!"

"일어나게!"

부항은 얼굴 가득 미소를 보였다. 이어 두 사람에게 자리로 돌아가 앉으라는 시늉을 했다. 그리고는 방 한가운데 있는 의자에 앉으면서 말했다.

"장광사 장군은 뛰어난 통솔력을 지닌 분이라고 들었소. 오늘 두 분 장군의 풍채를 보니 과연 명불허전이구먼."

부항은 첫 마디의 운을 떼면서 두 사람을 눈여겨봤다. 한 명은 기골이 장대했다. 다른 한 명은 그럴싸한 체구에 날렵한 인상을 풍겼다. 부항은 며칠 동안 문관들만 접견하다가 씩씩한 군관들을 만나자 색다른 기분이 들었다. 말투를 한결 부드럽게 하면서 물었다.

"두 분 장군의 존함을 알 수 없을까? 장광사 장군을 따라 사천에서 온 사람들인지 아니면 산서 토박이인지 궁금하군."

키 큰 사내가 상체를 깊숙이 숙이면서 대답했다.

"하관은 호진표胡振彪라 하옵고, 저 친구는 방경方勁이라 합니다. 원래는 연갱요 대장군의 휘하에 있었습니다. 연 장군이 그리 되고 나서 악종기 군문의 휘하를 거쳐 재작년에 장 군문 밑으로 왔습니다. 범고걸範高杰 도통都統의 표영標營 참장으로 있던 중 이번에 흠차 대인을 곁에서 모시라는 명을 받았습니다."

"알고 보니 다들 백전노장들이시군."

부항이 잠시 침묵을 하는가 싶더니 다시 입을 열었다.

"그런데 범고걸은 어느 대영 출신이오? 내 이번에 떠나오기 전 병부에 들러 참장 이상 군관들의 이력서를 대충 살펴봤소. 두 분 장군의 이름은 어렴풋이 기억이 나는데 범고걸은 전혀 본 기억이 없소."

방경이 부항의 시선을 받으면서 황급히 아뢰었다.

"범 군문은 장광사 군문께서 운귀 총독아문에서 데려온 사람입니다. 하관들도 잘은 모릅니다. 얼핏 듣기에 묘족 칩거 지역을 공략할 때 공로를 세웠다는 것 같았습니다."

묵묵히 고개를 끄덕이던 부항이 그제야 본론을 꺼냈다.

"그래 장 군문은 지금 어디에 있소? 어찌해서 같이 오지 않았소?"

호진표와 방경 두 사람은 갑작스런 질문에 어떻게 대답해야 할지 몰라 당황해하는 것 같았다. 잠시 머뭇거리더니 방경이 먼저 입을 열었다.

"아뢰옵니다, 흠차 대인. 장 군문께서는 예전부터 늘 저희들을 먼저 보내셨습니다. 흠차 대인께서 일정이 촉박하실까 염려가 돼 미리 접견 날짜를 받아놓으려고 하관들을 먼저 선발대로 보낸 것이 아닌가 합니다. 혹시라도 하관들이 흠차 대인의 법도를 어겼다면 용서해주십시오. 상부의 명령에 복종할 수밖에 없는 저희들의 어려움을 헤아려주시기를 바랍니다."

부항이 말했다.

"그런 것은 없소. 나는 그저 지금 당장 장 군문을 접견했으면 해서 그러오. 가서 빨리 오시라고 전하게."

호진표와 방경은 부항의 말이 떨어지기 무섭게 벌떡 일어나더니 대답하고 물러갔다. 부항도 자리에서 일어나 정방으로 돌아와 소식이 오기를 기다렸다. 그 사이 역승이 관리들의 두툼한 수본手本(공사公事에 관한 일을 상관에게 보고하는 자필 글월)을 들고 들어왔다. 부항이 몇 장 넘겨보고는 도로 건네주면서 말했다.

"웬만한 주관들은 다 접견했으니 이제부터 뵙기를 청하는 사람들은 군무가 아니면 돌려보내게."

부항이 이어 며칠 동안 각 부처 관리들을 접견하면서 나눈 대화 기록을 아역에게 건네주면서 분부했다.

"이 문서들을 밀봉해 보관하도록 하게."

말을 마친 부항은 서둘러 관복을 갈아입고 의관을 정제한 다음 장광사를 기다렸다. 아니나 다를까, 바로 그때 방경이 성큼 역관으로 들어서더니 뜰에서 절을 하면서 외쳤다.

"장광사 군문께서 흠차 대인께 뵙기를 청합니다!"

"중문을 열고 예포를 울려라!"

부항이 큰 소리로 명령을 내렸다. 그리고는 자리에서 일어나 처마 밑까지 마중을 나왔다. 곧 세 발의 예포가 울렸다. 동시에 완전 무장을 한 장광사가 보무도 당당하게 모습을 드러냈다. 따라온 두 명의 부장과 네 명의 참장은 이문 입구에서 걸음을 멈췄다.

장광사는 뜰 한가운데 우뚝 서서는 계단 위에 서 있는 젊은 흠차를 한참동안 뚫어지게 바라봤다. 그리고는 얼굴에 노골적으로 경멸하는 미소를 지으면서 머리를 조아려 문안을 여쭈었다. 그러나 부항은 전혀 불쾌한 내색을 하지 않았다. 평소대로 예를 갖춰 인사했다. 이어 장광사를 부축해 일으키고자 한 걸음 다가섰다. 그러나 그럴 필요가 없었다. 장광사가 이미 일어서고 있었던 것이다. 장광사와 어깨를 나란히 한 채 안으로 걸어가던 부항이 마냥 딱딱하기만 한 장광사를 향해 먼저 허허 웃으면서 말했다.

"장 군문, 안으로 드시죠!"

장광사는 그제야 얼굴에 한 가닥 웃음을 지었다. 이어 부항을 따라 방 안으로 들어갔다.

"장 군문."

주객은 각자 자리를 찾아 앉았다. 부항은 순간 이처럼 오만불손한 사람에게는 예의를 차리기보다 단도직입적으로 밀고 나가는 것이 낫다는 생각을 했다. 내친김에 먼저 입을 열었다.

"폐하께서는 강서와 산서 두 곳의 사교 조직과 비적들의 동향에 커다란 관심을 갖고 계시오. 장 군문이 열병차 산서로 왔다는 말을 듣고 나는 대단히 기뻤소. 태원에 도착한 첫날 객이길선 대인과 대화를 나누던 중 우연히 안문관 기영旗營에 대한 얘기가 나오기에 그곳 병력이 얼마나 되냐고 물어보았소. 그랬더니 객이길선 대인도 상세한 것은 잘 모르는 것 같았소. 대략 만여 명쯤 되는 걸로 알고 있다고 하더이다. 숫자를 부풀려 군량미를 타내려는 악습이 근절되지 않았기에 이 숫자에 거품도 많을 거라고 했소. 병영의 규율을 어기고 식솔들을 데리고 다니는 자도 있고, 진작에 물러났어야 할 노병들도 물러나지 않고 버티고 앉아 있다고 들었소. 이게 과연 사실이라면 지난번 태호太湖(양자강揚子江 하류 강소성 남부에서 절강성까지 이어진 중국 3대 담수호)의 수군을 정돈할 때와 사정이 별반 다를 것이 없는 것 같소. 장 군문께서 직접 다녀왔다 하니 보고 느낀 바를 얘기해줬으면 하오."

장광사는 두 손을 무릎 위에 올려놓고 무표정한 얼굴로 부항의 말을 다 들었다. 이어 천천히 대답했다.

"이곳 상황이 기가 막힌 것은 사실입니다. 그러나 제 생각에는 객이길 선의 병영보다는 백배 나은 것 같습니다. 저도 흠차 대인을 영접하러 나오고 싶었으나 친병들이 하고 다니는 꼬락서니가 워낙 엉망이라 정돈을 안 하면 안 되겠더군요. 산서 사람들이 똑똑한 것은 사실입니다. 그러나 병사들이 언변이 좋고 영악하다고 해서 전쟁터에 나가 이기는 것이 아닙니다. 설상가상으로 흠차 대인께서는 병사들을 이끌고 전투를 치러본 실전 경험이 없는 분이니 저로서는 더더욱 마음을 놓을 수가 없었습니다. 그래서 이번에 군기를 문란케 한 몇 놈을 처단했습니다. 흠차 대인을 위해 안문관 병영의 기강을 바로 세우기 위해서 말입니다. 그밖에 장군 셋을 이리로 보내 흠차 대인을 보좌케 할 생각입니다. 그러니 흠차께서는 직접 흑사산까지 걸음하실 것 없습니다. 그저 이곳 태원에서 원격 조종만 하시면 될 것입니다!"

누가 듣더라도 장광사의 생각은 분명했다. 부항에 대한 극진한 대우를 핑계로 안하무인으로 행동하겠다는 것이었다. 그러나 부항은 구태여 따지지 않고 웃어넘겼다. 잠시 후에는 일부러 화제를 돌렸다.

"타타봉 쪽에는 첩보가 들어온 것이 없소?"

장광사가 대답했다.

"사흘에 한 번씩 보고가 올라오게 돼 있습니다. 표고는 지금 타타봉 산채에 둥지를 틀고 있습니다. 그곳은 산이 높고 숲이 우거진 데다 산 밑에 여러 갈래의 강이 있어 관군이 접근하기 어렵습니다. 또 섬서와의 접경지대이다 보니 최악의 경우 섬서陝西로 도망갈 수 있다는 것이 표고의 계산인 것 같습니다. 그러나 뛰는 놈 위에 나는 놈 있다고 하지 않았습니까? 저들이 아무리 발광을 해봤자 군기가 정돈되고 군량미가 충분한 데다 사기까지 충천한 우리 관군의 상대가 못 될 것입니다. 안문관 병영에서 삼천 명만 동원시키면 보름 안으로 그자들의 소굴을 쳐부술 수 있습니다."

"역시 장 군문이오."

적군과 아군 쌍방 역량에 대한 장광사의 분석은 부항의 생각과 거의 비슷했다. 부항은 순간 장광사의 안하무인인 태도로 인한 혐오감이 조금은 사라지는 것 같은 기분을 느꼈다. 그가 공수를 하면서 말했다.

"그러면 장 군문께서는 언제 나에게 병권을 넘겨주시겠소? 또 나를 보좌해주기로 했다는 장군들은 어떤 사람들인지 못내 궁금하오."

부항의 말에 장광사가 즉시 소리쳤다.

"범고걸 외 세 명은 앞으로 나오라!"

장광사의 말이 떨어지기 무섭게 체구가 땅딸막한 중년 사내가 호진표와 방경을 데리고 대열에서 나왔다. 이어 날렵하게 군례를 올리고 대령했다. 가까이에서 본 범고걸은 녹록치 않았다. 검붉은 얼굴에 근육이 불끈거리고 칼에 맞은 상처가 무려 일곱 군데나 있는 사람이었다. 순탄한 삶이 아니었다는 사실을 온몸으로 보여주고 있었다. 장광사가 세 사람을 가리키면서 부항에게 말했다.

"이 사람은 범고걸이라고 합니다. 저의 좌영左營 부장副將입니다. 그리고 옆의 호진표와 방경 두 사람도 경험이 많고 용맹한 장군들로 범고걸의 병영에서 참장으로 있습니다. 자네들 세 명은 내 명령을 잘 듣게. 첫째, 반드시 타타봉을 함락시켜 표고 일당을 일망타진한다! 둘째, 흠차대인의 의견을 존중하고 신변 호위에 만전을 기한다! 모가지가 달아나기 싫으면 매사에 최선을 다하라! 나는 내일 태원을 떠나 사천으로 돌아갈 것이니 여러분이 가져올 희소식을 기다리겠다. 무슨 말인지 잘 알아들었나?"

"예, 군문!"

"오늘 이 시각부터 여러분은 부 중당의 지휘에 전적으로 복종한다! 알겠는가?"

"예!"

"마지막으로 할 말이 있으면 하라!"

그러자 범고걸이 한발 앞으로 성큼 나서면서 부항을 향해 공수를 하고 나서 입을 열었다.

"타타봉 비적들은 고작 천 명 남짓입니다. 장 군문께서 오천 병마를 내주셨는데도 적을 깡그리 소멸하지 못한다면 하관들은 더 살아 있을 이유가 없습니다. 흠차께서는 태원에서 하관들의 개선 소식만 기다려 주십시오. 저희 셋이 보름 안으로 반드시 타타봉을 갈아엎도록 하겠습니다!"

"자네들만 믿네!"

장광사가 자리에서 일어나면서 찻물을 조금 마셨다. 그리고는 부항을 향해 잔을 들어 올리며 작별인사를 고했다. 부항도 똑같이 찻잔을 들어 답례했다. 이어 장광사를 역관 앞까지 배웅했다. 한참 후 부항은 뽀얀 먼지를 일으키면서 멀어져가는 장광사의 뒷모습을 오래도록 바라봤다.

32장
이시요의 계책과 부항의 용맹

장광사가 산서성을 떠난 다음 날이었다. 객이길선은 흑사산이 위치한 임현臨縣으로부터 긴급 문서를 받았다. 즉각 부항에게 전해진 문서 내용은 간단치 않았다.

"표고가 오천 명의 비적들을 거느리고 현성縣城을 사흘째 포위하고 있습니다. 군민軍民이 힘을 합쳐 저항하고 있으나 적들이 사방에 포진하고 있어 오래 못 버틸 것 같습니다. 현재 아군 상황은 병사 천 명, 백성 삼만 명에 불과합니다. 조속히 대군을 파견해 지원해주기 바랍니다."

대단히 위급한 상황인 것 같았다. 부항의 콧등에 어느새 땀이 송골송골 배어났다. 얼마 전까지만 해도 타타봉에 둥지를 튼 비적들이 천여 명이라고 보고받았었는데 난데없이 '오천 명의 비적'이라니? 장광사는 군기를 바로 잡아놓았다고 했다. 그러나 워낙 약골인 산서 병사들이 밤낮으로 칼을 갈아왔을 오천 명의 비적들을 상대하기란 결코 만만치 않을 것은 자명한 일이었다. 물론 도착한 즉시 안문관 병영으로 가보지 않은 부항 자신에게도 책임은 있었다. 자칫하면 '실기오국'失機誤國(기회를 놓쳐 나라를 위기에 이르게 함)의 죄명을 쓸 수도 있었다.

빠르게 생각을 정리한 부항은 문서 원본을 밀봉하고 건륭에게 올리는 주장을 쓰기 시작했다. 무엇보다 산서성의 제반 상황과 장광사로부터 병권을 넘겨받은 경위를 소상하게 적었다. 이어 끝부분에 자신의 강력한 의지를 덧붙였다.

"신은 금일 저녁으로 태원을 떠나 안문관 병영으로 가겠사옵니다. 관군을 거느리고 타타봉을 습격하겠사옵니다. 적들의 퇴로를 차단하는 것이 급선무라 생각하옵니다. '위위구조'圍魏救趙(위나라를 포위해 조나라를 구함)의 계략으로 적들을 궤멸할 요량이옵니다. 손바닥만 한 산모퉁이에 박혀 있는 오합지졸들 때문에 폐하께 걱정을 끼쳐드리지 않도록 전력투구하겠사옵니다."

부항은 주장을 다 쓰고 난 다음 유통훈에게 오할자를 보내달라는 내용의 친서도 보냈다. 그렇게 800리 긴급서찰로 주장과 친서를 발송하고 나자 자기도 모르게 긴 한숨이 나왔다. 그래도 친병에게 지시를 내리는 것은 잊지 않았다.

"오늘 저녁 안문관으로 출발할 테니 차비를 하라!"

부항의 말이 떨어지기 무섭게 밖에서 전갈이 들어왔다.

"이석주離石州의 통판通判인 이시요李侍堯가 뵙기를 청합니다!"

부항은 습관처럼 창밖을 내다봤다. 벌써 어둠이 깊어지고 있었다. 마음이 답답해 죽겠는데 한낱 미관말직에 불과한 통판을 접견할 여유가 있을 턱이 없었다. 그가 짜증스럽게 손사래를 쳤다.

"본 흠차는 군무가 우선이다. 문관들의 방문은 일절 사절한다고 전하라!"

"예, 흠차 대인!"

"잠깐!"

그 순간 부항이 생각이 바뀌었는지 돌아서는 친병을 황급히 불러 세웠다. 이석주라면 임현과 이웃하고 있으니 적의 상황을 잘 알고 있을 것이라는 생각이 뇌리를 스쳤던 것이었다. 잠시 불러들여 물어보는 것도 나쁘지 않을 것 같았다.

"내가 이 사람을 잠깐 접견하고 있을 테니 자네들은 떠날 채비를 서두르게."

친병이 물러가자 이시요가 빠르게 걸어 들어왔다.

"이시요라……."

부항이 조용히 중얼거렸다. 어딘가 귀에 익은 이름이었다. 그는 순간 부지런히 기억을 더듬었다. 인사를 마친 이시요가 일어서자 부항이 입을 열었다.

"내가 악선의 문생 명단에서 자네 이름을 본 기억이 나네. 그 당시 이름을 보고 독특하다고 생각했던 것 같네."

부항을 바라보는 이시요의 세모눈이 순간 예리한 빛을 발했다. 곧 그가 허리를 굽힌 채 말했다.

"그건 악선 대인께서 잘못 기록하신 것 같습니다. 하관은 천자의 문생입니다. 폐하께서 친히 하관을 선발해주셨습니다. 하관의 무례함을 꾸짖는 시까지 하사하시고 하관을 '벌'하는 차원에서 이곳 산서 통판으로 보내주셨습니다."

부항은 이시요의 말을 듣자 비로소 건륭이 미친 선비 한 명을 접견했던 얘기를 들은 기억이 났다. 곧 어처구니없다는 듯 실소를 터뜨렸다.

"음, 그 하룻강아지 범 무서운 줄 모르고 날뛰었다는 미친 선비가 바로 자네였군. 헌데 어인 연유로 갈 길 바쁜 사람을 붙잡는 건가?"

이시요가 기다렸다는 듯 말했다.

"방금 객이길선 중승을 뵙고 나오던 중 그곳의 청객으로부터 흑사산의 상황을 귀동냥해 들었습니다. 흠차 대인께 하관의 계략을 팔아먹으려고 왔습니다."

"과히 영특한 친구로군."

부항은 문득 이시요가 기회를 틈타 자신에게 눈도장을 찍기 위해 찾아온 자일지도 모른다는 생각을 했다. 그러나 겉으로는 아무런 내색도 하지 않았다.

"임현은 비록 이석주와는 이웃이라지만 그래도 엄연한 남의 관할 구역이 아닌가? 자네는 다른 주현의 일에도 이처럼 간섭하기를 즐기는가?"

부항의 말이 떨어지기 무섭게 이시요가 단호하게 말했다.

"여섯째어르신께서 방금 하신 말씀은 옳지 않습니다."

부항의 양 옆에 시립해 있던 친병들은 그 말을 듣고 깜짝 놀랐다. 아무리 물불을 가리지 않는 사람이라도 상관 앞에서, 그것도 황친 국척 앞에서 '옳다, 그르다'를 운운하는 것은 어지간한 무례가 아닌 탓이었다. 그러나 그들의 염려와 달리 부항은 화를 내기는커녕 소리 없이 웃으면서 되물었다.

"내 말이 옳지 않다니, 그게 무슨 말인가?"

"소인 이시요는 스스로 국사國士라 자부해온 사람입니다. 국사라면 마땅히 천하의 일을 관심 있게 지켜봐야 한다고 생각합니다."

등불 밑에서 이시요의 눈빛은 예리하게 날이 서 있었다. 그가 추호의 망설임도 없이 카랑카랑한 목소리로 말을 이었다.

"고로 하관은 팔방미인이라는 소리를 듣는 한이 있더라도 모든 일에 재량껏 간여할 것입니다. 더구나 임현과 이석주는 입술과 이빨처럼 서로 이웃하고 있습니다. 입술이 없어지면 이가 시리다고 하지 않았습니까?"

이시요는 자못 당당했다. 그런 그를 바라보는 부항의 표정이 진지해졌다. 진심으로 이시요라는 사람의 재능이 궁금한 듯했다.

'이자가 진짜로 재능이 있는 사람인지 아니면 내가 처음 생각했던 것처럼 투기를 일삼는 자인지 분명히 가려낼 필요가 있어.'

부항이 그렇게 생각한 다음 이시요를 바라보면서 다시 입을 열었다.

"긴말은 필요 없고 도대체 나에게 팔아먹고자 하는 계략이라는 것이 무엇인가?"

"바로 '위위구조'입니다. 비적 소굴을 습격해 임현을 위기에서 구해내는 것입니다!"

부항은 그 말을 듣는 순간 고개를 뒤로 젖히면서 앙천대소했다.

"과연 식견이 있는 친구로군! 그런데 어쩌지? 나는 자네가 계략이랍시고 팔겠다는 그 방법을 벌써 실행에 옮기기 시작했는데!"

이시요는 부항의 노골적인 비아냥거림에도 흔들리지 않았다. 오히려 은근한 조소를 띤 채 계속해서 지지 않고 말했다.

"대인께서 소인이 미관말직이라 해서 처음부터 얕잡아 보셨다는 것을 잘 압니다. 아무리 좋은 물건이라도 이런 수모를 받으면서까지 팔아야 할 이유는 없지 않겠습니까? 그러면 하관은 이만 물러가겠습니다."

이시요는 말을 마치기 무섭게 바로 인사를 하고 물러가려 했다. 부항은 이자가 끝까지 무례함으로 일관한다는 생각이 들자 순간적으로 분노가 울컥 치밀었다. 결국 저만치 걸어가는 이시요를 향해 일갈을 하고 말았다.

"게 섰거라!"

"무슨 분부라도 계십니까, 흠차 대인?"

이시요가 걸음을 멈추더니 고개를 돌리고는 대수롭지 않은 표정으로 물었다.

"이것들이 오냐오냐 해줬더니 이제는 아주 기어오르려 드는구먼! 긴급한 군국대사를 제쳐두고 파격적으로 접견해줬거늘 어찌 이리 무례하고 겁 없이 '국사'를 자칭한다는 말인가? 빈 수레가 요란하다고 했네. 그러고도 대접받기를 원하나?"

부항이 화를 주체하지 못한 듯 얼굴이 하얗게 질린 채 고함을 쳤다. 이시요는 전혀 당황하지 않은 채 서슬 퍼런 부항을 똑바로 쳐다봤다. 그러다 돌연 피식 웃었다.

"하나만 여쭙겠습니다. 흠차 대인, 여기서 안문관까지 거리가 얼마나 됩니까?"

"칠백이십 리! 그건 왜?"

"먹지 않고 자지 않고 빠른 말로 정신없이 달려도 일박이일이 걸리는 거리입니다. 이어 안문관에서 흑사산까지 가려면 방향을 되돌려 다시 서남쪽으로 꺾어져 또 팔백여 리를 가야 합니다. 몇 천 병력이 움직이려면 적어도 열흘은 소요될 것입니다. 이런 '위위구조'는 듣도 보도 못했습니다!"

이시요가 자신 만만한 어조로 말했다. 부항은 고개를 숙인 채 이시요의 말을 곰곰이 분석해 봤다. 틀린 말이 아닌 듯했다. 부항은 진등에서 식은땀이 쭉 흐르는 것을 느꼈다. 여태껏 '기가 막힌 계략'이라고 득의양양하게 추진해온 '위위구조'라는 전술이 한낱 현실을 무시한 자기 발등 찍기에 불과하다는 사실을 깨달았던 것이었다. 순간 그는 쇠방망이에 뒤통수를 맞은 느낌이 들었다. 부항은 힘겹게 발걸음을 떼면서 이시요에게 다가갔다. 이어 마냥 도도하기만 한 이시요를 날카롭게 응시했다. 낭패스러운 표정도 구태여 감추지 않은 채 한참 입술을 실룩거리더니 힘겹게 입을 뗐다.

"하마터면…… 큰일 날 뻔했네. 이 선생……."

이시요를 부르는 부항의 호칭은 어느새 '이 선생'으로 바뀌었다. 사실 생각만 해도 아찔한 상황이었다. '위위구조' 전략을 그대로 밀고 나갔다가는 자칫 큰 위험을 초래할 수도 있었으니 말이다. 위기일발의 상황을 모면하게 해준 사람에게는 선생이 아니라 다른 더 큰 호칭도 과분하지 않을 터였다. 곧 부항이 흠차의 체면도 벗어던진 채 땅에 닿을 정도로 길게 읍을 했다.

"내가 참으로 한 치 앞도 모르는 어리석은 판단을 했던 것 같소. 넓은 아량으로 용서하고 그대의 묘략을 가르쳐주시면 그 은혜는 잊지 않을 것이오."

"흠차 대인, 이러시면 아니 됩니다. 소인의 계책도 별로 훌륭한 것이 못 됩니다. 게다가 위험 요소까지 커서 흠차께서 선뜻 받아들이시기 어려울 수도 있습니다."

이시요가 황급히 고개를 숙이며 말했다. 그러나 부항은 의자를 잡아당겨 막무가내로 이시요를 눌러 앉혔다. 이어 하인에게 차를 가져오라 명령을 내리고는 이시요의 맞은편에 앉았다.

"세상에 완벽한 계책이 어디 있겠소? 아무튼 내 소견이 옳지 않은 것을 알게 되었으니 그대의 견해에 귀 기울이는 것은 당연지사 아니겠소?"

그러자 이시요가 허리를 바로 펴고는 또박또박 말했다.

"흑사산 타타봉에 비적들이 출몰한 것은 십여 년 전부터입니다. 표고라는 자는 작년에 여제자 한 명을 데리고 타타봉으로 기어들어갔습니다. 그곳을 소굴로 삼고 정양교니 뭐니 하면서 포교를 했습니다. 본격적으로 민심을 농락하기 시작한 겁니다. 이후 세력이 빠르게 확장되면서 지금 공공연히 조정에 도발을 하고 있습니다. ……물론 십 년 전에도 비적들은 심심찮게 있었습니다. 그러나 대부분 농민 출신으로 그다지 악한 짓은 하지 않았습니다. 관부의 조세 제도에 불만을 품고 관리들에게 주먹을 휘두르거나 지주들을 협박해 소작료 감면을 요구한 것이 고작이었습니다. 사실 그곳은 성조 때만 해도 조정과의 사이가 태평스러웠던 지역입니다. 성조께서 서정길에 황하를 건너 임현을 지나실 때는 그곳 백성들이 수레나 등짐으로 밀가루를 천 석이나 군영에 보내주기도 했습니다. 이같이 조정에 열과 성을 다했기에 성조께서는 '민풍순후'民風淳厚라는 네 글자를 하사하시기도 했답니다. 이 네 글자를 새긴 비석이 아직도 있습니다. 그러나 옹정 이 년 이후에 몇몇 악질 현령들이 갖은 명목으로 약탈을 일삼으면서 경쟁적으로 민심을 흉흉하게 만들었습니다. 끝없이 이어지는 가렴주구에 급기야 백성들이 들고 일어났습니다."

이시요가 잠시 말을 멈췄다. 이어 부항을 힐끗 쳐다봤다. 그리고는 다시 말을 이어갔다.

"소인은 결코 동문서답을 하는 것이 아닙니다. 사교 조직이 무서운 속도로 번식하게 된 이유는 바로 불안한 현실이기 때문입니다. 힘든 현실 때문에 마음이 헛헛한 백성들은 신격화된 우상에 매달리고 있습니다. 따라서 설사 이번에 비적들을 성공적으로 소탕하더라도 대군이 철수하고 나면 다시 원래대로 돌아갈 것입니다."

부항은 이시요의 말에 완전히 설득 당했다. 급기야 몸을 앞으로 숙이면서 미소 띤 얼굴로 말했다.

"그러면 어떻게 해야 좋겠소? 내가 지루해서가 아니라 그대만의 묘책이 너무 궁금해서 그러오."

"임현은 태원에서 사백 리 떨어져 있고 흑사산은 삼백 리 정도밖에 떨어져 있지 않습니다. 저희 이석주에서 흑사산까지도 삼백 리 정도의 거리입니다. 흠차께서는 이곳 태원에서 정예병 오백 명을 선발해 서쪽 방향으로 출발하시고 저는 밤을 새워 현으로 돌아가겠습니다. 흑사산의 비적들이 툭하면 내려와 저희 이석주의 백성들을 괴롭혀 왔기에 하관은 이미 이천 명의 민병民兵을 키워 놓았습니다. 벌써 그중 천 명이 소집됐다고 합니다. 제가 이들을 거느리고 북으로 흑사산을 향해 가겠습니다. 흠차 대인의 정예병과 마방馬坊에서 회합해 흑사산을 습격하면 시일도 훨씬 단축되고 효과도 배가될 것입니다. 표고 등은 아마 흠차께서 먼저 생각하셨던 대로 움직일 거라 굳게 믿고 있을 것입니다. 그러기에 저토록 대담하게 임현을 공격했을 것입니다. 그자들은 일단 먼저 임현을 정복하는 깃이 목적입니다. 거기에서 군량미를 조달하고 여세를 몰아 관군을 대패시킬 작정입니다. 또 설사 대군이 쳐들어와 패하더라도 접경지대인 섬서성 북쪽으로 도망갈 수 있다는 계산을 하는 것 같습니다."

이시요의 눈빛은 자신감에 차 유난히 반짝거렸다. 부항은 속으로 빠르게 저울질을 해봤다. 이시요의 말대로 그의 전략은 위험 요소가 많은 행보임이 틀림없었다. 그러나 적들의 허를 찔러 빠르게 승패를 가를 수 있다는 장점도 있었다. 부항이 잠시 생각하더니 짤막하게 물었다.

"그대가 알기로 표고의 병력은 얼마나 될 것 같소?"

이시요가 대답했다.

"오천 명까지는 안 됩니다. 지방관들이 비적들의 숫자를 보고 올릴 때는 부풀리는 게 다반사입니다. 그러면 관군이 패했을 경우 상대가 막강해 역부족이었노라고 발뺌할 수 있죠. 또 승리했을 때는 강적과 붙어 잘 싸웠다는 사실을 부각시킬 수 있고요. 그걸 위해 숫자를 늘 부풀리죠."

갑자기 이시요가 말을 멈췄다. 이어 비수같이 예리한 어조로 덧붙였다.

"허나 한 가지 간과할 수 없는 문제가 있습니다. 악덕 현관들의 혹정을 못 이긴 일부 백성들이 비적들과 한 패가 돼 관군에게 총부리를 겨누는 것입니다. 그러니 적들은 더 기세가 등등해질 수밖에 없는 것입니다."

부항은 이시요의 건의를 조목조목 떠올리면서 생각해봤다. 천오백 명의 정예병으로 갑작스레 습격하는 방법은 한번 해볼 만한 것 같았다. 설사 일거에 타타봉을 수복하지 못하더라도 범고걸이 이끄는 안문관 병마들이 호응을 한다면 위험하기는 하나 거의 완승을 거둘 가능성도 없지 않았다. 부항의 머릿속에 갑자기 조부의 무용담이 떠올랐다. 그의 조부 부찰해란富察海蘭은 명나라와의 대전 때 천여 명의 기병을 거느리고 양주揚州를 공략한 적이 있었다. 그러나 전황이 좋지 못해 수천 명의 명나라 군사에게 포위되었다. 그러나 그런 상황에서도 부찰해란은 전혀 두려워하지 않고 용감무쌍하게 싸워 끝내 적들의 진영을 와해시킨 바 있었다. 부항은 그 생각을 하자 갑자기 온몸의 피가 들끓는 것 같았다. 급기야 벌떡 일어나 큰 소리로 외치듯 말했다.

"대장부가 이럴 때 공훈을 세우지 않고 언제까지 기다리겠는가!"

부항이 말을 마치고는 자못 상기된 표정으로 이시요를 바라보면서 그를 완전히 자신의 수하로 거뒀다고 생각한 듯 하대조로 말했다.

"그대는 이석주로 돌아가지 말고 내 곁에서 군무를 돕도록 하게. 내가 자네에게 참의도參議道의 직위를 주겠네. 그리고 이번 임무를 완수하는 대로 폐하께 주장을 올려 윤허를 받아낼 것이네. 자, 서두르자고. 나는 순무아문에 가서 정예병과 군량미를 해결하고 올 테니 자네는 친서를 보내 이석주에 있다는 민병 천명이 사흘 이내에 마방에 도착하도록 조처하게!"

"예, 그리 하겠습니다!"

부항은 검을 허리춤에 찬 채 친병 몇 사람을 대동하고는 곧바로 말위에 뛰어올랐다. 이어 힘껏 고삐를 잡아당겨 어둠을 가르고 쏜살같이 달려갔다.

때는 해시가 다 된 시각이었다. 아직 3월이라 밤 기온은 차가웠다. 날씨도 잔뜩 흐려 있었다. 순무아문은 이미 네 곳의 문을 모두 닫은 상태였다. 희미한 등불 아래에서 몇몇 아역들이 무료함을 달래기 위해 땅콩을 까먹으면서 잡담을 하는 소리만 들리고 있었다. 그들은 갑자기 다급한 말발굽 소리가 가까워오자 약속이라도 한 듯 벌떡 일어나 주위를 살폈다. 그 사이 이미 당도한 부항이 말에서 뛰어 내렸다. 문관門官 요청각廖淸閣이 황급히 고함을 질렀다.

"거기 누구요? 걸음을 멈추시오!"

"나야."

부항은 한 손에는 채찍, 다른 한 손에는 패검을 들고 성큼성큼 걸어갔다. 이어 등불이 희미해 상대가 잘 보이지 않자 큰 소리로 말했다.

"흠차대신 부항이야. 긴요한 일이 있어 즉각 객이길선 중승을 만나야겠네."

요청각은 미간을 찌푸린 채 부항이 가까이 올 때까지 한참 동안 뚫어지게 쳐다봤다. 그는 가까이 온 부항을 알아보고는 황급히 말했다.

"소인이 곧 들어가 모셔오도록 하겠습니다. 하오나 중승께서는 이미 자리에 드셨을 터이니 후당까지 소식을 전하려면 조금 시간이 걸릴 것입니다. 중당께서는 여기 앉아 계십시오!"

말을 마친 요청각은 바로 예를 갖춰 인사하고는 다른 두 명의 문지기를 데리고 의문을 열고 안으로 들어갔다. 마음이 다급하고 초조한 부항은 방 안을 배회하면서 이제나저제나 객이길선이 나오기만을 기다렸다. 객이길선에게 자신의 뜻을 전하고 정예병을 소집해 간단히 훈화를 마친 다음 바로 출발한다고 해도 오늘밤에는 얼마 행군하지 못할 가능성이 높았으므로 한시가 급했다. 그는 그렇게 초조하게 한참 서성이다가 문득 고개를 들어봤다. 동쪽 담벼락 모퉁이에 흙먼지를 잔뜩 뒤집어 쓴 당고堂鼓가 갑자기 눈에 들어왔다. 곧 기발한 생각이 그의 뇌리를 스쳤다. 그는 바로 의문으로 들어가 채찍 손잡이로 당고를 마구 두드렸다.

"둥둥둥둥……!"

무겁고 다급한 당고 소리가 삽시간에 어둠의 장막을 뚫고 요란하게 울려 퍼졌다. 여운도 한참이나 이어졌다.

객이길선은 오후에 살합량과 함께 안문관 대영에 군량미를 보내는 일을 상의한 바 있었다. 그리고는 바로 아문으로 돌아와 지패놀이를 하다가 바로 직전에 귀가했다. 그는 피곤하기는 했으나 오랜만에 다섯째첩을 끼고 눕는 것은 잊지 않았다. 간만에 운우지정을 나누고 싶었던 것이다. 그가 한껏 달아올라 신음소리를 토하는 여인에게 막 덮쳐들려던 찰나였다. 느닷없이 당고 소리가 들려왔다. 깜짝 놀란 그는 내키지 않았으나 부랴부랴 일어나 옷을 대충 걸치고는 신발을 질질 끌면서 밖으로 나왔다. 몇몇 시녀들도 어안이 벙벙한 채 이문 쪽을 바라보고 있었다. 객이길선이 짜증스럽게 물었다.

"누구야, 이 밤에? 말 도둑이라도 쳐들어 온 거야?"

객이길선의 말이 떨어지기 무섭게 이문을 두드리는 소리와 함께 밖에서 요청각의 고함소리가 들렸다.

"중승 어른, 흠차께서 급하고 중요한 일로 중승 어른을 보자십니다!"

다섯째첩이 안에서 요청각의 말을 들은 듯 바로 관포와 장화를 들고 나왔다. 이어 시녀들이 부랴부랴 객이길선에게 의복을 입혀줬다.

"아무리 급하기로서니 나보다 더 급할까?"

객이길선이 알쏭달쏭한 말을 내뱉으면서 밖으로 나갔다. 이어 요청각에게 물었다.

"무슨 일이라던가? 아무 얘기도 안 하던가? 혹시 어명을 전하러 온 것은 아닐까?"

"그런 것 같지는 않았습니다. 대동한 몇 사람 모두 무인 복색인 걸 보니 군무 쪽인 것 같습니다."

"중문을 열라 하게. 나는 공문결재처 쪽으로 영접을 나갈 것이네."

요청각이 날아갈듯 달려간 지 얼마 지나지 않아 중문이 활짝 열렸다. 객이길선은 순간 화가 잔뜩 치밀었다. 그러나 젊고 유망한 흠차의 눈에 미운털이 박히는 일은 없어야 했다. 결국 한참 노력한 끝에 웃는 얼굴로 마중을 나갈 수 있었다. 그는 부항이 위풍당당하게 들어서자 다시 얼굴 가득 미소를 지으면서 다가갔다.

"흠차 대인, 이 시간에 어쩐 일이십니까? 공문결재처에서 상주문을 쓰고 있던 중에 깜짝 놀랐지 뭡니까! 솔직히 소인은 야밤에 당고 두드리는 소리는 처음입니다."

"아무 일 없이 내가 심심해서 찾아왔겠소?"

부항도 객이길선을 따라 공문결재처로 들어갔다. 이어 자리에 앉을 새도 없이 서둘러 자신의 타타봉 습격 계획을 털어놓았다.

"……다른 것은 아무것도 필요 없소. 나에게 오백 명의 정예병만 내주도록 하오. 그리고 날이 밝으면 살합량을 시켜 그 가솔들에게 은자 삼백 냥씩을 보내주라 하오. 나는 여기 앉아 기다리다 정예병을 데리고 출발할 거요."

객이길선은 아닌 밤중의 홍두깨 같은 소리에 놀라 펄쩍 뛰었다.

"여섯째어르신, 설마 농담은 아니시죠? 이런 경우는 간혹 연극에서나 봤지 현실에서는 듣도 보도 못한 일입니다."

그러나 객이길선은 이내 자신의 말실수를 깨닫고는 다시 진지한 어조로 덧붙였다.

"여기서 흑사산까지 삼사백 리입니다. 게다가 그곳은 산이 높고 숲이 우거진 데다 지세가 험준합니다. 그쪽 지리를 손금 보듯 하는 수천 명의 비적들과 한판 대결을 벌이기에는 너무 위험이 큽니다. 정예병 오백 명 정도야 당장 불러 모을 수 있고 은자도 문제 될 게 없지만 만에 하나 그 누구도 원치 않는 사태가 발생한다면……."

객이길선은 연신 머리를 흔들 뿐 더 이상 말을 잇지 않았다.

"그대는 연극에서 봤다지만 나는 책에서 읽었소."

부항이 더 이상 객이길선과 입씨름할 생각이 없다는 듯 차갑게 웃으면서 돌아서서는 책상 쪽으로 다가갔다. 이어 붓을 들어 뭔가 황급히 적어 내려가기 시작했다.

산서 순무아문은 즉각 오백 명의 정예병을 흠차대신 부항에게 파견하라!

부항은 글을 쓴 종이를 객이길선에게 건네주었다.

"정 나중에 책임질 일이 두려우면 이걸 갖고 있으시오!"

객이길선이 힐끗 종이를 쓸어봤다. 이어 크게 웃음을 터트렸다.

"중당, 이래봬도 나도 당당한 칠척 사내대장부입니다! 이런 수령手令 따위는 필요 없으니 병사들은 원하는 만큼 데리고 가십시오. 소인은 중당 대인과 더불어 영욕을 같이 하겠습니다!"

객이길선이 말을 마치고는 종이를 촛불에 가져다 댔다. 부항이 놀란 눈으로 객이길선을 바라보면서 말했다.

"역시 만주족의 호걸답군!"

이튿날 저녁 무렵 부항의 800리 긴급 서찰이 군기처에 도착했다. 그날 마침 눌친은 당직을 서고 있었다. 그는 부항이 보낸 서찰이 촌각을 다투는 시급한 사안임을 알고 지체할세라 즉각 태감 진옥秦玉을 양심전으로 보내 건륭에게 아뢰도록 조치했다. 그리고 자신은 영항에서 어지를 기다렸다. 담배 한 대 태울 만한 시간이 지나자 고무용이 진옥을 데리고 나왔다.

"폐하께서 눌친 중당을 들라 하십니다."

눌친이 양심전으로 들어서자 건륭이 급보 문서를 한쪽에 밀어놓으면서 불쾌한 표정으로 말했다.

"지방관들이 조정의 이목을 속이는 정도가 이제는 위험 수위를 넘어서는군! 표고 일당이 고작 천여 명에 불과하다고 보고할 때는 언제고 갑자기 오천 명이라니? 이런 일은 군기처나 상서방에서 미리 조사를 했어야지, 자네들은 도대체 뭘 하는 사람들인가!"

눌친이 마른 침을 꿀꺽 삼키면서 조심스레 대답했다.

"지당하신 말씀이옵니다. 문관들은 치적을 부풀리는 데 여념이 없다 보니 도둑들의 숫자를 자꾸만 줄이고 무관들은 공적을 높이고자 도둑 수를 실제보다 불려 보고하고 있습니다. 여러 가지로 노력하고 있으나 이런 현상은 좀체 근절되지 않고 있는 실정이옵니다."

건륭이 그러자 탄식을 토했다.

"문관, 무관 모두 자기들의 색깔을 잃어가니 어찌하면 좋겠나! 문관들은 잔뜩 돈독이 올라 있고 무관들은 적들에게 가까이 가기를 무서워하니 참으로 심각하네. 자네가 열넷째패륵부에 다녀오도록 하게. 산서 비적들의 동향과 이에 따른 부항의 전략을 열넷째숙부에게 아뢰게. 열넷째숙부께서 달리 이견이 없는 것 같으면 자네는 여기 다시 올 필요가 없네. 그러나 열넷째숙부가 다른 의견을 내놓으면 당장 그 뜻을 짐에게 전하도록 하게. 짐은 오늘 저녁 내궁에 들어가지 않고 여기서 주장을 읽고 있을 것이네."

눌친은 연신 대답을 하고 물러갔다. 건륭은 실내가 너무 어둡다면서 등 뒤에 촛불 두 개를 더 밝히라 명령을 내리고 나서 각 지역에서 올라온 주장을 펼쳐들었다. 첫 번째 상주문은 고항이 강서성에서 보낸 것이었다. 그곳 비적들이 물난리에 흙담 무너지듯 궤멸됐으니 더 이상의 위협은 없을 것이라는 내용이었다. 건륭은 잠시 생각하더니 붓을 들어 주사를 듬뿍 묻혔다.

경은 그곳에 가보지도 않고 어찌 위험이 완전히 사라졌다고 자신할 수 있다는 말인가? 비적을 궤멸시켰다면 그 두목 일지화를 짐의 면전에 끌어다 놓아야 믿어줄 것이 아닌가!

건륭은 주비를 달고 나서 다른 종이를 펼쳤다. 남경 의창義倉에 비축해둔 식량을 재해복구에 요긴하게 쓸 것이라는 윤계선의 주장이었다. 건륭은 주비를 달 필요가 없다는 듯 옆으로 밀어내다가 다시 가져와 몇 글자를 적었다.

알았네. 이런 게 바로 바르게 정무에 임하는 태도라 말하고 싶네. 원성을 살까 두려워하지 말고 여태 해왔던 대로 과감하게 밀고 나가게. 강남은 국가 재정의 중심 지역이라는 것을 명심하게. 강남에 자네 같은 관리가 있어 짐은 시름을 덜겠네.

그제야 한숨을 돌린 건륭은 부항의 상주문을 다시 집어 들었다. 이어 임현에서 올린 긴급 문서와 대조하면서 깐깐히 읽어보고 나서 오래도록 깊은 생각에 잠겼다. 어느새 표정이 딱딱하게 굳어지고 있었다. 그가 다시 천천히 붓을 들었다.

경이 산서성의 비관적인 면을 두루 나열해 강조한 것은 혹시 추후에 책임을 피하기 위한 방편을 마련하려 그러는 것이 아닌가? 자네의 첫째 임무는 바로 표고 일당을 섬멸하는 것임을 다시 한 번 일러두네. 경이 며칠 동안 관리들을 접견하는 일에만 몰두한 사이에 적들이 안하무인으로 흠차의 코앞까지 쳐들어와 난동을 부린 것이 아닌가. 이 책임을 누가 질 것인지 생각해 봤는가? 강서성의 비적들은 이미 궤멸됐다고 하네. 자네가 흠차로서 가장 중요한 임무를 제대로 완수하지 못한다면 짐이 죄를 묻기 이전에 무슨 면목으로 짐을 마주하겠나?

건륭은 의자 등받이에 몸을 기댄 채 길게 한숨을 내쉬었다. 순간 그의 뇌리에 문득 당아가 떠올랐다. 당아의 얼굴을 봐서라도 끝에 몇 마디 위로의 말을 덧붙여야겠다는 생각이 들었다. 그때 고무용이 들어와 아뢰었다.

"눌친 중당과 열넷째패륵께서 뵙기를 청했사옵니다. 영항에서 대령하고 있사옵니다. 궁문이 닫힌 뒤라 폐하의 어명 없이 사람을 들일 수 없었사옵니다."

"어서 들라 하게!"

건륭은 서둘러 온돌을 내려섰다. 황급히 태감을 불러 의복도 가져오도록 했다. 이어 허리띠까지 매고 의관을 정제하고 앉아 있자 눌친과 윤제允禵가 들어섰다. 윤제가 대례를 올리려 했다. 건륭이 그런 그를 황급히 만류했다.

"열넷째숙부, 앞으로 이런 사적인 자리에서는 대례를 면하도록 하십시오. 아무리 군신지간이라지만 어릴 적 열넷째숙부의 품에 안겨 놀았던 조카이기도 하지 않습니까? 신분 차이가 무섭다고는 하나 '천륜'이라는 두 글자는 무시할 수는 없지 않겠습니까?"

"폐하께서 그리 말씀하시니 신은 몸 둘 바를 모르겠사옵니다!"

윤제가 가슴이 뭉클한 표정을 지어 보였다. 금세라도 눈물을 쏟을 것만 같았다. 그가 부지런히 눈을 끔벅이면서 말을 이었다.

"부항의 전략대로라면 임현은 먹히는 수밖에 없사옵니다. 임현을 놓치면 표고는 섬서성으로 도망갈 수 있는 탄탄대로를 확보한 거나 다름없사옵니다. 섬서성의 유림榆林에는 수십만 석의 식량이 비축돼 있사옵니다. 또 그쪽은 빈한하고 민풍이 흉흉한 곳이옵니다. 일단 표고가 그곳에 둥지를 트는 날에는 강적으로 뿌리를 내릴 것이 틀림없사옵니다. 절대 표고를 섬서로 도망가게 해서는 아니 되옵니다."

건륭이 윤제의 말에 흠칫 놀라면서 냉기를 들이마셨다. 윤제가 곧이어 소매 속에서 산서성 지도를 꺼내 펼쳤다. 그리고는 부항의 전략이 위험천만한 발상이라는 이유를 설명하고 새로운 대안을 제시했다. 그 방법은 이시요의 견해와 거의 비슷했다. 끝부분에 윤제는 자신의 견해도 덧붙였다.

"부항이 수백리 길을 돌아 흑사산에 다다랐을 때 수천의 병사들은 모두 과로로 드러눕고 말 것이옵니다. 신이 표고라면 백석구白石溝 일대에 매복했다가 기진맥진한 부항의 군사를 궤멸시킬 것이옵니다!"

말없이 윤제의 설명을 듣고만 있는 건륭의 이마에서 식은땀이 흘렀다. 급기야 그가 자리로 돌아와 털썩 주저앉으면서 탄식을 발했다.

"결국은 선비의 한계를 넘지 못하는군. 짐이 사람을 잘못 파견했네!"

그러나 윤제는 건륭처럼 초조해하지 않았다. 평온한 어조로 다시 자신의 전략을 입에 올렸다.

"장군은 싸움터에서 만들어지는 것이옵니다. 신도 패배를 맛본 적이 있사옵니다. 비 오기 전 우산을 준비하는 격으로 태평 시절에 젊은이를 전장에 투입시킨 것은 현명하신 처사이옵니다. 현 시점에서 중요한 것은 착오를 만회할 대안을 찾는 것이옵니다. 폐하께서는 일단 어명을 내리십시오. 섬서성 총독아문에서 오천 병력을 풀어 적들의 도주로를 미리 차단하도록 말입니다. 또 산서와 섬서 접경지대에 있는 현들에 명해 나루터에 있는 배들을 전부 거둬들이게 하십시오. 부득이한 경우에는 배를 소각시키라고 해야 하옵니다. 또 객이길선에게 산서성 병마를 총동원해 표고의 동향을 면밀히 감시하게 하시옵소서. 이상은 신의 좁은 소견이옵니다."

옆에서 듣고 있던 눌친은 윤제가 지나치게 흉흉한 분위기를 조성한다고 생각했다. 그래서 조심스럽게 자신의 의견을 개진했다.

"열넷째마마, 혹시 닭 잡는 데 청룡도 쓰는 격이 아닌지 모르겠습니다. 표고는 우리가 우려하는 것처럼 그렇게 대적하기 힘든 상대가 아닐 수도 있습니다. 임현을 들이친 것은 단순히 군량미를 조달하기 위한 궁여지책이 아닐까요? 그자들은 조정과 대적하기에는 한낱 조무래기에 불과합니다. 그런 무리들이 감히 백석구 일대에 매복하다니요? 너무 요란을 떨면 자칫 민심을 흉흉하게 만들 수도 있으니 일단 범고걸의 대부대는 움직이지 말고 사태를 지켜보는 것이 어떨까 합니다."

그러자 윤제가 말을 받았다.

"물론 가장 바람직한 것은 모든 것이 우리의 과민반응으로 끝나는 것이지. 나라는 사람은 원체 하늘이 무너질까 걱정하는 사람이네. 그래서 그런지 몰라도 항상 최악의 경우를 대비해두는 버릇이 있다네."

윤제의 말이 끝나기 무섭게 건륭이 눌친을 힘껏 노려보면서 말했다.

"모든 것은 열넷째숙부의 뜻에 따르되 반드시 밀지로 전략 전술을 실행에 옮기도록 지시를 내리게. 열넷째숙부의 얘기를 듣다보니 유림의 식량 창고는 아예 없애버리는 것이 나을 것 같군. 자칫 적들에게 빼앗기느니 지금 춘궁기가 한창일 때 창고를 열어 그곳 백성들에게 전부 나눠주는 것이 바람직할 것 같네!"

"실로 성명하시옵니다, 폐하!"

윤제의 얼굴에 모처럼 희색이 만면했다. 진심으로 가슴 깊이 건륭을 받아들이려는 것 같았다.

33장
마방진을 공략하다

 부항은 순무아문에서 빌린 병력을 거느리고 그날 저녁으로 바로 태원을 떠났다. 이 오백 명의 정예 병력은 원래 옹정 십 년에 악종기가 사령관으로 주둔했던 서녕西寧 전선에서 훈련을 받았던 병사들이었다. 그러나 이 후비後備 병력은 악종기가 패전한 후 영원대장군寧遠大將軍의 직함을 박탈당하고 북경에 소환되자 전쟁터에 나가보지도 못하고 오갈 데 없는 신세가 되고 말았다. 그래서 전임 산서 순무가 이들을 불러 친병으로 부리던 중이었다. 말하자면 이들에게는 오늘이 모처럼 공로를 세워 신분 상승을 꾀할 수 있는 기회가 된 셈이었다. 그래서인지 저마다 한껏 들떠 있었다. 거기다 부항은 한 걸음 더 나아가 이들의 사기를 진작시키기 위해 산서성 번고에서 조달한 은자 15만 냥을 골고루 나눠주었다. 아무려나 표기장군驃騎將軍(고대 장군의 호칭 중의 하나)이 이끄는 듯한 이들의 대오는 우피牛皮 갑옷을 입고 활과 쇠뇌를 비스듬히 어깨에 멘 채 기세등등하게 길을 떠났다. 이어 화총을 어깨에 멘 열 명의 병사가 흠차 호위병으로 가장하고는 2경 무렵에 부항과 이시요를 에워싸고 쥐도 새도 모르게 태원성 서문을 빠져나왔다. 이튿날 새벽 동틀 무렵에는 숨돌릴 새도 없이 전속력으로 질주한 덕에 흑사산 골짜기에 있는 마방진 근처에 다다를 수 있었다.

"다 왔습니다. 부 중당, 저 앞이 바로 마방진입니다. 듣기 좋으라고 진鎭이라고는 하나 사실 인가가 이백여 호밖에 안 됩니다. 하관이 전에 두 번 다녀간 적이 있습니다. 해마다 가을이면 말 장수들이 중원의 찻잎을 가져와 몽고족들의 말과 교환합니다. 그 며칠만 빼면 일 년 내내 조용한 마을입니다."

부항의 옆자리를 내내 지켜온 요청각이 아직 어둠이 완전히 가시지 않은 하늘을 바라보면서 말했다. 그의 말채찍이 앞을 가리키고 있었다. 부항은 순간 몸을 부르르 떨었다. 쉬지 않고 말을 달려온 탓에 땀으로 흥건한 온몸이 마침 불어온 찬바람을 맞은 것이다. 목덜미를 타고 들어가 등골을 오싹하게 만드는 찬바람은 젊디젊은 부항에게도 뼛속까지 시렸다. 얼마 후 그가 서북쪽으로 빙 둘러 앉은 시커먼 흑사산과 몇 점의 불꽃이 고작인 마방진을 둘러보면서 요청각에게 물었다.

"이곳에 역관이 있나? 우리는 이곳 사정에 밝지 못하니 무작정 쳐들어가서는 안 되네. 혹시 매복해 있을지도 모르는 도적떼에게 봉변을 당할 수도 있네."

그러자 요청각이 대답했다.

"역관이라고 하나 있기는 합니다만 방 여남은 개가 고작입니다. 시중드는 역승, 역졸도 없을 뿐만 아니라 스산하기 짝이 없습니다. 진 동쪽에 천왕묘天王廟가 있습니다. 피폐하기는 마찬가지겠지만 뜰이 넓어 우리 일행이 묵어가기에는 역관보다 차라리 낫지 않을까 합니다. 하관의 소견으로는 백여 명을 풀어 진을 포위하는 것이 좋을 것 같습니다. 들어올 수는 있어도 나가지는 못하게 조처하고 나머지는 이시요 대인의 민병이 도착할 때까지 천왕묘에 머물러 있도록 하는 게 어떨까 합니다."

이시요가 요청각의 말을 받아 덧붙였다.

"여기는 대체 어디에 소속되는지도 모를 진입니다. 진에 조정 관리가 하나도 없는 것은 기본이고 진장鎭長이랍시고 있는 자도 정체불명의 인물이죠. 우리는 신분을 드러낼 필요 없이 천왕묘에 머무는 것이 좋을 것 같습니다. 굳이 사람을 풀어 진을 칠 것까지는 없을 것 같습니다. 위낙 오합지졸들이 출몰하는 곳인지라 웬만한 일에는 서로 간섭을 안 하는 편입니다. 우리가 경계를 하면 되레 그들에게 우리의 신분을 드러내는 꼴이 될 것입니다."

부항이 공감한 듯 고개를 끄덕였다. 어둠속이라 이시요의 얼굴이 제대로 보이지 않았으나 그의 자신감을 믿는 눈치였다.

일행은 횃불 10여 개를 지펴 들고 요청각의 인솔하에 진 동쪽의 역로를 따라 한참 걸어갔다. 과연 넓은 공터 옆에 절 하나가 우중충하게 모습을 드러냈다. 제법 규모가 커서 방도 적지 않을 것 같았다. 그러나 주변은 황량하고 적막했다. 부항이 결심을 한 듯 채찍으로 굳게 닫혀 있는 대문을 가리키면서 큰 소리로 명했다.

"쳐들어가! 방마다 샅샅이 뒤져봐. 안에 놈들이 매복해 있을지 모르니 조심들 하고!"

부항의 명령이 떨어지기 무섭게 몇몇 친병이 말에서 내렸다. 그리고는 크게 기합을 넣으면서 달려가더니 힘껏 대문을 밀어젖혔다. 빗장이 잠겨 있지 않은 대문은 힘없이 활짝 열렸다. 친병들은 요도腰刀에 손을 얹고 우르르 몰려 들어갔다. 부항은 자신의 수행원들을 데리고 조용히 사태를 주시했다. 그때 갑자기 병사 한 명이 횃불을 휘두르면서 뛰쳐나오더니 목이 터져라 고함을 질렀다.

"방 안에 세 놈이 죽치고 있습니다!"

잠시 후 과연 어둠속에서 세 개의 그림자가 뒤쫓아 달려 나왔다. 얼굴은 똑바로 보이지 않았으나 두 사람은 체구가 우람하고 나머지 한 명은 작고 왜소했다. 세 사람은 한 손에는 향, 다른 한 손에는 칼을 든 채 문어귀에 어정쩡하게 서서 부항 일행과 대치했다. 한참 후 두 거구의 사내 중 한 명이 물었다.

"니먼왈? 쑤이스신주?"(비적들의 은어. '어디서 왔느냐? 누가 대장이냐?' 는 뜻)

요청각이 성큼 앞으로 나섰다. 그러나 비적들의 은어를 모르는 터라 똑같이 물을 수밖에 없었다.

"니먼왈? 쑤이스신주?"

"거라지구퍼이부춰, 마오리성충!"(타타봉에서 온 산벼룩이다, 라는 의미)

사내가 퉁명스럽게 내뱉으면서 다시 되물었다.

"니먼왈?"

그러자 요청각이 당황했는지 다시 그들의 은어를 비슷하게 되풀이했다.

"거라지구퍼이부춰, 마오리성충!"

세 사람은 요청각의 말을 듣고는 어이가 없다는 듯 서로를 번갈아 봤다. 그러더니 급기야 배꼽을 잡고 웃기 시작했다. 한참 웃고 나서 키다리가 성큼 다가왔다. 이어 다짜고짜 칼을 뽑아들고 요청각을 내리치려고 했다. 그 순간 눈치 빠르고 동작이 날랜 요청각이 자신의 패검으로 내리꽂히는 사내의 칼을 막았다. 두 장검이 부딪치면서 사방으로 불꽃이 튀었다. 깜짝 놀란 나머지 등골에 식은땀이 쫙 돋은 요청각이 두 눈을 부릅뜨면서 고함을 질렀다.

"이런 빌어먹을 자식들! 말이 끝나기도 전에 비열하게 칼질하는 법이 어디 있어?"

"그러면 똑바로 말해 봐. 어디서 온 누구냐!"

요청각이 그러자 애써 화를 죽이면서 말했다.

"자형산紫荊山에서 왔다, 왜? 표고 그 잡것이 이런 식으로 손님을 대하라고 하더냐? 날 밝기 전에 돌아가야지 원!"

부항은 비적의 수가 많을까 은근히 걱정하고 있던 터였다. 그러나 상대방은 고작 세 명밖에 되지 않았다. 불행 중 다행이라는 생각이 들면서 서서히 안도감이 들었다. 더구나 요청각이 대처하는 모습도 상당히 지혜롭게 보였다. 그는 자신도 모르게 흡족한 미소를 지으면서 고개를 끄덕였다. 세 사람은 요청각의 내력을 알 수 없어 그런지 서로를 번갈아 보면서 눈짓으로 의견을 교환했다. 한참 후 셋 중의 키다리가 난쟁이를 겨우 면한 사내에게 말했다.

"산벼룩 나리, 저자들이 우리 은어를 모르는 걸 보니 정말 자형산 쪽에서 왔을지도 모릅니다. 표 총봉飄總峰(표고에 대한 존칭)께서 자형산에 우리 쪽 사람이 있다고 하셨던 기억이 납니다. 악호탄惡虎灘 쪽에서 병력이 부족해 자형산에 인력 지원을 요청했을 수도 있습니다……."

키다리의 말이 끝나기도 전에 산벼룩으로 불린 자가 손짓으로 말허리를 잘랐다. 그리고는 째지는 듯한 목소리로 말했다.

"보아하니 당신은 대장이 아닌 것 같군. 자네 대장을 나오라 그래!"

산벼룩이라는 자는 말투와 행동으로 볼 때 타타봉에서 서열이 꽤 높은 것 같았다. 요청각은 그런 생각을 하고는 고개를 돌려 어둠 속에 묻혀 있는 부항을 바라봤다. 그러자 부항이 성큼 앞으로 나서면서 음성을 내리 깔고 물었다.

"내가 이 무리의 두목인데 어쩐 일로 나를 보자는 거야?"

"무량수불無量壽佛! 관세음보살이 어린 동자의 몸으로 나타나니 오색 구름 속에서 편지가 떨어졌네. 보살이 집어 읽어보니 무생묵화無生默話 (소리 없는 말) 일색이더라!"

부항은 눈앞의 사내가 도대체 뭔 소리를 지껄이는지 통 알아들을 수가 없어 순간적으로 당황했다. 그는 일전에 상서방에서 태워버리기 위해 자루에 가득 담아 내놓은 백련교 파벌들의 교서敎書를 심심풀이로 뒤적여본 적이 있었다. 그러나 사내가 외우는 구절이 어느 경서에 나온 것인지 기억이 나지 않았다. 아무튼 백련교 경전에 나오는 구절임은 분명했다. 부항은 우선 다급한 김에 생각나는 대로 주워섬겼다.

"안적眼賊, 이적耳賊, 비적鼻賊, 설적舌賊, 신적身賊, 의적意賊을 일컬어 육적六賊이라 한다면서 진공眞空 도사께서 나에게 부자경無字經을 가르쳐 주셨지!"

"그렇다면 그쪽은 표 총봉의 사제요?"

산벼룩이 깜짝 놀라는 표정을 지었다. 이어 다시 한 구절을 외웠다.

"설파무생화, 결정왕서방!"說破無生話, 決定往西方(소리 없는 말의 뜻을 아니 극락으로 가겠네!)

분명 자신이 입에 올린 것에 걸 맞는 구절을 대라는 얘기가 확실했다. 당연히 부항으로서는 알 리가 만무했다. 그러나 비슷하게라도 맞춰야 그들의 믿음을 살 수 있을 터였다. 부항이 머릿속으로 생각을 다듬고 있을 때였다. 산벼룩이 어느새 수상한 기미를 눈치채고 버럭 고함을 질렀다.

"이 얼간이 같은 놈아. 은어 하나 못 맞추는 주제에 누구를 속이려고 들어? 꼴에 우리 표 총봉이 대단한 줄은 알아 가지고. 너 같은 놈을 사제로 둘 정도로 허술한 줄 알아? 이것들과 실랑이할 시간 없어. 얘들아, 가자!"

"덮쳐라! 한 놈도 놓쳐서는 안 돼!"

부항은 더 이상 눈앞의 사내들과 한 패거리라는 사실을 연기할 필요가 없다고 생각한 듯 장검을 뽑아들고는 무섭게 고함을 질렀다. 처음부터 부항 일행을 경계해 왔던 셋은 곧 방어태세를 취하면서 뒷걸음쳤다. 그러나 수적으로 상대가 되지 않는 터라 부항의 병사들이 철통처럼 사방을 막아 나서자 바로 독안에 든 쥐 신세가 되고 말았다. 몇몇 친병이 달려들어 두어 번 치고받고 하자 두 키다리는 어느새 단단히 포박당하고 말았다. 그러나 산벼룩만은 그 철통같은 수비를 뚫고 어디론가 도망을 가 버렸다. 부항의 병사들이 횃불을 지펴 들고 뜰 안팎을 샅샅이 뒤졌으나 산벼룩은 그 어디에도 없었다. 산벼룩을 수색하러 간 친병들이 돌아와 뜰에 집결하고 있을 때였다. 갑자기 정전 지붕 위에서 째지는 듯한 비웃음소리가 부항 등의 귀청을 때렸다. 마치 야밤의 부엉이 울음소리를 연상케 하는 그 소리는 듣기만 해도 등골이 오싹할 정도였다. 부항은 기계적으로 고개를 들었다. 지붕의 동물 조각상 옆에 산벼룩이 쪼그리고 앉아 있는 모습이 보였다. 모두 두 눈을 시퍼렇게 뜨고 지키고 있었는데 언제 그쪽으로 도망갔는지 실로 대단한 재주가 아닐 수 없었다. 그 사이에 산벼룩은 기분 나쁜 웃음소리를 내면서 말했다.

"수백 명이 눈깔을 빤히 뜨고도 나를 놓치는 주제에 감히 흑사산을 노려? 우리 표 나리를 도와 그 부항인가 뭔가 하는 놈을 잡은 후에 다시 만나자고! 내 두 아우를 그렇게 모시고 있는 것이 소원이라면 모시고 있게나. 단 내 아우들의 털끝 하나라도 다치게 했다가는 큰코다칠 줄 알아!"

말을 마친 산벼룩은 두어 번 공중회전을 하더니 어디론가 종적을 감추고 말았다. 부항은 갑자기 어깨에 통증을 느끼고 손으로 만져봤더니 끈적끈적한 것이 묻어났다. 횃불에 비춰보니 피가 낭자했다. 그 모습을 본 요청각이 경악을 하더니 소리를 질렀다.

"중당 대인, 어디 봅시다!"

"괜찮네."

부항은 조심스레 어깨에 박힌 뭔가를 뽑아냈다. 자세히 보니 끝이 예리한 표창鏢槍(칼끝처럼 만든 흉기)이었다. 상처는 났으나 피가 선홍색인 것으로 미뤄볼 때 다행히 독을 묻힌 흉기는 아닌 것 같았다. 부항은 한편으로 안도하면서 다른 한편으로는 갈수록 더해오는 통증에 이를 악물었다. 그러나 부하들에게 내색할 수는 없었다. 결국 대수롭지 않게 표창을 내던지고 군의관에게 어깨를 맡긴 채 키다리에게 물었다.

"네놈들 이름은 무엇인가? 타타봉에서 무슨 일을 맡고 있는가?"

그러자 키다리가 고개를 외로 꼬면서 비웃는 말투로 대답했다.

"나는 유삼劉三이고, 저 친구는 은장殷長이오. 둘 다 산벼룩의 수행원이오, 왜? 그러는 그쪽은 뭐하는 사람들이오?"

부항은 생포된 사내들이 고작 졸병에 불과하다는 말에 적이 실망했다. 그러나 뭐라도 캐낼 수 있지 않을까 싶어 다시 물었다.

"산벼룩은 너희들 조직에서 서열 몇 번째인가?"

"이 바닥에서 여태 그것도 모른다는 말이오?"

유삼이 더욱 경계하는 눈빛을 한 채 부항 등을 한참 유심히 뜯어봤다. 그리고는 내뱉듯 말했다.

"복색이 어찌 이리 똑같을 수가 있어? 젠장! 혹시 관군들 아냐?"

옆에 있던 은장이라는 자가 그럴 리 없다는 듯 말했다.

"관군이 수가 이렇게 적겠어? 표 총봉의 판단이 어긋난 적이 있었나?"

은장이라는 자는 언뜻 봐도 바보 같은 얼굴이었다. 민머리에 얼굴은 메주덩어리처럼 생겼을 뿐만 아니라 커다란 이빨은 툭 튀어나와 입이 다물어지지 않고 있었다. 부항이 다시 뭔가 물으려 할 때였다. 이시요가 뒤에서 옷자락을 살며시 잡아당겼다. 부항이 고개를 가볍게 끄덕이고 나더니 짐짓 요청각에게 근엄하게 지시했다.

"취조를 확실히 하라고. 혹시 알아? 조정 관리들과 한통속인 간첩들인지!"

부항은 스스로의 말에 실소를 흘리면서 이시요를 따라 쑥이 가득 자란 서북쪽의 모퉁이로 걸음을 옮겼다. 이어 눈빛으로 이시요에게 물었다.

"자네는 어째 통 말이 없나? 표정이 내내 굳어있네?"

"중당 대인."

이시요의 목소리가 떨리고 있었다. 이시요의 불안함이 부항에게 고스란히 전해졌다. 이시요가 다시 입을 열었다.

"우리가 표고를 너무 쉽게 본 것 같습니다. 이제 보니 그자가 임현을 친다는 것은 안문관의 병사들을 유인하기 위한 거짓말이었던 것 같습니다. 중도에 매복해 있다가 습격을 할 것 같습니다."

부항은 때마침 불어 닥친 찬바람에 몸을 오싹 떨었다. 이어 한참 후에야 비로소 물었다.

"그걸 어찌 알 수 있나?"

"아까 유삼이 은연중에 악호탄이라는 말을 했습니다. 우리를 표고의 지원 요청을 받고 온 비적쯤으로 생각했던 것입니다. 악호탄이라면 백석구와 붙어 있고 지세가 험준하기로 유명한 곳입니다. 또 안문관에서 흑사산에 이르는 길목에 있습니다……."

부항은 이시요의 말이 채 끝나기도 전에 가슴이 섬뜩해졌다. 출발하기 전 이시요가 지도를 펼쳐놓고 했던 말이 떠올랐던 것이다.

"다행히 표고의 무리가 얼마 안 되니 망정이지 병력만 충분하다면 분명 안문관에서 흑사산으로 이르는 길목에 병력을 매복시켰을 것입니다.

그리 되면 범고걸은 막중한 손실을 입게 됩니다."

부항은 악호탄에 가보지는 못했다. 그러나 이름만 듣고도 지세가 얼마나 험악할지 짐작할 수 있었다. 그가 잠시 생각하더니 입을 열었다.

"저것들이 임현과 악호탄에 다 내려와 있다면 타타봉의 산채는 비어 있을 것 아닌가. 아직은 우리의 계략대로 해볼 만하네."

이시요가 부항의 말을 받았다.

"과연 중당 대인의 말씀대로 산채가 비어 있다면 우리가 더 쉽게 밀고 나갈 수 있겠죠. 하지만 이 점도 생각하셔야 합니다. 우리가 서둘러 산채를 습격하면 표고는 복병을 철수시켜 산채로 대거 몰려들 것이 아닙니까? 아직 저것들의 병력도 제대로 파악하지 못한 상태에서 정면 대결에 돌입한다면 우리가 위태로워질 수 있습니다. 범고걸이 강 건너 불 보듯 팔짱 끼고 방관하지 않는다고 장담 못하니까 말입니다. 반면 우리가 능장을 부려 산채를 습격하지 않는다면 범고걸 등은 표고의 복병들에 의해 된통 얻어맞게 될 것입니다. 그렇게 되면 조정에서는 결국 흠차 대인의 죄를 묻게 될 것이 자명합니다. 적절한 시기를 놓치지 않는 것이 한판 승부의 관건이 될 것 같습니다."

부항이 어둠 속에서 이시요를 힐끔 바라봤다. 별 볼 일 없어 보이던 통판의 놀라운 판단력에 내심 탄복하지 않을 수 없었다. 그가 껄껄 웃었다.

"자네는 실로 대단한 통찰력을 가졌네. 저 두 놈을 자네에게 맡기겠네!"

이시요가 흔쾌히 대답했다. 그러더니 갑자기 안색을 달리 하면서 크게 고함을 쳤다.

"은장이라는 자를 이리로 끌고 오너라!"

요청각은 생포된 자들을 어떻게 처리해야 할지 몰라 초조해하다 이시요의 명을 받자마자 은장을 짐짝처럼 끌어냈다. 유삼이 아무 반항도 하지 못하고 끌려가는 은장의 등 뒤에 대고 고함을 질렀다.

"이봐 은장, 아무 말도 하면 안 돼. 아무리 봐도 보통 놈들이 아니야!"

"네 주둥아리에나 자물통을 걸어라, 이 자식아."

이시요가 유삼에게 거칠게 욕을 했다. 이어 무서운 어조로 명령을 내렸다.

"여봐라, 저쪽에 말라붙은 연못이 있다. 저자를 끌고 가서 묻어버려라!"

친병들은 가뜩이나 손발이 근질거리던 차였다. 유삼을 호시탐탐 노려보던 것도 바로 그 때문이었다. 그랬으니 명령이 떨어지자마자 우르르 유삼에게 달려들었다. 오줌을 질질 싸면서 끌려간 유삼은 발악도 못하고 흙에 파묻혀 목숨을 잃고 말았다. 은장은 기겁한 나머지 온몸을 사시나무 떨 듯 떨면서 죽어라 머리를 조아렸다.

"마음씨 좋은 어르신들……. 알고 보면 다 한솥밥 먹는 형제들인데…… 제발 죽이지만 말아주십시오. 묻는 말에 깍듯이 아뢸 것이니……."

"저자도 조금만 영리하게 굴었더라면 개죽음은 당하지 않았을 텐데 말이야!"

이시요가 얼굴에 음험한 미소를 흘렸다. 이어 칼날이 유난히 넓어 보기만 해도 섬뜩한 요도腰刀를 뽑아들더니 무서운 어조로 다그쳤다.

"자형산에서 고생고생 하면서 찾아왔더니 이런 식으로 우리를 '환대' 하는 거야? 대체 어떤 쓸개 빠진 놈들이 표고 그 자식을 녹림의 공동 두목으로 추대했어? 말해봐, 표고는 지금 어디 있어?"

"표 총봉께서는……, 악…… 악호탄에 있습니다."

"산채에는 사람이 얼마나 있어? 아무도 없어?"

"있습니다. 노약자와 몸이 성치 않은 형제들이 삼백 명 정도 남아 있을 것입니다."

"임현을 포위했다는 오천 명은 누가 인솔했어?"

이시요의 물음에 은장이 잠시 어리둥절해했다. 그러더니 대답했다.

"산채를 탈탈 털어도 오천 명이 안 됩니다. 관군에게 겁을 주느라 백성들을 불러다 숫자를 채웠을 뿐입니다. 신오랑辛五娘이 이끌고 나갔습니다."

"신오랑이라고? 혹시 연연이라는 처녀는 없나? 미색이 뛰어나고 검무에 능한 여자인데……."

부항이 갑자기 대화에 끼어들었다. 은장은 부항의 기대와는 달리 고개를 저었다.

"연연이라는 이름은 못 들어봤습니다. 신오랑도 기가 막히게 예쁜 여자입니다. 연꽃잎에 내려앉아도 가라앉지 않을 물 찬 제비 같은 몸매와 앵두 같은 입술, 복숭아 같은 볼을 하고 있습니다. 한 번 보면 아마 사흘 동안은 정신을 못 차릴 것입니다."

은장이 말을 하다 말고 음욕에 불타는 두 눈을 게슴츠레 좁혔다. 헤벌어진 입으로는 군침도 질질 흘렸다. 부항의 속마음을 알 리 없는 이시요가 그에게 퉁명스럽게 쏘아붙였다.

"신이 났네, 신이 났어, 아주! 그년이 물 찬 제비든 암캐든 우리는 볼 일이 없어! 말해봐, 산벼룩 그놈이 어디로 튀었을 것 같아? 악호탄으로 갔나 아니면 신오랑 그년의 사타구니 속으로 들어갔나?"

이시요의 닦달에 은장이 비굴한 얼굴로 대답했다.

"어르신이 한마디 물으면 소인이 열 마디를 대답하는데 어찌 그리 으름장을 놓고 그러십니까? 다 같이 정양교의 밥을 먹고 같은 조상을 섬기는 처지에!"

이시요가 기가 막히는지 은장의 어깨를 두드리면서 말했다.

"한솥밥을 먹고 사는 형제를 알아보다니 유삼보다는 훨씬 낫군. 우리를 잘 안내하면 내가 앞으로 잘 봐줄 테니 알아서 하라고."

말을 마친 이시요가 손짓으로 친병들을 불렀다. 그리고는 은장을 데려가게 했다. 그때 부항이 이시요에게 말했다.

"내 생각에 저놈이 거짓말을 할 위인은 못 되는 것 같네. 아무려나 괜히 한바탕 소란을 겪었군. 그래도 표고의 내막을 어느 정도 알게 돼 다행이네. 이빈에는 표고 그자도 관군과의 일전에 대비해 준비깨나 한 것 같아. 저것들이 우리를 자형산에서 내려온 지원병이라고 굳게 믿는 걸 보면 표고가 자형산의 비적들과 연락을 취하는 것이 틀림없네. 이석주에 있는 자네의 일천 민병이 이쪽으로 오고 있는 지금 자형산 비적들은 이석주 쪽으로 향하고 있을지도 몰라!"

이시오 역시 고개를 끄덕였다.

"그리 우려할 법도 합니다. 하지만 자형산의 정황은 제가 다소 알고 있습니다. 그자들은 기껏해야 오백 명 안팎입니다. 표고를 도와 원정을 다닐 만큼 배짱이 두둑하지도 못한 자들입니다. 설령 지원을 온다고 해도 두려워할 것은 없습니다."

부항이 웃음 띤 어조로 말했다.

"기왕지사 이렇게 된 거 우리는 계속 자형산의 비적들로 가장한 채 마방진에 주둔해 있는 것이 좋겠네."

이시요는 가타부타 말이 없었다. 순간 그와 부항은 각자 다른 생각에 잠겨 있었다. 부항은 천천히 흘러가는 구름을 바라보면서 마치 자신이 딴 세상에 와 있는 것 같았다. 어제까지만 해도 태원에서 대소 관리들을 접견하느라 눈코 뜰 새 없었는데 지금은 피폐한 절 앞에서 살벌한 분위기를 풍기면서 자형산의 비적이 돼 있으니 그럴 만도 했다. 그때 무명실 위에서 위태롭게 춤을 추던 연연의 황홀한 몸짓과 절묘한 검술이 그의 눈앞에서 아른거렸다.

'연연은 지금 어디에서 무엇을 하고 있을까? 갑자기 못 견디게 보고 싶구나.'

부항이 그렇게 연연을 그리워하고 있을 때 이시요의 뇌리에는 완전히 다른 생각이 가득 차 있었다.

'이석주에서 출발한 민병들은 지금쯤 어디까지 왔을까? 범고걸은 언제쯤 백석구를 통과하게 될까? 어떻게 하면 범고걸의 관군을 적당히 골탕 먹인 후에 생색을 내고 구해줄 수 있을까?'

한 마디로 이시요의 생각은 복잡했다. 그때 부항이 먼저 침묵을 깼다.

"자네의 일천 명 민병도 내일 저녁이면 도착할 테지? 우리가 여기서 엿새 동안 자형산 비적 행세를 하려면 군량미와 마초가 아무래도 부족할 것 같네. 지금 산채를 들이치는 것은 어떨까?"

부항의 말에 이시요가 무겁게 입을 열었다.

"저도 그렇게는 생각합니다. 그러나 우리가 산채를 들이치면 임현과 악호탄에 있는 적들이 전력을 다해 우리에게 덤빌 것입니다. 범고걸의 관군은 다른 생각을 품고 있는 자들입니다. 진심으로 조정을 위해 싸운다기보다 장광사의 위상을 높여주기 위해 마지못해 나선 자들입니다. 그러니 우리가 표고에게 얻어맞아 허우적대면서 구조를 요청할 때야 비로소 도와줄 것입니다. 그리 되면 그들은 큰 공을 세운 것이 되고 우리는 무기력하게 당했다는 비난을 받게 되죠. 솔직히 말해서 우리가 산채를 습격해 복병들을 끌어온다면 득을 보는 쪽은 범고걸인데도 말입니다! 그렇기 때문에 우리는 무슨 수를 써서라도 범고걸이 악호탄을 통과할 때까지 엿새 정도를 참고 버텨야 합니다."

부항은 이시요의 말을 조용히 다 듣고는 무겁게 고개를 끄덕였다.

이시요의 민병들은 부항의 병력이 도착한 지 사흘이 지나서야 마방진에 도착했다. 사실 그들도 평범한 이들은 아니었다. 이시요가 교화시켜 받아들인 비적匪賊과 산민山民들이었다. 때문에 옷차림부터 무기까지 다 제각각이었다. 창, 화살, 도끼, 비수는 말할 것도 없고 새총과 낫까지 있었다. 아마 눈에 보이는 것은 아무거나 집어 들고 온 것 같았다. 행렬도 산만하기 그지없었다. 선두 부대가 도착하고 반나절이 지나서야 마지막 몇 십 명이 먼발치에 모습을 드러낼 정도였다.

마방진의 신상은 나우수羅佑垂라는 자였다. 그러나 그는 한낱 건달에 불과했던 사람이었다. 그런 그를 진장 자리에 올려놓은 것은 다른 사람들이 아니었다. 잦은 비적들의 출몰에 간담이 서늘해진 지주들이었다. 나우수는 엊그제 비적떼가 천왕묘를 점거했다는 소식을 접한 바 있었다. 그런데 오늘 또다시 대거 몰려 들어온 정체불명의 사람들이 진내의 객잔은 말할 것도 없고 역관까지 모두 차지했다는 제보를 받았다. 그래서 불안한 마음에 직접 몇몇 장정들을 데리고 천왕묘를 찾아갔다. 부항은 겉보기에 유약해 보이는 자신보다는 이시요를 내보내는 것이 더 바람직하다고 생각하고는 이시요를 불러서 나가보도록 했다.

"당신이 이곳 진장인가?"

이시요는 과연 나우수를 보자마자 무섭게 호통을 쳤다. 이어 거친 어조로 말했다.

"제기랄, 표고 그 자식을 가만두지 않겠어. 백석탄白石灘에 먹을 게 많다고 해서 자그마치 삼사천 명씩이나 끌고 왔건만 이건 여기서 굶어 죽으라는 건가? 쌀도, 풀도 다 떨어져 가는데 말이야! 여기는 태원과 지척이니 주둥이 단속 잘 하라고. 우리가 여기 있다는 걸 발설했다가는 손바닥만 한 마방진을 피바다로 만들고 자형산으로 돌아갈 테니 그리 알아!"

이시요는 자주색 외투를 풀어헤친 채 가슴팍을 드러냈다. 허리춤에는 검과 대여섯 개의 비수도 꽂았다. 그러자 제법 비적의 모습 같았다. 게다가 숯검정을 칠한 얼굴도 그럴 듯 했다. 험상궂게 일그러뜨리자 무서워 보이기까지 했다. 부항은 방 안에서 그 모습을 엿보다가 그만 참지 못하고 웃음을 터트렸다.

그러나 나우수는 전혀 두려워하는 기색이 없었다. 오히려 이시요에게 여유 있게 곰방대를 권했다. 그러나 이시요가 거들떠보지도 않자 자신의 입에 곰방대를 물고 불을 붙였다. 이어 대수롭지 않게 말했다.

"산주山主, 자고로 사방에 길이 있고 팔방에 바람이 분다고 했습니다. 우리 마방진의 사정은 잘 알고 있으리라 생각합니다. 이곳 백성들이 부족한 이 사람을 받들어 진장 자리에 올려놓은 이상 제 구실은 어느 정도 해야 하지 않겠습니까? 우리 진을 찾아오신 분들은 모두 귀한 손님들입니다. 그래서 이 사람은 그저 정성을 다해 모실 뿐입니다. 나를 믿고 따르는 사람들만 해치지 않는다면 더 이상 바랄 것이 뭐가 있겠습니까? 그만 화를 거두시고 필요한 것이 있으시면 이 사람에게 말씀하십시오. 힘껏 돕겠습니다."

"다른 건 필요 없어. 여기에서 나흘 머무는 동안 사람과 말이 먹고 살아야 하니 식량 이백 석과 마초 서른 수레만 제공해주면 서로가 아무 일 없을 거야. 그러나 거절한다면……."

이시요가 허리춤의 비수를 내려다보면서 가볍게 콧소리를 냈다. 나우수는 잠시 겁을 먹는 듯 하더니 다시 배시시 웃음 띤 얼굴로 말했다.

"허허, 산주도 좋은 분인 것 같은데 왜 이리 겁을 주고 그러십니까? 아시겠지만 여기는 귀신도 새끼치기 싫어하는 찢어지게 가난한 마을입니다. 마초는 얼마든지 있습니다만 식량은……. 가을에 찻잎 장사꾼과 말 장수들에게서 조금씩 거둬들인 세금으로 식량 창고를 만들기는 했으나

오가는 호걸들에게 한 끼씩 대접할 정도밖에 안 됩니다. 표고도인조차
도 식량 창고만큼은 손을 대지 않습니다."

"표고는 표고고 나는 나야! 나는 하늘도 땅도 어떻게 할 수 없는 사
람이라고! 식량을 내놓을 거야, 말 거야?"

이시요가 침을 튕기면서 허벅지를 탁 내리쳤다. 그러자 나우수가 얼
굴 가득 비굴한 웃음을 흘렸다.

"드려야죠, 당연히 드려야죠! 창고는 서북쪽에 있습니다. 빡빡 끌어
모아 봤자 백 식밖에 안 될 것입니다. 그래도 모자란다면 목을 딴다고
해도 어쩔 수 없습니다."

이시요는 나우수의 말이 끝나자마자 속으로 계산을 해봤다. 백 석이
면 천오백 명이 엿새 정도 버티기에는 전혀 무리가 없었다. 그가 내심
쾌재를 부르면서도 짐짓 불만이 가득한 어조로 말했다.

"백 석 가지고는 모자라. 일단 있는 대로 가져오고 사흘 내에 오십 석
을 더 준비해. 가봐!"

"산주……."

"썩 꺼져!"

나우수가 고개를 숙이고 멀어져갔다. 부항은 그 모습을 보고 이시요
를 향해 엄지를 내둘렀다. 바로 그때 친병이 사람을 데리고 들어왔다. 친
병이 아뢰기도 전에 부항은 상대를 알아봤다. 온 사람은 다름 아닌 오할
자였다. 부항이 크게 반색을 했다.

"빨라야 내일쯤 도착할 줄 알았는데, 하하! 하기야 바람을 타고 다니
는 사람이니 빠를 수밖에!"

오할자가 인사를 올리자마자 부항이 이시요와 오할자를 서로 소개시
켜줬다. 오할자가 인사가 끝난 다음 화칠火漆로 단단히 봉한 서간을 두
손으로 부항에게 건네주면서 말했다.

"조정의 정기廷奇입니다. 태원에서는 다들 흠차 대신께서 안문관으로 가신 줄로 알고 있습니다. 다행히 유통훈 대인께서 객이길선 중승에게 보내는 친서를 전하기 위해 왔다가 흠차께서 이곳에 계신 줄을 알게 됐습니다. 객이길선 중승을 배알했더니 그렇게 말씀하시더군요."

"흠, 객이길선이 일처리를 제대로 하는군. 내가 안문관으로 간 것으로 착각하게 만드는 것이 목적이었으니 말일세!"

부항이 말을 마치기 무섭게 정기의 겉봉을 뜯었다. 예상과 달리 건륭은 주비에서 부항을 엄히 힐책했다. 또 어지를 받는 즉시 그 자리에서 명령을 기다리라고 했다. 부항이 히죽 웃으면서 주비를 소매 속에 집어넣었다. 이시요가 그러자 뭔가를 알아보겠다는 듯 슬며시 물었다.

"폐하께서 공격을 서두르라고 하십니까?"

"아니. 폐하께서는 군량미를 충분히 마련한 다음 공격하라고 하셨네."

부항이 음침한 표정을 한 채 대답했다.

범고걸은 엿새 후 오천 명의 병력을 거느리고 백석구에 도착했다. 병부의 감합勘合(관청에서 발행하는 증명서)를 지니고 있었기 때문에 경유지의 지방관들은 그에게 우호적이다 못해 비굴하기까지 했다. 군량미 걱정은 완전히 기우였다. 더구나 대군이 지나는 곳마다의 현지 백성들은 가축을 몇 백 마리씩 가져다 바치기까지 했다. 또 술과 음식을 받쳐 들고 역로에 길게 늘어서기도 했다. 물론 범고걸은 병사들에게 백성들로부터 은자 한 푼도 받아서는 안 된다고 단단히 단속을 해둔 터였다. 자신을 비롯한 호진표, 방경 세 사람은 남모르게 자그마치 삼천 냥씩을 받아 챙기기는 했지만 말이다. 그들은 장광사가 자신들이 길을 떠나기 전에 은밀히 불러들여 묘한 전략을 제안한 것에 대해서도 잔뜩 고무돼 있었다.

"폐하께서는 부항에게 공로를 세울 기회를 만들어주시는 것이 분명해. 앞으로 재상 자리에 앉히려면 자격을 쌓아둬야 하니 말이야. 그러니 우리가 도와줘야 해. 또 표고를 대적할 때는 우리의 전략대로 하게. 그리고 가능한 한 부항에게 잘 보여 점수를 따라고. 표고를 궤멸시키고 부항이 북경으로 돌아가고 나면 내가 알아서 자네들을 진급시키고 상을 내려줄 것이네."

범고걸 등은 장광사의 말에 사기가 충천하지 않을 수 없었다. 날개가 돋치지 못한 것이 한스러울 정도였다. 그들은 그렇게 하루라도 빨리 타타봉을 공격해 임헌을 구하고 표고를 생포하려는 일념으로 달리고 또 달렸다.

얼마 후 범고걸 등은 백석구를 지척에 둔 계하구界河口를 지났다. 그러자 역로가 사라지고 산세가 갑자기 험준해지기 시작했다. 깎아지른 듯한 천애의 절벽이 앞을 가로막았다. 그러는가 싶더니 곧 우뚝우뚝 하늘로 치솟은 바위 봉우리들이 나타났다. 조금 더 가자 이번에는 거친 폭포가 포효하고 시퍼런 강물이 넘실대면서 흐르는 지역이 나타났다. 수령을 가늠하기도 어려운 주위의 고목들이 무성한 가시와 넝쿨을 잔뜩 드리워 앞이 잘 보이지 않았다. 설상가상으로 구름은 낮고 안개마저 자욱했다. 그랬으니 말에서 내려 걷기에도 여간 조심스럽지 않았다. 급기야 땀으로 우피 갑옷까지 흠뻑 젖어버린 범고걸은 등 뒤로 개미처럼 보이는 대오를 바라보면서 앞서 가는 길 안내인을 불러 물었다.

"여기서 흑사산까지는 얼마나 남았나? 남은 길은 계속 이렇게 험한가?"

"이미 흑사산 경내에 들어왔습니다. 타타봉까지는 아직 산길로 삼십리쯤 남아 있습니다. 골짜기 돌들이 흰색이라고 해서 이곳을 백석구라고 부릅니다. 지금처럼 비가 안 내릴 때는 그나마 괜찮습니다. 폭우라도 쏟아지면 위험해서 이 길을 통과할 수 없습니다. 여기에서 왼쪽으로 꺾어 남으로 가면 악호탄이고, 그곳만 지나면 다시 역로와 이어집니다."

"뒤에 명령을 전하거라. 악호탄에서 대오를 정돈할 테니 빨리 따라 붙으라고 말이야!"

범고걸이 명령을 내렸다. 그러자 옆에 있던 방경이 나섰다.

"군문, 이곳은 산세가 예사롭지 않소. 혹시 복병을 만날지도 모르니 한꺼번에 우르르 건너가지 말고 세 갈래로 나눠 건너는 것이 바람직할 것 같소."

그때 호진표가 땀범벅이 돼 헐레벌떡 쫓아왔다. 그러더니 다짜고짜 범고걸을 향해 고함을 질렀다.

"대체 군사를 지휘해본 사람이 맞소? 오천 명의 병력을 이런 식으로 몇 십 리 길에 늘어놓고 뭘 어쩌겠다는 거요? 내가 표고라면 앞뒤를 막아버리고 산 위에서 바위를 굴려 한꺼번에 깔아 뭉개버리겠소!"

"말 다했어? 지금 악담을 하는 거야, 뭐야? 한 번만 더 허튼소리로 군심을 교란시켰다가는 내가 군법에 따라 엄히 처벌할 줄 알아!"

범고걸이 무섭게 화를 내면서 발끈했다. 이어 홱 고개를 돌려 명령을 내렸다.

"세 개 영營을 한조로 묶어 저 앞의 골짜기를 지날 준비를 하라!"

곧 뱀처럼 길게 뻗은 대오가 느릿느릿 움직이기 시작했다. 한 줄이 두 줄, 두 줄이 네 줄로 변하면서 오천 명의 병력은 사방 2리 정도의 좁은 공간에 천천히 집결했다. 무려 1시간이나 걸려 집결이 다 끝난 다음 그들이 막 골짜기를 건너려고 할 때였다. 갑자기 산꼭대기에서 웬 사내의 노랫소리가 들려왔다.

이곳은 산이 높아 황제의 손길도 닿지 못하는 곳이라오.

세금을 피해도 다그치는 사람이 없다네!

머리 위는 하늘이고 발밑에는 여량산이니,
천하에 유아독존이 따로 없구나!
멀리서 오는 저 손님 여기는 어쩐 일인가?
들어와 수제비라도 한 그릇 들고 가시구려.

사내의 노랫소리가 멈추자 옆에서 한 무리가 화답하듯 외쳤다.

들어와 수제비라도 한 그릇 늘고 가시구려!

범고걸 등은 어리둥절한 표정으로 고개를 젖혔다. 그리고는 산꼭대기를 올려다봤다. 그 순간 천둥소리처럼 거대한 메아리가 들려왔다. 그와 동시에 마치 수문을 밀고 거세게 몰아닥치는 홍수처럼 크고 작은 백석白石들이 산 위에서 굴러 떨어지기 시작했다.

〈3권에 계속〉